U0871109

CHONGWENGUAN

中国古典诗词品汇

# 杜甫诗品汇

闵泽平 撰

长江出版传媒
崇文书局

# 前　言

杜甫（712—770）字子美，祖籍襄阳（今属湖北），出生于巩县（今属河南巩义）。其十三世祖杜预为京兆杜陵（今陕西西安东南）人，故常自称“杜陵野老”或“杜陵野客”。早年曾漫游吴越，后回洛阳参加进士考试而不第，继续游览齐赵之地，度过了八九年的快意生活。在此期间，曾与李白同游于梁宋，又聚于兖州。

天宝六载（747），玄宗诏命通一艺者诣京应试，杜甫也参加了，最终未能中选。天宝十载，唐玄宗祭祀玄元皇帝（老子）、太庙及天地，杜甫献上《朝献太清宫赋》《朝享太庙赋》《有事于南郊赋》，“帝奇之，使待制集贤院，命宰相试文章”（《新唐书·杜甫传》）。天宝十三载，杜甫再献《进西岳赋》《雕赋》，没有回应。

求职长安期间，曾不断投诗权要，祈求汲引，所谓“骑驴十三载，旅食京华春。朝扣富儿门，暮随肥马尘。残杯与冷炙，到处潜悲辛”（《奉赠韦左丞丈二十二韵》），终一无所得，衣食匮乏，困居城南少陵，自称“少陵野老”，后人又称“杜少陵”。天宝十四载十月，任为河西（今陕西合阳附近）尉而不就，改授右卫率府曹参军。

是年十一月，“安史之乱”爆发。翌年六月，玄宗奔蜀，七月肃宗即位于灵武。正在探亲的杜甫，将家人安顿在鄜州羌村，准备投奔肃宗，途中为叛军所俘获，押解至长安。至德二载（757）

春，杜甫逃出长安，来到凤翔行在，被授职为左拾遗，故世人又称“杜拾遗”。上任伊始，杜甫即因疏救房琯，触怒肃宗，闰八月即敕归省家。

九月，长安收复，杜甫回京复职，与同僚多有唱和。乾元元年（758）六月，出为华州司功参军。次年三月，探亲返回华州时，写下“三吏”“三别”等诗篇。七月即弃官而去，先往秦州（今甘肃天水），十月又赴同谷（今甘肃成县），年末转至成都。上元元年（760）春天，在友人资助下，于成都西郊的浣花溪旁，建造起了草堂。

是年年底，严武任成都尹兼剑南节度使。玄宗、肃宗去世后，严武调回京城，成都发生叛乱，杜甫带着妻子儿女漂泊到梓州与阆州。直到广德二年（764），严武重新担任剑南东西川节度使，杜甫才回到成都草堂。这年六月，在严武的推荐下，朝廷任命杜甫为节度使署中参谋，后又奏为检校工部员外郎，故世称“杜工部”。

永泰元年（765）春夏，杜甫离开成都，沿岷江而下，经嘉州、戎州、泸州、渝州、忠州而抵达云安。大历元年（766）暮春移居夔州，大历三年春出峡至江陵，后辗转往来于岳阳、长沙、衡州、耒阳间。大历五年秋冬之际，在潭州往岳阳的船上，写有诗《风疾舟中伏枕书怀三十六韵奉呈湖南亲友》，或以为即是绝笔。

人们历来都把杜甫的诗歌看成历史的见证，《新唐书·文艺传·杜甫传赞》云：“（杜）甫又善陈时事，律切精深，至千言不少衰，世号‘诗史’。”杜诗之所以号称“诗史”，并非他一开始就立意写出史诗，而是更多地从个人的经历中去感受时代的变迁。今天我们对于杜甫行踪的了解，往往是从他的诗文推断出来的。

不仅如此，我们还从这些作品中深刻地体察到他诚挚复杂的情感以及对诗歌艺术出神入化的运用。不过由于立场和视角的差异，不免存在着言人人殊的情形，正如吴冯栻《青城说杜·自序》所言："杜陵为诗家鼻祖，有目者皆能知其妙，何用说为？然吾见人所自为知者，皆知其所知，非吾所谓知也。"

究竟哪些因素会影响读者对诗歌的评判呢？从本书一百九十八首杜诗的评析解说中，我们不难注意到理清创作背景确实对理解杜诗有莫大的帮助。首先，创作对象不同，诗歌的创作宗旨就会发生巨大偏移。比如《赠花卿》中"此曲只应天上有，人间能得几回闻"两句，如果我们认定"花卿"只是一位善歌的女子，它们可能在称颂花卿歌声的美妙；如果"花卿"指四川牙将花敬定，那么它们就可能在批评花卿恃功骄恣。

又如《房兵曹胡马》《高都护骢马行》等诗，实际上包含了马与人两个吟咏对象。我们可以将其理解为咏物之诗，以为它们意在咏马；也可以将其视为赠人之作，认为它们意在称颂驭马之人；甚至还可以解读为杜甫的自咏自叹，表达了他的梦想与激情。

有时我们确定了吟咏的对象，却对其具体信息无从探询，也会导致诗歌主旨的不确定。如《覃山人隐居》一诗，写杜甫经过覃氏旧隐之处的感受。诗人并没有能够见到覃山人，这是毋庸置疑的，那么覃山人此时身在何方呢？如果覃山人外出做官了，这首诗就意在责备与惋惜；如果覃山人已然亡故，那么诗中所流露的情感则是伤感与怅惘。

当然，即使我们确定了吟咏对象，并详细掌握了具体信息，也并不意味着就会在诗歌主旨方面达成一致。如《悲陈陶》写在房琯兵败之后，诗中对于房琯的态度，历来就存在着两种截然对立的说法，一说对房琯之罪责直言不讳，一说为房琯开脱叹惋。

也有一些吟咏对象，它的具体状况如何，并不妨碍我们对诗歌的阅读。比如《佳人》中“天寒翠袖薄，日暮倚修竹”的女子，一说实有其人，并为杜甫所亲见；一说只是想象，诗人以此比拟贤臣或自喻。究竟有无其人，其实无关紧要。

其次，诗歌创作年代的判断，也会影响我们对其主旨的阐发。杜甫早年漫游江南，如《江南逢李龟年》写于其时，诗歌所展示的是青年杜甫的意气风发与神采飞扬；杜甫晚年流落荆南，如果是此间所作，诗歌所流露的则是盛衰之感、凄凉之意。又如《述怀一首》，或认为初至凤翔而作，诗人已然死里逃生，便开始惦记妻子儿女；一说初授左拾遗而作，兴奋之余，有心即刻告假探亲，但履职之初却难以开口，于是赋诗抒怀。

此外，对于诗中一些关键语词的理解，也会引导我们对诗歌的阐发。就《赠李白》一诗而言，将《赠李白》之“飞扬跋扈”词性认定为贬义的，往往主张杜诗意在规劝李白；将其词性判定为褒义的，大多认为杜诗旨在痛惜李白。又如《春日忆李白》中的“重与细论文”，或以为批判李白诗作欠细密，或认为以李白为论诗知音，就在于对“细”字的不同诠释。

更常见的情形，则是杜诗留下了足够的空间，可以容纳多种诠释。如《江畔独步寻花七绝句》其四之“可爱深红爱浅红”一句，无论说诗人面对深红、浅红而有所偏爱，还是说深红、浅红之花皆可爱，皆可任意观赏，以及不管深红、浅红都可爱，令人目不暇给，都不失为巧妙的解读。又如对《前出塞》“射人先射马，擒寇先擒王”一首，有人看到了战术问题，有人看到了战争的宗旨问题，有人看到了战争的性质问题，还有人看到了杜甫对待战争的态度问题。

杜诗版本虽繁，却多源于北宋王洙、王琪所编《杜工部集》。1957 年，张元济主持印行原潘氏滂喜斋旧藏《宋本杜工部集》，列为《续古逸丛书》第四十七种。这里所选一百九十八首诗，就以此为底本。个别字句若与通行本差异较大，且影响诗意的传达，就加以改动，但不说明版本来源。

诗后评析之异说，往往采录于张綖《杜工部诗通》、王嗣奭《杜臆》、金圣叹《唱经堂杜诗解》、顾宸《辟疆园杜诗注解》、陈式《问斋杜意》、吴见思《杜诗论文》、张溍《读书堂杜诗注解》、张远《杜诗会稡》、黄生《杜工部诗说》、吴瞻泰《杜诗提要》、仇兆鳌《杜诗详注》、汪灏《树人堂读杜诗》、浦起龙《读杜心解》、夏力恕《杜诗增注》、杨伦《杜诗镜铨》、边连宝《杜律启蒙》、刘濬《杜诗集评》、石闾居士《藏云山房杜律详解》、赵星海《杜解传薪》，以及今人陈贻焮《杜甫评传》、萧涤非《杜甫诗选注》等。

闵泽平

二零二零年八月于浙江海洋大学

# 目　录

# 望 岳

岱宗夫如何，齐鲁青未了。[①]
造化钟神秀，阴阳割昏晓。
荡胸生曾云，决眦入归鸟。
会当凌绝顶，一览众山小。[②]

## 【注释】

① 岱宗：《风俗通·山泽》载，“泰山，山之尊者。一曰岱宗。岱者，始也；宗者，长也。万物之始，阴阳交代，云触石而出，肤寸而合，不崇朝而遍雨天下，其惟泰山乎？故为五岳之长。”《史记·货殖列传》：“泰山之阳则鲁，其阴则齐。”

② 凌：原作“临”，据他本改。《孟子·尽心上》：“孔子登东山而小鲁，登泰山而小天下。”

## 【评析】

这首诗展示了青年杜甫的壮志豪情，一般认为是他在开元二十四年（736）漫游齐越时所作。此诗既然以“望岳”为题，历来论者便认为赏析诗篇应该紧紧围绕“望”字入手，切不可误读为“登”，所谓“句句是望，移作登岳不得”（《杜诗集评》）、“句句是望，不是登”（乔亿《杜诗义法》）。不过对于诗人究竟如何望岳，亦即诗中之情与景是在怎样的视野下获得的，人们却有不同的理解。

一种看法是，这首诗就是纪游诗，所写之景是诗人亲身所见，所造之境是杜甫亲身所历。全诗每一联都是从“望”中入手，且每一联都写出了不同之“望”，如“诗用四层写意：首联远望之色，次联近望之势，三联细望之景，末联极望之情”（仇兆鳌《杜诗详注》）。和这种看法相对应的，是进一步解释诗中为何会有种种不同的“望”，那是因为诗人处在由远而近的移动中。所见景色的差异，源于视角的变化；视角的变化，来自杜甫与泰山距离的变化。“通首写‘望’字。起句是初视，骇然，未到之时，先有一岱宗奇境在胸中，故为心口商度之词，一呼一应也。次句写出远望之神，气象广阔，故三、四承接以状其貌。五、六则从近望，属倒句。望层云之生而胸为之荡，望归鸟之入而眥为之决。七、八是进一步法。言‘会当凌绝顶’，更恣奇观，则小天下之山矣。结尽望意，以末句‘览’字为线”（吴瞻泰《杜诗提要》）。

这种通过位置的变化来解读所望景观之不同，虽然看起来始终围绕着“望”字，但由于“望”的视角在移动，而这种移动又是登临泰山的过程所带来的，因此诗题为“望岳”，其实理解为“登岳”也未尝不可。唯一要注意的是，诗人最终还是没有登上顶峰。“写岱宗之高，望见之远，此乃造化所钟之神秀，应‘岱宗夫如何’。而昏晓之间，刻刻变色，应‘青未了’。‘割’，犹分也。又言胸中开豁，以见天际层云之晓生，凝望精专，直至暮天归鸟而后止耳。安得一登绝顶，而睹众山之培塿乎？此始终只望得岱宗之青色，而未登岱宗也”（吴见思《杜诗论文》）。

另一种看法是，不仅“会当凌绝顶，一览众山小”两句是拟想揣摩，其他诸句也未必是诗人眼中所望见。“夫望岳与登岳不同，登岳即须细详岳麓之奇特，巉岩岸伟，不可端倪。若望岳，则又不得若是，必须就其涵盖体统处，写出其挺出物表，有一语胜人千百之奇……寥寥数语，写尽岱宗之奇”（《杜诗言志》），其以为杜甫此刻是否在泰山以及是否在眺望，并不重要，重要的是如何写出泰山之奇特以寄寓诗人之心胸。诗中诸景，是想象中应该出现的，却并非一定是诗人所亲见。金圣叹以为杜甫此刻已置身山中，不过仅有“荡胸生曾云，决眦入归鸟”两句方是写“望”，“一写望之阔，一写望之远”。至于“造化钟神秀，阴阳割昏晓”却非实景，“一句写其从地发来，一句写其到天始尽”（《唱经堂杜诗解》）。王嗣奭以为杜甫确实有所望，但诗中之景或立足于想象，“‘齐鲁青未了’‘荡胸生云’‘决眦入鸟’，皆望见岱岳之高大，揣摹想象而得之。……想象登岳如此，非实语，不可以句字解也”（《杜臆》）。总之，他们都不愿意把这首诗当作纪游诗，认为诗中景色的变化，不是由于时间或地点的不同所带来的，而是诗人在驻足而望时展开了想象的翅膀，因此诗旨才是建立在“望”的基础上，才彻底与“登”割裂开来。

## 房兵曹胡马[①]

胡马大宛名，锋棱瘦骨成。[②]
竹批双耳峻，风入四蹄轻。[③]
所向无空阔，真堪托死生。
骁腾有如此，万里可横行。

【注释】

①兵曹：即兵曹参军事。《新唐书·百官志》：“兵曹司兵参军事，掌武官选、兵甲器仗、门禁管钥、军防烽候、传驿畋猎。”诗题，原作“房兵曹胡马诗”，据他本改。

②大宛：西域三十六国之一，约在今乌兹别克斯坦境内，产名马。《史记·大宛列传》：“初，天子发书《易》，云‘神马当从西北来’。得乌孙马好，名曰‘天马’。及得大宛汗血马，益壮，更名乌孙马曰‘西

极'，名大宛马曰'天马'云。"瘦：一作"秀"。

③ 贾思勰《齐民要术》："（马）耳欲小而锐，如削筒。……（马）耳欲得小而促，状如斩竹筒。"《拾遗记》卷七："（曹洪）马号曰'白鹄'，此马走时，惟觉耳中风声，足似不践地。"

## 【评析】

从诗题上来看，我们不难发现这首诗之所咏，首先是特定区域的马，即胡马；其次它是特定人物所拥有的马，即房兵曹的胡马。由此而关于这首诗的解读，就出现了重马或重人两种倾向。

在有些读者眼中，这是一首出色的咏物诗。其出色之处，在于没有停留在描摹马的外观形态等方面，而是着力烘托其气质精神。他们认为整首诗八句，都是在写马。只是对于后四句所表现的马的特质，有不同的理解，或以为是在写马善于奔跑，如"前辈言咏物诗，或粘皮着骨。公此诗，前言胡马骨相之异，后言其骁腾无比，而词语矫健豪纵，飞行万里之势，如在目中。所谓索之骊黄牝牡之外者。区区模写体贴，以为咏物者，何足语此"（赵汸《赵子常杜律选注》）。或以为在写马之性情。"前半只说骨相，后半并及性情"（《杜诗集评》引查慎行语）。"前表其相之异，后状其用之神。四十字间，其种其相，其才其德，无所不备，而形容痛快，凡笔望一字不可得"（张綖《杜工部诗通》）。"前半先写骨格神俊，后半能写出血性"（屈复《唐诗成法》）。

另一些读者认为，此诗虽是咏物之作，却意在写人。"虽是写马，而都意在言外。句句峭拔，笔笔腾空"（邓献璋《艺兰书屋精选杜诗评注》）。当然，即使同样肯定诗歌之意在人不在马，也有赠人与自勉的不同。"骁腾有如此，万里可横行"两句，或认为是指房兵曹。"八句期房立功万里之外。结处必见主人，此唐贤一定之法"（黄生《杜工部诗说》)。“末联指兵曹，谓兵曹有马如此，可横行万里以立功勋”(张远《杜诗会粹》)。“万里横行，谓兵曹得此马可立功万里外，推开看方不重上”(张溍《读书堂杜诗注解》)。这种诠释，可以从咏马之骨相与血性顺接而来，因此在某种程度上，与“咏马说”并不矛盾。

但倘若以为最后两句是诗人自我写照，那么此诗句句咏马，实则是句句自咏了。“此与《画鹰》诗，自是年少气盛时作，都为自己写照。前半先写其格力不凡，后半并显出一副血性，字字凌厉。其炼局之奇峭，一气飞舞而下，所谓啮蚀不断者也”(浦起龙《读杜心解》)。马之血统，本已高贵至极，而其刀锋般的棱骨与刀削似的双耳，更烘托出它矫健的气势。这样的神骏，驰骋在空阔的大漠之上，横行万里，所向披靡，肯定能建立一番功业。如此一来，诗中之马，可以是房君神骏之摹写，可以是房君本人之写照，更可以是诗人自身之隐喻。

## 游龙门奉先寺①

已从招提游，更宿招提境。②
阴壑生虚籁，月林散清影。③
天阙象纬逼，云卧衣裳冷。④
欲觉闻晨钟，令人发深省。

**【注释】**

①龙门：龙门山，在河南洛阳南。《汉书·沟洫志》：“昔大禹治水，山陵当路者毁之，故凿龙门，辟伊阙。”

② 招提：梵语，音译为“拓斗提奢”，义译为“四方”，误省作“招提”。北魏太武帝造伽蓝，创招提之名，后代指寺院。

③ 虚籁：风。

④ 天阙：双峰对峙之状。韦述《东都记》：“龙门号双阙，与大内对峙，若天阙然。”一作“天窥”或“天开”“天关”“天阔”“天阅”等。象纬：星象经纬，此指日月五星。

【评析】

开元年间，杜甫东游洛阳期间，曾夜宿于龙门山之奉先寺。此诗虽以“游”字为题，但整首诗除开篇一句交待游罢龙门石窟外，以下七句实际上都是在写夜宿奉先寺所见所闻所感。他看到了清冷的月光将树木的影子杂乱地印在地上；他感受到了来自幽谷的清风，觉得自己仿佛躺在白云之上，星星伸手可及；他听到了清晨寺庙空灵的钟声，顿时有所警醒。总之，所有这些见闻感受都来自夜宿龙门奉先寺。“题曰游寺，实则宿寺诗也。‘游’字只首句了之，次句便点清‘宿’字。以下皆承次句说。中四，写夜宿所得之景，虚白高寒，尘府已为之一洗。结到‘闻钟’‘发省’，知一宵清境，为灵明之助者多矣”（浦起龙《读杜心解》）。因此有人提出“游”字名不副实，应该直接将诗题改为“宿龙门奉先寺”。“此题‘游’字，当作‘宿’字。盖杜公宿奉先寺而作。故诗内皆言宿寺之景物，末言欲觉而闻晨钟，诗人有所感而深省焉”（单复《读杜诗愚得》）。

那么，有没有可能杜甫特意使用“游”字来表达某种情绪呢？金圣叹认为，杜甫以“游”为题而写其宿后之境遇，是因为日间游览时或曾有诗，而此诗当成于夜宿之后。更有可能的是，为了凸显出此次游览的收获，他必须写出在奉先寺所领悟的佛意，否则停留在景色的描绘上，就会与他处之游毫无二致了。“题是《游龙门奉先寺》，及读其诗起二句，却云‘已从招提游，更宿招提境’。‘已’字、‘更’字，是结过上文再起下文之法。今用笔如此，岂此诗乃是补写游以后事耶？然则当时此题，岂本有二诗，而忘其第一首耶？……即如是日于正游时，若欲信手便作，岂便无诗一首，然而‘阴壑’‘月林’之境必不及矣。夫此境若不及，便是没交涉；夫作诗没交涉，便如不曾作。先生是以徘徊不去，务尽其理。题中自标‘游’字，诗必成于宿后。如是，便将浅人游山一切皮语、熟语、村语，掀剥略尽，然后另出手眼，成此新裁。杜诗为千古绝唱，洵不诬也”（金圣叹《唱经堂杜诗解》）。

《杜诗言志》（佚名）则认为杜甫重在传达蓄积已久的情绪，并非纪实或率性而作。它表面上所写的是龙门奉先寺，实际上处处是针对洛阳而来。“凡说诗者，必先得其志。如此诗乃是游龙门寺所作，如谓其志只在于歌咏龙门，则必特书龙门突兀之景，然后与他招提不同，……不知此诗非为龙门而作，改为平昔在东都，大有不惬于心，乃今一游龙门，不胜洒然称快。……若谓少陵诗兴忽发于奉先寺中，特为刻意苦吟，将他好景铺张描写一回，夫此奉先寺者，何劳先生作此一番赞叹？而先生亦何必于此寺中卖弄才华，以为非一切人之所能企及耶？是知作诗之故，皆出于性情之所以不容已，非好为多事，徒增卷轴也”（《杜诗言志》）。

总之，杜甫游龙门山而夜宿奉先寺时，仿佛进入了清净庄严的世界，顿生别有天地之感。以“游”字为题，是由嘈杂的东都洛阳，进入高旷的龙门山后而深省感悟；若以“宿”字为题，则是由白日喧嚣的龙门山，进入夜晚幽静的奉先寺后而豁然警悟，用意自然较为浅显了。

## 夜宴左氏庄

风林纤月落，衣露净琴张。
暗水流花径，春星带草堂。
检书烧烛短，看剑引杯长。
诗罢闻吴咏，扁舟意不忘。[1]

【注释】

①《史记·货殖列传》：“范蠡既雪会稽之耻，乃喟然而叹曰：‘计然之策七，越用其五而得意。既已施于国，吾欲用之家。’乃乘扁舟浮于江湖。”

【评析】

这首诗上四句状风景，下四句写情事。赵汸盛赞此诗“寄兴闲逸，状景纤悉，写情浓至，而开阖参错不见其冗，乃此诗入妙处”（仇兆鳌《杜诗详注》引）。那么诗中繁富之景，与浓至之情究竟如何贯通融合呢？大致说来，有三种途径。

第一种是由“夜宴”来统括全诗。“看此诗，鼓琴看剑，检书赋诗，生平乐事无不具。风林初月，夜露春星，以及暗水花径，草堂扁舟，天文地理，重叠铺叙一首中，浑然不见痕迹，却逐联递接，一气说下，八句总如一句，总说得‘夜宴’二字”（顾宸《辟疆园杜诗注解》五律）。所谓月儿弯弯，繁星当空，清风吹拂，流水淙淙，莫不是春夜所见之景色。而或堂外鼓琴阅景，或烛下检书赋诗，或堂中看剑饮酒，又无不是文人雅集时常见之行事。至于在吟哦声中，突闻久违之吴音而兴起悠然旷远之怀，更见得夜宴之豪纵萧散。总之，良辰美景而值文人雅集，如何不令人心旷神怡？

第二种是由“左氏庄”来弥合全诗。“时当月落，所闻者暗水溅溅，穿流花径；所见者春星历历，映带草堂。皆咏庄中夜游之景。其五、六句云：‘检书烧烛短，看剑引杯长。’言检书时久，故烛烧渐短；看剑兴豪，故杯引弥长。皆咏庄中夜叙之事。短长对岸，恰合事情。杜诗雄伟，此作独静细，诗随境异，各有所宜也”（俞陛云《诗境浅说》乙编）。前四句以“草堂”即左氏庄为结，并非只是春星闪烁在草堂上空，高悬之纤月也是如此，而暗暗生风之树林，以及承载落花之暗流，也无不在草堂之外。因此，前四句所咏确实是夜景，又确实是左氏庄之夜景。后四句写饮酒赋诗等诸种夜宴情事，或室内，或堂外，又无不在左氏庄。这四句写得人影幢幢，众多嘉宾各有所乐，各有所得，包括思绪悠然之作者，唯独不见主人的身影，但左氏的身影又无处不在。总之，因为主人好客，众人方不负良辰美景，雅集于左家庄，他们如何能不心存感谢呢？

第三种是由“吟诗”来引领全诗。“顾小谢曰：‘此诗无首无尾，初不得其解，细观诗罢二字，始悟前六句历记赋诗事’。此说最善。盖‘月落’，记时也；有琴则有人矣，张琴，即分赋之人也，意即下吴咏者。张，张而不弹也。时俱赋诗，故张而不弹也。不弹则有净义，故曰‘净琴’也。暗水、春星，记景也，凝神苦思之时也，见为如此也。‘暗’字承‘落’字说，‘带’即拖带之带，谓草堂孤悬于星光下也。检书、看剑，记事也。夫夜宴耳，何事乎？检书。何事乎？看剑。检书，查考也。看剑，苦吟也。眼中看剑，手内举杯，口内吟哦，心中思索，不自觉其睫之不移，杯之数举，故曰引曰长也。至此而诗罢，则知前此皆未罢时事也”（周篆《杜工部诗集集解》）。

无论是以“夜宴”为核心，还是以“左氏庄”为归依，都不妨将此诗视为应酬之作，不外乎赞誉主人及嘉宾。至于将诗中之景、事都与吟诗关联起来，视为赋诗过程的组成部分，那么这首诗就只是一首单纯的记事诗了。

## 赠李白

秋来相顾尚飘蓬，未就丹砂愧葛洪。[1]
痛饮狂歌空度日，飞扬跋扈为谁雄？

**【注释】**

① 葛洪：字稚川，自号抱朴子，东晋丹阳句容（今属江苏）人，喜神仙导引之法，曾炼丹于罗浮山。

**【评析】**

天宝四载（745），杜甫与李白相聚于鲁郡（今山东曲阜），赋有此作。由于“飞扬跋扈”一词具有极强的情感色彩，历来论者颇为踌躇。大体而言，将“飞扬跋扈”词性认定为贬义的，主张杜诗意在规劝李白；将“飞扬跋扈”词性判定为褒义的，主张杜诗旨在痛惜李白。

跋扈，一般指专横、放恣。地位越高，权力越大，“跋扈”给人的印象就越为深刻，如《后汉书·梁冀传》“帝（汉质帝）少而聪慧，知冀骄横，尝朝群臣，目冀曰：此跋扈将军也”。因此在很长一段时间里，“跋扈”一词往往与逆臣联系在一起，如《北史·齐纪上·高祖神武帝》：“（侯）景专制河南十四年矣，常有飞扬跋扈志。”因此，宋人最初也常常将杜甫这首诗中“飞扬跋扈”同安禄山捆绑起来。蔡梦弼《杜工部草堂诗笺》曰：“跋扈与强梁，指禄山必为乱也。”《分门集注杜工部诗》曰：“飞扬跋扈，指禄山必为乱也。”胡仔《苕溪渔隐丛话前集》曰：“‘飞扬跋扈为谁雄’，盖用贺六浑论侯景专制河南十四年，有飞扬跋扈之志事，指禄山而言也。”

但这种解释无法与诗旨相匹配，诗歌既然以“赠李白”为题，“飞扬跋扈”就应该与李白有所关联。元代高楚芳在《集千家注杜诗》说：“飞扬跋扈，亦谓太白耳，正是妙意。旧注以为禄山，且没交涉。”那么，杜甫为何说李白飞扬跋扈呢？常见的理由是李白好纵横之术，喜击剑，好任侠。“史称李好纵横术，喜击剑，为任侠，正是飞扬跋扈处。亦只为丹砂未就耳，公早见其必撄世网，欲其敛才养气，又深惜其通道未笃，不能成就。飞扬跋扈，正取祸之媒”（卢元昌《杜诗阐》）。“按太白性倜傥，好纵横术，魏颢称其眸子炯然，哆如饿虎，少任侠，手刃数人，故公以飞扬跋扈目之，犹云‘平生飞动意’也，旧注俱大谬”（钱谦益《钱注杜诗》）。“按太白《东鲁行》云：‘顾余不及仕，学剑来山东。’唐史称其好纵横术，喜击剑，为任侠。此故以飞扬跋扈目之”（朱鹤龄《杜工部诗集辑注》）。

既然李白有飞扬跋扈等不宜有之举动，身为友人，杜甫当然应该苦心规劝。“二公元有学道之约，前二句，两人共之。三自谓，四谓李。‘空度日’，不免玩愒；‘为谁雄’，终涉虚憍。俱不济事。必须炼就丹砂，度世遐举，如葛洪而后可断手。此友朋交儆之词也”（王嗣奭《杜臆》）。“此诗自叹失意浪游，而惜白之兴豪不遇也。下二，赠语含讽，见朋友相规之义焉”（仇兆鳌《杜诗详注》）。“此岂‘脱身幽讨’犹未遂耶？读‘飞扬跋扈’之句，辜负‘入门高兴’‘侍立小童’二语不少。先生不惜苦口，再三教戒，见前辈交道如此之厚也”（金圣叹《唱经堂杜诗解》）。

不过，结合两人当时的年龄与身份来看，杜甫尚没有足够的底蕴去规劝李白。于是有人提出“飞扬跋扈”为泛指，如“飞扬之义，如鸷鸟不受绊绁而飞去。跋扈之义：扈，竹簄也；每海水潮，海上人于水未至时先作竹篱以候鱼之人，潮水既退，小鱼独留，其大者跳跋篱扈而出。飞扬跋扈，皆强狠不臣之谓。公意谓如吾辈之痛饮狂歌，亦空度日而已，如强狠之辈跋扈飞扬，亦何所为而自雄？皆不若勾漏令之能养生为有益于身也”（《杜诗赵次公先后解辑校》）。还有人以为“飞扬跋扈”为杜甫之自谓，痛饮狂歌而虚度者为杜甫自己，桀骜不驯而不守规矩者也是杜甫自己。

对于李白的失意与落拓，此时杜甫无力规劝，但能够表达同情与惋惜。“飞扬跋扈”一词，也不妨理解为狂放不羁。“天宝初，公与李相遇于齐鲁之间而赠之。前在东都赠白诗云：‘亦有梁宋游，方期拾瑶草。’今乃相顾飘蓬，丹砂未就，正与前诗相应也。白为人，喜任侠击剑。夫士不见则潜。失职不平，祸之招也。下二，写出狂豪失路之态。既伤之，复敬之”（浦起龙《读杜心解》）。我们可以认为，杜甫在诗中所表达的是，李白意气飞扬，才华横溢而不愿循规蹈矩，因此不获任用，沦落草野，有志难骋，只得寄迹于求仙与痛饮。也正是从这个角度出发，杜甫这首诗“是白一生小像。公赠白诗最多，此首最简，而足以尽之”（杨伦《杜诗镜铨》引蒋弱六语）。

## 春日忆李白

白也诗无敌，飘然思不群。
清新庾开府，俊逸鲍参军。[①]
渭北春天树，江东日暮云。
何时一樽酒，重与细论文。

【注释】

① 庾开府：庾信（513—581），字子山，南阳新野（今属河南）人，官至车骑大将军、开府仪同三司，有《庾子山集》。俊逸：一作“豪迈”。鲍参军：鲍照（约415—470），字明远，祖籍东海（治所在今山东郯城），曾官前军参军，有《鲍参军集》。

【评析】

诗写于天宝五载（746）春天，时杜甫在长安，李白远在江东。诗歌前四句盛赞李白诗作的卓尔不群，自然清新如庾信，飘逸俊爽似鲍照；下四句表达杜甫深切的思念之情，期待天各一方的两人能够再度相聚，把臂重游，杯酒论诗。那么，对于杜甫所畅想的“重与细论文”，历来多有歧解。

有人以为“重与细论文”一句不无弦外之音。所谓“细”，自然针对“粗”而言。李白之诗，固然飘然不群，清新俊逸有余，或不无粗疏之弊。“岂谓李侯诗又无敌，思又不群耶，如是既岂复成语？盖是一纵一擒言之，言白也人称其诗遂无敌，我谓其思则不群有之耳。下紧接‘清新俊逸’四字，皆是‘思不群’边字。吾闻温柔敦厚，深于诗者也；清新俊逸于诗且无与。此非文人相轻，实是前辈定论，不似后人一片犬吠也。……看先生‘细’字‘重’字，信知作文不易。夫文岂‘飘然不群’四字之所得了哉。今观李侯全集，纯是飘然不群，其余更无所有。此诗不独当时针砭李侯，亦且嘉惠后贤多少”（金圣叹《唱经堂杜诗解》）。

除了以“细”来指斥李白作诗“欠缜密”（罗大经《鹤林玉露》）、“太俊快”（葛立方《韵语阳秋》）外，还有人提出杜甫以庾信、鲍照、及阴铿等向来深受非议的六朝诗人来比拟李白，亦可代表他的立场。朱鹤龄驳斥道：“公与太白之诗，皆学六朝，前诗以李侯佳句比之阴铿，此又比之庾、鲍，盖举生平所最慕者以相方也。王荆公谓少陵于太白，仅比以鲍、庾，阴铿则又下矣。或遂以‘细论文’讥其才疏也，此真瞽说。公诗云‘颇学阴何苦用心’，又云‘庾信文章老更成’，又云‘流传江鲍体，相顾免无儿’。公之推服诸家甚至，则其推服太白为何如哉。荆公所云，必是俗子伪托耳”（《杜工部诗集辑注》）。

更多论者以为，“重与细论文”并无指责之意、婉讽之心。杜甫此时思念李白，期待能够与他再度相聚，樽酒相对，细酌论诗。之所以要强调要与李白详细探讨，一方面可能是自从分别之后，两人对诗歌艺术的认识更为深入了，“公向与白同行同卧，论文旧矣。然于别后自有悟入。因忆向所与论犹粗也。白虽不群，而竿头尚有可进之步，欲其不以庾、鲍为限，而重与‘细论’也”（王嗣奭《杜臆》），“公与白同游齐鲁时，彼此赠答，必已互相倾倒。今别后追思，尚恨其论之未细，故欲与重论”（顾宸《辟疆园杜诗注解》五律）；另一方面也有可能是分别之后，杜甫很难寻得适合的对象进行探讨，“公与白周游齐鲁，彼此赠答，尝细论矣。今别后追思，觉他人无可与语，故欲得白重细论之。但渭北、江东，遥远难即，樽酒相对，未知在何时耳。眷眷不忘，实有‘微斯人，吾谁与归’之感”（纪容舒《杜律详解》）。正因为杜甫将李白视为人世难觅之知己，故赋诗相赠以表达其浓烈的思念之情。

## 送孔巢父谢病归游江东兼呈李白[1]

巢父掉头不肯住，东将入海随烟雾。
诗卷长留天地间，钓竿欲拂珊瑚树。

深山大泽龙蛇远，春寒野阴风景暮。②
蓬莱织女回云车，指点虚无是征路。③
自是君身有仙骨，世人那得知其故。
惜君只欲苦死留，富贵何如草头露。
蔡侯静者意有余，清夜置酒临前除。
罢琴惆怅月照席，几岁寄我空中书。④
南寻禹穴见李白，道甫问讯今何如。⑤

【注释】

① 孔巢父：字弱翁，冀州（今属河北）人，孔子三十七代孙，曾与韩准、李白、裴政、张叔明、陶沔隐居徂徕山，时号“竹溪六逸”。

②《左传·襄公二十一年》：“深山大泽，实生龙蛇。”

③ 织女：星名，为吴越分野。

④ 空中书：《梁高僧传·晋上虞龙山史宗》载，史宗常在广陵白土埭。有道人取小儿到山上，作书付之，令其捉杖飘然而往，或闻足下波浪声。史宗得书大惊，曰：汝那得蓬莱道人书耶。

⑤ 禹穴：夏禹的葬地，在今浙江绍兴会稽山。《史记·太史公自序》：“二十而南游江、淮，上会稽，探禹穴。”

【评析】

孔巢父将归隐江东，蔡侯为之践行，杜甫于席中赋此诗，并托孔巢父向已在江东的李白问好。这首诗总共涉及四人，其中孔巢父是创作的缘起，是赠诗的对象，分量最重，因而也是理解诗旨的核心。那么他为何要前往江东呢？

一种说法是去求仙访道。“孔之东游，志在遁世引年”（仇兆鳌《杜诗详注》）。孔巢父既以上古著名隐士巢父为名，又多隐逸之举，此次东游便是为了满足求仙的夙愿。因为他有“仙骨”，所以仙侣导引其入蓬莱，钓东海，抽身远去，仅留诗卷在人间；也正因为他有“仙骨”，视富贵为草头之露珠，所以世人苦留不住；还因为他有“仙骨”，才会被身处东海的谪仙人李太白引为同道。“此诗飘飘有仙气，缘孔是太白一流人，故送孔亦成太白一家人”（黄生《杜工部诗说》）。“巢父自是太白一辈人，其所往地近东海，亦所谓仙灵窟宅处，故为超然出世之语也。通首旨趣，在‘君身仙骨’句道出”（浦起龙《读杜心解》）。

既然孔巢父此行志在求仙，历来多以为此诗不妨视作游仙诗。“此篇宛然游仙诗，但人能超出尘氛之外，便是仙人，非必乘鸾跨鹤也，巢父何减仙人”（王嗣奭《杜臆》）。诗中诸多语句，也不妨视为求仙之语。“巢父归隐学仙，故诗中多缥缈欲仙语”（沈德潜《唐诗别裁集》）。而将诗句一一同求仙之事对应起来，也就不令人奇怪了。“巢父本是‘竹溪六逸’之一，又值其谢病而归，故语多带仙气，所谓与题称也。起笔‘巢父掉头不肯住，东将入海随烟雾’，突兀可喜。下接‘诗卷长留天地间，钓竿欲拂珊瑚树’，一句应‘不肯住’、一句应‘入海’，整束有力，自此便顺流而下矣”（施补华《岘佣说诗》）。

另一种说法是避乱远害。“此蔡侯饯别巢父，子美在座而作。述其归志，美其知机也。言君之归计甚决，且有浮海之思，独留诗卷以为世宝，而栖身岛屿以渔钓，则珊瑚树为垂竿之所矣。是时禄山初反，故以龙蛇风景为比。意谓大贼如山泽之龙蛇，而君已远其害；朝廷如暮春之风景，而君已避其衰。惟藉神女以指点虚无之归路可也。世人罔识君有超凡之质，乃欲苦死相留，不知君之视富贵犹草头露耳。于是遂述蔡侯饯饮之意、将别之情如此，且曰：君果仙去，当何时而以空中之书寄我耶？若见李白，则为我问信，亦以旧好难忘耳”（唐汝询《唐诗解》）。

但大多数读者认为此诗并不作于安史之乱后，“此诗乃天宝中公在京师作，意巢父尝游长安，辞官归隐，史不及载。旧注云：巢父察永王必败，谢病而归，公作此送之。大谬”（朱鹤龄《杜工部诗集辑注》）。不过，即使诗篇作于天宝五载（746）春天，巢父东游，未尝一定意在求仙。“天宝时事，李林甫擅权于前，杨国忠怙宠于后，明皇深居宴溺，真满朝昏乱，祸乱将作，正天地闭、贤人隐之时。太白放还之后，继之以巢父谢病而归。一以洁清自处，不屑与恶人同朝；一以全身远害，见几而作，不俟终日。此乃君子明哲保身、高蹈远引之正义，非为尘视富贵，而欲苟从赤松子游也”（《杜诗言志》）。

## 饮中八仙歌

知章骑马似乘船，眼花落井水底眠。①
汝阳三斗始朝天，道逢曲车口流涎，恨不移封向酒泉。②
左相日兴费万钱，饮如长鲸吸百川，衔杯乐圣称避贤。③
宗之萧洒美少年，举觞白眼望青天，皎如玉树临风前。④
苏晋长斋绣佛前，醉中往往爱逃禅。⑤
李白一斗诗百篇，长安市上酒家眠，天子呼来不上船。自称臣是酒中仙。
张旭三杯草圣传，脱帽露顶王公前，挥毫落纸如云烟。⑥
焦遂五斗方卓然，高谈雄辩惊四筵。⑦

【注释】

① 贺知章（659？—744？）：越州永兴（今浙江萧山）人，自号四明狂客，天宝三载（744）还乡。

② 曲：发曲酵晒过后的粮食，用来酿酒。酒泉：在今甘肃，俗传其城下金泉之味如酒。

③ 李适之（694—747）：恒山王李承乾之孙。天宝元年（742）为左丞相，五载四月罢相，曾赋诗："避贤初罢相，乐圣且衔杯。为问门前客，今朝几个来？"七月贬宜春太守，服毒自尽。避：原作"世"，据他本改。

④ 崔宗之：名成辅，崔日用之子，袭封齐国公，官侍御史。

⑤ 苏晋（767—734）：弱冠举进士，历任中书舍人、户部、吏部侍郎、太子庶子等。

⑥ 张旭（675？—750？）：吴郡（今江苏苏州）人，善草书，好酒，每醉后，号呼狂走，索笔挥洒，变化无穷。时人称之为"草圣"。

⑦ 袁郊《甘泽谣》载，昆山陶岘于开元间自制三舟，客有前进士孟彦深、进士孟云卿、布衣焦遂，各置仆妾，共载游山水间。

## 【评析】

"八仙"之词，由来已久。东汉牟融《理惑论》有"王乔、赤松八仙之箓"，六朝有"淮南八仙"之说，故历来读杜甫此诗，便以为诗中洋溢着飘飘之仙气。"此创格，前无所因，后人不能学。描写八公都带仙气，而或两句、三句、四句，如云在晴空，卷舒自如，亦诗中之仙也"（王嗣奭《杜臆》）。八人排列之时，为何将四明狂客贺知章置于首位？那是因为贺知章是道士。"此篇为少陵创格，题以'八仙'而首知章者，知章请度为道士，则有仙意；饮而落井以眠，入水不濡，果仙术与？于是类举之，若郡王、若宰相、若少年、若禅客；白之诗、旭之书、遂之谈，皆因酒而得仙意"（夏力恕《杜诗增注》）。

八人之中，写他人或两句或三句，唯独写李白有四句之多，则是因为李白最有仙气。"八人中惟太白有谪仙之号，余七人皆未尝仙也，然因其自号‘酒中八仙’，少陵遂从而仙之。至今读其诗，不但飘飘有仙气，亦且拂拂有酒气”（黄周星《唐诗快》）。“篇中醉者八人，人各一章，或一句醉态，或数句合一醉态，彼此无一同，而天真烂漫，各成奇趣。若宾筵中所谓号呶侧弁者，摹写极工，然是醉后之舆隶，非饮中之神仙也。通篇只李白点一‘仙’字，而又从对天子口中说出，明于八仙中推尊李白，是又公用意所在”（吴瞻泰《杜诗提要》）。

不过八人终究是以善饮而非修仙成名，周篆《杜工部诗集集解》说：“仙以善饮而八，不必一时而聚饮也。”故诗中极力所描摹的，是八人的醉吟之态。江南水乡的贺知章，醉后骑马，摇摇晃晃，恰似乘船，眼花落井也能酣眠；帝胄皇孙汝阳王，痛饮三斗始上朝，路遇酒曲之车依然垂涎三尺，恨不能将封地移到酒泉；曾任左相的李适之，座上客常满，樽中酒不空，日费万钱，酣饮如鲸吞，人情冷暖、宦海浮沉置之度外；翩翩少年崔宗之，把酒望青天，睥睨傲然，潇洒倜傥；吃斋念佛的苏晋，醉酒后也放浪形骸，忘却了清规戒律；谪仙李太白，流连于长安酒楼，连天子的召见也不放在心上；草圣张旭，酒后狂放不羁，奋笔疾书，烟霞满纸；布衣焦遂，一饮五斗方有醉意，高谈畅论，滔滔汩汩，语惊四座。

那么，杜甫在选择八人进行刻画时，是否以嗜饮为唯一标准呢？是否出于猎奇，以寥寥数笔而为诸人传神写照？除了嗜饮之外，这八人还有什么共同之处呢？唐汝询以为嗜酒者仅有三人，“其他若崔之貌、苏之禅、李之诗、张旭之草圣、焦遂之高谈，皆任其性真，逞其才俊，托于酒以自见者。藉令八人而当圣世，未必不为元恺之论，今皆流落不偶。知章则以辅太子而见疏，适之则以忤权相而被斥，青莲则以触力士而放弃，其五人亦皆厌世之浊而逃于酒。故子美咏之，亦有废中权之义云”（《唐诗解》）。今人程千帆则认为八人均非欢快畅饮，他们曾经欲有所作为，终于被迫无所作为，从而屈从于世情俗务拘束之威力，才逃入醉乡，以发泄其苦闷(《一个醒的和八个醉的——杜甫〈饮中八仙歌〉札记》)。

## 高都护骢马行[①]

安西都护胡青骢，声价欻然来向东。
此马临阵久无敌，与人一心成大功。
功成惠养随所致，飘飘远自流沙至。[②]
雄姿未受伏枥恩，猛气犹思战场利。
腕促蹄高如踣铁，交河几蹴曾冰裂。[③]
五花散作云满身，万里方看汗流血。[④]
长安壮儿不敢骑，走过掣电倾城知。
青丝络头为君老，何由却出横门道。[⑤]

【注释】

① 高都护：即高仙芝（？—756），高句丽人，开元末为安西副都护、四镇都知兵马使，天宝八载（749）入朝。骢马：青白色的马。

②《隋书·西域传》："（吐谷浑）西北有流沙数百里，夏有热风，伤毙行旅。"

③ 腕促蹄高：仇兆鳌注引《相马经》："马踠欲促，促则健，蹄欲高，高耐险峻。"交河：在今新疆吐鲁番境内。《元和郡县志》："交河，出（交河）县北天山，分流于城下，故称。"

④ 五花：青白杂色。朱景玄《唐朝名画录》："（开元）内厩，有飞黄、照夜、浮云、五花之乘。"

⑤ 横门：《三辅黄图·都城十二门》："长安城北出西头第一门曰横

门。”“门外有桥曰横桥。”

【评析】

这首七言歌行，大致有三种读法。首先，它是一首咏物诗。“咏骏马，见写貌骏物可喜之状”（《竹庄诗话》引《瑶溪集》），“看他画马，如生龙活虎然”（周珽《唐诗选脉会通评林》引蒋一梅语）。所咏之对象，即为一匹来自西域的骢马。这匹青白色的马，为安西都护高仙芝的坐骑，它同主人心意相通，驰骋疆场，屡建奇功，在西域已经名闻遐迩。等到它从极西之地向东而来，涉流沙，渡交河，扬蹄奋鬃，踏地如铁，满身云锦，汗流如血，身价更是与日俱增。如今它虽然被豢养长安，却仍有千里之志，时刻期盼重返沙场，不愿头戴青丝络头，老死于槽枥之间。“此系有功西域之马，新随都护入京者。诗即从此作意，本地风光也。起四，还清来历，以‘欻然向东’为一诗之根。而说马带人，兼表都护矣。‘功成’四句，叙其新到，而拟其性格。‘未伏枥’‘犹思战’，都从新到上摹想出来。‘腕促’四句，写其骨相，仍就来路生情。‘交河蹴冰’，想在彼地如此也。‘万里方汗’，历此长途而不疲也。末四，复就其气概而推其心志曰：以兹掣电惊人之姿，今则安养退休矣，岂遂忘出建大功哉”（浦起龙《读杜心解》）。

其次，它也是一首赠人之作。诗歌看起来句句写马，实则句句咏人，“妙在句句赞马，却句句赞英雄”（高步瀛《唐宋诗举要》引吴农祥语）。青骢马为高仙芝之坐骑，随高仙芝东来，诗人所赞之英雄自然为高仙芝。“分明为老将写生，有据鞍自雄之态”（《杜诗集评》引朱彝尊语）。高仙芝是高句丽人，开元末为安西副都护、四镇都知兵马使，天宝八载（749）入朝。此诗便作于天宝八载高仙芝回朝之后，“公诗盖作于此时，惜其屡立大功，而终老于环卫也”（何焯《义门读书记》)。诗写青骢马离开辽阔的西域而伏枥长安，亦即写高仙芝离开建功立业的沙场而困守长安。“以往日之战场，今日之在厩，错叙成篇。以安西、流沙、交河、长安、横门为线，一东一西，遥遥相照，而中间正写、侧写，笔笔精悍。咏马如人，空前轶后之作也”(吴瞻泰《杜诗提要》)。

最后，此诗也可以视为诗人自我写照，视为自勉之作。“凡诗人题咏，必胸次之高，下笔方能卓绝。杜公此诗，如‘雄姿未受伏枥恩，猛气犹思战场利’，又云‘青丝络头为君老，何由却出横门道’，如此状物，不唯格韵特高，亦足见少陵人品。若曹唐《病马》诗云‘一朝千里心犹在，争敢潜忘秣饲恩’，真乞儿语，其意趣可怜也哉”(张綖《杜工部诗通》)。青骢马之雄姿勃发，正见得诗人之襟怀磊落；青骢马之伏枥失所，正见得杜甫之困顿难堪；青骢马之期待建功，正寄托了诗人之胸怀抱负。“少陵每好言马，以其雄骏之姿，足以寄托其侠烈之概”(《杜诗言志》)。“少陵最喜作鹰诗、马诗。鹰以寄其搏击之思，马以寓其驰驱之志”(梁运昌《杜园说杜》)。

## 兵车行

车辚辚，马萧萧，行人弓箭各在腰。
耶娘妻子走相送，尘埃不见咸阳桥。①
牵衣顿足拦道哭，哭声直上干云霄。
道旁过者问行人，行人但云点行频。②
或从十五北防河，便至四十西营田。③
去时里正与裹头，归来头白还戍边。

边庭流血成海水，武皇开边意未已。
君不闻汉家山东二百州，千村万落生荆杞。
纵有健妇把锄犁，禾生陇亩无东西。
况复秦兵耐苦战，被驱不异犬与鸡。
长者虽有问，役夫敢伸恨？
且如今年冬，未休关西卒。
县官急索租，租税从何出？④
信知生男恶，反是生女好。
生女犹是嫁比邻，生男埋没随百草。
君不见青海头，古来白骨无人收。⑤
新鬼烦冤旧鬼哭，天阴雨湿声啾啾。

【注释】

①“耶娘”句：“古乐府：不闻耶娘哭子声，但闻黄河流水鸣溅溅。”咸阳桥：即便桥，在咸阳县西南十里之渭水上，与便门相对。

②点行：按丁籍强制征发差役。

③防河：开元十五年（727），朝廷诏令陇右道、河西及诸军团、关中兵等集于临洮，朔方兵集于会州，防止吐蕃侵扰，至冬初无寇而罢。营田：屯田。

④县官：天子。司马贞《史记索引》：“县官，谓天子也。所以谓国家为县官者，《夏官》王畿内县即国都也。王者官天下，故曰县官也。”

⑤青海头：青海湖边，唐军与吐蕃争锋之地。

【评析】

《兵车行》是一首反映征戍问题的乐府诗。作为杜甫标志性的作品，它的出现不仅意味着推陈出新、不断探索开始成为诗人创作的重要追求，同时也表明以关注社会民生为己任的写实风格业已形成。也就是说，无论在创作方法上还是创作风格上，《兵车行》都做出了重要贡献。

历来论者都认为《兵车行》完成了“创体”。不过对于革新的基础，依然有不同的认识。或视为“小雅”的遗音，“此体创自老杜，讽刺时事而托为征夫问答之词。言之者无罪，闻之者足以为戒，《小雅》遗音也。篇首写得行色匆匆，笔势汹涌，如风潮骤至，不可逼视。以下出点行之频，出开边之非，然后正说时事，末以惨语结之。词意沉郁，音节悲壮，此天地商声，不可强为也”（《唐宋诗醇》），“严沧浪谓此诗太白所不能作，今观其行文，不依傍古词，自成格调，风骨、气味、色泽并臻绝顶。尤能字字痛心，言言动魄，使人主闻之，因是念民瘼而戢侈心，岂非《小雅》之嗣者哉”（梁运昌《杜园说杜》）。

或视为“风雅”的变调，“陵值唐运中衰，其音响节奏，骎骎乎变风变雅，与《骚》同功。唐非无诗，求能仰窥圣作，裨益世教，如少陵者，鲜矣”（仇兆鳌《杜诗详注》引周甸语）。

或以其为乐府正宗，“是为乐府创体，实乃乐府正宗”（浦起龙《读杜心解》），“以人哭始，以鬼哭终，照应在有意无意。诗为明皇用兵吐番而作，设为问答，声音节奏，纯从古乐府得来”（沈德潜《唐诗别裁集》）。

或以为是乐府与“风诗”的融合，“声调自古乐府来，笔法古峭，质而有文。从行人口中说出，是风人遗格”（《杜诗集评》引俞玚语），“是唐诗史，亦古乐府。通篇设为役夫问答之词，乃风人遗格”（杨伦《杜诗镜铨》引邵长蘅语）。

或以为是汉诗与乐府的融合。“篇中以‘开边’句为主，而叙事只起手七句，以下俱词令代叙事。‘但云’二字，直贯至末，皆戍役之言，分两段写：一段以‘君不闻’结住内郡凋敝，一段以‘君不见’

结住戍卒零丁。似分两扇，而长短参差，绝无痕迹。词令述完，不复再叙一语，含蓄吞吐，语未尽而意有余。真汉诗，真乐府”（吴瞻泰《杜诗提要》）。

或以为发扬了汉魏古诗的精神，“杜公歌行妙处，与汉魏古诗异曲同工，如此篇可谓绝诣矣”（曾国藩、吴汝纶《十八家诗钞评点》引张廉卿语），“杜《兵车》《丽人》《王孙》等篇，正祖汉、魏，行以唐调耳”（胡应麟《诗薮·内编》）。

或以为是歌谣杂语而信手拈来。“语杂歌谣，最易感人，愈浅愈切”（唐汝询《汇编唐诗十集》引吴山民语），“寻常读之，不过以为漫语而已。更事之余，始知此语之信”（吴师道《吴礼部诗话》）。

或以为撷取经史奏议之词，“杜集多用经书语，如“车辚辚，马萧萧”，未尝外入一字……皆浑然严重，如天陛赤墀，植璧鸣玉，法度森锵”（黄彻《䂬溪诗话》），“此诗之意，务令上之人知好战之害与民情之愁苦如此。而居高者每不知，所以不得已于作也。此篇真史、汉大文，论著奏疏，合诗书六经相表里，不可以寻常目之”（方东树《昭昧詹言》）。

或以为得力于杜甫的创造，“齐梁以来，文士喜为乐府词，唯老杜《兵车行》《悲青坂》《无家别》等篇，皆因时事，自出己意立题，略不更蹈前人陈迹，真豪杰也”（蔡居厚《蔡宽夫诗话》），“少陵雄视百代，集中如《兵车》《出塞》《无家》《垂老》《新安吏》《石壕吏》诸作，尤为乐府胜场，何必更摹古作者之名哉”（梁章钜《退庵随笔》）。

# 前出塞九首（选三）[1]

## 其一

戚戚去故里，悠悠赴交河。[2]
公家有程期，亡命婴祸罗。
君已富土境，开边一何多。
弃绝父母恩，吞声行负戈。

【注释】

① 出塞：汉横吹曲名。

② 交河：交河城，贞观十四年（640）所置安西都护府治所，今位于新疆吐鲁番西北。

【评析】

《出塞》之曲，古已有之，杜甫为何要在两组诗题前各加上“前”“后”两字？一般认为，这是由两组诗不同的创作时间所决定的。“当时初作九首，单名《出塞》，及后来再作五首，故加‘前’‘后’字以分别之。旧注见题中‘前’‘后’字，遂疑同时之作，误矣”（仇兆鳌《杜诗详注》）。

那么，《前出塞》九首作于何时，又为何事而作呢？黄鹤《黄氏补千家注杜工部诗史》以为，“当是乾元二年（759）至秦州，思天宝间事而为之”。胡震亨《杜诗通》以为“此九诗，似开、天间西北拓境时作”。王嗣奭以为“当是天宝间哥舒翰征吐蕃时事，而诗有‘磨刀呜咽水’，陇头乃出征吐蕃所经由者，诗亦当作于此时”（《杜臆》）。

朱鹤龄也以为“《前》是哥舒翰贪功于吐蕃”（《杜工部诗集辑注》），钱谦益进一步指出“《前出塞》为征秦陇之兵，赴交河而作”（《钱注杜诗》）。

因此，今人一般认为这九首大约作于天宝年间，与哥舒翰征讨吐蕃之事有关，描述了一位来自秦陇的兵丁横被征调、辞亲远行、习熟战事、奋勇杀敌，及获捷论功又为将营私夺的全过程。也正因为组诗创作于天宝年间，所以从军者有不满，有无奈，有哀怨，却也不至于愤激，“此赋也，伤感时事，其词怨而不怒”（《唐诗选脉会通评林》引周甸语）。如第一首写兵丁出发之际的心理活动。“此从军者初别家之情也。‘开边’是九章主脑，故首章即提纲。已富而又开边，微言冷刺。‘一何’字，婉而厉。末五字又进一步，将上文呼君、呼父母一齐撇开，且吞声、行去、负戈也，字字呜咽”（吴瞻泰《杜诗提要》）。面对征调，他满心不甘，却又无可奈何，因为逃亡就会连累父母妻儿。于是他一边在心里埋怨皇上贪得无厌，已经拥有了辽阔领地还要不断开疆拓土，一边匆匆告别故里，踏上漫漫征程，赶在朝廷规定的期限前抵达交河。

但有人指出，《前出塞》九首非为一时一事而作，不必斤斤计于为何事而发，为何人所写。“盖老杜非从军之人，亦无出塞之事，而篇中之所言皆悬拟而出之者。看他前九首，便是一位努力从王之人，而以功成不居终之；后五首，便是以为意气豪上之人，而以大节不夺终之。夫出塞之士，何虑万计？而如所咏者，恐无一二。则是老杜借此题以摹写出两般忠义之士，可歌、可咏、可法、可传，以寓其顾慕之所在也”（《杜诗言志》）。从这个意义上说，《前出塞》九首与《后出塞》五首似乎不必断然分为两截，无妨视为连贯之作。“前、后《出塞》，旨同语异。前遣戍，后召募；前多叙勤苦忧伤之情，后多写慷慨激昂之气。然终篇俱归于有功不居，发乎情止乎理义，其悲壮一也，其忠贞一也”（吴冯栻《青城说杜》）。

## 其三

磨刀呜咽水，水赤刃伤手。①
欲轻肠断声，心绪乱已久。
丈夫誓许国，愤惋复何有。
功名图麒麟，战骨当速朽。②

【注释】

①呜咽：《乐府诗集·梁鼓角横吹曲》载《陇头歌辞》：“陇头流水，鸣声幽咽。遥望秦川，肝肠欲绝。”

②麒麟：一作“骐驎”。《汉书·苏武传》载，甘露三年，汉宣帝思股肱之美，图画大将军霍光、苏武等十一人于麒麟阁。

【评析】

第三首写从军者在征途中的心理变化历程，体现他情绪起伏的分别是“呜咽水”和“图麒麟”。这位战士不远万里来到陇地，当他在河边心不在焉地磨着战刀时，他的思绪早已飞回了家乡，也许正沉浸在与家人团聚的幻想中，直到刀刃刺破了手指，才清醒过来。此时此刻，他的心情无疑是低落的，那潺湲的流水声，如泣如诉，令人肠断。不过，他随即振奋起来，暗自下定决心：大丈夫既然许身报国，就当置生死于度外，立取赫赫战功以流芳百世，哪里还有闲工夫去自艾自怜。苏武能够在塞外建立功勋，我为何不能效法他呢？

这首诗前四句与后四句，情绪反差极大。“前四句愁惨，后四句忽作丈夫慷慨之谈，一首中极其顿挫”（张溍《读书堂杜诗注解》）。“前四句极凄婉，后四句极勇决”（《唐诗选脉会通评林》引周甸语）。

那么，这位从军者是从此振作起来，还是仅仅一时自我宽慰呢？诗歌的基调究竟是哀伤的还是昂扬的呢？

有人认为诗歌的核心在前四句，前四句渲染出惨淡的氛围，后四句只是前四句的补充。“前四句化用《陇头歌》，极炉锤之妙，后四句发前未尽之意，作意外之想以自宽，正见其心绪之错也。‘图麒麟’，岂易言哉”（王嗣奭《杜臆》）。如果此时一心想着建功立业，似乎也不符合人之常情。“结岂人情？然正为宽解之辞”（《唐诗选脉会通评林》引吴山民语）。首次远涉塞外、置身疆场的兵丁，心绪烦乱而不安。“闻咽水而肠断，故心绪错乱。磨刀伤手而不自知，及至水赤而后见。四句是参错倒序法。此章亦微分两截。前截柔声惨切，语语断肠；后截慷慨雄谈，忽激为变徵之声，若出两人之口。殊不知后截正是强为派遣，姑为此大言耳。八句自具顿挫”（吴瞻泰《杜诗提要》）。

有人认为后四句才是全诗的关键所在。“磨刀而伤手，以心绪乱也。昔人以此水为肠断，我欲轻此声而不能，不觉刃之伤手耳。然丈夫既已许国，亦安所忿恨哉。欲垂名于身后，捐躯非所惜矣。前四语怨，后四语愤，是此题转关眼目处”（《杜诗集评》引许昂霄语）。所谓呜咽断肠，所谓赤刃伤手，正营造出一种悲壮的气势，方显出战士的血性。“夫既以壮生勇，则志气自然不凡。而以身许国，图画麟台，垂之不朽。彼区区形骸之细，自若土木，战死而速朽，何足介意？而又何伤手断肠之可言哉！看他忽设出磨刀伤手，呜咽断肠，一片悲凉中，反衬出如许远大胸襟，真是写得壮士加一倍出色”（《杜诗言志》）。

## 其六

挽弓当挽强，用箭当用长。
射人先射马，擒寇先擒王。[1]

杀人亦有限，列国自有疆。[2]

苟能制侵陵，岂在多杀伤。

【注释】

①寇：一作“贼”。《射经·辨的》：“射人先射马，擒贼必擒头。”

②列：一作“立”。

【评析】

这首诗写作者对战争的反思。毫无疑问，作者并非反对一切形式的战争，而是提出要如何认识战争的性质，如何运用正确的方式以获得最佳的效果。因此，这首诗实际上涉及战争的诸多问题，包括战略战术等。

有人关注到战术问题。诗歌的前四句朗朗上口，尤为深入人心。“前四语，似谣似谚，最是乐府妙境”（黄生《杜工部诗说》）。“语语筋力。前四语不知何自？或是成语，或自己出，用得合拍，总为妙境”（陆时雍《唐诗镜》）。许多读者便瞩目于此，以为诗歌重在阐述作战的方法。打仗并不等于杀敌，而是要抓住要害，解决关键问题，好比射毙战马就易擒敌，俘获对方首领就易溃众。因此，有人提出作者在这里讨论作战的方略。“此章叙其制敌之略。一篇大意，只在‘擒贼先擒王’一句，上三句皆为此句起兴。”（张綖《杜工部诗通》）

有人关注到战争的宗旨问题。他们认为，这首诗的目的在于纠正人们对于打仗的错误认识。战争终究只是一种解决问题的手段，打仗不是终极目标，杀敌也不是多多益善。整首诗是“卒章显其志”，最后一句“岂在多杀伤”才是主旨所作。擒贼擒王的目的，还是为了避免多杀。“锺（惺）云前四句与下四句非两层，擒斩中正寓不欲多杀之意。极是。然他人有前四句，必无后四句，而王者之师所以无敌，正兼前后八句而有之也。三代而下，谁复领此。'谈兵迈古风'，此老自道"（王嗣奭《杜臆》）。

也正因为统治者对战争的认识产生了偏差，在作战的方法和目标上也出现错误的做法。他们往往把杀人视为战争的唯一目的和有效手段，也把杀敌多少视为检验战争效果的唯一标准。岂不知敌人终究不可能全部杀掉，矛盾也就终究无法解决。"战阵多杀，始自秦人，盖以首级论功，先时无是也。至出塞之举，则始于汉武帝。当时卫、霍虽屡胜，然士马大半物故。一将功而枯万骨，亦何取哉。明皇不恤中国之民，而远慕秦皇、汉武之事，杜公此诗托讽实深"（黄生《杜工部诗说》）。所以有人也认为诗歌的核心是"杀人亦有限"一句。

有人关注到战争的性质问题。战争是为了解决矛盾而不是制造矛盾。战争的性质有正义、非正义之分。非正义的战争是为了侵凌，而正义的战争则是制止侵凌，即以戈止武。"此篇言为战之法。射马擒王，盖不欲多杀也。能制侵凌，则不在多杀也。修德明礼，此王者制侵凌之道也。远交近攻，此霸者制侵凌之道也"（董养性《杜工部诗选注》）。如此说来，则此诗的关键在于"制侵凌"三字。

有人关注到杜甫对战争的态度问题，认为杜甫反对盲目开边拓土，劳师远征，诗歌的核心是"列国自有疆"一句。"以前三句引起第四句，而主意在末二句，言'挽强''用长'，方得弓箭之要，即'擒贼先擒王'之理。故杀人原不在多，立国俱各有界，朝廷果有制敌之道，正不必劳师以用武也。仁人之言，托讽深婉"（王文濡《历代诗评注读本》）。每个国家都有自己的疆域，抵御侵凌的手段不是一味地劳师远征，征伐无度。"此为九首扼要之旨。大经济语，借戍卒口中说出，托刺甚深。'列国自有疆'，讽谏微妙，使开边者猛然自省"（吴瞻泰《杜诗提要》）。

# 奉赠韦左丞丈二十二韵

纨袴不饿死，儒冠多误身。
丈人试静听，贱子请具陈。
甫昔少年日，早充观国宾。[①]
读书破万卷，下笔如有神。
赋料扬雄敌，诗看子建亲。[②]
李邕求识面，王翰愿卜邻。[③]
自谓颇挺出，立登要路津。[④]
致君尧舜上，再使风俗淳。
此意竟萧条，行歌非隐沦。
骑驴三十载，旅食京华春。[⑤]
朝扣富儿门，暮随肥马尘。
残杯与冷炙，到处潜悲辛。
主上顷见征，欻然欲求伸。[⑥]
青冥却垂翅，蹭蹬无纵鳞。
甚愧丈人厚，甚知丈人真。
每于百僚上，猥诵佳句新。
窃效贡公喜，难甘原宪贫。[⑦]
焉能心快快，只是走踆踆。
今欲东入海，即将西去秦。
尚怜终南山，回首清渭滨。
常拟报一饭，况怀辞大臣。[⑧]
白鸥波浩荡，万里谁能驯？[⑨]

【注释】

①观国宾：参观王都的宾客，即为君王所器重的在野之士。《易·观》：“观国之光，利用宾于王。”

②子建：曹植（192—232），字子建。

③李邕：字泰和，鄂州江夏人。《新唐书·杜甫传》：“甫字子美，少贫不自振，客吴越、齐赵间。李邕奇其材，先往见之。”王翰（687—726）：字子羽，并州晋阳人。

④《古诗十九首》：“何不策高足，先据要路津。”

⑤三十载：一说当作“十三载”。旅食：寄食，一本作“旅客”。

⑥见征：被征召。天宝六载（747），玄宗下诏，征求天下有一艺之长者赴京城应选。

⑦贡公：贡禹（前127—前44），字少翁，琅琊人，与王吉（字子阳）友善。世谓“王阳在位，贡公弹冠”，即王吉出仕，必定会荐引贡禹。原宪：孔子弟子。《史记·仲尼弟子传》：（原）宪摄敝衣冠见子贡，子贡耻之。曰：“夫子岂病乎？”宪曰：“吾闻之，无财者谓之贫，学道而不能行谓之病。若宪，贫也，非病也。”子贡惭，不怿而去。

⑧报一饭：报答一饭之恩。一作“一饭报”。

⑨波浩荡：一作“没浩荡”，即明灭于浩荡的烟波之中。

【评析】

这是一首干谒诗，干谒的对象是韦济。韦济为京兆杜陵人。天宝七载（748）转河南尹，兼水陆运使；九载，迁尚书左丞；十一载，出为冯翊太守。此前杜甫已作有《奉寄河南韦尹丈人》，天宝十一载春日，他失意暂归洛阳，再度向韦济献上此诗，表达他临去之前的复杂心情。“前诗犹有颂丞语，此诗全篇陈情，诗题曰‘赠’，似误。此篇非排律，亦非古风，直抒胸臆，如写尺牍；而纵横转折，感愤悲壮，缱绻踌躇，曲尽其妙”（王嗣奭《杜臆》）。

诗中所陈之情，有人以为牢骚为主，所谓“一肚皮牢骚愤激，信口冲出”（《五家评本杜工部集》引邵长蘅语）。诗歌的总纲为开首所言“误身”两句，以下先写立志之“误”：早年苦读，头角崭露，踌躇满志，意气风发，于是睥睨天下，立下偌大志愿，终为儒家宏业所“误”；次写谋生之“误”：中年求仕，不辞辛劳，奔波颠沛，不惜寄人篱下，不避遭人白眼，终四处碰壁，蹭蹬垂翼，壮志难酬；最后写为韦济所知而“误”：求仕无门，心灰意冷，本拟退隐江湖，谁知友人升迁，慧眼相顾，使自己误以为得来弹冠相庆之良机，如今希望落空，欲去不忍，欲留无因，内心十分矛盾，如白鸥远逝，或许是自己最好的选择。

有人以为陈情在于乞怜，立意并无可取。“《诗》之教，导人于清贞而蠲其顽鄙，施及小人而廉隅未刓，其亦效矣。若夫货财之不给，居食之不腆，妻妾之奉不谐，游乞之求未厌，长言之，嗟叹之，缘饰之为文章，自绘其渴于金帛，设于醉饱之情，腼然而不知有讥非者，唯杜甫耳。呜呼！甫之诞于言志也，将以为游乞之津也……韩愈承之，孟郊师之，曹邺传之，而《诗》遂永亡于天下”（王夫之《诗广传》）。

但不少人认为诗中虽有牢骚，却更有悲愤，有感激，有慨然，独不作乞怜之态。“凡此八节，皆是陈情告诉之语，而无干望请谒之私，词气磊落，傲睨宇宙，可见公虽困踬之中，英锋俊彩，未尝少挫也”（董养性《杜工部诗选注》）。杜甫虽处穷厄之中，亦不稍挫英锋俊采，终无阿谀俯首之态。“此诗前后乃陈情也。韦必尝荐公而不达，故有踆踆去国之思，今犹未忍决去者，以眷眷大臣也。然去志终不可回，当如白鸥之远泛江湖耳。意最委折而语非乞怜，应与昌黎《上宰相书》同读”（朱鹤龄《杜工部诗集辑注》）。

在艺术评价方面，范温盛赞其结构井然，布置得体，以为“此诗前贤录为压卷，盖布置最得正体，如官府甲第厅堂房屋，各有定处，不可乱也”（《苕溪渔隐丛话》引《诗眼》）。锺惺持论相反，批评此诗有铺叙之病，“此诗妙语叠出，逐语求之，佳；至篇诵之，亦佳。所以不及《北征》《咏怀》诗长篇者，篇法稍散缓，涉于铺叙，逊其变化警策之致耳”（《唐诗归》）。

## 同诸公登慈恩寺塔

高适、薛据先有此作[①]

高标跨苍天，烈风无时休。
自非旷士怀，登兹翻百忧。
方知象教力，足可追冥搜。[②]
仰穿龙蛇窟，始出枝撑幽。
七星在北户，河汉声西流。[③]
羲和鞭白日，少昊行清秋。[④]
秦山忽破碎，泾渭不可求。
俯视但一气，焉能辨皇州。
回首叫虞舜，苍梧云正愁。[⑤]
惜哉瑶池饮，日晏昆仑丘。[⑥]
黄鹄去不息，哀鸣何所投。
君看随阳雁，各有稻粱谋。

【注释】

①薛据：河东汾阴（今陕西万荣）人，开元十九年（731）进士，天

宝六载（747）中风雅古调科，历官水部郎中等。

②象教：佛教，亦作像教。冥搜，遐想。

③七星：北斗七星。

④羲和：为太阳驾车的神灵。少昊：司秋之神。

⑤苍梧：九嶷山，在今湖南宁远县东南。传说舜南巡，葬于苍梧之野。

⑥瑶池：西王母所居之仙境。《列子·周穆王》载，周穆王升昆仑之丘，观黄帝之宫，宾于西王母，觞于瑶池之上。

【评析】

天宝十一载（752）秋，杜甫与高适、岑参、薛据、储光羲齐登长安慈恩寺塔时，同题共作，赋有此诗。慈恩寺为唐太宗贞观二十一年（647）所建，位于今陕西西安南。高宗永徽三年（652），玄奘于寺中建塔，名大雁塔，后来成为西安名胜，“每岁春时游者，道路相属”（张礼《游城南记》）。

这是一首登临之作，开篇就道出了作诗之宗旨。“语语是说时事，而语语只是登临。妙在起四句从后文忧危意中转倒而出，已见其阢陧之象”（梁运昌《杜园说杜》）。诗人在篇首说塔如高标，直插苍穹，风急天高，无休无止，他自以为绝非清雅旷达之士，登塔远眺，俯视神州，心中不能免于忧患。那么杜甫究竟为何而忧呢？

一说伤登临所见之长安，忧唐明皇、杨贵妃诸人所为。时值清秋日暮，大地混沌一片，群山模糊，泾水、渭水难以分辨，连长安城也隐退在迷蒙之中。此时此刻，诗人百感交集。“此伤长安也。登高望远，百忧皆集。三、四两句，为一篇扼要，言天下惟放达者无忧，我非其人，翻生百忧，反言见意。‘虞舜’，忧明皇之游幸。‘瑶池’，忧贵妃之荒宴。‘黄鹄’，忧君子之去位。‘阳雁’，忧小人之贪禄。皆暗以‘忧’字符串，而妙处在不即接，又以‘俯’‘仰’二段，参错成章。几以为写登塔之景，而实隐其用笔之端。意奇法变，纵横跌宕，非可以寻常规矩求之也。讽切明皇，不忍直露。看其登塔处，直陈所见。入时事，皆用引喻。末八句四用比，不参正意，若全与登塔无涉者，然皆自不可求、不可辨中生出。殆所谓定哀之际多微词欤？此其所以‘登兹翻百忧’也”（吴瞻泰《杜诗提要》）。

一说伤时事，忧未来。“诗本用四句领势，次段言登塔所见，后段言登塔所感也。然乱源已兆，忧患填胸，触景即动，只一凭眺间，觉山河无恙，尘昏满目。于是追想国初政治之隆，预忧日后荒淫之祸，而有高举远患之思焉。观此诗之作，犹在升平京阙间也，恐所云‘秦山破碎’‘不辨皇州’及‘虞舜云愁’‘瑶池日晏’等语，比于无病而呻，故起处先着‘旷士百忧’语，凭空提破怀抱，以伏寓慨之根。此则匠心犹苦者也。”（浦起龙《读杜心解》）。

一说伤往事，悼念与建寺相关的高宗等人。诗人最后说，远处愁云密布，那是虞舜葬身之处；昆仑日落之地，或许周穆王还在与西王母宴饮；黄鹄早已远去，只剩下那些谋食稻粱的候鸟，紧紧追随着太阳迁徙。这里的虞美舜、西王母究竟指谁呢？“按慈恩寺系高宗建。高宗武纳武才人，几覆唐祚，在天之灵应有遗憾，故有‘苍梧云正愁’句”（卢元昌《杜诗阐》）。“此暗记慈恩寺之事也。南望而远想苍梧，则即虞美舜而思高宗之晏驾；西望而远想瑶池，则记西王母而思文德皇后之不留也”（赵次公《门类增广十注杜工部诗》）。

与高适、岑参诸人所作相比，杜甫之诗好在何处？或以为是其立意之高，“将同时高适、岑参二诗相看，乃知公诗命意之高”（梁运昌《杜园说杜》）。或以为是开篇气象宏大，“穷高极远之状，可喜可愕之趣，超轶绝尘而不可及也”（张戒《岁寒堂诗话》）。或为是中后段寄托深远，情感饱满。“闳伟之作，不难于恢张，而难于精满。中后郁勃烦冤，使前半声光震耀，中实故也。以上佳篇犹为前贤所到之境，此篇奇丽之色，噌吰之响，始觉尽掩前人”（鲁一同《鲁通甫读书记》）。或以为结句有力，意味无穷，“同时诸公登塔，各有题咏。薛据诗已失传；岑、储两作，风秀熨贴，不愧名家；高达夫出之简净，品格亦自清坚。少陵则格法严整，气象峥嵘，音节悲壮，而俯仰高深之景，盱衡今古之识，感慨身世之怀，莫不曲尽篇中，真足压倒群贤，雄视千古矣。三家结语，未免拘束，致鲜后劲。杜于末幅，另开眼界，独辟思议，力量百倍于人”（仇兆鳌《杜诗详注》）。

## 丽人行

三月三日天气新，长安水边多丽人。[①]
态浓意远淑且真，肌理细腻骨肉匀。
绣罗衣裳照暮春，蹙金孔雀银麒麟。[②]
头上何所有？翠微盍叶垂鬓唇。[③]
背后何所见？珠压腰衱稳称身。[④]
就中云幕椒房亲，赐名大国虢与秦。[⑤]
紫驼之峰出翠釜，水精之盘行素鳞。[⑥]
犀箸厌饫久未下，鸾刀缕切空纷纶。
黄门飞鞚不动尘，御厨丝络送八珍。[⑦]
箫鼓哀吟感鬼神，宾从杂遝实要津。
后来鞍马何逡巡，当轩下马入锦茵。[⑧]
杨花雪落覆白苹，青鸟飞去衔红巾。[⑨]
炙手可热势绝伦，慎莫近前丞相嗔。[⑩]

## 【注释】

①三月三日：上巳节。唐开元中，都人游赏于曲江，莫盛于中和节、上巳节。

②蹙金：一种刺绣。

③盍叶：发髻上的花饰。鬓唇：鬓边。

④腰衱：裙带。

⑤椒房亲：后妃亲戚。后妃以椒涂壁，取其繁衍多子义。《旧唐书·杨贵妃传》载，唐玄宗封杨贵妃大姐为韩国夫人，三姐为虢国夫人，八姐为秦国夫人。

⑥驼峰：唐时名菜。水精：水晶。

⑦鞚：马笼头。

⑧逡巡：缓慢行走。

⑨杨花、白苹：古人以为杨柳飞絮落入水中，一夜后化为浮萍。萍之大者为苹，五月有花，白色谓之白苹。又《梁书·杨华传》载，杨华被逼与魏胡太后私通，惧祸南奔改名杨白花。胡太后追思不已，作《杨白花歌》。青鸟：西王母使者。

⑩丞相：指杨国忠，其天宝十一载（752）十一月为右相。

## 【评析】

这首诗最突出的特点，一般认为是以乐府的形式来写时事，如同现场报道一般，虽没有主观的评论，但作者的立场已经充分展露出来了。“《丽人行》前半竭力形容杨氏兄妹之游冶淫泆，后半叙国忠之气焰逼人，绝不作一断语，使人于意外得之。此诗之善讽也”（施补华《岘佣说诗》）。“无一刺讥语，描摹处语语刺讥。无一慨叹声，点逗处声声慨叹”（浦起龙《读杜心解》）。

但也有人认为，诗歌所采用的表现手法是反讽，是通过极度的夸饰来达到嘲讽的效果。“通篇皆极口铺张作赞，却句句是贬，直《三百篇》之旨”（张溍《读书堂杜诗注解》）。铺陈得越华丽，反讽的力量也就越强大。“本是讽刺，而直叙富丽，若深羡不容口者，故自佳”（吴瞻泰《杜诗提要》）。“先泛泛写出水边容色衣服之盛，‘就中’一转，方入虢、秦，又极力写其供奉之奢，方转入内赐一段，然后转入国忠雄狐正意，托刺深厚”（《杜诗集评》引李因笃语）。

对姿容、服饰、肴馔、音乐、宾从的详细描写，是这首诗的主体部分，也是诗人极力铺陈能事之所致。杜甫所运用的这种艺术手段，有赞成者，如“起结中情，铺叙得体，气脉调畅，从古乐府摹出，另成老杜乐府”（《唐诗选脉会通评林》引周敬语），“‘态浓’以后十句，摹写丽人妖艳入神。想其笔兴酣时，不觉大家伎俩自不可禁”（唐诗选脉会通评林》引周珽语），“如此富丽，一片清明之气行其中，标出以见富丽之不足为诗累”（锺惺《唐诗归》）。也有批评者，如“诗，言穷则尽，意亵则丑，韵软则卑。杜少陵《丽人行》，一以雅道行之，故君子言有则也。色古而厚，点染处，不免墨气太重”（陆时雍《诗镜总论》）。

在大段铺叙之后，诗歌的宗旨在最后一句有所显露。“《丽人行》‘后来鞍马’一段，亦不知说谁，及至‘慎莫近前丞相嗔’，方知言杨国忠，章法甚奇”（施补华《岘佣说诗》）。杨慎以为过于显豁，失去了含蓄蕴藉的风味，“至于变风变雅，尤其含蓄，言之者无罪，闻之者足以戒。如辞淫乱则曰‘雝雝鸣雁，旭日始旦’，不必曰‘慎莫近前丞相嗔’也”（《升庵诗话》）。夏力恕也指出，“此诗专刺杨国忠，而秦、虢椒房，御厨络绎，不复为尊者讳，结束又太显然，几于言之辱且长，非默足以容之道。且凡讽刺，贵有含蓄，公诗历历可验，岂乱后补作之欤？亦非忠厚悱恻之音矣”（《杜诗增注》）。贺贻孙的观点相反，他认为杜甫此诗其实过于含而不露，影响了讽刺的效果。“慕色之诚，迫为嫉恶，其嫉恶更深，所以反覆叹美如此。其用意倍苦，而其刺淫倍刻矣。盖嘲笑甚于骂詈，而怜惜尤甚于嘲笑也。吾方谓少陵含蓄太深，不为《墙茨》《新台》而为《君子偕老》，用修乃谓其不肯含蓄乎”（《诗筏》）。

## 醉时歌

### 赠广文馆博士郑虔[①]

诸公衮衮登台省，广文先生官独冷。[②]
甲第纷纷厌粱肉，广文先生饭不足。
先生有道出羲皇，先生有才过屈宋。
德尊一代常坎轲，名垂万古知何用。
杜陵野客人更嗤，被褐短窄鬓如丝。
日籴太仓五升米，时赴郑老同襟期。
得钱即相觅，沽酒不复疑。
忘形到尔汝，痛饮真吾师。
清夜沉沉动春酌，灯前细雨檐花落。
但觉高歌有鬼神，焉知饿死填沟壑。
相如逸才亲涤器，子云识字终投阁。[③]
先生早赋归去来，石田茅屋荒苍苔。[④]
儒术于我何有哉，孔丘盗跖俱尘埃。
不须闻此意惨怆，生前相遇且衔杯。[⑤]

【注释】

① 郑虔：《唐语林·文学》载：“天宝中，国学增置广文馆，以领词

藻之士。荥阳郑虔久被贬谪，是岁始还京师参选，除广文馆博士。”

② 台：指御史台。省：指中书省、门下省、尚书省。

③ 逸：一作“有”。《史记·司马相如传》：“相如与（卓文君）俱之临邛，尽卖其车骑，买一酒舍酤酒，而令文君当垆。相如身自着犊鼻裈，与保庸杂作，涤器于市中。”《汉书·扬雄传》：“时，雄校书天禄阁上，治狱使者来，欲收雄，雄恐不能自免，乃从阁上自投下，几死。……京师为之语曰：‘惟寂寞，自投阁。’”

④ 归去来：《宋书·陶潜传》：“（陶潜）即日解印绶去职，赋《归去来辞》。”

⑤ 衔杯：《晋书·张翰传》：“翰任心自适，不求当世。或谓之曰：卿乃可纵适一时，独不为身后名邪？答曰：使我有身后名，不如即时一杯酒。”

【评析】

诗作于天宝十三载（754）春。《旧唐书·玄宗纪》：“（天宝十二载）八月，京城霖雨，米贵，令出太仓米十万石，减价粜与贫人。”郑虔任广文馆博士，实则处于闲散之地，故杜甫有是作。

前人或以为诗成于对饮之时，故曰《醉时歌》，乃一时情感勃发而赋诗。“此先生一时醉后之语，非其真也，故名之曰《醉时歌》”（《杜诗言志》）。或以为泛泛而言，“大抵贤人不遇，则寓意于酒以自遣适而已”（《分门集注杜工部诗》引师曰），“此篇总属不平之鸣，无可奈何之词，非真谓垂名无用，非真薄儒术，非真齐孔、跖，亦非真以酒为乐也。杜诗‘沉醉聊自遣，放歌破愁绝’，即此诗之解，而他诗可以旁通。自发苦情，故以《醉时歌》命题”（王嗣奭《杜臆》）。

诗中之牢骚，一说专为郑虔而发，“《醉时歌》为郑虔作。虔从禄山而云‘道出羲皇’，云‘德尊一代’，标榜失实，学者当戒”（施补华《岘佣说诗》)。“此先生饭既不足，酒亦安得有余？不得不借斗酒浇之耳。诗特豪横奔腾，不可一世”（黄周星《唐诗快》）。

一说为杜甫自遣，“而先生则以经世之才，急用世之志，所遭不偶，与郑虔负‘三绝’之望，徒就广文之冷署者略同。故一腔牢落不平之气，聊寄于曲蘖以自遣”（《杜诗言志》）。

一说为杜甫、郑虔两人共同而发。“前段，先嘲广文，次自嘲，而以‘痛饮真吾师’作合，是我固同于先生也。后段，先自解，次为广文解，而以‘遇且衔杯’作合，是劝先生当与我同也。广文先生、杜陵野客，迭为宾主，同归醉乡”（浦起龙《读杜心解》）。

“清夜沉沉动春酌，灯前细雨檐花落”诸句，突然变换节奏，最为人所称道。“衰飒事以壮语扛之，所谓救法也。如‘灯前细雨檐花落’，苍莽中忽下幽秀句，人不诧其失群，总是气能化物”（张谦宜《茧斋诗谈》）。“‘清夜沉沉’两语，写夜饮之景，妙不容说；‘但觉高歌’二句，跌宕不羁中权有此，使前后文势倍觉生色”（《唐宋诗醇》）。“‘清夜’四句，惊天动地。此老胸襟笔性惯如此，他人不敢望也”（方东树《昭昧詹言》）。

## 渼陂行①

岑参兄弟皆好奇，携我远来游渼陂。
天地黤惨忽异色，波涛万顷堆琉璃。
琉璃汗漫泛舟入，事殊兴极忧思集。
鼍作鲸吞不复知，恶风白浪何嗟及。
主人锦帆相为开，舟子喜甚无氛埃。

凫鹥散乱棹讴发，丝管啁啾空翠来。
沉竿续缦深莫测，菱叶荷花净如拭。
宛在中流渤澥清，下归无极终南黑。[②]
半陂以南纯浸山，动影袅窕冲融间。
船舷暝戛云际寺，水面月出蓝田关。[③]
此时骊龙亦吐珠，冯夷击鼓群龙趋。[④]
湘妃汉女出歌舞，金支翠旗光有无。[⑤]
咫尺但愁雷雨至，苍茫不晓神灵意。
少壮几时奈老何，向来哀乐何其多。

【注释】

① 渼陂：在陕西户县西五里，源于终南山，北流经丈八寺东与胡公泉、渼泉、白沙泉之水汇合，至陂头村积水成陂。

② 下归无极：一作"下临无地"。

③ 云际寺：云际山大定寺。《长安志》卷一五："云际山大定寺，在（鄠）县东南六十里。"蓝田关，即峣关，在蓝田县东南。《雍录》卷六："蓝田关者，峣关，在其（渼陂）东南也。"

④ 骊龙：黑色之龙。《庄子·列御寇》："夫千金之珠，必在九重之渊而骊龙颔下。"冯夷：水神。《庄子·大宗师》："冯夷得之，以游大川。"

⑤ 湘妃：舜之二妃娥皇、女英。《列女传》载，舜崩苍梧，二妃死于江湘之间，俗谓之湘君。汉女：汉水之神女。《诗·周南·汉广》："汉有游女，不可求思。"

【评析】

诗作于天宝十三载（754），写杜甫随同岑参兄弟游览渼陂的经历，共分三个层次。第一层先写出发前天气骤变，第二层写途中风和日丽，最后一层写月下宴饮而天气又变。

关于这首诗的眼目，大致有三种观点。

一说以开篇“好奇”两字为主，以岑参兄弟喜欢寻幽访胜引领全诗。“‘好奇’二句，乃全篇之眼。岑生人奇，渼陂景奇，故诗语亦奇。‘骊龙’四句，设想更奇”（仇兆鳌《杜诗详注》引张綖曰）。“以‘好奇’字起，通篇见奇幻之境，可喜可谔，转眼递变”（《杜诗集评》引俞玚语）。“起句‘好奇’二字，乃一篇之章法”（方东树《昭昧詹言》）。“此篇开口言奇，而处处带言其险，以见履险而不形其险，斯以得探奇之乐。然后其文乃得惊心动魄，与天下奇险之观，并垂于千古”（《杜诗言志》）。

一说为结语“忧虑”二字为总括，写诗人感叹人生哀乐无常，有如夏日捉摸不定的天气。“结句‘哀乐’二字，总括一篇之意。改天地黤惨以下，此实可乐；锦帆开以下，此又可乐；宛然如在渤澥之中，而下归无极，又若可哀；影动冲融，船移月出，又诚可乐；棹讴之声，丝管之音，神龙灵异，无不感召，才可乐也；雷雨咫尺，神灵莫测，又为哀焉。故终之曰‘哀乐何其多’”（董养性《杜工部诗选注》）。“始而天地变色，风浪堪忧，既而开霁放舟，冲融㬇窕，终而仙灵冥接，雷雨苍茫。只一游陂时，情景迭变已如此，况自少壮至老，哀乐之感，何可胜穷？此孔子所以叹逝水，庄生所以悲藏舟也”（朱鹤龄《杜工部诗集辑注》）。

一说以“好奇”起，以“哀乐”收。“好奇”与“忧虑”互为因果。“以‘好奇’作主，以‘哀乐’为线。中五段皆奇，而各具哀乐，亦自然之波澜也”（吴瞻泰《杜诗详注》）。“通篇首以‘好奇’二字领起，岑生人奇，渼陂景奇，故诗语亦奇。末用‘哀乐’二字总束全文，章法有草蛇灰线之妙”（杨伦《杜诗镜铨》）。“以‘好奇’二字领起，见游境之奇，忧喜莫测，故以‘哀乐’二字总收之”（《杜诗集评》引查慎行语）。"'奇'是此诗筋脉，而'哀乐'两字，却是中间眼目"（夏力恕《杜诗增注》）。

这首诗的特色在于"奇"，"此诗不过游渼陂耳，却说得天摇地动，云飞水立，悄然有山林窅冥、海水汩没景象，岂不令人移情"（黄周星《唐诗快》）。"奇"之渊源，众说纷纭。"肃肃恍恍，萧萧悠悠，屈大夫《九歌》耶？汉武皇《秋风》耶？"（卢世㴶《杜诗胥钞余论·论七言古诗》）"此篇第六段，托假象以写真景，本于汉《艳歌》"（仇兆鳌《杜诗详注》引）。"只平叙一日游境，而滉漾飘忽，千态并集，极山岫海潮之奇，全得屈《骚》神境"（杨伦《杜诗镜铨》）。

## 自京赴奉先县咏怀五百字

天宝十四载十一月初作

杜陵有布衣，老大意转拙。
许身一何愚，窃比稷与契。
居然成濩落，白首甘契阔。①
盖棺事则已，此志常觊豁。②
穷年忧黎元，叹息肠内热。③
取笑同学翁，浩歌弥激烈。
非无江海志，萧洒送日月。
生逢尧舜君，不忍便永诀。
当今廊庙具，构厦岂云缺？
葵藿倾太阳，物性固莫夺。④
顾惟蝼蚁辈，但自求其穴。

胡为慕大鲸，辄拟偃溟渤。[5]
以兹悟生理，独耻事干谒。
兀兀遂至今，忍为尘埃没。
终愧巢与由，未能易其节。
沉饮聊自遣，放歌颇愁绝。
岁暮百草零，疾风高冈裂。
天衢阴峥嵘，客子中夜发。
霜严衣带断，指直不得结。
凌晨过骊山，御榻在嵽嵲。[6]
蚩尤塞寒空，蹴踏崖谷滑。
瑶池气郁律，羽林相摩戛。[7]
君臣留欢娱，乐动殷胶葛。[8]
赐浴皆长缨，与宴非短褐。
彤庭所分帛，本自寒女出。[9]
鞭挞其夫家，聚敛贡城阙。[10]
圣人筐篚恩，实愿邦国活。[11]
臣如忽至理，君岂弃此物。
多士盈朝廷，仁者宜战慄。
况闻内金盘，尽在卫霍室。[12]
中堂舞神仙，烟雾蒙玉质。[13]
煖客貂鼠裘，悲管逐清瑟。
劝客驼蹄羹，霜橙压香橘。
朱门酒肉臭，路有冻死骨。
荣枯咫尺异，惆怅难再述。
北辕就泾渭，官渡又改辙。
群冰从西下，极目高崒兀。[14]

疑是崆峒来，恐触天柱折。[15]
河梁幸未拆，枝撑声窸窣。
行旅相攀援，川广不可越。[16]
老妻既异县，十口隔风雪。
谁能久不顾？庶往共饥渴。
入门闻号咷，幼子饥已卒。
吾宁舍一哀，里巷亦呜咽。[17]
所愧为人父，无食致夭折。
岂知秋禾登，贫窭有仓卒。[18]
生常免租税，名不隶征伐。
抚迹犹酸辛，平人固骚屑。[19]
默思失业徒，因念远戍卒。[20]
忧端齐终南，澒洞不可掇。[21]

【注释】

①濩落：大而无当。

②觊豁：觊望豁达，希望实现。

③穷年：终年。黎元：百姓。

④葵藿：胡葵和豆叶。曹植《求通亲亲表》："若葵藿之倾叶，太阳虽不为回光，然终向之者，诚也。"

⑤溟渤：大海。

⑥嵽嵲：山高的样子。这里指骊山。

⑦郁律：水汽氤氲。摩戛：摩擦撞击。

⑧胶葛：底本作"汤噶"，一作"樛葛"或"嶱嵑"，广大深远的样子。

⑨庭：原作"廷"，据诸本改。

⑩ 夫家：役夫，家口。

⑪ 筐篚：盛物的竹器，皇帝常用以盛绵帛、钱币来赏赐群臣。

⑫ 内：大内，皇宫。卫霍：卫青与霍去病，这里指身为外戚的杨氏家族。

⑬ 神仙：舞女，或以为指杨贵妃等人。

⑭ 崒兀：山高耸险峻的样子。

⑮ 崆峒：山名，今甘肃平凉一带。天柱：山名，在今陕西凤翔一带。

⑯ 行旅：行人，旅客。

⑰ 舍一哀：舍弃一哀之礼。旧时主家守灵，来人祭奠，主人须先哭一场，然后行礼，是为一哀。

⑱ 禾：原作"未"，据诸本改。登：丰收。苍卒：夭折，一作"仓猝"。

⑲ 骚屑：骚扰不安。

⑳ 失业：失去永业田产。徒：原作"途"，据诸本改。

㉑ 澒洞：汗漫无涯。

## 【评析】

天宝十四载（755）十一月，杜甫离京至奉先县探亲。此时安禄山已叛，但消息尚未传至长安，唐明皇依然在骊山休假。诗人沿途的见闻，凝结成深深的忧虑；大乱将至的危机，笼罩在心头。全诗共分三段。开篇至"放歌颇愁绝"，倾诉诗人的心路历程。第二段从"岁暮百草零"至"惆怅难再述"，写诗人经过骊山的见闻与感受。第三段从"北辕就泾渭"至结尾，写诗人继续跋涉及到家后的境况。"通篇只是三大段，首明赍志去国之情，中慨君臣耽乐之失，末述到家哀苦之感"（浦起龙《读杜心解》）。

历来论者多将此诗与《北征》相提并论，同视为杜集中最杰出的作品。两首诗的共同之处，首先在于尽情地抒发了杜甫的平生之志，

“此与《北征》皆杜公自写生平怀抱，为集中绝大文字。杜、韩所以雄奇苍茫，与元气侔，亘天地不磨灭者，惟赖此等作也”（吴闿生《古今体诗约选》）。“呜呼！君子之仕，得其义也，《赴奉先咏怀》及《北征》肝肠如火，涕泪横流，读此而不感动者，其人必不忠”（卢世㴶《杜诗胥钞余论·论五言古诗》）。

两首诗都很好地继承《诗经》的传统。“此与《北征》为集中巨篇，摅郁结，写胸臆，苍苍莽莽，一气流转。……前述平日之衷曲，后写当前之酸楚，至于中幅，以所经为纲，所见为目，言言深切，字字沉痛。《板》《荡》之后，未有能及此者，此甫之所以度越千古而上继《三百篇》者乎”（《唐宋诗醇》）。“《奉先咏怀》一篇，《羌村》三篇，皆与《北征》相为表里。此自周《雅》降风以后，所未有也。迹熄《诗》亡，所以有《春秋》之作。若《诗》不亡，则圣人何为独忧耶？李唐之代，乃有如此大制作，可以直接《六经》矣”（翁方纲《石洲诗话》）。

两首诗都展示了杜诗沉郁顿挫的风格。“五古前人多以质厚清远胜，少陵出而沉郁顿挫，每多大篇，遂为诗道中另辟一门径。无一语蹈袭汉魏，正深得其神理。此及《北征》，尤为集内大文章，见老杜平生大本领”（《杨伦《杜诗镜铨》）。“与《北征》诗故相避，自是互相表里之作。前未免有语意重复处，然各有脉络，正见反复顿挫沉绵之妙”（沈德潜《杜诗偶评》）。

两诗在内容上互为补充，在写法上各有变化。两诗写法的不同，或以为展现对叙事、议论手法的运用上。“诗凡五百字，而篇中叙发京师，过骊山，就泾渭，抵奉先，不过数十字耳。余皆议论感慨成文，此最得变雅之法而成章者也。又曰：《赴奉先咏怀》，全篇议论，杂以叙事。《北征》则全篇叙事，杂以议论。盖曰咏怀，自应以议论为主；曰北征，自应以叙事为主也”（仇兆鳌《杜诗详注》引胡夏客语）。

或以为体现在转折起伏和语言等诸多方面。“此诗与《北征》诗，变化之妙尽矣。《北征》之变化在转折，此诗之变化在起伏，起伏中亦自转折，转折中亦自起伏，其篇法极幻。总之，极幻极变化，捉摸不得。《北征》有极幽细语、情入语、新美语、闲暇语。此诗一味真实说话。《北征》如《风》，此诗如《雅》，其中各有一段大议论，《北征》在篇后，此诗在中幅，此不同处，又皆变化处”（李长祥《杜诗编年》）。

## 月 夜

今夜鄜州月，闺中只独看。①
遥怜小儿女，未解忆长安。
香雾云鬟湿，清辉玉臂寒，
何时倚虚幌，双照泪痕干。②

【注释】

① 鄜州：今陕西富县。

② 虚幌：薄帷。

【评析】

至德元载（756）正月，杜甫携家眷从奉先至白水。六月，安禄山叛军攻破潼关，诗人全家北上，避居鄜州羌村。七月，唐肃宗即位于灵武，杜甫前去投奔，途中为叛军俘获，押解至长安。在长安羁留的大半年，杜甫写下了不少名篇。《月夜》是其中较早的一首，大约写于中秋之夜，抒发他对妻子儿女的牵挂思念之情。

这首诗的特点，一说在于从对面写来。“入手便摆脱现境，纯从对面着笔，蹊径甚别。后四句又纯为预拟之词，通篇无一笔着正面，机轴奇绝”（纪昀《瀛奎律髓刊误》）。“心已驰神到彼，诗从对面飞来，悲婉微至，精丽绝伦，又妙在无一字不从月色照出也”（浦起龙《读杜心解》）。月色如何能照干泪痕？惟双照，故干耳。妙！妙！凡我忆人，必从对面说人忆我便深一层。此法自《陟岵篇》始，后来诗家多用之。此更添出有忆我者，有不能忆我而独忆我者，更为婉妙”（边连宝《杜律启蒙》）。诗人没有直接抒发他的思家之苦，而是想象妻子在这特殊的时刻——战火纷飞的中秋之夜，如何惦记自己。她在月下久久徘徊，以至头上的发髻都被雾水沾湿，双臂在月下感受到了阵阵寒意。

一说在于无笔不曲。“怀远诗说我忆彼，意只一层；即说彼忆我，意亦只两层；唯说我遥揣彼忆我，意便三层；又遥揣彼不知忆我，则层折无限矣。此公陷贼中，本写长安之月，却偏陡写鄜州之月；本写自己独看，却偏写闺中独看，已得遥揣神情。三、四又脱开一笔，以儿女不解忆，衬出闺中之独忆，故‘云鬟湿’‘玉臂寒’而不知也。沉郁顿挫，写尽闺中深情苦境”（吴瞻泰《杜诗提要》）。“诗犹文也，忌直贵曲。少陵‘今夜鄜州月，闺中只独看’，是身在长安，忆其妻在鄜州看月也。下云‘遥怜小儿女，未解忆长安’，用旁衬之笔；儿女不解忆，则解忆者独其妻矣。‘香雾云鬟’‘清辉玉臂’，又从对面写，由长安遥想其妻在鄜州看月光景。收处作期望之词，恰好去路，‘双照’紧对‘独看’，可谓无笔不曲”（施补华《岘佣说诗》）。

一说在于笔法的变化。“此诗妙在笔法不同。首联不说自己见月忆妻，单说妻子见月忆己。二联不说自己看月，偏说儿女随母看月，写儿女不解忆之忆，其忆更深。三联从忆妻子之忆，忆其忆中之忆。末联满望忆中克遂两人之忆。总重一‘忆’字”（章燮《唐诗三百首注疏》)。“诗有借叶衬花之法。如杜诗‘今夜鄜州月，闺中只独看’，自应说闺中之忆长安，却接‘遥怜小儿女，未解忆长安’，此借叶衬花也。总之古人善用反笔，善用傍笔，故有伏笔，有起笔，有淡笔，有浓笔，今人曾梦见否”(李调元《雨村诗话》)。

一说在于语丽情悲。“公本思家，偏想家人思己，已进一层，至念及儿女不能思，又进层，发湿臂寒，看月之久也，月愈好而苦愈增，语丽情悲，末又想到聚首时对月舒愁之状，词旨婉切”(仇兆鳌《杜诗详注》引王嗣奭语)。“‘只独看’正忆长安，儿女无知，未解忆长安者苦衷也。反复曲折，寻味不尽。五、六语丽情悲，非寻常秾艳”(沈德潜《唐诗别裁集》)。“苦语写来不苦寂，此盛唐诗所以擅场也。犹擅画者，枯木寒鸦，正是位置有致”(《杜诗集评》引李因笃语)。

## 悲陈陶[①]

孟冬十郡良家子，血作陈陶泽中水。
野旷天清无战声，四万义军同日死。
群胡归来血洗箭，仍唱胡歌饮都市。
都人回面向北啼，日夜更望官军至。

**【注释】**

①陈陶：又名陈陶斜或陈陶泽，在陕西咸阳东。

**【评析】**

至德元载(756)十月，房琯自请领兵平叛，在陕西咸阳东之陈陶斜与叛军血战。房琯采用古书中的车战之法，以二千乘牛车挟裹骑兵、步兵进击，为叛军纵火焚烧，一日之间，阵亡士兵四万有余，仅数千人得以生还。在长安苦等胜利消息的杜甫，亲眼见到叛军得胜归来的嚣张气焰，悲痛万分，写下这首泣血之作。那么，诗题中的“悲”字作何解？

一说悲四万义军之受戮。“‘野旷天清无战声’七字，具天地人，盖从来两军交锋，天地变色，军士呼号，乃成苦战。今旷野天清而无战声，则天地人皆若不知有战者，而轻轻四万义军，同日受戮，岂不可悲”（吴瞻泰《杜诗提要》）。

一说悲官军之轻敌冒进。“陈陶之悲，悲轻进以致败也。官军之聊草败没，贼军之得志骄横，两两如生。结语兜转一笔好，写出人心不去”（浦起龙《读杜心解》）。“陈涛，伤主帅之轻敌也。贼势方张，而驱民猝斗，致四万义军，没于一战，所谓将不知兵，以卒与敌也。幸而唐德在人，倾都系望，此国祚终赖之以恢复欤。曰野无战声，见不战而自溃也”（仇兆鳌《杜诗详注》）。

诗中对于房琯的态度，则有两种对立的说法。一说对房琯之罪责直言不讳。“然《陈涛斜》《潼关》二诗，直笔不少恕。……至于陈陶斜、潼关之败，直笔不恕，所以为诗史也”（刘克庄《后村先生大全集》）。“少陵善房次律，而《悲陈陶》一诗不为之隐”（王应麟《困学纪闻》）。“琯，唐之腐儒耳。……杜甫亦称琯为醇儒，得大臣体。至《悲陈涛斜》之诗，不掩其罪，此甫为诗史也”（杨维桢《铁崖咏史注》）。“公于房琯则救之，于诗则悲之，并行不悖也”（张远《杜诗会粹》）。“公于房相出力周旋，陈陶之败，一笔不为解释。古人之于是非，必不苟也”（《杜诗集评》引吴农祥语）。

一说为房琯开脱叹息。“是时议则皆咎琯谋之不良，故甫为之悲叹息”，“琯以宰相器而为爪牙之用，用非所长，以至于败，琯亦何罪？因作是诗以悲之”（蔡梦弼《杜工部草堂诗笺》）。“‘野旷天清无战声，四万义军同日死’，言房琯之败也。琯临败犹持重，而中人邢延恩促战，遂大败，故甫深悲之”（葛立方《韵语阳秋》）。“盖陈涛之败，既致恨于房琯之疏，尤致恨于中人之促也”（王嗣奭《杜臆》）。

## 哀江头

少陵野老吞声哭，春日潜行曲江曲。①
江头宫殿锁千门，细柳新蒲为谁绿。
忆昔霓旌下南苑，苑中万物生颜色。
昭阳殿里第一人，同辇随君侍君侧。②
辇前才人带弓箭，白马嚼啮黄金勒。③
翻身向天仰射云，一笑正坠双飞翼。
明眸皓齿今何在？血污游魂归不得。
清渭东流剑阁深，去住彼此无消息。
人生有情泪沾臆，江水江花岂终极。
黄昏胡骑尘满城，欲往城南忘南北。④

【注释】

① 少陵：许后葬宣帝杜陵南园，即为少陵。

② 昭阳殿：汉代宫殿。《汉书·外戚传》：“赵飞燕为皇后，宠少衰，而弟绝幸，为昭仪，居昭阳殿。”

③ 才人：宫中女官，一作“词人”。《新唐书·百官志》：“内官，才人七人，正四品，掌叙燕寝，理丝枲，以献岁功。”

④ 忘南北：一作“望城北”或“忘城北”。

【评析】

长安沦陷后，被羁押在长安的诗人，独自潜行到曲江池旁。思往日之曲江边，烟柳翠幕，游人如织；见如今之曲江头，新蒲青青，杨柳依依，鲜车怒马却杳如黄鹤。世事如梦，繁花似烟，不禁悲从中来，哀痛不已。

诗中之哀，一说哀杨贵妃，而立意略同于《长恨歌》。“此诗兴哀于马嵬之事，专为贵妃而作也。苏黄门曰：‘《哀江头》，即《长恨歌》也。’斯言当矣。清渭、剑阁，寓意于上皇、贵妃也。玄宗之幸蜀也，出延秋门，过便桥，渡渭，自咸阳望马嵬而西。则清渭以西，剑阁以东，岂非‘峨眉宛转、血污游魂’之处乎？故曰：‘去住彼此无消息。’行宫对月，夜雨闻铃，寂寞伤心，一言尽之矣。‘人生有情泪沾臆，江水江花岂终极’，即所谓‘天长地久有时尽，此恨绵绵无绝期’也”（钱谦益《读杜小笺》）。“此诗半露半含，若悲若讽。天宝之乱，实杨氏之祸阶，杜公身事明皇，既不可直陈，又不敢曲讳，如此用笔，浅深极为合宜。善述事者，但举一事，而众端可以包括，使人自得其于言外。若纤悉备记，文愈繁而味愈短矣。《长恨歌》今古脍炙，而《衷江头》无称焉，雅音之不谐俗耳如此”（黄生《杜诗说》）。

一说哀杨贵妃，而立意大异于《长恨歌》。“赵次公注引苏黄门，尝谓其侄在进云《哀江头》即《长恨歌》也。《长恨歌》费数百言而后成，杜言太真被宠，只“昭阳殿里第一人”足矣。言从幸，只‘白马嚼啮黄金勒’足矣。言马嵬之死，只‘血污游魂归不得’足矣。按黄门此论，上言诗法繁简不同耳，但《长恨歌》本因《长恨传》而作，公安得预知其事而为之兴哀。《北征》诗‘不闻殷夏衰，中自诛褒妲’，公方以贵妃之死，卜国家中兴，岂应于此诗为天长地久之恨乎”

（《杜工部诗集辑注》引潘柽章《杜诗博议》）。“寓意于上皇、贵妃，此《哀江头》《长恨歌》之所同也。但香山专从‘蛾眉宛转’‘夜雨闻铃’生情，而国家治乱之感，只在言外。少陵只从风景不殊、江山举目兴感，故马嵬赐死之痛，已在言中”（《杜诗集评》引许昂霄语）。

一说哀杨贵妃，而诗艺远高于《长恨歌》。“老杜陷贼时有诗：‘少陵野老吞声哭……’予爱其词气若百金战马，注坡蓦涧，如履平地，得诗人之遗法。如白乐天诗词甚工，然拙于纪事，寸步不遗，犹恐失之，所以望老杜之藩垣而不及也”（苏辙《栾城集·诗病五事》）。“当日明皇仓促蒙尘，马嵬惨变，尤出意外。且倥偬奔避，渭水、剑阁两不相顾，一死一生，真天地长久，此哀无极。公诗并不铺排事实，而‘明眸’四句，哀孰甚焉。视《长恨歌》《连昌宫词》，尤简括超妙”（陈讦《读杜随笔》）。“元、白数十百言竭力摹写，不若子美一句，人才高下乃如此”（张戒《岁寒堂诗话》）。

一说为肃宗而悲。“甫睹渭水东流，翻思玄宗既入剑阁，彼此消息断绝，深咎肃宗不能迎父归大内以尽孝道故也”（蔡梦弼《杜工部草堂诗笺》）。“但见清渭东流，肃宗往也；剑阁深邃，玄宗去也。兵戈阻绝，消息不通，人生有情，俱为泪落，而江水江花年年如此，岂有终极，又安问人事之兴亡也”（吴见思《杜诗论文》）。

一说诗人恋君而悲。“‘清渭东流’二句，谓帝西幸，未尝不悬恋京师，而臣子留在京师，又不知主上今何下落，故就目前境地言之，以写其忧君之极思耳”（王嗣奭《杜臆》）。“渭水，公陷贼所见；剑阁，玄宗适蜀所经。‘去住彼此无消息’，是言身在长安，不知蜀道消息耳。‘人生有情’二句，溅泪伤心，亦寓恋主之意”（朱鹤龄《杜工部诗集辑注》）。

# 春望

国破山河在，城春草木深。①
感时花溅泪，恨别鸟惊心。②
烽火连三月，家书抵万金。
白头搔更短，浑欲不胜簪。③

【注释】

① 国：国都，这里指长安。春：一作“荒”。

② 感时：感伤时局。溅：一作“下”。

③ 簪：束发的首饰。

【评析】

这首诗的创作时间，与“烽火连三月”中“连三月”的具体所指密切相关。

烽火连三月，一说是战争持续了三个月。三个月的算法有两种，一种是从战争开始算起，即从安史之乱爆发的天宝十四载（755）十一月开始，至天宝十五载（756）正月。“考此诗作于天宝十五载之正月，盖禄山反于十四载之十一月，至则烽火三月也”（赵次公《门类增广十注杜工部诗》）。

另一种算法，是从天宝十五载正月算起，即春天的三个月。“按史，至德二载正月，史思明入寇太原，李光弼掘壕自固，蔡希德又围；二月，安守忠寇武功，郭英乂战不利，郭子仪遣子旰济河攻潼关，安庆绪救潼关，仆固怀恩退保河东；三月，尹子奇攻睢阳，贼围不辍，安守忠将骑两万复寇河东。‘烽火连三月’的是实录”（卢元昌《杜诗阐》)。“三月，即三春”(洪仲《苦竹轩杜诗评律》)。

一说“三月”单指春天第三个月。“烽火连三月”，指整个三月份，战争一直没有停息。“天宝十五载正月，明皇未幸蜀，方自命嗣吴王祇、李随、李光弼等讨安禄山，安得谓之‘国破’？是时公携家在奉先，五月方入鄜，道路未绝，书非难达。……当是至德二载三月，陷贼营时作”(黄鹤《黄氏补千家集注杜工部诗史》)。“三月，直指至德二载三月而言”(顾宸《辟疆园杜诗注解》)。

一说“连三月”，指连续两个仲春三月，即从去年的三月到今年的三月。“连三月，谓自禄山祸起，至今已连续两个三月，乃言祸之久”(赵星海《杜解传薪》)。“自禄山祸起，至此已一年余。鹤说良是，但如此则不成句法矣。考史，上年之春，潼关虽未破，而寇警不绝。此云‘连三月’者，谓连逢两个三月”(浦起龙《读杜心解》)。

一说三月所指不明，存疑待考。“顾注三月，直指至德二载三月而言，赵注以天宝十四载十二月禄山反，至次年正月为‘三月’，失于不考。……按：赵注固舛，如顾说，直指建辰之月为‘三月’，则语又似滞，此亦应阙疑”(边连宝《杜律启蒙》)。

## 述怀一首①

去年潼关破，妻子隔绝久。
今夏草木长，脱身得西走。
麻鞋见天子，衣袖见两肘。
朝廷愍生还，亲故伤老丑。
涕泪受拾遗，流离主恩厚。②

柴门虽得去，未忍即开口。
寄书问三川，不知家在否？
比闻同罹祸，杀戮到鸡狗。
山中漏茅屋，谁复依户牖。
摧颓苍松根，地冷骨未朽。
几人全性命，尽室岂相偶。
嵚岑猛虎场，郁结回我首。③
自寄一封书，今已十月后。
反畏消息来，寸心亦何有。
汉运初中兴，平生老耽酒。
沉思欢会处，恐作穷独叟。

【注释】

① 底本原有注文“此已下自贼中窜归凤翔作”，据诸本删。

② 拾遗：从八品上，掌供奉讽谏，扈从乘舆，凡发令举事有不便于时，不合于道，大则廷议，小则上封事。

③ 嵚岑：高峻。

【评析】

这首诗作于至德二载（757）。具体的创作背景，大致有三说。一说是四月在凤翔授予左拾遗之后。“公以至德元载陷贼，今诗云‘去年潼关败’，又云‘今夏得西走’，当是二年夏，拜拾遗后作”（黄鹤《黄氏补千家集注杜工部诗史》）。兴奋之余，诗人想到妻儿还寄居在鄜州，兵荒马乱，生死未卜，有心即刻告假探亲，但履职之初却难以开口，于是赋诗抒怀。“此受职行在，而回念家室也”（仇兆鳌《杜诗详注》）。

一说是刚刚来到凤翔，自己已然死里逃生，便开始惦记妻子儿女，不知他们在鄜州是否安好。听说鄜州遭受兵灾，多处被杀得鸡犬不留，不知山中那间漏雨的茅屋是否尚有人住？被砍伐的松树根下，或许已经埋葬了不少尸骨吧？乱世之中，又有几人得以保全性命，几家得以安然无恙呢？“此公自贼中脱身生还，不知妻子存否而作也”（单复《读杜诗愚得》）。“此诗乃窜归后，叙述其由也”（蔡梦弼《杜工部草堂诗笺》）。

一说是在抵达凤翔授予左拾遗后，曾写信回家报喜，但久久没有收到回音，心中忐忑。因此他在诗中说，自从去年潼关被叛军攻破之后，自己就与妻儿音讯隔绝了。今年四月逃归凤翔，衣衫褴褛，狼狈不堪，蒙天子垂怜，得朝廷厚遇，获左拾遗一职，自当戮力尽忠，怎能此刻请假？只是报喜的书信虽已寄向鄜州，尚未得到回复，心中忐忑不安。自从书信寄出之后，反而更为紧张，生怕听到不好的消息。国家中兴有望，真害怕太平之日到来的时候，自己成为孤家寡人，茕茕孑立。“此寄书以后，不得家书之作”（陈式《问斋杜意》）。

故所述之怀，多以为是对家人的惦记牵挂。“从一片至情流出。自脱贼拜官后，神魂稍定，因思及室家安否也。首十二句，详述来历，而起手即提破‘妻子隔绝’，以为一篇之主。后以‘得去’‘未忍’顿住，暗从‘国尔忘家’意化出。中十二句，叙遥忆之情。为寄书去后，但有传闻恶耗，久无的实回书也。后八句，四应中段，四应首段，而‘穷独叟’仍绾定妻子，收束完密”（浦起龙《读杜心解》）。

也有人以为诗人恋国又思家。“篇中写公义私情，无不曲尽”（黄生《杜工部诗说》）。“题曰述怀，世难未平，心惟恋国；世难稍定，心又思家。此公隐隐伤怀，无可向人述者也。首二句思家，是追序法，意未止而言已断。‘今夏’一段恋国，便已隔绝家事矣。‘寄书’二段，又思家，却是空中摹拟，将疑将信，辗转不定。难在‘汉运中兴’句提笔一振，既已隔断家书，更复迢应天子”（吴瞻泰《杜诗提要》）。

这首诗歌的艺术特色，有人以为在于平易真率。“真到极处，或二句一折，或四句一折，逐次写出，有数十层，句句从实景实事描来，如见其心，如闻其语，何处有文字可指？却又极旨极厚，非率意可几，此正老杜之过诸家处”（张溍《读书堂杜诗注解》）。“‘麻鞋见天子，衣袖见两肘’，一时君臣草草，狼籍在目。‘反畏消息来，寸心亦何有’，非经丧乱，不知此语之真。此等诗，无一语空闲，只平平说去，有声有泪，真《三百篇》嫡派，人疑杜古铺叙太真，不知其淋漓慷慨耳”（《杜诗集评》引申涵光）。

也有人提出此诗之妙正在诗结构严谨，波澜起伏。“首尾结构，毫发无遗憾”（王慎中《杜工部集五家评本》）。“昔人谓此诗只平平说去，又谓杜古诗铺叙太实，不知其波澜突起，断续无踪，其笔正出神入圣也……一提一锁，岭断云生矣。如此大波澜、大结构，何从指他平铺处”（吴瞻泰《杜诗提要》）。“其顿挫层折行气之处，与《史记》、韩文如出一手，此外不可复得矣”（高步瀛《唐宋诗举要》引吴汝纶语。）

## 彭衙行[1]

忆昔避贼初，北走经险艰。
夜深彭衙道，月照白水山。[2]
尽室久徒步，逢人多厚颜。
参差谷鸟吟，不见游子还。
痴女饥咬我，啼畏虎狼闻。

怀中掩其口，反侧声愈嗔。
小儿强解事，故索苦李餐。[3]
一旬半雷雨，泥泞相牵攀。
既无御雨备，径滑衣又寒。
有时经契阔，竟日数里间。
野果充糇粮，卑枝成屋椽。
早行石上水，暮宿天边烟。
少留同家洼，欲出芦子关。[4]
故人有孙宰，高义薄曾云。
延客已曛黑，张灯启重门。
暖汤濯我足，剪纸招我魂。[5]
从此出妻孥，相视涕阑干。
众雏烂熳睡，唤起沾盘飧。
誓将与夫子，永结为弟昆。
遂空所坐堂，安居奉我欢。
谁肯艰难际，豁达露心肝。
别来岁月周，胡羯仍构患。
何当有翅翎，飞去堕尔前。

【注释】

①彭衙：在陕西白水县东北。《元和郡县志·关内道》：“同州白水县，又为汉衙县地。春秋时秦、晋战于彭衙是也。”

②白水山：白水县内之山。

③餐：底本作“飧”，据他本改。

④同：原作“周”，据他本改。同家洼：地名，在彭衙与鄜州间。

⑤剪纸招魂：剪白纸条贴门上，以招行人之魂，或是压惊的一种

方式。

【评析】

这首诗以“彭衙行”为题，诗中所记是否就是杜甫经行彭衙的经历，以及何时发生这段经历，历来有不同说法。

一说杜甫曾经行于彭衙故道。“白水县东北，有彭衙道，忆去岁避贼，自奉先携家将往鄜州，从白水北行，……北走险艰如此，未几，前路是同家洼，少焉，恍惚见芦子关矣。险艰已脱，遂望鄜州而趋”（卢元昌《杜诗阐》）。

一说杜甫所经为彭衙之西。“疑亦还鄜时，路经彭衙之西，回忆去岁孙宰周旋之谊，不克枉道相访，聊作此志感。公笃厚性成，于斯可见。孙宰必白水人。同家洼当是白水乡村之名，即孙宰所居也。公因取白水之古名，命题作歌，以表其人，故曰《彭衙行》。非路出彭衙后，再历一旬之泥涂，然后到同家洼，遇孙宰也。其曰‘欲出芦子’者，公往白水时，初意直欲挈家竟达灵武行在，未尝决计寓白水也。适于此遇孙宰，兼得舅氏崔十九翁，因暂止焉。卢元昌不察，遂认同家洼与芦子关相近。不知关在延州北，公生平未尝到延州。且此诗本美孙宰。其家既不在彭衙，则宜曰《同家洼行》不宜曰《彭衙行》矣。凡注皆混，卢尤谬，故特正之”（浦起龙《读杜心解》）。

这首诗开篇就说“忆昔避贼初”，因此认定它为回忆之作是毫无争议的。“此事后追想之作，篇中叙起尽室暴露、儿女幼稚与避贼奔窜、故人艰难款洽之情状，令读者宛如目击”（陈式《问斋杜意》）。“此乃公忆避贼艰难之际，蒙孙宰顾遇，至今感荷，不能自已而作也”（单复《读杜诗愚得》）。那么何时追忆而赋此诗呢？

一说是杜甫脱身至凤翔所作。“盖安庆绪于正月弑父而袭伪位也。公既陷贼而脱身达行在所，故寄此诗感其恩，怀其人矣”（《杜诗赵次公先后解辑校》)。“当是天宝十五载适白水后,七月闻肃宗即位灵武,公赴行在时作”(黄鹤《黄氏补千家集注杜工部诗史》)。

一说是杜甫返归鄜州探亲,途经彭衙附近,想起去年逃难遭遇,或枉道拜访而有此作。“公去岁自白水往鄜州,曾经留宿;意还郎时路经彭衙西,追忆款洽之情,未能枉道相访,聊作此寄谢,非纪行诗可比”(杨伦《杜诗镜铨》)。“云‘别来岁月周’,是忆去年事也。感孙宰之高谊,故隔年赋诗。感之极,时往来于心,故写逃难之苦极真。追思其苦,故愈追思其恩”(王嗣奭《杜臆》)。

其诗之艺术魅力,多认为在描写真实而不避烦琐。“至琐碎之语,至不堪之言,入其笔端皆成风雅”(《杜诗集评》引吴农祥语)。“少陵长诗佳意佳事,十分无余,掩卷思索,山穷水尽,忽转一事一念,接一念一事,只如现成,皆意中笔下所有,意中笔下人却不能到”(李长祥《杜诗编年》)。

## 羌村三首[①]

### 其一

峥嵘赤云西,日脚下平地。
柴门鸟雀噪,归客千里至。
妻孥怪我在,惊定还拭泪。
世乱遭飘荡,生还偶然遂。
邻人满墙头,感叹亦歔欷。
夜阑更秉烛,相对如梦寐。

【注释】

① 羌村：故址在今陕西富县茶坊镇大申号村。

【评析】

夕阳西下，晚霞满天，柴门鸟雀，叽叽喳喳，喧闹不休。千里之外的诗人，终于踏进了家门。家中的妻子，虽是日思夜想，但乱世阻隔，盗贼横行，人人朝不保夕，平安相聚实属侥幸，所以乍见之下，难以置信，随即悲从中来，满腹委屈涌上心头，眼泪便掉落下来。周围的邻居，扒满墙头，指点议论，欷歔感叹，或羡慕，或同情，不一而足。夜深人静，喧嚣已去，家人歇息。诗人夫妇灯下相对而坐，恍惚迷离，犹以为是梦中相聚。

诗作于至德二载（757）秋，记录杜甫探亲回家的见闻感受。“三首俱佳，而第一首尤绝，一字一句，镂出肺肠，才人莫知措手，而婉转周至，跃然目前，又若寻常人所欲道者。真《国风》之义，黄初之旨，而结体终始，乃杜本色耳”（《杜工部集五家评本》引王慎中语）。

此诗之妙，在于语真情真，“语语从真性情流出，故足感发人心，此便是汉魏《三百篇》一家的髓传也”（杨伦《杜诗镜铨》）。“《羌村》只是一真，遂兼众妙”（张谦宜《茧斋诗谈》）。“真语流露，不假雕饰而情文并至”（《唐宋诗醇》）。那么，第一首的眼目何在呢？它是如何摹写回家之场景而使情事如见呢？

或以为在于“喜”字，生动地道出了乍然相见的惊喜。“起语写景如画。‘妻孥怪我’二句，总是一个喜，盖久别积忧，忽然归，骤然见，喜不可堪，且怪且惊，继之拭泪，皆喜心逼迫出来有此光景。‘邻人墙头’，乡村真景；而感慨嘘唏，却藏喜在”（王嗣奭《杜臆》）。“邻人感叹，生发好；秉烛如梦，复疑好。公凡写喜，必带泪写，其情弥挚”（浦起龙《读杜心解》）。

或以为在于“惊”字。“此是还鄜州初归之词。通首以‘惊’字为线。始而鸟雀惊，继而妻孥惊，继而邻人惊，最后并自己亦惊。总是乱后生还，真如梦寐，妙在以傍见侧出取之”（吴瞻泰《杜诗提要》）。“乱后忽归，猝然怪惊，有疑鬼疑人之意。偶然遂，死方幸免。如梦寐，生恐未真”（仇兆鳌《杜诗详注》）。

或以为在“怪”字。“尔时妻孥方盼我归，及见归客，不觉惊怪。盖由丧乱之余，万死一生，我之生还，原属偶尔。今日人耶？鬼耶？诚难免妻孥之惊怪耳”（卢元昌《杜诗阐》）。“不曰喜，而曰怪，情事又深一层。只作惊怪、疑惑之想，情景如画”（朱之荆《增订唐诗摘钞》）。

或以为写出了由惊而喜的变化。“此写到家之景与妻孥相见之情也。盖公陷贼中，家人果疑其死矣。今言乍见而惊，惊定然后泣。叙事真切如此。因言遇贼而见害者甚众，我得生还，特偶然耳。邻人隔墙而窥我者，亦以我归为幸也。是以喜不自禁，至夜阑而尚秉烛相对，恍然如在梦寐间也”（唐汝询《唐诗解》）。

## 其二

晚岁迫偷生，还家少欢趣。
娇儿不离膝，畏我复却去。
忆昔好追凉，故绕池边树。
萧萧北风劲，抚事煎百虑。
赖知禾黍收，已觉糟床注。[①]
如今足斟酌，且用慰迟暮。

【注释】

① 禾黍：一作“黍秫”。糟床：榨酒的器具。

【评析】

“娇儿不离膝，畏我复却去”一句，向来有两说。一说写生疏。“娇儿却去，正为少欢趣，不暇拊摩致之”（王嗣奭《杜臆》）。“此章叙还家后事，承上妻孥来。急于回家，而仍少欢趣者，一为父子久疏，一为生计艰难也。不离膝，乍见而喜，复却去，久视而畏，此写幼子情状最肖”（仇兆鳌《杜诗详注》）。

一说写依恋。“此解用意最曲，不说不知，说之便朗如日月之在怀也。既归后，忽然自想早岁出此门去，岂不自谓致君尧舜，返俗黄虞，功成名遂，始奉身退，壮矣大哉！快乎乐也！乃今心短计促，迫为偷生，窜身还乡，昔图总废，咄咄自诧，又何惫欤！娇儿心孔千灵，眼光百利，早见此归，不是本意。于是绕膝慰留，畏爷复去。四句总是曲写万不欲归一段幽恨”（金圣叹《唱经堂杜诗解》）。

1961 年 12 月 28 日，萧涤非《谈杜诗“娇儿不离膝，畏我复却去”》一文指出这两句诗历来有两种说法，一说孩子们缠在身边，是因为怕爸爸又要抛开他们而去；一说是孩子们刚一见爸爸回来，又亲热又有些害怕。萧涤非主张前一种说法，理由有四：一，从“娇儿们”的年龄来看，发生这种惧生的可能性不大，其时杜甫最小的孩子已经四五岁了；第二，从写作时间上看，娇儿们更不会有这种又喜又怕的心理，因为《羌村三首》写于诗人回家几天之后；第三，从“不离膝”所表现出的亲人程度来看，孩子们不应又忽然会感到害怕而“复却去”；第四，从杜甫对孩子一向的慈祥态度，后一说也难以成立。

吴小如《说杜诗“畏我复却去”》则认为《羌村三首》是纪实的，所以对上述两句诗的理解要从后一种说法：“从全诗看，杜甫回了家，骨肉团聚，本是高兴的事。但由于诗人忧国伤时，以‘偷生’为耻，虽与妻儿朝夕相处，也举得‘少欢趣’，因此总不免带有不悦的神情。

孩子对父亲原很亲热，所以说‘不离膝’；但一看到父亲脸上有点不高兴，自然就慢慢地悄悄地退缩着躲开了。而孩子的行动翻转过来又增加了诗人‘还家少欢趣’的心情。”他认为前一种说法有两处难以说通，一是杜集中用“畏”字共二十余处，没有一处把它用作“担心”或“恐怕”的意思，都是作“畏惧”或“畏怯”讲的；二是“复却”两字从没有在一起连用的，“一·四”的句法在古诗中很别扭。

傅庚生也赞同吴小如的看法，他在《谈杜诗之琛宝·旷百世而知音》中说：“愚以为此诗十二句，四句为一组，这两句本是形象地说明上面的‘还家少欢趣’的。似应解作：娇儿本是不离膝前的，可是因为看到我有些不耐烦，脸上的表情很严肃，有点儿害怕，又都悄悄地溜开了。这样解为副句，乃能丰富‘少欢趣’的内涵，吻合原诗的沉郁之感。”

后来，萧涤非撰写了《一个小问题，纪念大诗人——再谈杜诗“娇儿不离膝，畏我复却去”》，再次申述自己的看法。首先，他指出不能将“少欢趣”理解为“无欢趣”；其次，他认为“畏”字在此处曾被前人释为“担心”；第三，“复却去”中的“却”，不当作“退却”理解，而是副词；第四，古诗“上一下四”的句法，虽然很少，也并非全然没有。此后，傅庚生在《杜诗散绎》中进一步解释自己的观点，认为将两句诗理解为一虚写、一实写更为恰当，“却去”只能作“退回”讲，“复却去”的主语应是娇儿：“娇儿一向是不离膝的，可是这次回家来，他们都害怕我的不耐烦，刚想接近，又一个个悄悄地溜走了。”于是萧涤非又于《不要强杜以从我——三谈“娇儿不离膝，畏我复却去”》一文中强调《羌村三首》是写实的，“却”当“即”讲，娇儿对于父亲只会依恋而没有畏惧，所谓“畏”也是依恋的表现：“杜甫当日多半是趁着孩子们还在熟睡之际，和老妻告别，便走了的。这对孩子们来说，自然是很伤心的事。他们醒过来，一睁眼，爸爸不见了。孩子们接受了这次惨痛的教训，所以当这次爸爸回来时，自然就会产生畏父复去的心理。”

陈贻焮认为这首诗的主旨是“忧”，在《杜甫评传》分析中，他指出《羌村三首》并非全然写实的：“‘娇儿不离膝，畏我复却去’，写小儿女喜父归来而绕膝依依，及见面露不悦神情，不觉生畏而退了回去——就是这样，通过娇儿的一个细微的心理变化和小动作，便反映出老杜‘还家少欢趣’的愁苦情状。”

1983 年 8 月 9 日，在山东泰山师专召开的全国元明清文学讨论会上，萧涤非作了《对杜甫诗句的一些不同理解》的发言，其中又一次谈及了他对这个问题的认识：“我觉得理解问题，不但要书本知识，而且要生活经验。杜甫有两个男孩子，即宗文和宗武，还有两个女孩子。宗武最小，也是杜甫最喜欢的。宗武的小名是骥子。杜甫在和《羌村》写于同一年的《遣兴》诗中说：‘骥子好男儿，前年学语时。问知人客姓，诵得老夫诗。’这时宗武至少有四五岁了，他已能读诗。他见到离家一年的父亲回来，生怕他再走，这是很自然的。即使孩子们见到杜甫衣服破烂而且很脏，没穿袜子，有些怕生的心情，那也只能是初见面的那一刹那。当他们一认清是自己的父亲时，怕的心情很快就消失了。而《羌村三首》之二是杜甫回家后几天写的。那时孩子们的情况，正如《北征》诗说的‘问事竞挽须’，哪里还有一点怕气？因此，对这两句诗，我不放弃自己一向的看法。”

## 其三

群鸡正乱叫，客至鸡斗争。
驱鸡上树木，始闻叩柴荆。
父老四五人，问我久远行。
手中各有携，倾榼浊复清。[①]

苦辞酒味薄，黍地无人耕。
兵革既未息，儿童尽东征。
请为父老歌，艰难愧深情。
歌罢仰天叹，四座涕纵横。

【注释】

① 榼：盛酒之器。

【评析】

院落里群鸡正在追逐争斗，乱成一团。诗人将它们驱赶到一边的小树上，这才听见客人在敲门，原来是村中的父老各自携酒前来看望慰问诗人。他们一再致歉，说年轻人都去打仗去了，村子里的土地无人耕种，粮食收成不好，所以这些自酿的酒也清浊不同，颇为简陋。面对父老乡亲的深情厚谊，我十分感激与惭愧，便为他们高歌一曲。无论是当前的国政还是乡亲们的处境，我都无能为力，歌罢惟有仰天叹息。念及时事艰难，满座亦是涕泪纵横。

第三首叙述乡里父老前来慰问。仇兆鳌以"荒凉"为线索诠释全诗。"客至鸡鸣，见荒舍寂寥之景。……再叙饮中问答，皆乱后悲伤之意"（《杜诗详注》）。吴见思《杜诗论文》也以为诗中处处皆荒凉之意，"手中各携酒榼，酒色又清浊不同，极写荒村景色。因自言酒味之薄者，以黍地者无人，兵革未息，儿童东征，役及儿童，则村中父老外无他人矣"。杨伦则以为诗中"虽述父老厚意，而时事艰难已带出"（《杜诗镜铨》）。

金圣叹以"问"字为诗之眼目。"父老一问，直得无言可对，何也？先生远行，专为普天父老。今榼中清浊酒味如此，然则父老欲问，我只须各自问：特地出门五年十年，而俾父老耕地无人，羞杀也！愤杀也！先生妙笔，全在无字处如此。从来人读此以为平平。先生被父老一问，方在无言可对，乃父老反为酒薄自愧，说出无数絮叨。句句曲解酒薄缘故，句句热剥先生面皮，真异样奇笔。我贻汝以艰难，汝报我以深情，真正愧杀也。前父老问，竟到底不答。至此但请为歌，歌即歌‘艰难愧深情’五字也。歌罢浩叹，虽父老皆作殷浩咄咄矣”（《唱经堂杜诗解》）。

吴瞻泰也以“问”字为诗之关键。诗人因无法回答父老之问，而以歌作答。“公一生以稷契自期，欲起生民于沟壑，家给人足，功成名遂，奉身以退，是其本怀。今窜身还乡，偷生终老，一腔幽愤说不出，而姑托言自慰。次首‘偷生’二字，已略见其意。至此乃借父老言，说出耕地无人，兵革未息，儿童东征，意若为责公也者，而却是自愧酒薄，其曲笔固已奇绝矣。乃公于父老言，亦竟不能答，但请为歌。若将耕战事置之罔闻，而只谢其携酒深情。着‘艰难’字、‘愧’字，正默自惭也。所谓‘歌’者，即‘艰难愧深情’五字，他语一聚阁下。无限低徊愤恨，须于字句缝中讨出”（《杜诗提要》）。

王嗣奭也瞩目于诗人与父老之问答，但认为“艰难愧深情”是诗人歌之缘由。“‘苦辞酒味薄’云云，绝似老人口吻。‘兵革未息’‘儿尽东征’，亦述老人语。儿童东征，故黍地莫耕，正相发也。‘请为父老歌’，答其来意。艰难，正根‘黍地无人耕’来。如此艰难，犹复送酒，所以愧其深情”（《杜臆》）。

# 北　征

归至凤翔墨制放往鄜州作[①]

皇帝二载秋，闰八月初吉。[②]
杜子将北征，苍茫问家室。
维时遭艰虞，朝野少暇日。
顾惭恩私被，诏许归蓬荜。
拜辞诣阙下，怵惕久未出。
虽乏谏诤姿，恐君有遗失。
君诚中兴主，经纬固密勿。[③]
东胡反未已，臣甫愤所切。
挥涕恋行在，道途犹恍惚。
乾坤含疮痍，忧虞何时毕。
靡靡踰阡陌，人烟眇萧瑟。
所遇多被伤，呻吟更流血。
回首凤翔县，旌旗晚明灭。
前登寒山重，屡得饮马窟。
邠郊入地底，泾水中荡潏。
猛虎立我前，苍崖吼时裂。
菊垂今秋花，石戴古车辙。
青云动高兴，幽事亦可悦。
山果多琐细，罗生杂橡栗。
或红如丹砂，或黑如点漆。
雨露之所濡，甘苦齐结实。

缅思桃源内，益叹身世拙。
坡陀望鄜畤，岩谷互出没。[④]
我行已水滨，我仆犹木末。
鸱鸟鸣黄桑，野鼠拱乱穴。
夜深经战场，寒月照白骨。
潼关百万师，往者散何卒。[⑤]
遂令半秦民，残害为异物。
况我堕胡尘，及归尽华发。
经年至茅屋，妻子衣百结。
恸哭松声回，悲泉共幽咽。
平生所娇儿，颜色白胜雪。
见耶背面啼，垢腻脚不袜。[⑥]
床前两小女，补缀才过膝。
海图拆波涛，旧绣移曲折。
天吴及紫凤，颠倒在裋褐。[⑦]
老夫情怀恶，呕泄卧数日。
那无囊中帛，救汝寒凛栗。
粉黛亦解苞，衾裯稍罗列。
瘦妻面复光，痴女头自栉。
学母无不为，晓妆随手抹。
移时施朱铅，狼籍画眉阔。
生还对童稚，似欲忘饥渴。
问事竞挽须，谁能即嗔喝。
翻思在贼愁，甘受杂乱聒。
新归且慰意，生理焉得说。
至尊尚蒙尘，几日休练卒。

仰观天色改，坐觉妖氛豁。
阴风西北来，惨淡随回纥。
其王愿助顺，其俗善驰突。
送兵五千人，驱马一万匹。
此辈少为贵，四方服勇决。
所用皆鹰腾，破敌过箭疾。
圣心颇虚伫，时议气欲夺。
伊洛指掌收，西京不足拔。
官军请深入，蓄锐可俱发。
此举开青徐，旋瞻略恒碣。⑧
昊天积霜露，正气有肃杀。
祸转亡胡岁，势成擒胡月。
胡命其能久，皇纲未宜绝。
忆昨狼狈初，事与古先别。
奸臣竟菹醢，同恶随荡析。⑨
不闻夏殷衰，中自诛褒妲。⑩
周汉获再兴，宣光果明哲。⑪
桓桓陈将军，仗钺奋忠烈。⑫
微尔人尽非，于今国犹活。
凄凉大同殿，寂寞白兽闼。⑬
都人望翠华，佳气向金阙。
园陵固有神，扫洒数不缺。
煌煌太宗业，树立甚宏达。

【注释】

①北征：班彪自长安避地凉州，曾作《北征赋》。杜甫所放往之鄜

州，亦在凤翔东北。

②初吉：朔日，即初一。

③密勿：勤勉努力。

④鄜畤：即鄜州。《汉书·郊祀志》载秦文公梦黄蛇自天而下，止于鄜衍，因作鄜畤，用三牲郊祀白帝。

⑤“潼关”二句：指驻守潼关之哥舒翰，战败于灵宝，二十万大军覆没。

⑥耶：父亲。《木兰诗》：“不闻耶娘唤女声。”

⑦天吴：水神，这里指海图所画之物。紫凤：旧绣所刺之物。颠倒：剪旧物以补衣服，致使图纹错乱。裋褐：粗陋的短衣。

⑧青徐：青州（今属山东）与徐州（今属江苏）。恒碣：恒山与碣石。《书·禹贡》：“太行、恒山，至于碣石，入于海。”

⑨奸臣：指杨国忠。菹醢：剁成肉酱。同恶：指虢国夫人等。

⑩褒妲：周幽王所宠之褒姒，与商纣王所宠之妲己。

⑪宣光：周宣王和光武帝。

⑫陈将军：禁军龙武大将军陈玄礼，在马嵬率士卒请处死杨国忠、杨贵妃等。

⑬大同殿：在长安南内兴庆宫勤政楼之北。白兽闼：白兽门。《三辅黄图》：“未央宫有白虎殿，唐避太祖讳，改为兽。”

## 【评析】

在羌村稍事休息之后，杜甫回顾了他一路跋涉回家的见闻感受，表露了他对当前朝政方略及未来走向的看法，写下了这首长诗。诗之命名，一说来自杜甫北归的经历。“北征，先生自行在奉诏还鄜州，迎看家室也。题是北归，通篇诗全是忧劳朝廷，一片深心至计”（金圣叹《唱经堂杜诗解》）。“公遭禄山之乱，自行在往鄜州。鄜州在凤翔东北，故以《北征》命篇”（仇兆鳌《杜诗详注》）。“《北征》言奉诏北归而征也。时少陵家在鄜畤，居行在之北，故曰‘北征’”（《杜诗言志》）。

一说诗歌的命名受到了班彪《北征赋》的影响。“班彪自长安避地凉州，作《北征赋》。公亦因所往之方向，故借二字为题耳”（《杜诗赵次公先后解辑校》）。陈讦更进一步，认为杜甫这首诗在创作方法上也深受《北征赋》影响。“今《北征》既仿班赋命题，即诗题亦仿汉魏赋体，腰腹铺排详赡，不遗巨细，末幅归到正意，忽诵忽规……公《北征》诗，即公北征赋也。以变为创格，洵推千古独绝”（《读杜随笔》）。

不过从文体上看，更多人认为这首诗主要采用了古文笔法。“《奉先咏怀》及《北征》是两篇有韵古文，从文姬《悲愤》诗扩而大之者也。后人无此才气，无此学问，无此境遇，无此襟抱，断断不能作。然细绎其中阳开阴合，波澜顿挫。殊足增长笔力，百回读之，随有所得”（施补华《岘佣说诗》）。“长篇缠绵悱恻，潦倒淋漓，忽而女儿喁喁，忽而老夫灌灌，似骚似史，似记似碑。诚如涪公所言，足与《国风》《雅》《颂》相表里”（黄周星《唐诗快》）。“长篇最难，晋魏以前，无过十韵者，盖古人以意逆志，初不以叙事倾倒为工。至杜子美《北征》《述怀》诸篇，穷极笔力，如太史公记传，此古今绝唱也”（叶梦得《石林诗话》）。

由此后人多将它与韩愈《南山》诗相比较。一则以为《北征》立意胜而工巧稍逊。“孙莘老尝谓老杜《北征》诗胜退之《南山》诗，王平甫以为《南山》胜《北征》，终不能相服。时山谷尚少，乃曰：若论工巧，则《北征》不及《南山》；若书一代之事，与《国风》《雅》《颂》相为表里，则《北征》不可无，而《南山》虽不作未害也。二公之论遂定”（《苕溪渔隐丛话》引范温语）。

一则以为两诗格调不同。“昌黎《南山》韵赋为诗；少陵《北征》韵记为诗，体不相蒙。……《南山》琢镂凑砌，诘屈怪奇，自创为体，杰出古今，然不可无一、不可有二，固不易学，亦不必学，总不脱文人习气。《北征》故是雅调，古来词人亦多似之。即韩之《赴江陵》《寄三学士》等作，庶可与之雁行也”（王嗣奭《杜臆》）。

作为鸿篇巨制，在写法上，或以为杜甫此诗只是信笔直书，无所谓技巧。“叙事言情，不伦不类，拉拉杂杂，信笔直书。作者亦不知其所以然，而家国之感、悲喜之绪，随其枨触，引而弥长，遂成千古至文，独立无偶”（《杜诗集评》引吴农祥）。或以为笔法变幻多端。“长诗之妙，于接续结构处见之，又于闲中衬带处见之，全在能换笔也。不能换笔，则无起伏。无起伏，则俗所云死龙死凤，不如活鸡活蛇也。此作有大有小、有提有束、有急有闲、有擒有纵，故长而不伤于冗，细而不病于琐。然又须看其忽然转笔，突兀无端，尤属神化”（吴瞻泰《杜诗提要》）。“此诗有大笔、有细笔、有闲笔、有警笔、有放笔、有收笔、变换如意，出没有神。若笔不能换，则局势平衍，真成冗长矣”（黄生《杜工部诗说》）。

## 奉和贾至舍人早朝大明宫①

五夜漏声催晓箭，九重春色醉仙桃。②
旌旗日暖龙蛇动，宫殿风微燕雀高。
朝罢香烟携满袖，诗成珠玉在挥毫。
欲知世掌丝纶美，池上于今有凤毛。

【注释】

① 贾至：字幼几，河南洛阳人，历起居舍人、中书舍人、岳州司马、兵部侍郎等。贾至之父贾曾，一度亦为中书舍人。

② 五夜：旧时将一夜分为甲夜、乙夜、丙夜、丁夜、戊夜五个阶段，也称五更。

【评析】

两京收复以后，大局甫定，朝野上下享受着胜利的喜悦，展望着即将到来的王朝中兴。乾元元年（758）春日，中书舍人贾至把他的这种乐观兴奋之情以《早朝大明宫呈两省僚友》一诗展示出来，同朝为官的王维、杜甫与岑参等人不甘落后，纷纷应和，极力夸耀升平景象。杜甫在诗中说：五更时分，听着漏壶中滴答滴答的声音，朝臣们就默默地等着上朝了；太阳出来了，皇宫内灿烂的桃花红得耀眼，旌旗在风中招展，燕雀穿梭往来；大殿中香气缭绕，臣子们智珠在握，华美的奏章一挥而就；其中父子相继执掌诏诰的，如今也只有贾至一家了。

四人此时酬唱应和，也引起了后人的质疑：“四人早朝之作，俱伟丽可喜，不但东坡所赏子美‘龙蛇’‘燕雀’一联也。然京师喋血之后，疮痍未复，四人虽夸美朝仪，不已泰乎？”（方回《瀛奎律髓》）四人之诗写得珠圆玉润、花团锦簇，一方面是受应酬、唱和之诗的体例所限，“文章各有题材，即丧乱之余，亦无不论是何题目，首首皆新亭对泣之理”（《瀛奎律髓汇评》纪昀语）；另一方面他们四人确实对当前政局抱有盲目的乐观情绪，故杜诗所极力渲染的依然是君臣的雍容熙和。

四人之作，评价不一。杜甫此诗，有推许为佼佼者，或赞许其稳重诚挚，“合观四作，贾首倡殊平平，三和俱有夺席之意。就三诗论之，杜老气无前，王、岑秀色可揽。一则三春秾李，一则千尺乔松，一结用事，天然凑泊，语更绸挚，故当推为擅场”（黄生《杜工部诗说》）。

或赞许其格律谨严。“作诗须知宾主，前半撮略宾意，后半重发主意，始见精神。王、岑宾太详，主太略，岑掉尾犹有力，王则迂缓不振矣。‘翠裘’‘冕旒’‘衮龙’偏倚重复之病，更不必言。又‘弱柳’‘流莺’，毕竟属对体，必如‘旌旗’一联，锻炼功深，精采飞动，始见格律。拈‘凤’字更奇，王、岑远逊”（朱瀚、李燧《杜诗七言律解意》）。“此诗比诸公所作，格法尤为谨严”（仇兆鳌《杜诗详注》）。

也有批评杜甫此作，或以为过于滞重。“《早朝》四诗，名手汇此一题，觉右丞擅场，嘉州称亚，独老杜为滞钝无色。富贵题出语自关福相。于此可占诸人终身穷达，又不当以诗论者”（胡震亨《唐音癸签》）。“早朝倡和诗，右丞正大，嘉州明秀，有鲁、卫之目。贾作平平，杜作无朝之正位，不存可也”（沈德潜《唐诗别裁集》）。

或以为不如贾至、王维诸作稳重。“施诸廊庙之诗，尤宜平易。如《早朝大明宫》，杜之‘九重春色醉仙桃’，仙语也，却不如贾至、王维之稳”（方世举《兰丛诗话》）。“早朝倡和，舍人作沉婉秾丽，气象冲逸，自应推首。‘衣冠身’三字微拙。右丞典重可讽，而冕服为病，结又失严。嘉州句语停匀华净，而体稍轻扬，又结句承上，神脉似断。工部音节过厉，‘仙桃’‘珠玉’近俚，结使事亦粘带，自下驷耳。四诗互有轩轾，予必贾、王、岑、杜为次也”（毛先舒《诗辩坻》）。

或以为音调不够响亮，内容不够切题。“《早朝》四诗，贾舍人自是率尔之作，故起结圆亮而次联强凑。少陵殊亦见窘。世皆谓王、岑二诗，宫商齐响。然唐人最重收韵，岑较王结更觉自然满畅。且岑是句句和早朝，王、杜未免扯及未朝、罢朝时矣”（周容《春酒堂诗话》）。

## 春宿左省①

花隐掖垣暮，啾啾栖鸟过。
星临万户动，月傍九霄多。
不寝听金钥，因风想玉珂。②
明朝有封事，数问夜如何。③

【注释】

① 左省：门下省，在宣政殿之左。

② 玉珂：马络头上的玉制或贝壳所制装饰物。

③《诗·小雅·庭燎》：“夜如何其？夜未央，庭燎之光。君子至止，鸾声锵锵。”

【评析】

诗写杜甫于乾元元年（758）春日在门下省值宿的情景。暮色来临，皇宫旁垣里鲜花的影子逐渐模糊，归巢的鸟儿叽叽喳喳，呼朋引伴，从空中喧闹而过。夜深了，一切终于安静下来。月亮慢慢爬上了九霄，千门万户沐浴着星光。值宿的诗人难于安寝，因为记着明天要上呈奏章，他多次探问夜到了几更。屋檐下的铃铎在风中碰撞，使他不免恍惚，以为是听见了官员上朝时玉珂的声响，于是屏气聆听宫门是否有钥匙在转动。

此诗的结构，一般认为分成上下两部分，上四句写景，下四句言情。“上四宿省之景，下四宿省之情”（仇兆鳌《杜诗详注》）。“前写晚景入神，后写忠悃如画，其中层次甚细”（张溍《读书堂杜诗注解》）。“前二联赋禁中值宿之景，下二联写夙夜匪懈之怀。言我所以不寝而听宫门之开钥，因风而想朝马之鸣珂者，则以旦将上封事，不敢安卧也”（唐汝询《唐诗解》）。

后四句是何时所思所想，有两种说法。一说未寝之时，“前半写宿省之景，花鸟星月皆生出精彩。后半写未寝时所思，忧君爱国之思，淋漓满纸”（邓献璋《艺兰书屋精选杜诗评注》）。一说是既寝以后，“前四句言宿省之景，乃未寝时所见者也；后四句，言宿省之情，乃既寝时所思者也”（汪瑗《杜律五言补注》）。

金圣叹将这首诗分成了上二下六。“此诗之妙，妙于将题劈头写尽，却出己意，得大宽传。只起二句，已尽题矣。何也？‘掖垣’者，左省也。‘暮’则应宿之候也，却于‘暮’字上加‘花隐’二字，补‘春’字也。‘啾啾栖鸟过’言万物无不以时而宿也。如此十字，‘宿左省’已完矣。下六句，何也？是则老杜一腔忠君爱国之心，而非诸家之所知也。三，‘星临万户动’者，于左省而念及其民也。四，‘月傍九霄多’者，于左省而念及其君也。二句足上‘暮’字意。五，‘不寝听金钥’，则宿而思其君有辟门之难也。六，‘因风想玉珂’，则宿而思其臣有献替之忠也。结二句，始收到自己宿左省者。数问如何，则自明夙夜匪懈未尝卧也”（金圣叹《唱经堂杜诗解》）。

吴瞻泰提出诗歌的结构应该是上一下七。“只起句写‘春’，下七句皆写‘宿’。‘不寝’二字，一篇关键。由日暮而星临，而月出，宜寝矣，而听钥，而想珂，而间夜，则何尝一息就寝？一片精诚爱国，坐而假寐之意，俱于层次中序出。后人蚤朝寓直诗，纵极典丽，不能及此深沉也”（《杜诗提要》）。

# 曲江二首

## 其一

一片花飞减却春，风飘万点正愁人。
且看欲尽花经眼，莫厌伤多酒入唇。
江上小堂巢翡翠，苑边高冢卧麒麟。①
细推物理须行乐，何用浮名绊此身。②

【评析】

① 翡翠：鸟名。苑：这里指芙蓉苑，在曲江西南。麒麟：这里指石麒麟。

② 物理：事物盛衰变化的原理。

【评析】

诗为伤春感事而作。争议之处在于，杜甫为何而伤感，并最终采用了何种立场。

或以为有感于朝廷政局之动荡。其中又有两说，一说为天宝以来之事。"'一片''万点''欲尽'三句，一气注到第四句，纵笔为之，本谓花飞春尽可伤，今反云'莫厌伤多'，意激而词宽。以酒结花，为上一截。五言身前，六言身后，故须及时行乐。而以'此身'二字束住，为下一截。'细推物理'，又双绾上下意。花飞春尽，一时之物理也；空堂荒冢，一身之物理也。可见浮名全不足恃，唯有及时行乐而已。七字是一篇关键。此伤曲江也，而以春花起兴。写曲江，只空堂、荒冢两事，若注意在及时行乐上，并无一字道及朝事。往往极大关目，全不出意，而以傍见侧出取之。盖天宝乱后，有非臣子所宜言者，故说得婉曲深至如此”（吴瞻泰《杜诗提要》）。

一说为当下之政局。“起句语甚奇，意甚远，花飞则春残，谁不知之？不知飞一片而春便减，语之奇也。以比君心一念之差，便亏全德，朝政一事之失，便亏全盛，所以知几者戒坚冰于履霜，此意之远也，以此推之，而‘风飘万点’，意可识矣，奚能不愁？盖花既飘，未有不尽者，以比君骄政乱，未有不亡者，故欲尽花更进一步，危斯极矣，愁更甚矣。酒不伤多，非真好饮，若非此无以解其愁也。前六句皆比也。浮名之名，乃名位之名，故用‘绊’字有味。如官名拾遗，必能补衮职之阙才称，否则浮名耳，何用将此官绊其身乎？不如弃官而去也”（王嗣奭《杜臆》）。

或以为有感于自身之处境。其中又有两说，一说为不能履行谏官职责而直欲弃官而去。“此诗若不善解，便将老杜看作一个惜春行乐、看花爱酒之人，一味达观，不复以君国为念。彼虽去位之后，居江湖之远，尚不其然，而况正在省中作拾遗，以谏诤为名之时耶？……此一片之飞，即是风飘万点之渐。履霜之始，即为坚冰将至之几。经眼之愁若此，苟非昏醉，何能解释耶？此惺惺者之所以欲逃于沉湎也。然则居拾遗之官责者，言而不听，实为旷官。既不能如山林隐逸之士，可以优游闲暇，如巢堂之翡翠，置理乱于不闻；又不能如贤劳王事之臣，以死勤事，树高冢之麒麟，垂勋名于不朽。是出不成出，处不成处，推之于理，自当奉身而退。何用此浮名，素餐苟禄，以绊我矫矫不群之志操哉”（《杜诗言志》）。

一说为失去官职而感伤。“此游曲江因伤春感事而作也。言花落一片，已减春色，今万点同落，能不令人愁乎？若是，则当痛饮花前以消愁思，无因花欲尽而不看，酒伤多而不饮也。况曲江遭乱之后，风景已非旧时，如彼小堂而翡翠亦且来巢，以彼高冢而麒麟亦已毁败，则华屋为墟，故家零落尽矣。观此则人生当及时行乐，何恋此浮名以羁绊此身为也？此诗疑作于坐事之后，故有倦游之想”（唐汝询《唐诗解》）。

或以为感慨人生万物之理。“本为万点齐飘，故作此诗，却以曲笔倒追至一片初时说起。终思老人眼中，物候惊心，节节寸寸，全与少年相异，真为可悲可痛。看他接连三句飞花，第一句是初飞，第二句是乱飞，第三句是飞将尽。裁诗从未有如此奇事。……小堂翡翠，不过小鸟，而今日现存，即金碧可喜；高冢麒麟，虽是大官，而今日不在，即黄土沉冥。‘巢’字妙，写出加一倍生意；‘卧’字妙，写出透一步荒凉。‘江上’者，又于生趣旁边写得逝波不停，便宜及时寻乐；‘苑边’者，又于死人傍写出后人行乐，便悟更不能强起追陪也。如此二句十四字中间，凡寓无数悲痛感悟。因结之云：物理既一定如此，细推又深悟其然；然则浮名之与行乐，我将何去何从，孰得孰失也哉”（金圣叹《唱经堂杜诗解》）。

## 其二

朝回日日典春衣，每日江头尽醉归。[①]
酒债寻常行处有，人生七十古来稀。
穿花蛱蝶深深见，点水蜻蜓款款飞。[②]
传语风光共流转，暂时相赏莫相违。

【注释】

①朝回：散朝归来。

②蛱蝶：蝴蝶。

【评析】

次章与上首浑然一体，不仅结构如此，“前篇用顺势，此篇用逆势。顺者先述春尽，次接行乐；逆者先言行乐，缴还春尽”（毛张健《杜诗谱释》），立意更一气贯注。由于对上首所感之内容理解不同，下首所阐释的生活态度也有不同的诠释。

上诗所感倘若为万事万物之变迁，则此诗意在描述行乐之事。“次章，乃乘春玩物之意。上四，曲江酒兴；下四，曲江春景。典衣醉酒，官贫而兴豪。酒债多有，故致典衣。七十者稀，故须尽醉。二句分应。花蝶水蜓，景物堪恋，并欲暂借风光，以助一时之玩赏。盖风光和畅则可赏，一遭阴雨则相违矣。‘共’字，对花蝶等言。春光欲谢，急须行乐，而行乐须时寻醉乡。但恐现在风光瞥眼易过，故又作留春之词，即就演义，作寄语于风光，从无情中看出有情，自见生趣”（仇兆鳌《杜诗详注》）。

上诗所感倘若为国势之隳颓，则此诗所言为忠君恋主之意。“次首结入‘风光’，用‘传语’字、‘相赏’字，言君相苟与有为，虽衰晚，犹能建绩，故以‘莫相违’作冀望之意。观此，杜公忠君爱国，低徊不已，非琐琐求利达，亦非悻悻小丈夫也”（潘树棠《杜律正蒙》）。“此承上章，言此身既不欲以浮名绊，即当决然引去，而顾犹有所不忍者，则以三十年来歘然求伸之志，今方得厕身薇省，所愿欲酬。苟一旦见知于圣明，一言道合，未尝不可以遂吾初服，故且暂时隐忍，依恋于此”（《杜诗言志》）。

诗歌的情感基调，或以为伤感。“细思人望七十大不寻常，然则酒债乃真是寻常，看惊心骇魄之论也。‘日日’‘每日’，接口成文。‘蛱蝶’句，写出残春；‘蜻蜓’句，写出初夏。言蛱蝶穿花，深深尚见，可见余春未尽；蜻蜓点水，略求款款，莫令初夏便来。老人岂有多时，不过暂尔相赏，何苦流转太速，风光如此毒害耶。无聊无赖，望空传语，不知传语与谁，惟有思之欲涕。'共'字妙，犹言我尽尔亦尽"（金圣叹《唱经堂杜诗解》）。

或以为旷达。"此承上章及时行乐，而托意于酒，以赏风光也。三、四正达生者之言，看得世事雪澹。五、六即所谓风光也，不语人而语风光，又曰'共流转'，又曰'暂时相赏'，语若凄然，意实脱洒"（吴瞻泰《杜诗提要》）。

或以为愤激。"乃今之人纷纷于仕途者则不然，但见其趋奔权势，邀买名誉，总结诡秘，如穿花蛱蝶，欲盖弥彰，深深可见也。钻营巧利，如点水蜻蜓，不疾不徐，款款中节也。是则与典衣沽酒者，各行其志可耳。我固于尔无诈，尔亦可与我无虞。且传语风光，共相流转可矣。且我亦无心久处于此，特求暂时相赏，莫遽相违。而何必阴谋中伤，以速我于不见容耶？然则老杜守身之正，去就本甚分明；而爱君之诚，宛转致其缱绻。看他二诗之中，全似旷达寻乐情怀，而其中却含如许悲愤，此岂可为浅读者道也"（《杜诗言志》）。

今人陈贻焮《杜甫评传》认为，"如果真像王氏（王嗣奭）所说的那样，每一具体形象都有微言大义，那诗就不成其为诗，而成了推背图了。我看蛱蝶就是蛱蝶，蜻蜓就是蜻蜓，既来此饮酒遣闷，哪能不赏玩风光见此生趣？赏玩竟至如此之细，非玩物丧志，实玩物忘忧，不言心事而心事毕露了"。

## 曲江对酒

苑外江头坐不归，水精春殿转霏微。[1]

桃花细逐杨花落，黄鸟时兼白鸟飞。
纵饮久判人共弃，懒朝真与世相违。[②]
吏情更觉沧州远，老大悲伤未拂衣。[③]

【注释】

① 水精：水晶。

② 判：舍得，豁出去。

③ 沧州：这里指隐居之所。谢朓《之宣城出新林浦向板桥》："既欢怀禄情，复协沧州趣。"

【评析】

这也是一首伤春感怀之作。诗人在结语中说，他觉得归隐沧州的乐趣要远远多于上朝参谒，这种旨趣真与世俗之情大相背离。可惜由于种种缘故，年老头白，一事无成，却仍然无法拂衣而去。杜甫为何会有这种想法，一说是由房琯罢相之事所引起的。"公去岁因论房琯不宜罢相，触上怒，此时已有不安其位之意，第时事难于显言，姑寓辞人共弃世相违云云而已"（黄生《杜工部诗说》）。

诗人所见之景，如桃花、柳絮先后飘落，白鸟、黄鸟往来追逐，也被一一比附于时事，"此困于仕进而甘退隐也。久坐不归，意绪烦乱，江头宫殿，望之若迷。于是，赋时物以为比：'桃花细逐杨花落'者，房琯罢相而己亦黜矣；'黄鸟时兼白鸟飞'者，忠邪混乱于朝廷也。苟人既弃我，世已相违，我亦纵饮自宽，无意于朝参也。如此，则与吏情远矣。自宜归就沧州，然未拂衣而去，则吏情虽远而觉沧州更远也，曷为老大徒悲而未去耶"（唐汝询《唐诗解》）。

一说为不得志而作，"此亦少陵不得于时而作，言曲江对酒者，如魏武所谓‘对酒当歌’，盖言怀之义也”。这种情绪酝酿已久，并不是一时偶尔产生，故所见之景，也不是针对某一具体事件。“而此一片霏微之中，但见一班趋附权门，奔走径窦之徒，轮蹄辐辏于其间，如桃花之细逐杨花而落，黄鸟之时兼白鸟而飞，视此水精春殿，为彼一大戏场，欺君误国，真堪发指”（《杜诗言志》）。

以上两说均以为杜甫直欲拂衣而去，金圣叹则将“黄鸟”等意象解读有“友人”，以为杜甫此时因不得志而期待有所作为。“桃花贪结子，而与杨花细落，即知渐渐百无一成。所以然者，黄鸟喻友声，而与白鸟闲飞，便悟是同学少年不相顾盼也。人生至此，生理尽矣，江头不归，不亦宜乎。‘纵饮’犹可言，‘懒朝’不可言。前云日日江头去醉，还是纵饮；今云花外江头去坐，真是懒朝矣。‘纵饮’还是人共弃我，‘懒朝’直是我自违世；如此，便应拂衣竟去。而犹徒悲老大，全未拂衣者，先生眷眷不忘朝廷，故作此缠绵凄恻之词，尚希有所感悟也”（金圣叹《唱经堂杜诗解》）。

仇兆鳌认为“桃花”两句是实景，杜甫此时的心态是进退两难。“久坐不归，寻春玩物也。遥望苑中，则宫殿霏微。流览江上，则鸟飞花落，此皆坐时所见者。日纵饮、懒朝参，见入世不能。沧州远、未拂衣，又见出世不能”（《杜诗详注》）。

对于许多读者而言，“桃花”一联的艺术手法更值得探讨学习。“‘桃花’二语，开后世无数叠字句，然细玩之，真是难学。公盖只用四样飞舞空中物，上不粘天，下不粘地，所以不嫌重笨，后人摹其句法，终觉粘滞”（汪灏《树人堂读杜诗》）。

## 逼仄行赠毕四曜[①]

逼仄何逼仄，我居巷南子巷北。
可怜邻里间，十日不一见颜色。
自从官马送还官，行路难行涩如棘。
我贫无乘非无足，昔者相过今不得。
不是爱微躯，非关足无力。
徒步翻愁官长怒，此心炯炯君应识。
晓来急雨春风颠，睡美不闻钟鼓传。
东家蹇驴许借我，泥滑不敢骑朝天。
已令请急会通籍，男儿性命绝可怜。[②]
焉能终日心拳拳，忆君诵诗神凛然。
辛夷始花亦已落，况我与子非壮年。[③]
街头酒价常苦贵，方外酒徒稀醉眠。[④]
速宜相就饮一斗，恰有三百青铜钱。

**【注释】**

①逼仄：迫近，密集。一作“逼侧”。毕四曜：毕曜，排行第四，先世居东平（今属山东），后徙偃师（今属河南），曾官监察御史。

②请急：请假。通籍：注籍，凭证。性：原作“信”，据他本改。

③辛夷：花名。《本草·木一》：“辛夷，花未发时，苞如小桃子有毛，故名侯桃，初发如笔头，北人呼为木笔。其花最早，南人呼为迎春。”

④方外：世俗之外。《庄子·大宗师》：“彼游方之外者，而（孔）丘游方之内者也。”

【评析】

这是一首描写日常生活场景的诗歌，为杜甫邀请毕曜前来饮酒而作，写得极为活泼，婉曲不失真率，幽默略带苦涩。诗人说，两人就住在同一个巷子里，按理说会面不难，可十天半月都难得一见。自从朝廷将公私马匹都送上前线后，出门更不方便了，自己也不是非要有坐骑，也不是两脚无力走不动路，只是因为步行终究有失体统，害怕上司责骂。今天早上一场春雨，使自己美美地睡了一觉，虽说房东答应借给我一头毛驴，但道路泥泞，我还是爱惜性命，怕被摔死而不敢骑着它上朝，于是派人前去请假。辛夷花开了又落了，我们两个也非壮年了，我整天在家吟诵你的诗篇，街头的酒价太高喝不痛快，现在我正好身边有三百铜钱，请了假而不好出门，不如你过来我们好好喝它一顿。

诗中的细节描写极为生动真实，其中所提及的一斗三百钱的酒价也引起广泛的争鸣。释文莹《玉壶清话》载：真宗尝曲宴群臣于太清楼，君臣欢浃，谈笑无间，忽问："廛沽尤佳者何处？"中贵人奏有南仁和者，亟令进之，遍赐宴席。上亦颇爱，问其价，中贵人以实对。上遽问近臣曰："唐酒价几何？"无能对者，唯丁晋公（丁谓）奏曰："唐酒每升三十。"上曰："安知？"丁曰："臣尝读杜甫诗曰：'早来就饮一斗酒，恰有三百青铜钱。'是知一升三十钱。"上大喜曰："甫之诗自可为一时之史。"

此后对于"一斗三百钱"之说，或认为是实录。"少陵诗非特纪事，至于都邑所出，土地所生，物之有无贵贱，亦时见于吟咏。如云'急须相就饮一斗，恰有青铜三百钱'，丁晋公谓以是知唐之酒价也"（陈岩肖《庚溪诗话》）。"唐人白乐天诗：'共把十千沽斗酒。'李白诗：'金尊斗酒沽十千。'王维诗：'新丰美酒斗十千。'许浑诗：

'十千沽酒留君醉。'一斗酒十千钱，价乃昂贵若是。惟少陵诗：'速令相就饮一斗，恰有三百青铜钱。'此则近理"（梁绍壬《两般秋雨庵随笔》）。"杜诗云'终须相就饮一斗，恰有三百青铜钱'，此至德初长安酒价也。'岂闻区绢直万钱'，此广德蜀中绢价也。'云帆转辽海，粳稻来东吴'，此天宝间渔阳海运事也。三者史所不载，而于工部诗中见之，此其所以为史诗欤"（王国维《东山杂记》）。

或以为杜甫不过引用前人诗句，丁谓所言为戏谑之语。"北齐卢思道尝云：'长安酒贱，斗价三百。'此诗'速宜相就饮一斗'云云，正用其语。虽上云'街头酒价常苦贵'，而此云酒贱，诗家不拘也。注不引卢，而引丁谓对真宗语，误矣。丁不过取办口给，以当戏噱，岂实价乎？"（王嗣奭《杜臆》）"昔人应急，谓唐之酒价，每斗三百，引杜诗'速宜相就饮一斗，恰有三百青铜钱'为证。……大抵诗人一时用事，未必实价也"（周必大《二老堂诗话》）。王夫之更极力反对这种解读诗歌的方式："必求出处，宋人之陋也。其尤酸迂，既于诗求出处，抑以诗为出处，考证事理。杜诗'速宜相就饮一斗，恰有三百青铜钱'，遂据以为唐时酒价。崔国辅诗：'与沽一斗酒，恰用十千钱。'就杜陵沽处贩酒向崔国辅卖，岂不三十倍获息钱耶？求出处者，其可笑类如此。"（《姜斋诗话》）。

针对杜甫与李白、白居易等人诗中酒价不同的现象，有两种解释。一是认为酒有好坏，价格自是不同。"且酒有美恶，价亦随之；而钱亦随时贵贱，岂有定准乎"（赵与时《宾退录》）。一是形势发生变化，价格随之波动。"观国窃谓古今酒价，视时而贵贱。方兵兴多事及饥馑艰食，则酒价必贵，及时平则贱，此乃常理，固不可以一概论也。《唐书·食货志》曰：乾元初，京师酒贵。盖肃宗复两京之后，不得不贵也。建中三年，禁民酤酒，官置肆酿酒，斛收直三千。贞元二年，天下置肆以酤者，斗酒钱百五十。盖德宗时天下复富庶，故酒价不得不贱也。然则唐之酒价贵贱，岂有常耶？诗人之言，或夸大，或鄙小，本无定论”（王观国《学林》）。

## 早秋苦热堆案相仍[①]

时任华州司功[②]

七月六日苦炎蒸，对食暂飧还不能。[③]
每愁夜中自足蝎，况乃秋后转多蝇。[④]
束带发狂欲大叫，簿书何急来相仍。[⑤]
南望青松架短壑，安得赤脚踏层冰。

【注释】

① 堆案：堆积在案头的文书。相仍：相随不断。

② 华州：在今陕西渭南。司功：即司功参军。

③ 飧：一作“餐”。

④ 自足：一作“皆是”。

⑤ 簿书：官署文书。

【评析】

到了早秋，华州依然十分炎热。晚上蝎子横行，白天苍蝇环飞。诗人还要整整齐齐地穿着官服，规规矩矩坐在官府处理堆积如山的公文，这样的日子真要叫人发狂。南望华山青松遮蔽的深谷，那里应该还有冰层，真希望打着赤脚走在上面。这首诗是杜甫于乾元元年（758）秋天在华州司功参军任上所作。

关于诗歌的主旨，主要有两种说法，一种认为是单纯叙说天气炎热、环境恶劣及由此引起的烦躁心情，如“公居州廨，不胜抑郁，私自烦懑，又值秋暑毒热，对食不能餐，夜则苦蝎，昼则苦蝇，殆无处措身也”（日本津阪孝绰《杜律详解》），“首言炎热，欲暂食不能也；次承炎热之外，有蝎蝇之众多也；三承不能飧之外，又有束带簿书之相仍也；末则欲避去矣。青松架壑与炎热蝎蝇相反，赤脚踏层冰与束带簿书相反”（单复《读杜诗愚得》）。

另一种则认为多有隐喻，“此不愿为掾而托意于苦热也”（顾施祯《杜工部诗疏解》），“此诗是先生论房琯事贬华州时所作，满腹不得意情事自不待言，然本诗只是就题即事，而遭谗不得意处，自见言外”（陈醇儒《书巢笺注杜工部七言律诗》）。“公以天子侍臣，因直言左迁州掾，长官自宜破格相待。公以六月到州，至七月六日，而急以簿书，是以常掾畜之，其何以堪？故借早秋之热，蝇蝎之苦，以发其郁蒸愤闷之怀，于‘簿书何急’，微露意焉”（王嗣奭《杜臆》）。

关于两种对立的评价，一则以为粗率乃至伪作，“题拙而诗更粗率，或公一时游戏调笑耳，后人拉杂阑入，已为无识，更欲奉为楷模，则更可笑”（边连宝《杜律启蒙》），“此必赝作也。命题既蠢，而全诗亦无一句可取，纵云发狂大叫时戏作俳谐，恐万不至此，风雅扫地尽矣”（朱瀚、李燧《杜诗七言律解意》）。“借苦热泄傲吏之愤，即嵇叔夜七不堪意。老杜每有此粗糙语”（浦起龙《读杜心解》）。“杜诗亦有工拙，须有别裁，不至效其所短。此等依草附木之说，最误后人”（《瀛奎律髓汇评》引纪昀语）。

一则认为生动而真实，多有创新，如“仄体老健”（《杜诗集评》引吴农祥语），“作律诗读尤老”（杨伦《杜诗镜铨》引邵长蘅语），“以粗朴臻老健，亦以粗朴见诙谐，后来韩愈、黄庭坚多学之”（钱基博《中国文学史》）等。

## 九日蓝田崔氏庄

老去悲秋强自宽，兴来今日尽君欢。
羞将短发还吹帽，笑倩傍人为正冠。
蓝水远从千涧落，玉山高并两峰寒。①
明年此会知谁健，醉把茱萸仔细看。

【注释】

①蓝水：蓝溪，源出陕西商州秦岭，西北流入蓝田，为灞水支流。玉山：蓝田山，又名覆车山。

【评析】

九日，即重九之日。崔氏庄，崔氏东山草堂，当为王维内兄崔季重之山庄。诗人说，年老之时又逢秋日，心中本是悲伤不已，往常多自宽自解，强作欢颜；今日群贤毕至，兴致高昂，得尽一日之欢。当年重阳雅集，孟嘉落帽，遂成千古佳话；自身发短而不耐风吹，羞于露顶，不免倩人为己正冠以登高望远。崔氏山庄，坐落蓝田山下，前有双峰并峙，气象峥嵘，旁有蓝水远来，寒涧潺湲。如此美景良辰，自当痛饮。江山无恙，人生多故，离乱不定，聚首难期，今日醉把茱萸仔细赏玩，明年却不知有谁健在？

此诗之主旨，多以为悲秋叹老。“时斥为司功，故悲秋叹老，不赴大僚宴而来山庄”（朱瀚、李煫《杜诗七言律解意》）。“羞将短发，未免老去伤情；笑倩傍人，仍见兴来雅致。二句分承，却取孟嘉事而翻用之。千涧汇流，两峰遥峙，此壮观之足以发兴者。但思山水无恙，而人事难知，故又细看茱萸，仍与老去悲秋相应”（赵大纲《杜律测旨》)。

唯独金圣叹以为杜甫此诗主旨为不服老。“语语是不服老。前解要看‘今日’字，后解要看‘明年’字。在今日必尽君欢，不敢以一人之不欢，败诸少年之欢；在明年未知谁健，不得以诸少年之健，笑此老之必不健。语意崛强，自是先生本色。……诸君若把年纪老幼，论身之健与不健，则不健者定是我一人；然而事不可知，或我老人尚健，而诸少年中反有不健者，不可谓事所必无，谁能保此身常健哉。说得少年悚然。九日佩茱萸，饮菊花酒，先生既欲尽君欢，老人量减，必致先醉，一听少年欢呼豪饮，却冷冷然细看茱萸，觉今日一场好笑。此老意中，真不可测也。合又合得好，何其律之细也”(《唱经堂杜诗解》)。

此诗之妙处，以杨万里《诚斋诗话》所言影响最大，赞许其首联工对，颔联善翻案，颈联有气势，尾联含蓄。“如老杜《九日》诗云：‘老去悲秋强自宽，兴来今日尽君欢。’不徒入句便字字对属，又第一句顷刻变化，才说悲秋，忽又自宽，以‘自’对‘君’甚切，君者君也，自者我也。‘羞将短发还吹帽，笑倩傍人为正冠。’将一事翻腾作一联，又孟嘉以落帽为风流，少陵以不落为风流，翻尽古人公案，最为妙法。‘蓝水远从千涧落，玉山高并两峰寒。’诗人至此，笔力多衰，今方且雄杰挺拔，唤起一篇精神，自非笔力拔山，不至于此。‘明年此会知谁健，醉把茱萸仔细看’则意味深长，悠然无穷矣”。

后人或申或驳。驳之者或以为此诗胜在情感真挚动人，不在用事之工。“宋人杨廷秀极口推重此诗，然不过推敲字句耳。不知此诗作于天宝丧乱之后，异乡佳节，无限伤心，却又不堪说破。首句‘老去悲秋强自宽’，已是凄然，接以‘兴来今日尽君欢’，言今之尽君欢者，偶然兴至耳，所谓强自宽也。曰羞将，曰笑倩，具见无聊中排遣之况。‘蓝水’二句，从山水中写出寥落高寒气象，更觉凄怆难言。

‘明年此会知谁健’，非泛然感叹也，盖言乱离如此，人生几何，来日苦短，聚首难期。卫洗马言愁，貌悴而神不伤，可评此诗”（顾宸《辟疆园杜诗注解》）。

或以为作为七律，在用韵、使事等方面都用瑕疵。“此诗杨诚斋推为杜律第一，刘辰翁及今代选家皆谓然。愚以为此诗惟起有朴致，一结更可思耳。其颔联本一落帽事，添造一‘冠’字作对，又翻案‘正冠’云云，诗有如是使事者否？‘蓝水’一联，绝无生韵，大类许用晦塞白语，在杜律此为最劣，可得取之压卷耶”（胡震亨《杜诗通》）。

## 得舍弟消息

乱后谁归得，他乡胜故乡。
直为心厄苦，久念与存亡。
汝书犹在壁，汝妾已辞房。
旧犬知愁恨，垂头傍我床。①

### 【注释】

①《晋书·陆机传》：“初机有骏犬，名曰黄耳，甚爱之。既而羁寓京师，久无家问，笑语犬曰：‘我家绝无书信，汝能赍书取消息不？’犬摇尾作声。机乃为书以竹筒盛之而系其颈，犬寻路南走，遂至其家，得报还洛。其后因以为常。”

### 【评析】

乾元二年（759）春日，杜甫回到洛阳东、偃师西北的陆浑旧居，想起远在山东的兄弟而写下这首诗。战乱之后，我倒是回到了家乡，比你似乎更为幸运，可瞧瞧故乡的模样，反而觉得他乡更好。这段日子以来，不知道你生死存亡的消息，一直为你担惊受怕，心中满是凄苦。你写在墙壁上的字迹还在，而你的小妾已经离开走掉了。你的消息我终于打听到了，我的消息却无法让你知晓。咱们家那只旧犬似乎懂得我的愁恨，它耷拉着脑袋，靠在我的床边——它是否想效法陆机的黄耳来传递家书呢？

首联“乱后谁归得，他乡胜故乡”，最为人所称道，诠释也每每各不相同。大致而言，可以归为两类。一类以为故乡确实不如他乡，所以希望他不必回来了。“卒然喜恨之意，备此两言。第言他乡之胜，而故乡之乱可知”（刘辰翁《集千家注杜工部诗集》）。“休明之际，则他乡虽乐，不如还家；为遭离乱，则他乡安处，自足居也”（《杜诗赵次公先后解辑校》）。“上四，屈曲作意，言故乡值乱难住，不如他乡好矣……通首俱若不劝其归者”（浦起龙《读杜心解》）。

一类认为只是安慰对方而已。“他乡岂及故乡，今反谓之胜者，真是我心痛汝，但愿两命俱存，虽久客亦不暇顾也。况故乡景况，更不可问，有出汝意外者。此因得弟之消息，即以此消息转寄于弟”（汪灏《树人堂读杜诗》）。“首联，亦略作相慰之词，实以宕起下意也。三、四，承上作转，言如此似可以不归，而我必欲其归者，直以吾心厄苦欲与汝共其存亡耳。后四，极写其凄楚寂寥之状，言傍我者，只一旧犬而已，能不思汝之归而共存亡哉”（边连宝《杜律启蒙》）。

今人陈贻焮也倾向于作安慰之辞。“这是诗人在跟想象中远处他乡的弟弟倾诉衷肠。作如是观才能领会入微。乱后得归不易，怜弟未归，这是‘乱后’句的第一层意思。更进一层的意思是，我倒是回来了，回来反而觉得他乡比故乡好，意谓故乡遭乱日子更不好过。屈曲作意，语意亦甚流畅自然”（《杜甫评传》）。

# 洗兵马收京后作[1]

中兴诸将收山东，捷书夕报清昼同。[2]
河广传闻一苇过，胡危命在破竹中。
只残邺城不日得，独任朔方无限功。[3]
京师皆骑汗血马，回纥喂肉蒲萄宫。[4]
已喜皇威清海岱，常思仙仗过崆峒。
三年笛里关山月，万国兵前草木风。[5]
成王功大心转小，郭相谋深古来少。[6]
司徒清鉴悬明镜，尚书气与秋天杳。[7]
二三豪俊为时出，整顿乾坤济时了。
东走无复忆鲈鱼，南飞觉有安巢鸟。
青春复随冠冕入，紫禁正耐烟花绕。
鹤驾通宵凤辇备，鸡鸣问寝龙楼晓。[8]
攀龙附凤势莫当，天下尽化为侯王。[9]
汝等岂知蒙帝力，时来不得夸身强。
关中既留萧丞相，幕下复用张子房。[10]
张公一生江海客，身长九尺须眉苍。[11]
征起适遇风云会，扶颠始知筹策良。
青袍白马更何有，后汉今周喜再昌。[12]
寸地尺天皆入贡，奇祥异瑞争来送。
不知何国致白环，复道诸山得银瓮。[13]
隐士休歌紫芝曲，词人解撰清河颂。
田家望望惜雨干，布谷处处催春种。

淇上健儿归莫懒，城南思妇愁多梦。⑭
安得壮士挽天河，净洗甲兵长不用。

【注释】

① 洗兵马：一作“洗兵行”。《说苑·权谋》：“武王伐纣，……风霁而乘以大雨，水平地而嗇。散宜生又谏曰：此其妖欤？武王曰：非也，天洒兵也。”左思《魏都赋》：“洗兵海岛，刷马江州。”

② 山东：华山以东，此泛指河北。夕：原作“日”，据诸本改。

③ 任：原作“往”，据他本改。朔方：朔方军，时郭子仪为节度使。

④ 蒲萄宫：上林苑宫殿。《汉书·匈奴传》载，元寿二年（前1），单于来朝，舍之上林苑蒲萄宫。此指回纥遣兵三千助讨安庆绪事。

⑤ 关山月：汉乐府横吹曲名。《乐府解题》：“《关山月》，伤离别也。”《晋书·苻坚载记》：“（苻）坚与苻融登城而望王师，见部阵齐整，将士精锐，又北望八公山，草木皆类人形，顾谓融曰：此亦劲敌也，何谓少乎？怃然有惧色。”

⑥ 成王：肃宗之子李俶，乾元元年（758）三月封成王，五月为太子，即位后为唐代宗。郭相：郭子仪，乾元八月加中书令。

⑦ 司徒：李光弼，至德二年（757）加检校司徒。尚书：王思礼，高丽人，时为兵部尚书。

⑧ 鹤驾：太子之车驾，相传周朝王子晋曾乘白鹤仙去。宵：原作“霄”，据他本改。

⑨ 攀龙附凤：一作“攀麟附翼”。势：一作“世”。

⑩ 萧丞相：萧何。张子房：张良。

⑪ 张公：张镐。《旧唐书·张镐传》：“张镐，博州人也，风仪魁岸，廓落有大志，好谈王伯大略。”

⑫ 青袍白马：喻安庆绪等乱军。《梁书·侯景传》：“普通中，童谣

曰：'青丝白马寿阳来。'后景果乘白马，兵皆青衣。"

⑬ 白环：白色玉环。《竹书纪年》："帝舜九年，西王母来朝，献白环、玉玦。"银瓮：银质酒器。《孝经援神契》："神灵滋液，有银瓮，不汲自满。"又《瑞应图》："王者宴不及醉，刑罚中，则银瓮出焉。"

⑭ 淇上：今河南卫县一带。

【评析】

大唐的那些使国家中兴的将领，收复了河北一带，报捷的喜讯接连不断，夜晚同白天一样频繁。官军势如破竹，很轻易就跨越了黄河，叛军苟延残喘，时日无多，邺城指日可破。作为主力的朔方军，立下了汗马功劳；前来助战的回纥起兵，则在京师蒲萄宫宴饮。残敌肃清，河清海晏，天下太平，皇帝高兴之余，不会忘记在甘肃灵武的那些艰难岁月，当时风声鹤唳，草木皆兵，形势岌岌可危，将士们经过三年艰苦奋战，才取得了现在的成就。在这来之不易的胜利中，一些关键人物发挥了重要作用。成王功劳甚大，为人却谨慎小心；郭子仪具有远见卓识，李光弼能够洞察幽微，王思礼气度非凡：他们应时而起，重整乾坤，收拾河山。此后，官吏不再托辞归隐，百姓可以安兴定居，朝堂春意盎然，君王勤勉，太子孝顺。那些攀龙附凤者都做了王侯，殊不知这都是蒙负皇帝的恩泽才时来运转，并非自己有什么能力。臣子中也有扶危济困、力挽狂澜者。房琯犹如汉时的萧何，稳固了后方；张镐则似当年的张良，谋划精当。正是在他们的共同努力下，安庆绪的乱军才不堪一击，国家才得到了光武帝、周宣王时那样的中兴，普天之下莫不朝贡，白环、银瓮等祥瑞层出不穷，文士献赋歌颂太平，农民一心等待着播种，思妇盼望着健儿归乡。真希望有壮士能力引天河之水，洗净甲兵，使天下再无征战。

这首诗主旨的争议，主要围绕钱谦益之笺注展开。"《洗兵马》，刺肃宗也，刺其不能尽子道，且不能信任父之贤臣，以致太平也。首叙中兴诸将之功，而即继之曰‘已喜皇威清海岱，常思仙杖过崆峒’。崆峒者，朔方回銮之地。安不忘危，所谓愿君无忘其在莒也。两京收复，銮舆反正，紫禁依然，寝门无恙。整顿乾坤皆二三豪俊之力，于灵武诸人何与？诸人徼天之幸，攀龙附凤，化为侯王。又欲开猜阻之隙，建非常之功，岂非所谓贪天功以为己力者乎？斥之曰‘汝等’，贱而恶之之辞也。当是时，内则张良娣、李辅国，外则崔圆、贺兰进明辈，皆逢君之恶，忌疾蜀郡元从之臣。而玄宗旧臣，遣赴行在，一时物望最重者，无如房琯、张镐。琯既以进明之谮罢去，镐虽继相而旋出，亦不能久于其位，故章末谆复言之。‘青袍白马’以下，言能终用镐，则扶颠筹策，太平之效，可以坐致。如此望之也，亦忧之也，非寻常颂祷之词也。‘张公一生’以下，独详于张者，琯已罢矣，犹望其专用镐也。是时李邺侯亦先去矣，泌亦琯、镐一流人也。泌之告肃宗也，一则曰‘陛下家事，必待上皇’，一则曰‘上皇不来矣’。泌虽在肃宗左右，实乃心上皇。琯之败，泌力为营救，肃宗必心疑之，泌之力辞还山，以避祸也。镐等终用，则泌亦当复出，故曰‘隐士休歌紫芝曲’也。两京既复，诸将之能事毕矣，故曰‘整顿乾坤济时了’。收京之后，洗兵马以致太平，此贤相之任也。而肃宗以谗猜之故，不能信用其父之贤臣，故曰‘安得壮士挽天河，净洗甲兵长不用’。盖至是而太平之望益邈矣。呜呼伤哉”（《钱注杜诗》）。

钱氏以史证诗，发前人之未发，令人耳目一新，所谓“此诗中藏多少事，讽刺不露，非牧斋解则终古茫然耳”（张溍《读书堂杜诗注解》），但也引起不少质疑，如“《洗兵马》一诗，乃初闻恢复之报，不胜欣喜而作，宁有暗含讥刺之理？上皇初归，肃宗未失子道，岂得欲探后事以责之。诗人以忠厚为本。少陵一饭不忘君，即贬谪后，终身无一言怨怼，而钱氏乃谓其立朝之时，即多隐刺之语，何浮薄至是。

天子之孝，在乎安国家，保宗社。明皇既失天下，肃宗起兵朔方，收复两京，再造唐室，其孝亦大矣。晚节牵于妇寺，省觐阔疏，诚有未尽，若谓其猜忌上皇，并忌其父之臣，有意剪锄，则深文矣。移宫仓卒，上皇不乐，容或有之，'几为兵鬼'之言，出自《力士传》，稗官片语，乃摭以实肃宗之罪，至比之商臣、杨广，论人当若是耶？房琯虽负重名，而鲜实效，丧师辱国，门客受贿，罢相亦不为过。子美论救，固是为国惜贤，虽蒙推问，旋即放免，逾年乃谪官，不知坐何事。今言其坐琯党，亦臆度之辞耳。子美大节，在自拔贼中归行在，不在救房琯也。钱氏直欲以此为杜一生气节，欲推高杜，则极赞房；因极赞房，遂痛贬帝。明末党人多依傍一二大老，脱有失路，辄言坐某人故，牵连贬谪，怨诽其君，无所不至。此自门户习气，杜公心事如青天白日，安有是哉"（潘耒《遂初堂文集》之《书杜诗钱笺后》）。双方争议的焦点，主要集中在一些史实的梳理上，如琯党是否成立、肃宗父子的矛盾何时出现等。

## 新安吏[①]

收京后作。虽收两京，贼犹充斥

客行新安道，喧呼闻点兵。
借问新安吏，县小更无丁。
府帖昨夜下，次选中男行。[②]
中男绝短小，何以守王城。[③]
肥男有母送，瘦男独伶俜。
白水暮东流，青山犹哭声。

莫自使眼枯，收汝泪纵横。
眼枯即见骨，天地终无情。
我军取相州，日夕望其平。④
岂意贼难料，归军星散营。
就粮近故垒，练卒依旧京。
掘壕不到水，牧马役亦轻。
况乃王师顺，抚养甚分明。
送行勿泣血，仆射如父兄。⑤

【注释】

① 新安：今属河南。

② 中男：顾炎武《日知录》以为十八以上为中男，二十三岁为成丁；汪灏《树人堂读杜诗》则认为当指十二三岁之孺子。

③ 王城：周之王城，即洛阳。

④ 相州：即邺城。

⑤ 仆射：官名。《通典》载，唐左右二仆射，本副尚书令，自尚书令废，仆射为宰相。开元元年，改为左右丞相，从二品。天宝元年复旧。原诗题末有注："郭子仪也。"

【评析】

据《资治通鉴》记载，乾元元年（758），郭子仪、李光弼等九节度围邺城，自冬涉春。安庆绪食尽，克在朝夕。而诸军既无统帅，城久不下，上下解体。史思明自魏州引兵趋邺，每营选精骑五百，日于城下抄掠，诸军樵采甚艰，乏食思溃。次年三月，战于安阳河北，大风昼晦，官军溃而南，贼溃而北。郭子仪以朔方军断河阳桥，保东京，筑南北两城而守之。此时，杜甫从洛阳回华州，沿途见到征兵拉夫等现象，有感而写了《新安吏》等“三吏”“三别”共六首。

此首写弱龄男子被征召入伍的情形。这天他经过新安县，听到一片嘈杂喧闹，仔细打听，原来是官府在征兵。诗人看见出征的尽是瘦弱的年轻人，就把负责征兵的小吏叫过来询问：难道新安县再也抽不出壮丁了吗？差役回答说确实如此，所以昨晚官府发下军帖，要求挨次征选“中男”。“中男”又矮又小，怎能防守洛阳？几个壮实一点的男孩，还有母亲相送；那些瘦弱的小个子，都孤零零的站在一边。河水白茫茫一片，不停向东流去，呜咽之声，回荡在青山之间。诗人安慰这群人说：把你们的眼泪收起来吧，不要再哭泣了。即使把眼睛哭瞎，苍天依然是那样无情，不会让你们摆脱出征的命运。听说朝廷的大军围攻邺城，胜利只在朝夕之间，谁知叛军狡猾，才出现了意外。这次所征士卒，就挨着原来的营地，挖掘战壕、放牧军马都很轻松；阵地靠近洛阳，粮食也充足；何况作为天子之师，抚恤分明清楚，统帅郭子仪爱兵如子，你们尽管放心。

这首诗的长处，或以为在于用字精准传神。“此诗炉锤之妙，五首之最。‘县小无丁’，言无余丁也，此问吏语。‘府帖昨夜下，次选中男行’，此吏答语。帖以昨夜下，次早已点丁催行，急之极也。又谓‘中男绝短小’，安能守王城乎？短小是不成丁者，盖长大者早已点行而阵亡矣。又就短小中分出肥瘦、有母无母、有送无送，此必真景，而描写到此，何等细心。此时瘦男哭，肥男亦哭，肥男之母哭，同行同送者哭；哭者众，宛若声从山水出，而山哭，水亦哭矣。至暮，则哭别者已分手去矣，白水亦东流，独青山在，而犹带哭声，盖气青色惨，若有余哀也。……今虽送行，勿复泣血，有‘仆射如父兄’然，可恃以无恐也。泣血与哭异，乃有涕无声者。临别则哭，既行则悲，用字斟酌如此”（王嗣奭《杜臆》）。

或以为在以意取胜。“少陵五古，材力作用，本之汉魏居多。第出手稍钝，苦雕细琢，降为唐音。夫一往而至者，情也；苦摹而出者，意也；若有若无者，情也；必然必不然者，意也。意死而情活，意迹而情神，意近而情远，意伪而情真。情意之分，古今所由判矣。少陵精矣刻矣，高矣卓矣，然而未齐于古人者，以意胜也。假令以《古诗十九首》与少陵作，便是首首皆意。假令以《石壕》诸什与古人作，便是首首皆情。此皆有神往神来，不知而自至之妙”（陆时雍《诗镜总论》）。“前半说得如此沉痛，后乃以勿泣血结之，用意绝佳”（《杜诗集评》引查慎行）。

诗中之意，为哀怜，为劝慰，绝非全然斥责批评。“此诗盖哀出兵之役”（《诸家老杜诗评》）。“凡公此等诗，不专是刺。盖兵者凶器，圣人小不得已而用之。故可已而不已者，则刺之；不得已而用者，则慰之哀之。若《兵车行》、前后《出塞》之类，皆刺也，此可已而不已者也；若大《新安吏》之类，则慰也；《石壕吏》之类，则哀也，此不得已而用之者也”（仇兆鳌《杜诗详注》引张綖语）。

## 石壕吏[①]

暮投石壕村，有吏夜捉人。
老翁逾墙走，老妇出门看。
吏呼一何怒，妇啼一何苦。
听妇前致词，三男邺城戍。
一男附书至，二男新战死。
存者且偷生，死者长已矣。
室中更无人，惟有乳下孙。

有孙母未去，出入无完裙。
老妪力虽衰，请从吏夜归。
急应河阳役，犹得备晨炊。[②]
夜久语声绝，如闻泣幽咽。
天明登前途，独与老翁别。

【注释】

① 石壕：今名甘壕村，位于河南陕县观音堂镇西北。

② 河阳：今河南孟县，即古孟津。

【评析】

这首诗的重要特点是善于剪裁，主要表现在两个方面。首先是举一家一室而天下可知。“此一家也，有老翁、老妇，有三男，有媳，有孙，虽贫亦乐也。乃一遭兵乱，三男出戍，二男阵亡，孙方乳，媳无完裙，妇今又夜往，老翁何以为心乎？举一家而万室可知，举一村而他村可知，举一陕县而他县可知，举河阳一役而他役可知，勿只作一时一家叙事读过。曰暮，曰夜，曰夜归，曰夜久，曰天明，公自投宿所闻，自暮至晓情事”（汪灏《树人堂读杜诗》）。“古者有兄弟，始遣一人从军。今驱尽壮丁，及于老弱。诗云三男戍，二男死，孙方乳，媳无裙，翁逾墙，妇夜往。一家之中，父子、兄弟、祖孙、姑媳惨酷至此，民不聊生极矣！当时唐祚，亦岌岌乎危哉”（仇兆鳌《杜诗详注》）。

其次是举一老妇人而全家可知。“三吏”都是以对话形式展开，都是以“吏”为对话的重要一方，《石壕吏》也没有例外。虽然表面上我们所见到的，似乎是老妇在一次又一次地独自陈述，但仔细推敲，她的陈述只是在不断地回答“吏”的发问。老妇人首先述说她的三个儿子全部被征调，两个战死而剩下一个还在前线，这是第一次回复“吏”的点兵征丁。按照惯例，一家只用征调一人即可，如今三个儿子全部出征，老夫人满以为这次可以幸免，谁知小吏不管不顾，依然蛮横地朝他们家要人。于是老夫人再次致辞，悲愤地说家里只剩下媳妇和尚在吃奶的孙子，难道让他们去应征吗？可小吏毫不动摇，一口咬定这次她家必须有人应差。老妇人眼见小吏没有办法说服，只好第三次致辞，表示她愿意即刻出发，星夜上前线给官军做饭。老妇人一家的悲惨遭遇，就在她的三次陈词中清晰地展示出来，诗歌也由此显得极为洗炼。诗人不是对话的另一方，而作为事件的见证者出现，仅仅“实录”而不作任何“旁白”，使诗歌余味无穷。

值得注意的是，老妇人并不仅仅是情节的推动者，她的个人形象也极为耀眼。“此诗易解，而言外意人未尽解，此老妇盖女中丈夫，至今无人识得。‘吏夜捉人’老翁走，此妇出门，便见胆略，而胸中已有成算。老翁之逃，妇教之也。吏呼则真，而妇啼一半装假，前致词未必尽真也。三男亡其两男，存者偷生而不敢归；家下只一乳孙，母恋子故未去。然无完裙，不堪偕汝去，宁使老妪随至河阳执炊，不敢辞也。吏虽怒，而到此亦心软矣。非不知有老翁在，而姑带老妇以复上官，必且代妇致词而纵之使归，所云‘备晨炊’，设词也，吏不知也。此语夜久始绝，至晨行而独与翁别，则妇夜去矣。翁亦自知可免，故敢出而别客也。夜捉夜去，何其急也？此妇当仓卒之际，而智如镞矢，勇如贲、育，辩似仪、秦，既全其夫又安其孤幼，而公详述之，已默会到此矣。而伯敬独遗此首，须溪不下一语，知其懵然也。杜诗岂易读哉”（王嗣奭《杜臆》）。

# 潼关吏[①]

士卒何草草，筑城潼关道。
大城铁不如，小城万丈余。[②]
借问潼关吏，修关还备胡。
要我下马行，为我指山隅。
连云列战格，飞鸟不能逾。[③]
胡来但自守，岂复忧西都。
丈人视要处，窄狭容单车。
艰难奋长戟，万古用一夫。
哀哉桃林战，百万化为鱼。[④]
请嘱防关将，慎勿学哥舒。

## 【注释】

① 潼关：故址在今陕西潼关北港口镇。

② 大城：旧关。小城：新关。

③ 战格：御敌的木栅。

④ 桃林：桃林塞。

## 【评析】

杜甫的这首诗，或以为在检讨此次潼关之战失利的缘由，即杨国忠进谗言，使玄宗不停派遣宦官催促，哥舒翰不得已出战，中计导致溃败。“潼关之战，杨国忠之罪也。……国忠恐翰谋己，言于上，遣中使促之，项背相望，翰抚膺痛哭，引兵出战，堕贼计以致败”（王嗣奭《杜臆》）。“初哥舒翰坚守潼关，郭子仪、李光弼亦谓潼关大军唯应固守，不可轻出。玄宗信国忠之言，遣中使趣之，项背相望，翰抚膺痛哭，引兵出战。然则潼关失守，岂翰之罪哉”（钱谦益《钱注杜诗》）。“向使国忠之奏不行，中使之命不趣，坚壁固守，长安可保无恙。此诗眼目，全在‘胡来但自守’一句。‘修关还备胡’句有讽，正是叹焦头烂额后，为曲突徙薪计”（卢元昌《杜诗阐》）。

但也有人认为杜甫这首诗不是在检讨过去，而是在警戒未来。潼关是洛阳通向长安的咽喉要冲。乾元二年（759）春，九节度使所率六十万大军溃败邺城之后，洛阳危在旦夕，长安亦随之振动不安。因此官军积极筑城修关，加紧备战。杜甫适从洛阳返回华州任所，见此情景，通过与潼关吏的问答，指出潼关高峻险要，易守难攻，从而提醒官军应该据险坚守，不要轻率出战迎敌，以免重蹈哥舒翰败亡的覆辙。“此公因潼关吏言关之险隘，而戒其不可恃险也。……末四句则公因潼关之言，而以哥舒翰恃险而败之事，戒其防关之将也”（张綖《杜工部诗通》）。“《杜阐》以哥舒翰相持半载为固守之明效，由国忠促战而败，遂摘此诗‘但自守’一语为眼目，不知此句不如是解，正以鞭紧筑城之宜固耳。且此日之潼关，与前事异，前以寇逼而守关，此因邺溃而修备。乃事先之防，寇之离此尚远也”（浦起龙《读杜心解》）。

同样着眼于当前局势，有人提出相反的看法，认为杜甫意在反对兴师动众修筑潼关，因为潼关能否守住，关键在于所任之人是否得当，并不在于原来的关塞是否牢固。前次潼关之败，正是因为朝廷所用非人。“安禄山反，哥舒翰以潼关御贼。翰败，禄山遂陷长安。其后收复长安，颇增饰余险。此诗盖刺任其非人，则举关以弃之；得其人，虽旧险亦足恃，不必劳众而事无益也。孟子所谓‘地利不如人和’者欤”（《诸家老杜诗评》引王深父）。总之，在“三吏”“三别”之中，《潼关吏》确实别具一格，它以总结经验教训、讨论攻守之势为主，不似其他五首主要反映下层民众的生存状况。

## 新婚别

兔丝附蓬麻，引蔓故不长。[①]
嫁女与征夫，不如弃路傍。
结发为妻子，席不暖君床。[②]
暮婚晨告别，无乃太匆忙。
君行虽不远，守边赴河阳。
妾身未分明，何以拜姑嫜。[③]
父母养我时，日夜令我藏。
生女有所归，鸡狗亦得将。
君今往死地，沉痛迫中肠。
誓欲随君去，形势反苍黄。[④]
勿为新婚念，努力事戎行。
妇人在军中，兵气恐不扬。
自嗟贫家女，久致罗襦裳。
罗襦不复施，对君洗红妆。
仰视百鸟飞，大小必双翔。
人事多错迕，与君永相望。

【注释】

① 兔丝：菟丝子，一种蔓生草。《古诗十九首·冉冉孤生竹》：“与君为新婚，兔丝附女萝。”

② 妻子：一作“君妻”。《文选·苏武〈诗四首〉》：“结发为夫妻，

恩爱两不疑。”李善注：“结发，始成人也，谓男年二十，女年十五，取笄冠之义也。”

③ 姑嫜：公婆。蔡梦弼注：“妇人嫁三日，告庙上坟，谓之成婚。婚礼既明，然后称姑嫜。今未成婚而别，故曰‘未分明’云云。”

④ 苍黄：形容形势反覆多变。

【评析】

这首诗描写新婚妻子送新郎上前线时的复杂心情。独特的视角本身就具有强烈的感染力。“若作旁观之言，固不足见哀惨。即作其夫言之，亦类出门嘱家事，刺刺不休，仍不至心痛十分。竟作新妇语气，欲言不得，婉转缠绵几乎欲绝”（汪灏《树人堂读杜诗》）。而女主人公的深明大义、强颜欢笑，更增加了诗歌的悲剧色彩。“此女深明大义，既以勉其夫，又以自矢。通体代女为言，愈真朴，愈庄雅，愈缠绵。古色古香，百读不厌。置之《三百篇》中，盖无怍容”（许瀚《杜诗选注》）。

历来多将诗歌分为七层，“曲折详至缕缕，凡七转，微显条达”（刘辰翁《集千家注批点杜工部诗集》）。新婚应该是喜气洋洋的，但嫁给征夫就未必值得高兴，还不如将女儿抛弃在大路旁，因为这样的婚姻可能难以持久，就好比菟丝子攀附在蓬麻上，它的藤蔓肯定不会太长：这是第一转。嫁给征夫固然是悲剧，嫁给第二天就要上前线的征夫则是更大的悲剧了；昨夜成婚，今晨告别，连婚床都还没有来得及坐暖，这离别岂不是太匆忙：这是第二转。虽然丈夫服役的河阳不算太远，可问题是连婚礼的仪式都没有全部完成，新娘子没来得及告庙上坟，她的身份尚未确定，怎么好去拜见公婆呢：这是第三转。新妇从小所受到的教育是嫁鸡随鸡嫁狗随狗，如今丈夫前往生死未卜之地，她本应跟随同行，可又担心影响丈夫，不得不独自滞留在家：这是第四转。女子既然不能出现在军中，新妇就安慰丈夫不要以新婚为念，上了前线就好好作战：这是第五转。作为贫家之女，新妇精心准备了很久才做好了嫁衣，可现在她会将之收拾起来，洗去红妆，在家中耐心等待：这是第六转。天上的鸟儿都成双成对，而人生之不如意却十之八九，新妇会永远地与丈夫相望相守：这是第七转。

诗歌层转层折，具体还体现在七个“君”字上。“一篇中，‘君’字凡七唤。首曰‘结发为君妻’，下数‘君’字皆从此出。为君妻，则暖君床，‘席不暖君床’，凡以君有行也；为君妻则随君去，既不得暖君床，又焉得随君去？为君妻则为君红妆，为君妻则与君双翔；君行矣，君往矣，不得与君同去矣，红妆则对君洗，相望则与君永，凡以为君妻也。七个‘君’字，一呼一泪”（卢元昌《杜诗阐》）。“此诗‘君’字凡七见。‘君妻’‘君床’，聚之暂也；‘君行’‘君往’，别之速也；‘随君’，情之切也；‘对君’，意之伤也；‘与君永望’，志之贞且坚也。频频呼‘君’，几于一声一泪”（仇兆鳌《杜诗详注》）。

同样继承乐府传统，与“三吏”“三别”中其他诗不同的是，在艺术手法上《新婚别》运用了比兴的方式。王嗣奭、黄生以为此诗是兴起法。“起来四句，是真乐府，是三篇兴起法。‘暮婚晨告别’，是诗柄。一篇都是妇人语，而公揣摩以发之。有极细心语，如‘妾身未分明’二句、‘妇人在军中’二句是也，有极大纲常语，如‘勿为新婚念’二句、‘罗襦不复施’二句是也。真无愧于《三百篇》者”（王嗣奭《杜臆》）。“三题相似，此独用兴起，亦以新婚之妇难为辞故”（黄生《杜工部诗说》）。浦起龙认为全是比体。“《新婚别》，送者之词也。比体起，比体结。语出新人口，情绪纷而语言涩”（《读杜心解》）。

## 垂老别

四郊未宁静，垂老不得安。①
子孙阵亡尽，焉用身独完。
投杖出门去，同行为辛酸。
幸有牙齿存，所悲骨髓干。
男儿既介胄，长揖别上官。②
老妻卧路啼，岁暮衣裳单。
孰知是死别，且复伤其寒。
此去必不归，还闻劝加餐。③
土门壁甚坚，杏园度亦难。④
势异邺城下，纵死时犹宽。
人生有离合，岂择衰老端。
忆昔少壮日，迟回竟长叹。
万国尽征戍，烽火被冈峦。
积尸草木腥，流血川原丹。
何乡为乐土，安敢尚盘桓。
弃绝蓬室居，塌然摧肺肝。

【注释】

① 四郊：指京城四周之地。《礼记·曲礼上》："四郊多垒，此卿士大夫之辱也。"孔颖达疏："四郊者，王城四面并有郊，近郊五十里，远郊百里。"

② 介胄：铁甲与头盔。《史记·绛侯周勃世家》："于是天子乃按辔

徐行，至营，将军亚夫持兵揖曰：介胄之士不拜，请以军礼见。”

③《古诗十九首》：“弃捐不复道，努力加餐饭。”

④ 土门：地名，或即土门口。《元和郡县志·河北道》：“（恒州获鹿县）井陉口，今名土门口，县西南十里，即太行八陉之第五陉也。”壁：壁垒。杏园：杏园镇，在今河南汲县东南。

【评析】

诗写一位“子孙阵亡尽”的老翁被征调，告别老妻、故园时的场景。朝廷征发新婚燕尔者与孤独老者，从人情出发显然是不合理的；但其时万方多难，时艰世危，从国情出发，士民均不得束手旁观。“《新安》《石壕》《新婚》《垂老》诸诗，述军兴之调发，写民情之怨哀，详矣，然作者之意，又不止此。国家不幸多事，犹幸有缮兵中兴之主，上能用其民，下能应其命，至杀身弃家不顾，以成一时恢复之功，故娓娓言之。义合风雅，不为诽谤耳。若势极危亡，一人束手，四海离心，则不可道已。”（仇兆鳌《杜诗详注》引）所以前一首诗中的新妇，虽然满腹怨愤却深明大义；此首诗中的老翁悲愤辛酸之余，而又不无慨然自奋。离开了那几间草屋，今生今世恐怕再也回不来了；身着单衣的老妻一边躺在路上哭泣，一边还叮嘱自己保重身体：这无疑令人凄恻彷徨。但此时烽火连天，血染川原，普天之下不见乐土，既然子孙都战死沙场而天下尚不能安宁，那就让我这把老骨头扔掉拄杖披上战袍，纵然战死，也会让形势有所缓和。这位老者时而刚毅悲壮，时而低徊凄怆，就这样走出家门，走向了沙场。

历来论者注意到了老人复杂的心理活动，如浦起龙说诗中“忽而永诀，忽而相慰，忽而自奋，千曲百折。末段又推开解譬，作死心塌地语，犹云无一寸干净地，愈益悲痛”（《读杜心解》）。蒋弱六说“通首心事，千回百转，似竟去，又似难去”（杨伦《杜诗镜铨》引）。

王嗣奭说"'男儿既介胄，长揖别上官'，极苦痛中，又人壮语，才有生色。'老妻卧路啼'，如优人登场，当远行时，必有妻子牵衣哭别，才有情致。'且复伤其寒'者夫也，跟'衣裳单'来。劝加餐者妻也，故下有'纵死时犹宽'之语。钟欲单存上二句，见不到此。'何乡为乐土，安敢尚盘桓'，天下尽乱，无处逃死，家不足恋也。然死于王事，死得其所，拚死而往，安敢盘桓？又发勤王之大义"（《杜臆》）。

今人或强调老人悲愤自痛的一面，如萧涤非《杜诗选注》："这一首写一个子孙死尽、愤而参军的老人和他的妻子告别，是作行者之词。首段八句叙出门；中段'男儿'以下八句叙与妻别，千曲百折；末段十六句，有低调转入高亢，自宽处，正是自痛处。"

或强调老人慨然决然的一面，如冯文炳《杜诗讲稿》："《垂老别》里的一位年老的农民，性格太可爱，生活到了他这个样子，他还会那么幽默，那么地慷慨赴死。"倪其心、吴鸥译注《杜甫诗选译》："这首诗借用一位年近六旬老人的口吻，自叙子孙作战牺牲，愤然投身从军，同仇敌忾，悲壮动人。"

## 无家别

寂寞天宝后，园庐但蒿藜。
我里百余家，世乱各东西。
存者无消息，死者为尘泥。
贱子因阵败，归来寻旧蹊。①
久行见空巷，日瘦气惨凄。②
但对狐与狸，竖毛怒我啼。

四邻何所有，一二老寡妻。
宿鸟恋本枝，安辞且穷栖。
方春独荷锄，日暮还灌畦。
县吏知我至，召令习鼓鞞。
虽从本州役，内顾无所携。③
近行止一身，远去终转迷。
家乡既荡尽，远近理亦齐。
永痛长病母，五年委沟溪。
生我不得力，终身两酸嘶。④
人生无家别，何以为蒸黎。⑤

【注释】

①贱子：士卒自称。

②日瘦：日色惨淡。

③无所携：无告别的人。宋袁淑《防御索虏议》："始附之众，分茂无序。蛊以威利，势必携离。"

④《诗·小雅·蓼莪》："哀哀父母，生我劬劳。"

⑤蒸黎：民众。《诗·大雅·荡》："天生蒸民。"《诗·大雅·云汉》："周余黎民。"

【评析】

这首诗写一位刚从战场上逃命归来的士卒重新被征召入伍时的情形。邺城溃败，他幸运归来，却发现故乡早已荒芜凋敝，触目尽是蓬蒿荆棘；邻里十室九空，惟有一二白头寡妻尚存。故土破败不堪，已非安居之所，但终究难以舍离，于是他强打精神，锄草灌溉。谁知县吏得知消息，随即又将他征调前去。虽说此次就在本州服役，要好于漂泊他地，可家乡已经被扫荡一空，实在与外地没有什么不同。他那多病的母亲，早已在五年前逝去，如今连尸体都不知道在哪里。想到母亲辛辛苦苦抚养他成人，他却没有尽到丝毫孝心，不由得抱憾终身。现在他一个人生活在这世上，连个家都没有，还怎么当这黎民百姓?

无家别，即没有家人与之告别。“《无家别》，亦行者之词也。通首只是一片。起八句，追叙无家之由。‘久行’六句，合里无家之景。……‘近行’八句，本身无家之情。其前四极曲，言远去固艰于近行，然总是无家，亦不论远近矣”（浦起龙《读杜心解》）。对于诗中这位士卒而言，没有了母亲，其实已经就没有了家，所以离开破屋前去服役之际，他忍不住想起了病逝五年的母亲。“题明说无家，却偏寻出已死五年之病母，娓娓与鬼魂对语，自怨自责，作牵衣痛哭情形，岂非神笔?《新婚别》犹有夫，有妻，有姑嫜;《垂老别》犹有老妻;至《无家别》只孑然一身，破屋数间而已。将作与邻里絮语，既泛而无情;若作与坟墓辞，又仓皇而不暇;忽然追痛到病母死时，未得亲视含敛，抱恨终天，更类将阕琵琶声”（汪灏《树人堂读杜诗》）。因此，这首诗首先可以理解为表达“无家者”的悲哀。

对于朝廷而言，它的使命就是让黎民百姓安居乐业。如果黎民百姓都成了无家之人，无疑就可能国将不国了。“国以民为本。无家不可以为民，能不危惧?此结盖深责为国者，不第本人一身事”（张溍《读书堂杜诗注解》）。“在昔先王中兴，劳来还定安集之，而鸿雁之民获安其居。今肃宗中兴，使民无家，而至于生无以养，死无以葬。其视周宣之民，不亦厚颜也哉！观甫诗，时政之美恶，皆可得而知也”（何汶《竹庄诗话》引《师氏诗说》）。“先王以六族安万民，使民有家之乐。今新安无丁，石壕遣妪，新婚有怨旷之夫妇，垂老痛阵亡之子孙，至战败逃归者，又复不免”（卢元昌《杜诗阐》）。“一结尤有

'周余黎民，靡有孑遗'意。无家尚不可以为民，则言外具有责长民者之思。吞吐不露，此种性情，皆从《三百篇》来，岂徒植根于苏、李、曹、刘之间而已哉"（吴瞻泰《杜诗提要》）。从这个意义上，这首诗不妨理解为朝廷"无民"的警戒。

《无家别》被认为是"三吏""三别"组诗的总结。它的总结意义表现在两个方面。一是在内容方面，作者所表达的矛盾越来越严重，到《无家别》已经上升到国家生死存亡的高度，如陈订所言："读公《前出塞》远赴交河，吞声哀怨，已觉内地骚然；读公《后出塞》募赴蓟门，去时亲戚满地，归来故里空村，已非太平景象。然《前出塞》俱自称丈夫，则非老、稚可知；《后出塞》俱自称男儿，则非妇、妪可知。又《前出塞》有父母，有六亲；《后出塞》有闾里，有亲戚，有颁白，有少年……读公诗，于《新安吏》则丁无中小之分，府帖尽行；于《潼关吏》则百万为鱼，惟恃天险；于《石壕吏》则尽室死亡，役及老妪；而《新婚别》《垂老别》《无家别》则人皆无家，蒸黎无以为蒸黎，国又何以为国耶？"（《读杜随笔》）杜甫"诗史"的意义，可见一斑。二是在痛苦的程度方面，至《无家别》已经到达极致，如王嗣奭所言："《新安》，悯中男也，其词如慈母保赤。《石壕》作老妇语，《新婚》作新妇语，《垂老》《无家》，其苦自知而不能自达，一一刻画宛然，同工异曲，随物赋形，真造化手也。"（《杜臆》）

## 赠卫八处士[①]

人生不相见，动如参与商。[②]
今夕复何夕，共此灯烛光。

少壮能几时，鬓发各已苍。
访旧半为鬼，惊呼热中肠。
焉知二十载，重上君子堂。
昔别君未婚，儿女忽成行。
怡然敬父执，问我来何方。
问答未及已，儿女罗酒浆。
夜雨剪春韭，新炊间黄粱。
主称会面难，一举累十觞。
十觞亦不醉，感子故意长。
明日隔山岳，世事两茫茫。

【注释】

①卫八：其人未详。处士：隐逸不仕者。

②动：动辄。参与商：二十八星宿中的参星与商星，两者东西相对，不会同时出现。

【评析】

人生之分离常演变为诀别，动辄如天上的参星与商星，从此无法相见。不知道今晚是个怎样的好日子，我们才能意外重逢。时间过得真快，转眼间我们都已经鬓发苍苍。进而打听那些我们所共同熟识的亲朋故旧，居然有一半不在人世了，这如何让人不悲痛惋惜。我也没有想到，分别二十年后，能够再次登上你家客堂。当年分别的时候，你尚未成婚，如今已然是儿女成群。他们以晚辈的身份和颜悦色地接待我，客气地询问我来自何方。你却不等他们寒暄完毕，就打发他们去张罗酒席。席上是冒着夜雨剪来的春韭，还有热气腾腾的黄米饭。你说老朋友见一次面太难，一连劝我喝了十多觞。我为你深厚的情意所打动，这么多酒也没有让我喝醉。只是想到明天我又要踏上旅程，山河相隔，世事难料，再见之日难期，不由心中充满了迷茫。

这首诗的感人之处，历来众口一词，那就是“真”，如黄周星《唐诗快》所言：“此首无甚奇妙处，既逸而复收之，不过一真。”朱云荆《增订唐诗摘钞》也在评价这首诗时说：“只是‘真’，便不可及，真则熟而常新。人也未尝无此真景，但为笔墨所隔，写不出耳。”那么杜甫为何能写出“真”意，又是如何写出这“真”意的呢？

一则认为杜甫在艺术表现方面做到了返璞归真。他不假雕饰，信笔而写，娓娓道来，将生活的本来面目充分展示在诗中，诗歌自然就具有了很强的感染力。“信手写去，意尽而止，空灵婉畅，曲尽其妙”（王嗣奭《杜臆》）。“只叙真境，如道家常，欲歌欲哭”（锺惺《唐诗归》）。“感今怀旧，如风行水上，自然成文。若涉一毫客气，便成两橛”（《杜诗集说》引查慎行语）。

一则认为杜甫与友人情谊浓厚，诗歌只是以真情取胜。《唐诗选脉会通评林》评论此诗时引周敬曰：“情真，浅不堕肤；淡雅，的然陶派。”又引周甸曰：“主宾情义，蔼然于久别之余。”还引陆时雍曰：“此诗情胜乎词。”这里都强调杜甫此诗情感浓至真挚。黄生进一步指出，诗歌之真源于杜甫性情之真。“写故交久别之情，若从肺腑中流出。手未动笔，笔未蘸墨，只是一‘真’。然非沉酣于汉魏而笔墨与之俱化者，即不能道只字。因知他人未尝不遇此真境，却不能有此真诗。总由性情为笔墨所格耳。此诗口头烂熟，毕竟其色如新，苏李十九首亦如此。可知诗有尘气者，皆由身分不足故也”（《杜工部诗说》）。

一则认为杜甫不仅有真性情，更善于将真性情表达出来。这首诗之所以取得成功，并不是简单的平铺直叙就能做到，而是有顿挫，有起伏。“一气读，一笔写。相见寻常事，却说得骇异不同。此人人胸臆所有，人不道耳”（《杜诗集评》引吴农祥语）。“老气古质，平叙中有崟嵜历落之致”（《杜诗集评》引李因笃语）。“全诗无句不关人情之至，直到极处便厚。情景逼真，兼有顿挫之妙”（张溍《读书堂杜诗注解》）。所谓“顿挫”，所谓“说得骇异不同”，所谓“崟嵜历落”，都强调这首诗并非只是平易真切，质朴无华。

## 佳人

绝代有佳人，幽居在空谷。①
自云良家子，零落依草木。②
关中昔丧败，兄弟遭杀戮。
官高何足论，不得收骨肉。
世情恶衰歇，万事随转烛。③
夫婿轻薄儿，新人美如玉。④
合昏尚知时，鸳鸯不独宿。⑤
但见新人笑，那闻旧人哭。
在山泉水清，出山泉水浊。
侍婢卖珠回，牵萝补茅屋。
摘花不插发，采柏动盈掬。⑥
天寒翠袖薄，日暮倚修竹。

【注释】

①《汉书·孝武李夫人传》载李延年歌：“北方有佳人，绝世而独立。”唐人避太宗讳，改“世”为“代”。

②良家子：出生世家。《史记·外戚世家》：“窦姬以良家子入宫侍

太后。”

③ 转烛：飘忽的灯光。《佛说贫穷老公经》：“昼夜七日七夕，水浆断绝，小有气息，命在转烛。”

④《古诗十九首·东城高且长》：“燕赵多佳人，美者颜如玉。”

⑤ 合昏：即合欢树。周处《风土记》：“合昏，槿也，华晨舒而昏合。”

⑥《古艳歌》：“马啖柏叶，人啖柏脂。不可长饱，聊可遏饥。”

【评析】

诗写一位战乱期间被丈夫抛弃而贞洁自守的女子，共分三层。前八句写她遭逢乱世而飘零孤苦。这位幽居在空谷的绝世美女，本出生世家，因关中遭受兵乱，兄弟俱遭杀戮而无所依靠。中八句写她遇人不淑，为丈夫所厌弃。趋炎附势是世态人情，人情冷暖就如风中飘忽不定的烛光，丈夫本是轻薄浮浪子弟，见此变故而喜新厌旧，毫无怜惜之心。后八句写她隐居幽谷，不胜清寒。泉水在山中是清澈的，到了山外就变得浑浊了。她甘愿坚守空谷，卖珠自给，以野草为食，以藤蔓葺屋，不事修饰，远离世俗。

杜甫歌咏佳人，一说他实有所见，或以此写贬谪之臣。“此为弃妇之辞以写逐臣况也。……此事叙事真切，疑当时实有是人，然其自况之意，盖亦不浅。夫少陵冒险以奔行在，千里从君可谓忠矣。然肃宗慢不加礼，一论房琯而遂废斥。于华州流离艰苦，采橡栗以食，此与倚修竹者何异耶？吁！读此而知唐室待臣之薄也”（唐汝询《唐诗解》）。“天宝乱后，当是实有是人，故形容曲尽其情”（仇兆鳌《杜诗详注》）。“偶有此人，有此事，适切放臣之感，故作此诗”（黄生《杜工部诗说》）。

或借此以自喻。“大抵佳人事必有所感，而公遂借以写自己情事”

（王嗣奭《杜臆》）。“此感实有之事，以写寄慨之情”（浦起龙《读杜心解》）。“《佳人》名篇，亦左徒迟暮之意，盖因所见而写成，以自喻且自嘲耳”（夏力恕《杜诗增注》）。“此因所见有感，因带自寓意”（杨伦《杜诗镜铨》）。

一说并无其人，只是比拟。“仇注、卢解皆谓此必天宝之后，实有其人其事，非寓言寄托之语。试思两京鱼烂，四海鼎沸，而空谷茅屋之下，乃容有绝代之佳人，卖珠之侍婢，曾无骨肉，独倚暮寒。此承平所难信，岂情事之所有？若谓幽绝人境，迹类仙居，则又何自通其问讯？知其门阀，诉其夫婿，详其侍婢，此真愚子说梦，难与推求者也。夫放臣弃妇，自古同情；守志贞居，君子所托。兄弟谓同朝之人，官高谓勋戚之属，如玉喻新进之猖狂，山泉明出处之清浊。摘花不插，膏沐谁容？竹柏天真，衡门招隐。此非寄托，未之前闻”（陈沆《诗比兴笺》）。

其比拟，或以为拟贤者。“盖言贤者有佳美之德，此诗亦以佳人喻贤者。君用新进少年，至于疏弃旧臣，甫寓意有此作，非独为佳人之什”（《王状元集百家注编年杜陵诗史》引师语）。

或以为自喻，“甫自谓也。亦以伤关中乱后老臣凋丧也”（黄鹤《黄氏补千家集注杜工部诗史》）。“此先生自喻之诗。自古贤士之待聘于朝，犹女子之待字于夫。其有遭谗间而被放者，犹之被嫉妒而被弃。一部《离骚》，多托此以自喻，如‘众女疾余之蛾眉’等语是也。老杜自省中出为华州，明非至尊之意，则其受奸人之排挤者，已非一日。一生倾阳之意，至此无复再进之理。故于华州犹惧其难安，是以弃官而去，其于仕进之途绝矣，复何望乎？乃托绝代之佳人以为喻”（《杜诗言志》）。

一说真假无关紧要。“仇兆鳌曰：按天宝乱后，当是实有是人，故形容曲尽。旧说托弃妇以比逐臣，伤新进猖狂，老成凋谢而作，恐悬空撰意，不能淋漓恺至如此。按旧说未必非是，仇说未必是真。盖记物兴比，乃唐人本色，况杜遭际非为顺境，安知其不寓意耶”（章燮《唐诗三百首注疏》）。

## 梦李白二首

### 其一

死别已吞声，生别常恻恻。
江南瘴疠地，逐客无消息。①
故人入我梦，明我长相忆。
恐非平生魂，路远不可测。
魂来枫林青，魂返关塞黑。②
君今在罗网，何以有羽翼。
落月满屋梁，犹疑照颜色。
水深波浪阔，无使蛟龙得。

【注释】

①孙万寿《远戍江南寄京邑亲友诗》：“江南瘴疠地，从来多逐臣。”

②《楚辞·招魂》：“湛湛江水兮上有枫，目极千里兮伤春心，魂兮归来哀江南。”

【评析】

这是两首记梦诗，作于杜甫听闻李白长流夜郎之后。诗歌始终围绕梦展开，虽然充溢着对友人的怀念与牵挂，却终究是“梦李白”而非“思李白”或“忆李白”。“少陵《梦李白》诗，童而习之矣。及自作梦友诗，始益恍然于少陵语语是梦，非忆非怀，乃知读古人诗文以为能解，尚有欠体认者在”（方扶南《兰丛诗话》）。诗人说，对于死别的朋友，止于吞声恸哭一场；而于长远别离的老友，常感到无边无际的凄凉，何况故人远在南方湿热蒸郁、疫病流行之地，久久没有消息传来。昨夜你进入了我的梦中，正是我苦苦思念所致。路途是如此的遥远，你的魂魄是如何跨越千山万水，从江南来到关塞呢？如今你身处罗网中，又如何生长出了翅膀？我从梦中醒来，面对满屋的月光，依然惝恍迷离，感觉你仿佛刚刚离去。这一路上风波险恶，你务必要珍重小心。

此诗记梦，共分为三层。仇兆鳌以为前四句叙梦之由，中六句述梦中相接之情，后六句记梦醒后相思之意（《杜诗详注》）。浦起龙认为“起四，反势也。说梦，先说离，此是定法。中八，正面也，却纯用疑阵。句句喜其见，句句疑其非。末四，觉后也。梦中人杳然矣，偏说其神犹在，偏与叮咛嘱咐，此皆景外出奇”（《读杜心解》）。陈讦则指出：“通首都作公忆白语。江南久无消息，是未梦前相忆；路远恐非平生魂，是入梦时相忆；至魂来魂去，网罗何有羽翼，乃梦中相对相忆之情；而落月屋梁犹疑颜色，则梦后相忆，有缠绵不尽之意。”（《读杜随笔》）

“落月满屋梁，犹疑照颜色”两句，最为后人所称道。《西清诗话》云：“太白历见司马子微、谢自然、贺知章，或以为可与神游八极之表，或以为谪仙人，其风神超迈英爽可知。后世词人状者多矣，亦间于丹青见之，俱不若‘落月满屋梁，犹疑照颜色’。熟味之，百世之下，想见风采，此与李太白传神诗也。”（胡仔《苕溪渔隐丛话》）刘辰翁说：“落月屋梁，偶然实景，不可再遇。”（高棅《唐诗品汇》）胡应麟说：“‘明月照高楼，想见余光辉’，李陵逸诗也。子建‘明月照高楼，流光正徘徊’，全用此句而不用其意，遂为建安绝唱。少陵‘落月满屋梁，犹疑照颜色’，正用其意而少变其句，亦为唐古峥嵘。今学者第知曹、杜二句之妙，而不知其出于汉也。”（《诗薮》）

但杨慎却以为或求之过深，他主张就诗句的字面意思去理解：“‘落月满屋梁，犹疑照颜色’言梦中见之，而觉其犹在，即所谓‘梦中魂魄犹言是，觉后精神尚未回’也。诗本浅，宋人看得太深，反晦矣。传神之说非也。”（《升庵诗话》）

“君今在罗网，何以有羽翼”两句，原本在“魂来枫林青，魂返关塞黑”之后。仇兆鳌《杜诗详注》依据黄生本移至“故人入我梦，明我长相忆”两句后，并声称如此调整，语气方顺。陈订提出异议，以为如此改动，“便直致少味，况‘恐非平生魂’承‘久无消息’，而‘今在网罗，何有羽翼’承上‘魂来’‘魂返’，来去自如。今改在‘明我长相忆’之下，宜味同嚼蜡也”（《读杜随笔》）。翁方纲也以为“‘何以有羽翼’着在‘魂来’‘魂返’之下，方见重申唱叹之旨”（《杜诗附记》上）。高步瀛进一步解说道：“‘长相忆’下倒接‘恐非平生魂’二句，疑真疑幻之情，千古如生。再以‘魂来’‘魂返’写其迷离之状，然后入‘君今’二句，缠绵切至，恻恻动人。若依黄本、仇本移‘君今’二句于‘长相忆’下，神气索然尽矣。”（《唐宋诗举要》）

## 其二

浮云终日行，游子久不至。①
三夜频梦君，情亲见君意。
告归常局促，苦道来不易。
江湖多风波，舟楫恐失坠。
出门搔白首，若负平生志。

冠盖满京华，斯人独憔悴。
孰云网恢恢，将老身反累。[2]
千秋万岁名，寂寞身后事。

【注释】

①《古诗十九首·行行重行行》："浮云蔽白日，游子不顾返。"

②《老子》第七十三章："天网恢恢，疏而不失。"

【评析】

浮云无根，终日飘荡，无所休止，游子也是这样啊。一连几天都梦见了你，可见你对我的情意也尤为深厚。每次到了告别的时候，你都局促不安。江湖多风浪，常有覆舟之虞。来往一次实属不易，真希望能与你好好畅谈。你搔首出门而去，大异于往日。世上得意之人不知凡几，为何你却如此落拓困顿。谁说天网恢恢疏而不漏，为何你还要遭受这样的冤屈？活着的时候得不到任用，死后留下千秋美名又有什么意义呢？也不过委之寂寞罢了。

在结构上，第二首同前篇一样，都是分为三个部分。仇兆鳌说，前四句从频梦叙起；中六句代述梦中心事，曲尽仓皇悲愤情状；末六句伤其遭遇坎坷，深致不平之意（仇兆鳌《杜诗详注》）。浦起龙说："起法，簇前十二句为四句。中八，述其语，揣其情。述语而曰'局促''风波'，暗从'无使蛟龙得'来。揣情而曰'负志''憔悴'，则予怀耿耿，情见乎辞矣。末四，则所谓彼我同声者也。厄其身而永其名，已是慰劳苦语。今且云'名'亦'寂寞'。此老下笔后，直使来者没处转身。始于梦前之凄恻，卒于梦后之感慨，此以两篇为起讫也。'入梦'，明我忆。'频梦'，见君意。前写梦境迷离，后写梦语亲切。此以两篇为层次也"（《读杜心解》）。

在情感方面，论者多认为后篇比前首更进一层。张溍说：“此首较前首俱深一层。前止言梦，此则言‘三夜’，言‘频’；前止言‘明我’，此则言‘见君’；前止言‘魂返’，此则言‘告归常局促’；前止言避祸，此则以身后名惜之，甚有深义。‘千秋’句，不独以大名许之，亦见他日叹慕不得同时，而生前无容身地为可悲矣”（《读书堂杜诗注解》）。

仇兆鳌说：“此因频梦而作，故诗语更进一层。前云‘明我忆’，是白知公；此云‘见君意’，是公知白。前云‘波浪蛟龙’，是公为白忧；此云‘江湖舟楫’，是白又自为虑。前章说梦处，多涉疑词；此处说梦处，宛如目击。形愈疏而情愈笃，千古交情，惟此为至。然非公至性，不能有此至情。非公至文，亦不能写此至性。”（《杜诗详注》）

唐元竑认为两首都超过了《招魂》。“《梦李白》二诗精妙，殆胜《招魂》。《招魂》语虽丽，而情远不及也。一句一转，一字一泪，所谓隐新结文不自知，沉绵恻怆至此”（《杜诗攟》）。陆时雍则以为“是魂是人，是真是梦，都觉恍惚无定。亲情苦意，无不备极。真得屈骚之神”（《唐诗镜》）。

## 秦州杂诗二十首（选四）[1]

### 其一

满目悲生事，因人作远游。
迟回度陇怯，浩荡及关愁。[2]
水落鱼龙夜，山空鸟鼠秋。[3]

西征问烽火，心折此淹留。

【注释】

① 秦州：州治在今甘肃天水。杂诗：魏晋诗人常用诗题。

② 陇：陇山，亦名陇坂。《元和郡县图志·陇右道》：“陇坂九回，不知高几里。每山东人西役，升此瞻望，莫不愁思。”关：指陇关，即大震关，在今陕西陇县西陇山下。

③ 鱼龙：川名，汧水之中下流。《水经注·渭水》：“其水东北流，历涧注以成渊，潭涨不测，出五色鱼，俗以为灵而莫敢采捕，因谓是水为鱼龙水，自下亦通谓之鱼龙川。”鸟鼠：山名，即今青雀山，位于甘肃渭源。

【评析】

此为乾元二年（759）秋杜甫流寓秦州时所作。诗人“久客秦州，触绪成咏，非一时之作也。事不相蒙，题不相类，前后皆在秦州所得，遂统而名之曰《秦州杂诗》”（汪灏《树人堂读杜诗》）。杜甫之所以弃官入秦，固然与关中饥馑有关，《新唐书·杜甫传》即云“出为华州司功参军，关辅饥，辄弃官去，客秦州，负薪采橡粟自给”；与东都动荡有关，如浦起龙《读杜心解·读杜提纲》所言“客秦州，作客之始。当日背乡西去，为东都被兵、家毁人散之故”；更与他对朝政的失望有关，首章开篇所言“悲生事”而远游，或可窥其端倪。“是诗二十首，首章叙来秦之由，其余皆至秦所见所闻也，或游览，或感怀，或即事……此身访道探奇，穷愁卒岁，寄语诸友，无复有立朝之望矣”（杨伦《杜诗镜铨》引张溍语）。

满怀失望而去，心中不能不悲。“悲”不仅为首篇的核心，“言生事满目可悲，‘悲’字乃一篇骨子。因人作远游，度陇怯，及关愁，水落山空，而问西征之烽火，皆满目可悲之事，故此淹留而心折也”（单复《读杜诗愚得》）；也是组诗的基调，“此二十首，则自明其游秦之由。看他开口便说‘满目悲生事’，是其所可悲之事不一而足。半生期许，至此尽蠲，一可悲也；遍历艰辛，都赴流水，二可悲也；进既莫容，退又无归，三可悲也；干戈未息，骨肉远离，四可悲也；君国多难，忠孝莫解，五可悲也；边塞凄凉，惊心鼓角，六可悲也；风雨凄其，秋阴短少，七可悲也；老骥伏枥，壮志难忘，八可悲也；羁栖异地，送老何时，九可悲也。回忆鸳行，寒云愁对，十可悲也。夫抱此多般愁苦，难以缕析，故以‘满目’二字概之，其后二十首中所触发之事，悉由此生出，所谓笼盖全篇之句也”（《杜诗言志》）。

首篇说他行经陇坂，翻越陇关，一路皆犹豫恍惚，而沿途所见鱼龙川之水涸、鸟鼠山之空廓，无不令人恓惶凄恻。诗人也明确地意识到秦州并非是一个良好的选择，它依然饱受烽火的侵扰，不过眼下无处可去，只好暂时寄居于此。

其中“水落鱼龙夜，山空鸟鼠秋”两句，尤其引人注目。前人多对此联赞不绝口，如“‘鱼龙’‘鸟鼠’，固属地名，而借为景物之用不即不离，妙不容言，真化工之笔也”（王嗣奭《杜臆》）。“五、六本以鱼龙川、鸟鼠山纪地，及拆而用之，则鱼龙、鸟鼠皆成活物，又因以见造句之巧，诚莫逾杜公者矣”（黄生《杜工部诗说》）。“凡诗以虚涵两意为妙。如杜《秦州杂诗》‘水落鱼龙夜，山空鸟鼠秋’两句，夜则水落鱼龙，秋则山空鸟鼠，一说也；鱼龙之夜，故闻水落，鸟鼠之秋，故见山空，又一说也。……盖二意归于一意，而著语以虚涵取巧，诗家法也”（王应奎《柳南随笔》引李光地语）。“鱼龙、鼠鸟，本山水之名。然水有鱼龙，以‘落’字、‘夜’字点化之；山有鸟鼠，以‘空’字、‘秋’字点化之。不惟化板为活，并将山水之蕴含、人事之遭际，一齐透露于十字中”（石间居士《藏云山房杜律详解》)。

上述一联的句法，多以为倒装，“二句系倒句法，时地合说，并见作客凄凉之况”(杨伦《杜诗镜铨》)。程千帆《杜诗镜铨批抄》说：“本当作‘鱼龙水夜落，鸟鼠山秋空’，以调谐声律，错综之耳，非纯倒句也。而夜水落，则水中鱼龙亦随之沉潜；秋山空，则山中鸟鼠亦因而萧索，诗境又以句法之错综化实为虚，鱼龙、鸟鼠悉为群动，活泼泼地矣。此公炉锤之妙也。”

## 其四

鼓角缘边郡，川原欲夜时。
秋听殷地发，风散入云悲。[①]
抱叶寒蝉静，归山独鸟迟。
万方声一概，吾道竟何之。

【注释】

①殷：雷声。《诗·召南·殷其雷》：“殷其雷，在南山之阳。”

【评析】

此诗专咏鼓角，诸家并无异议。前三联都是直接描写鼓角其声。夜晚来临，城门欲闭，警示的鼓声似乎从地底发出一般，响彻秦川，飘入风中，飞上云际。紧紧依附树叶的寒蝉，此时停止了哀鸣；鸟儿在空中盘旋，迟迟不敢归栖山林。不过对于诗人为何咏鼓角，即“万方声一概，吾道竟何之”究竟表达出怎样的情绪，历来有不同的理解。

或以为单纯描写战火纷飞。“此亦赋一事，因鼓角之鸣而叹蹙蹙靡骋。中四句分寓首二句。时东有安史之乱，西有吐蕃之侵，故曰‘一概’”(张溍《读书堂杜诗注解》)。“此专咏鼓角也，妙处全在离合。

若沾沾一事，便无断续。故三、四已实写鼓角矣，五、六却写‘欲夜时’一笔，然后再接‘声一概’，便觉离合奇幻”（吴瞻泰《杜诗提要》）。

或认为感慨乱世而所无止归。“此篇咏鼓角以世乱之极。……言世乱无所归也”（《杜律五言补注》）。“因鼓角而遍想万方，处处皆然，吾更何往而可”（汪灏《树人堂读杜诗》）。“四章咏鼓角也，并带忧边警意。……言本因避乱而来到此，仍无宁宇，亦更有何地可托足耶”（杨伦《杜诗镜铨》）。“其四，言此地亦多边警，试听‘鼓角’而慨然矣，莫认作‘咏鼓角’死句。曰‘夜’，曰‘秋’，曰‘风’，都为边声托出凄苦。五、六，兴起‘何之’。结意更悲。本因避乱而来，到此仍无宁宇，真是无处安身”（浦起龙《读杜心解》）。

或以为感慨乱世而道之不行。“戎马之际，天下皆有鼓角，人方以武事为急，吾道何所施乎”（王洙《分门集注杜工部诗》）。“承上言秦州既为边郡，则川原欲夜之时，其鼓角之声何其悲也。但听其乘秋而发，殷然地动，而临风而散，高入于云，一篇愁惨噍杀之音弥空密布。斯时也，抱叶之寒蝉寂然无声，而归山之独鸟不敢言迟。盖以秋气本肃，而又加之以禁夜之警，故惟有闭口深藏，全身远害耳。顾边郡之鼓角，因防备戎虏宜然，何以万方之声息，大概如斯，其凭威肆焰，有甚焉者。则吾道之好为忠言谠论，以取戾于时者，何之而可哉”（《杜诗言志》）。

或以为有感于身世。“四章，咏鼓角也。边郡而闻鼓角，又当秋天欲夜之时，何等凄栗。殷地、入云，承鼓角；蝉静、鸟迟，承夜时。末因边郡而及万方，则所慨于身世者深矣。殷地发，鼓声震动；入云悲，角吹凄凉”（仇兆鳌《杜诗详注》）。

今人或以为“此章为黄昏闻鼓角声而作，宣抒对天下事和自身出处的忧虑”（聂石樵、邓魁英选注《杜甫选集》），或以为“杜甫原以为秦州太平无事，谁知也不然，故又由边郡推及到万方”（萧涤非《杜甫诗选注》）。

## 其七

莽莽万重山，孤城山谷间。
无风云出塞，不夜月临关。
属国归何晚，楼兰斩未还。①
烟尘独长望，衰飒正摧颜。

### 【注释】

① 属国：典属国，掌管藩国事务的官员。《汉书·苏武传》载苏武出使归，拜为典属国。楼兰：古西域国。《汉书·傅介子传》载傅介子持节至楼兰，斩其王，持首还，诏封为义阳侯。

### 【评析】

“无风云出塞，不夜月临关”两句，备受赞许，如许顗《彦周诗话》：“《秦州》诗云：‘无风云出塞，不夜月临关。’无风云动，不夜而月，当细思之。句法至此，古今一人而已。”胡应麟《诗薮》内编卷五：“句法之化者，‘无风云出塞，不夜月临关’‘露从今夜白，月是故乡明’‘江山有巴蜀，栋宇自齐梁’‘近泪无干土，低空有断云’之类，错综震荡，不可端倪，而天造地设，尽谢斧凿。”黄叔灿《唐诗笺注》：“秦州直接西塞，山川阻险，孤城一望，莽莽无涯，觉风云日月具异样悲凉。二联之妙，几出鬼工。”施补华《岘佣说诗》：“‘感时花溅泪，恨别鸟惊心’‘无风云出塞，不夜月临关’，是律句中加一倍写法。”

“无风塞”“不夜城”或被认定为地名。邵博《邵氏闻见后录》有云："王子韶云：无风，谷名；不夜，城名。尝亲至其地。"俞陛云《诗境浅说》乙编："少陵秦州诗，佳句甚多。独举此二联者，因注杜诗诸家，谓鱼龙川、鸟鼠山、无风塞、不夜城皆在秦地，其说诚然，作诗者未必不用此名；但少陵驱使群籍，运典入化，乃少陵特长。此二联虚实兼到，非专用地名。特加浅说，以告读杜诗者。……无风句，承上'莽莽万重山，孤城山谷间'而来，谓城在万山深处，长日生云，且地临塞北，即无风而云亦飞扬出塞，言塞之近也。不夜句，谓城踞山头，不夜先能见月。近水楼台，尚先得月，何况山巅。言城之高也。此四句虽皆实有其地，但少陵运以诗意，融化而出之，句复倜傥，非沾沾于地名。读者以为何如？"

这一说法后人多有驳斥。胡震亨《杜诗通》："此句之佳，正不在实有其地也。"袁枚《随园诗话》："大抵宋人好矜博雅，又好穿凿。……少陵诗'无风云出塞，不夜月临关'，其妙处在无风而云，不夜而月故也。注杜者以'不夜''无风'为地名，则何地无云，何地无月，何必此二处才有风、月耶？"沈德潜《唐诗别裁集》："奇景偶然写出。或以'无风''不夜'为地名，不但穿凿，亦令杜诗无味。"卢麰、王溥《闻鹤轩初盛唐近体读本》："三、四独辟之句，正以无所缘藉，乃成奇迴。若牵附秦州无风塞、不夜城，有何意味？"

"无风云出塞，不夜月临关"两句终究描写了怎样的景象呢？或以为兼言人事，并不专指边塞风光。王嗣奭说："时吐蕃作乱，征西士卒，络绎出塞，出则虽无风而烟尘随以去，故云'无风云出塞'。边关入夜，人烟阒寂，白沙如雪，兼之秋冬草枯木脱，虽夜不黑，常如有月，故云'不夜月临关'。非目见不能描写至此。刘云：'妙处举目得之。'锺云：'奇语不厌共知。说梦可笑。'属国，正谓吐蕃，属国未归，将士无功未还，所以有出塞之云，无入塞之云也。"（《杜臆》）浦起龙说："一片忧边心事，随风飘去，随月照著矣。"（《读杜心解》)《杜诗言志》:“要而论之,秦州本以边地孤城而处万山之中,外御羌夷,内保畿辅,一重镇也。幸迩无事,风云得以暂闲,夜月安然临照。然亦未闻有苏子卿之奉使无忝,傅介子之立功异域者。则是烟尘一望,惟见衰飒之气,令人愁惨摧颜耳。”

或以为描写秦州风景之独特。唐汝询《唐诗解》:“秦州城在山谷之间,山气奔腾,故无风而云自出关门,不夜以月之方临也。”仇兆鳌《杜诗详注》:“七章,咏使臣未还也。山多,故无风而云常出塞;城迥,故不夜而月先临关。二句写出阴云惨淡、月色凄凉景象。”

今人萧涤非等人瞩目于秦州独特的地理环境。《杜甫诗选注》解释说:“起四句写秦州地势。高空的云往往无风而动;不夜,月光如昼。”陈贻焮则偏重于人事。《杜甫评传》云:“地面无风,高空云可因气流而飘浮。这是常理常景。但在处于彼时彼地彼境的诗人眼中,就易生遐想,不无感叹了。云无心以出塞,而常人则不敢出塞:‘西征问烽火,心折此淹留。’有此反衬,更见边境多事之秋道路的艰险。云既出塞,其下即是敌方。云若是我,就能居高临下,鸟瞰敌人动静;我若是云,虽能出塞,亦必无心,哪管人间祸福。可叹两者皆非,就不能不令我因相隔咫尺无由窥测敌情而徒添忧虑了。”

## 其二十

唐尧真自圣,野老复何知。①
晒药能无妇,应门幸有儿。
藏书闻禹穴,读记忆仇池。
为报鸳行旧,鷦鹩在一枝。②

【注释】

①唐尧:指唐肃宗。

②《庄子·逍遥游》："鹪鹩巢于深林，不过一枝。"

【评析】

这首诗是组诗的总结。诗人说，天子是圣明的，所以国事无须我呶呶不休；晒药之事由妻子承担，迎来送往儿子足以胜任，因此家事也无须我操劳忧烦。我所能做的事情，仅仅读读书、游览古迹罢了。我以诗代笺，寄赠往日同僚：我所需求的只是一块安身之地，并无用世之意。

诗中所传达的情绪，黄生以为是释怀。"此题二十首，闵时伤乱者居半。卒章放松一步，谓上有唐尧，天下无忧不治，野老何用与知时事耶？今幸偕隐有侣，栖隐有地，为报故人勉事圣君，已将弃世谢事，以成其巢、由之志矣"（《杜工部诗说》）。

顾宸认为是失望。"唐尧自圣，则国事自有圣君；应门有儿，则家事应付儿子。野老此身复何所为？惟有谈奇书，觅胜迹，穷愁以卒岁而已。寄语鸳行诸公，无复有立朝之望也。噫，公之志诚可悲矣"（《辟疆园杜诗注解》五律）。

吴瞻泰以为是愤怒。诗人终究对离职远去一事耿耿于怀，他满腹冤屈，却又无法申诉，于是正话反说以抒其积愤。"人到极不可解处，偏偏句句作自解语。言国事自有圣君，家事尽付之妻子。惟有探书觅奇，以苟安野老之身。而家国之忧，都若置之膜外者，乃以宽语为愤词，因以结尽二十首之意"（吴瞻泰《杜诗提要》）。

"藏书闻禹穴，读记忆仇池"两句，颇为费解。一说禹穴在浙江绍兴会稽山。《吴越春秋·越王无余外传》载禹登委宛之山，发石，得金简玉字之书。山中有一穴，深不见底，谓之禹穴。仇池为山名，在今甘肃西和县南。《辛氏三秦记》载，仇池山上广百顷，地平如砥。其南北有山路，东西绝壁万仞，上有数万家。一人守道，万夫莫向。

两句的大意，或如边连宝所言“读禹穴之藏书，可以忘忧；忆仇池之盛，可以避世”（《杜律启蒙》）。

一说禹穴在秦陇。《清一统志·陕西统部·兴安府》：“禹穴，在洵阳县东一百三十里，高八尺，深九尺，旁镌‘禹穴’二字。”此禹穴，在今陕西旬阳县东，相传为夏禹疏导汉水时居住的洞穴。《水经注·河水》：“悬崖之中，多石室焉。……故《秦州记》曰：‘河峡岸旁有两窟，一曰唐述窟，高四十丈，西二里有时亮窟，高百丈，深三十丈，藏古书五笥。’”此禹穴即今甘肃永靖县炳灵寺石窟。如此杜诗两句大意，或如顾宸所言“曰闻，曰忆，皆未能往之词。公盖厌秦陇，欲驾西南游也，是年十月遂往同谷”（《辟疆园杜诗注解》五律）。

一说禹穴在巴蜀。杨慎说：“司马子长自叙云：‘上会稽，探禹穴。’此子长自言遍游万里之目。上会稽，总吴越也；探禹穴，言巴蜀也。后人不知其解，遂以为禹穴在会稽。而作地志者，以禹庙旁小坎如舂臼者当之。噫！是有何奇而辱子长之笔耶？按：蜀之石泉，禹生之地，谓之禹穴。其石杳深人迹不到。顷巡抚仪封刘远夫修《蜀志》，搜访古碑，刻有‘禹穴’二字，乃李白所书，始知会稽禹穴之误。”（《丹铅杂录》）如此，则两句已经透露出诗人期待入蜀之意，正如王嗣奭《杜臆》所言：“旧注引《吴越春秋》以证大禹藏书之所，但吴越所记，乃在会稽；而公所闻，乃蜀之石纽，禹生处也。知公适秦之初，已有入蜀之意。”（仇兆鳌《杜诗详注》引）

## 月夜忆舍弟

戍鼓断人行，边秋一雁声。

露从今夜白，月是故乡明。
有弟皆分散，无家问死生。
寄书长不达，况乃未休兵。[①]

【注释】

① 达：原作“避”，据他本改。

【评析】

杜甫流寓秦州时，诸弟杜颖、杜观、杜丰与杜占四人中，惟有幼弟杜占跟随在他身边。这年九月，史思明重新占领洛阳及齐州、汝州、郑州与滑州，朝野震动。得知消息的诗人，听着夜间戍楼敲击的鼓声，久久无法成眠。此时行人早已停止走动，旷野突然出来一只孤雁的哀鸣，前人常以“雁行”比喻兄弟相随相依，诗人更加思念流散他乡的兄弟。即使鸿雁能够传书，可兄弟们都已经离开故乡，不知所踪，平常捎寄的书信都难以抵达，何况现在战争还没有停息。

“露从今夜白，月是故乡明”两句，一说妙在倒装。胡仔《苕溪渔隐丛话》引王得臣《麈史》云：“杜子美善于用故事及常语，多离析，或倒用其句。盖如此则语峻而体健，意亦深稳矣。如‘露从今夜白，月是故乡明’之类是也。”师民瞻说：“江淹《别赋》‘隔千里兮共明月’，子美工于用字，析而倒言之，故其语势犹健。”（郭知达《九家集注杜诗》）。

一说妙在反衬。王嗣奭《杜臆》：“只‘一雁声’便是忆弟。对明月而忆弟，觉露增其白，但月不如故乡之明，忆在故乡兄弟故也，盖情异而景为之变也。”何焯《义门读书记》：“家人皆不在侧，独月色与故乡同耳。”李因笃说：“月是故乡明，正以照故乡之人也。月是人非，故思乡益切。”（《杜诗集评》引）吴瞻泰《杜诗提要》：“二句承‘秋’字，加倍写‘忆’。露经秋必白，而曰‘从今夜白’者，露渐白，则忆亦渐深也。月无地不明，而曰‘是故乡明’者，乱后故乡无人，只孤悬一明月，月愈明，则忆故乡愈切也。”

一说妙在扣住白露这一特殊的节气。白露节候，在阳历每年9月8日前后。《礼记·月令》“东风解冻”唐孔颖达疏：“谓之白露者，阴气渐重，露浓色白。”杨伦《杜诗镜铨》诠释“露从今夜白”时说：“是夜逢白露节。”仇兆鳌《杜诗详注》说：“今夜白，又逢白露节候也；故乡明，犹是故乡月色也。”

俞陛云《诗境浅说》：“诗言兵后荒凉之夜，中野无人，戍鼓沉沉而外，惟闻长空一雁哀鸣耳。三句言空园白露，今夕又入新秋，身在他方，但有举头月色，与故乡共此光明。”今人萧涤非《杜甫诗选注》说：“露无夜不白，但感在今夜，又适逢白露节，故曰露从今夜白。月无处不明，但心在故乡，故曰月是故乡明。尽管头上所见乃是秦州的月亮，却把月亮派给了故乡。”

霍松林将两句直接翻译为“露水从今晚上变凉变白，月亮还像故乡那样皎洁光明”（《霍松林古诗今译集》）。陈增杰也说：“这两句的正确解释是：今夜又到了一年中的白露节候，当空朗照的依然是在故乡时看到的明月。今夜白，见露浓秋深，不觉有光阴荏苒、节序惊心之叹；故乡明，意谓明月依然，而今兄弟离散，景同情异，隐含月圆人不圆的感绪。”（《唐诗志疑录》）

## 天末怀李白

凉风起天末，君子意如何。

鸿雁几时到，江湖秋水多。
文章憎命达，魑魅喜人过。①
应共冤魂语，投诗赠汨罗。②

【注释】

①魑魅：鬼怪，这里指坏人或邪恶势力。《左传·文公十八年》："投诸四裔，以御魑魅。"杜预注："魑魅，山林异气所生，为人害者。"

②汨罗：水名，在湖南东北，由汨水、罗水汇合而注入湘水。《史记·屈原贾生列传》载，屈原自沉汨罗以死，贾谊为长沙王太傅，渡湘水，作《吊屈原赋》。

【评析】

当凉风从边塞秦州刚刚吹起的时候，诗人顿时想到了流放南国的李白，不知对方近况可好，心情如何？此前他曾寄诗写信以相慰藉，只是这一路风狂波恶，也不知道书信何时能够送达。文人总是命运坎坷，那些奸佞小人一心盼望着人们犯错。想必李白渡越湘江时，也会效法贾谊，将诗篇投入汨罗以悼念自沉的屈原。

"魑魅喜人过"之"过"，一说为"经过"，一说为"过失"。倘若"过"为经过，"魑魅"为食人之精怪，这句诗的意思就是，那些吞噬成性的精怪，正张开嘴，高兴地等待行人经过。赵彦材说："意与'儒冠多误身'同，盖穷者而后工。于文，故文章反憎命达也。舜投四罪以御魑魅。魑魅，厉鬼也。喜人过则欲害之矣，以譬小人害君子之意。时白被罪流放故云。"（郭知达《九家集注杜诗》）仇兆鳌《杜诗详注》卷七："文人多遭困踬，似憎命达。山鬼择人而食，故喜人过。"

倘若"过"为经过，而"魑魅"又为喻山野之人，那么这句诗的意思是，连山野无识之人，都知道亲近珍惜有才华之君子。“不谓魑魅喜人慰其寂寞，乃魑魅犹能知此人之来为喜，则朝廷之士不如魑魅亦多矣”（刘辰翁《集千家注杜工部诗集》）。

倘若“过”为过失，魑魅喻小人，那么这句诗的意思是，小人总是很高兴看见君子犯错。何焯《义门读书记》：嵇叔夜耻与魑魅争光，此句指与白争进者言之。鬼神忌才，喜伺过失。古人四声多转借用之，非过从之过也。

“应共冤魂语，投诗赠汨罗”两句，一般认为用贾谊事。如此则“冤魂，指屈原；投诗，谓李白”（仇兆鳌《杜诗详注》）。“古屈原亦君子也。尔流夜郎，原放湘江，尔之心，即屈原之心，惟屈原知之。想尔此时，惟有投诗以赠汨罗，与屈原之冤魂共语尔”（卢元昌《杜诗阐》）。

邵宝认为，“冤魂”指李白，“投诗”指杜甫。“公因太白有捉月之事，天末兴思，故赋此诗。言己居夔州，在于天末，因凉风起而动我故人之思，为将如何。恨鸿雁未来，不能附书远吊，空怅溺处秋水正多。可惜文章为人所恶，反令鬼与冤魂相亲，岂意朝廷反不如魑魅之识人也。故我欲远投诗汨罗，以表相知之痛而已”（《邵二泉先生分类集注杜诗》）。邵宝以为杜甫此诗作于夔州，时李白已卒。诸家多以为诗作于秦州。“白于至德二载坐永王璘而谪夜郎，故公在秦州怀之而作”（蔡梦弼《杜工部草堂诗笺》引赵子栎语）。“此公因李白谪居夜郎，设为问讯慰藉之词以怀之也”（李文炜《杜律通解》）。“天末犹云天边”（周篆《杜工部诗集集解》）。

# 初　月

光细弦岂上，影斜轮未安。
微升古塞外，已隐暮云端。
河汉不改色，关山空自寒。
庭前有白露，暗满菊花团。

【评析】

初月款款，悄然升于塞外暮云之中，光线暗淡，晕轮模糊，银河、大地无不处于昏昧之中，连庭前的露珠，也未见光华。诗咏初月朦胧之象，“此在秦而咏初月也。光细影斜，初月之状。乍升旋隐，初月之时。下四，皆承月隐说。河汉关山，言远景。庭露菊花，言近景。总是夜色朦胧之象”（仇兆鳌《杜诗详注》）。

或以为比拟唐肃宗。赵汸《赵子常杜律选注》卷下：“夏郑公（竦）以此诗意主肃宗。注者曰：三喻肃宗即位于灵武，四喻肃宗为张皇后、李辅国所蔽。”张埏《杜工部诗通》：“此诗主言肃宗无疑，即少陵无此意而郢书燕说不为无理。盖新君即位，必有以新天下耳目，一天下之志。‘河汉不改色’，是犹夫旧也；‘关山空自寒’，是失其望也；‘露满菊园’，阴邪胜而厌君子，则何以成君子之功哉！”仇兆鳌《杜诗详注》：“《山谷诗话》：王原叔说此诗为肃宗而作。今按此诗，若依旧说，亦当上下分截。上四隐讽时事，下四自叹羁栖。光细，见德有亏。影斜，见心不正。升古塞，初即位于灵武也。隐暮云，旋受蔽于辅国、良娣也。河汉不改，谓山河如故。关山自寒，谓陇外凄凉。露暗花团，伤远人不蒙先被也。”

或以为杜甫即景之作，反对简单附会比拟。郭曾炘《读杜札记》：“此诗但作写景看好。仇注强为解释，虽愈于旧注之谬，然亦牵扯无谓。诗人即景之作，固不必句句皆有寓意也。”汪瑗《杜律五言补注》：“一言形不能圆满，二言转不能当中，三、四言方出而遂落。虽无题，读之可知其为初月也。后四句，咏月落以后之景。夏郑公评此诗，以为意主肃宗。说者从而和之，穿凿甚矣。”《杜诗赵次公先后解辑校》乙帙卷七：“以月言人君，已不为善取譬，况自至德之元，逮乾元之元，肃宗即位已经三年矣，岂得以月之微升，比即位乎？”

或以为杜甫自喻。黄生《唐诗续评》：“起联上二字因下三字。‘欲上’，即未上意。前赋初月之景，一、二形，三、四时，是从有月处写‘初’字，后描初月之神，只见河汉，只有寒色。而白露湿花，竟从无月处写‘初’字矣。‘关山随地远，河汉近人流’，与此五、六，一写满月，一写初月，皆使人得之于言外，不着色相，其味无穷。结更精巧，巧在用一‘暗’字挽合。次联实写，三联虚写。大抵中二联，必分虚实、大小、远近、横竖，方不重复。不单刻画新月，妙在后半只承第四句，跳出题外，而未尝不在题中，字字开，却字字合，此咏物至诀。此公托初月以自喻，言官卑不得安于朝，道晦不能施于用，由人主暗蔽，荣枯雨露偏，则君子之失位宜矣。”

## 蒹葭

摧折不自守，秋风吹若何。[1]
暂时花戴雪，几处叶沉波。
体弱春风早，丛长夜露多。

江湖后摇落，亦恐岁蹉跎。

【注释】

① 自守：自保。若何：奈何。

【评析】

蒹葭天性脆弱，缺乏刚劲之骨，所以秋风肆虐之时，它无法自守，唯有随风飘零。它那雪白的花蕊，在风中左右摇摆；吹折的细叶，在水中盘旋起伏。它逢春早发，以求占得先机；它茎长叶密，以求获得更多的雨露。但这些努力终究无济于事，即使南方日暖，略微迁延时日，也无法改变它在岁末遭受摧折的命运。

诗人慨叹蒹葭无力自守，其目的何在呢？一说为了警戒世人。汪灏《树人堂读杜诗》："此诗借蒹葭以警世。苟无劲骨，必易摧折，纵然暂延，终归零落耳。"吴瞻泰《杜诗提要》："咏蒹葭小物耳，而四时之气已备。起四句正言秋风不自守，于题已毕。五、六忽追溯春夏以前一笔，接以冬时必播落，顿跌其词，以为不知自守者之戒。运笔精微，托寄深远矣。"单复《读杜诗愚得》："言蒹葭当秋风吹之，则摧折不能自守。……喻小人虽得志一时，终不免沦胥以亡耳。"

一说伤贤者失志并自喻。仇兆鳌《杜诗详注》："蒹葭，伤贤人之失志者。……北方风气早寒，故蒹葭望秋先零。南方地气多暖，故在江湖者后落。秋风摧折如彼，而远托江湖者，亦复蹉跎于岁晚乎。末二句，隐然有自伤意。"顾宸《辟疆园杜诗注解》五律："按春苗始生，以春言；丛长多露，以夏言；及遇秋风之吹，便遭摧折；至于摇落之后，岁月蹉跎，明是冬景矣：咏蒹葭而四时之气俱备。然公意只怜其摧折，故独虑秋风之吹，用为造句，其寓感言外自得之。"

"江湖后摇落，亦恐岁蹉跎"两句，意思较为含混。赵次公即指出“末句似费解。盖言今在秦州所见之蒹葭已摇落矣，尚余时月之光景。江湖之上，其物在后播落，亦恐当岁之暮，有可伤之意”（《杜诗赵次公先后解辑校》）。仇兆鳌也以为“北方风气早寒，故蒹葭望秋先零。南方地气多暖，故在江湖者后落”（《杜诗详注》）。

两人均以为杜甫眼前所见之蒹葭在北方，唯独黄生以为所咏之蒹葭在夔州。其《杜工部诗说》有云：“此诗当在夔州作。夔州诗有云：‘年年小摇落，不与故园同。’此云‘江湖后摇落’，亦即此意。曰‘小’，曰‘后’，皆因地暖而言。故曰为冬亦不难，曰寒喧早早分。惟此地摇落稍后，故感蒹葭而成咏。意言此物无后凋之节，虽暂时自植，岁晚终难自保耳。编排者向误著秦州诗中，遂不达此诗人之旨。‘载雪’字，极体物之妙。首语若呼而警之，言汝素操不能自守，终若秋风何哉。‘叶沉波’，言已被风吹；‘花载雪’，言终难自守；盖尔体本弱，尔丛且长，其能免于摧折者鲜矣！然则摇落虽稍后时，蹉跎亦将逼岁，能无为尔惧哉！运笔精妙，寓兴深微，咏物之圣手也。”

## 送 远

带甲满天地，胡为君远行。①
亲朋尽一哭，鞍马去孤城。②
草木岁月晚，关河霜雪清。
别离已昨日，因见古人情。

【注释】

① 带甲：披盔戴甲，这里指士卒。

② 尽一哭：皆在哭泣。

【评析】

在这烽烟四起、干戈遍地的时刻，友人你为何还要独自远行呢？关河冷落，草木飘零，霜雪载途，你孤身一人，远去天涯，亲朋故旧无不悲泣。你离开已有数日，但离别的场景依然是那样清晰，宛如发生在昨天。直到此时此刻，我才深深地体会到古人难以为别的情怀。

这是一首送别诗，它为谁送别，又是在何种情形下创作出来的呢？整首诗读来，作为结语的“别离已昨日，因见古人情”一联，语意含混，令人费解。王嗣奭明确说“‘别离已昨日’，难解”（《杜臆》），邢昉称“结意晦昧”（《唐风定》）。梁运昌感叹说“篇末‘古人情’，亦是寓慨之词，然不能知其意指所在”（《杜园说杜》）。后人诠释此诗，大致有两种路径。

第一种方法是扣住“古人情”，以为送别为今日。其下又有三说。一说“别离已昨日，因见古人情”乃是慨叹离别之时，悲情今古相同。刘辰翁说：“别离则昨日矣，往往古人亦如我也，自怪其情之悲也。”（《唐诗品汇》）唐汝询《唐诗解》：“此乱中送别，情难堪也。意谓兵戈满矣，岂宜远行？良有所不得已也。于是，亲朋哭送于途，鞍马舍孤城而去。草木凄其，霜雪惨淡，殆难为怀，是以别离已昨日矣。而辗转之思益甚，因见黯然之情，今古同之也。”

一说“古人情”当作“故人情”，诗歌前半为送者之辞，后半为答者之辞。“单复《杜律》刻本，末句刊作‘因见故人情’，亦有意义。盖此诗上四，已尽送远之意，下则代远行者作回答之词，言当此岁暮天寒，关河惨淡如此，当亦回首亲朋曰：别离已成昨日，因想见古人哭别之情也。”（仇兆鳌《杜诗详注》）

一说“古人情”专指古来送别诗中所写之情。洪仲说：“人生别离，从古不免。古人所以当此有最不堪为情者，今日因送君而益见也。‘别离已昨日’，语缓情却深。‘古人情’何处见？古来送别诸诗是也。”江淹曾有《古别离》：“黄云蔽千里，游子何时还。送君如昨日，檐前露已团。不惜蕙草晚，所悲道里寒。”黄生认为杜甫此诗即为仿作。“别离在平实犹可，最是乱世会面难期，感伤自增一倍。起十字已写得万难分手，接联更作一幅关河送别图，觉班马悲鸣，风云变色，使人设身其地，亦自惨然销魂矣。非以全副性情入诗，安能感人若是哉。结语旧解多不畅，盖不知此诗本拟《古别离》之作耳。试诵江诗一过，此诗自不烦而解”（黄生《杜工部诗说》）。张远也说：“公诗全用江意，故云‘因见古人情’。旧解俱云别后次日作诗以追忆之，非是。”（《杜诗会粹》）

第二种方法是扣住“昨日”，以为送别在昨日。王嗣奭《杜臆》云：“余谓送行在今日，而别离已在昨日，因见古人用情，非临别而后悲也。更进一步，昨日只是今日以前，勿死杀看。”其下又有三说。一说杜甫为送行者，诗为别后追送之作。吴瞻泰《杜诗提要》卷八：“此行人已去而追送之辞也。送别律诗至此，天真烂熳，无以复加。……方舟云：自家送客，不说自家，反说‘亲朋尽一哭’。亲朋之情何深也，自家之情，未尝不在亲朋一哭之中，而不尽其中。故只将亲朋作送别中一事，因见古人情，方是自家情事。前面不说己情，说亲朋情。‘亲朋尽一哭’，语狠情还浅。后面不说己情，说古人情。‘别离已昨日’，语缓情却深。总是万分难别之时，终不能不别，故言词逼得深婉如此。”汪瑗《杜律五言补注》：“详诗意，是送客于边城者。……观第七句，又是别后作诗以追送之耳。”

一说杜甫为远行者，诗为回赠之作。仇兆鳌《杜诗详注》：“此章乃既行后，作诗以寄赠者。上四，昨日送行之事。下四，今朝忆别之情。甲兵满世，胡为远行，怜而问之也。亲朋皆哭，生离而有死别之忧。五、六，写出既去后，中途憔悴之苦。因思《古别离》有‘送君如昨日’者，知今古有同悲也。”杨伦《杜诗镜铨》：“此诗当是既别后作诗以追送者，上四昨日送行之事，下四今朝惜别之情。”

一说为自送。浦起龙说：“不言所送，盖自送也，知公已发秦州。玩下四，当是就道后作也。上四，从道中追写起身之情事，感慨悲歌，尽空作者。五、六，仍眼前身历之景。结联尤有味。回想亲朋执别，鞍马临分，虽甚难堪，犹觉热闹，至此四顾萧然，声泪俱绝矣。不曰故人情，而曰‘古人情’，不独聚散之悲，兼见炎凉之态，又知公在秦州，人情冷落也”（《读杜心解》）。鲁一同也说：“杜诗无一不是从质实中来，此独借送远为自送，解法真是怪极”（《鲁通甫读书记》）。

## 发秦州

乾元二年，自秦州赴同谷县纪行十二首

我衰更懒拙，生事不自谋。
无食问乐土，无衣思南州。①
汉源十月交，天气如凉秋。②
草木未黄落，况闻山水幽。
栗亭名更嘉，下有良田畴。③
充肠多薯蓣，崖蜜亦易求。④
密竹复冬笋，清池可方舟。
虽伤旅寓远，庶遂平生游。
此邦俯要冲，实恐人事稠。
应接非本性，登临未销忧。

溪谷无异石，塞田始微收。
岂复慰老夫，惘然难久留。
日色隐孤戍，乌啼满城头。
中宵驱车去，饮马寒塘流。
磊落星月高，苍茫云雾浮。
大哉乾坤内，吾道长悠悠。

【注释】

①《诗·魏风·硕鼠》："乐土乐土，爰得我所。"南州：指同谷，其在秦州之南。

② 汉源：汉水之西源，出于陇西县之嶓冢山，南入广汉。一说指同谷邻县，治所在今甘肃西河县汉源镇。

③ 栗亭：今位于甘肃徽县栗川乡，时在同谷县东。

④ 薯蓣：山药。崖蜜：野蜂在山崖间所酿之蜜。

【评析】

乾元二年（759）十月，因寄寓秦州时生计困窘，杜甫携家南行，前往同谷，途中写下十二首纪行诗。此为第一首，叙说离开秦州的原因及此时的心情。他听说哪怕到了十月之交，同谷周围依然凉爽如秋，山水清幽，草木尚未枯黄凋落。尤其是同谷县东的栗亭一带，有许多可供耕种的良田，此外还有野生的山药、珍贵的崖蜜及肥嫩的冬笋可供充饥食用，宽广的清池用以泛舟。而目前所寄寓的秦州，此处要冲，人员往来甚多，应酬频繁，而且山田贫瘠，无奇异风光以消解忧愁。日落时分，寒鸦聚集城头，诗人一家从秦州出发，夜半而饮马于寒塘，披星戴月，继续行进于苍茫之原野。他暗自长叹：悠悠天地之间，何处才有容身之地呢？

这首诗的特色，论者或以为在于整齐之中富有变化。如韩子苍所云："子美《秦州纪行》诸诗，笔力变化，当与太史公诸赞方驾，学者宜常讽诵之。"（仇兆鳌《杜诗详注》）它的笔力变化，首先表现为在整个布局方面，采用了倒叙的方式，先拟想居处同谷的种种佳处，再追述困居秦州的种种艰难，使人耳目一新。朱彝尊《朱竹垞先生杜诗评本》："前半远拟同谷之佳，后半乃实写发秦州事。笔法入妙。"乔亿《杜诗义法》："《发秦州》由秦州赴同谷，却先叙同谷，后叙秦州。"梁运昌《杜园说杜》："将'此邦'八句移置'汉源'之前，更为明白。然顺笔直叙，随步塌下，不见气势矣。杜诗大半用逆局，用倒插势，故能矫健而不平直。"

其次，在具体的描述过程中，诗歌多有转折，运实于虚。浦起龙说："玩此诗纯从未发前落笔，明所以去此就彼之故。却用逆局，使文格不平直。起四句，提发秦州之由，实则提赴同谷之由也。故先逗出'乐土''南州'。接下十二句，竟写同谷。此所谓逆人势也。既使读者晓然知向往之处，又以悬拟作描写，为能运实于虚。……此下八句，倒找秦州之宜去，末八句，写启行景色，又写临行胸襟。是皆所谓逆卷势也。"（《读杜心解》）吴瞻泰说："此首有总起，有总收，中分同谷、秦州二段。同谷反序秦州之前，而启行一段，另作提笔，序秦州之后，参错倒序，以乱其线。为诗文而不谙乱字者，其狃于整齐之法而不知变者矣。"（《杜诗提要》）

其特色，或以为在精细，描写历历如绘。朱熹说："杜诗初年甚精细，晚年横逸不可当，如自秦州入蜀诸诗，分明如画，乃其少作也。"（《朱子语类》）杜甫此时已经四十八岁，自然不能称为"少作"，不过其"精细"的特色还是颇为醒目。这首诗的精细，首先表现在布置安排上。何焯《义门读书记》说："此诗以'衣食'二字为眼。'汉源'四句，言其地之暖，可以有衣也；'栗亭'四句，言其产物之多，不须忧食也；‘密竹’四句，言风景之妙，可以旅寓也；‘此邦’八句，言秦州之不可居也；‘日色’八句，乃发秦州之时也。”

其次，则表现在遣词用字上。鲁一同说：“此诗颇近《选》体，尤似建安，惟点缀景色新警疏动，便欲突过前人。先述同谷风景，再言秦州之难久留，顺逆相生，局势紧凑生动。‘况闻’‘更’‘多’‘亦’‘复’‘可’‘虽’‘庶’，一路虚字曲折，妙极自然。‘溪谷无异石’云云，与前反照。‘日色隐孤戍’六句，情事相称，神致淋漓。‘大哉乾坤内’二句，收意雄浑。”（《鲁通甫读书记》）

## 乾元中寓居同谷县作歌七首（选二）

### 其一

有客有客字子美，白头乱发垂过耳。
岁拾橡栗随狙公，天寒日暮山谷里。[①]
中原无书归不得，手脚冻皴皮肉死。
呜呼一歌兮歌已哀，悲风为我从天来。

【注释】

① 狙公：养猴者。

【评析】

乾元二年（759）十一月，杜甫一家长途跋涉，好不容易来到同谷，不料却在接下来的一个月中，陷入了极其艰难的境地。诗人没有得到任何接济与帮助，饥寒交迫，惟有负薪采梠以度日。这组诗即作于此间。其一可视为组诗的总纲。诗人自叙迟暮之年，客居他乡，乱发垂耳，日暮途穷，不得不跟随养猴的老人采拾橡栗充饥。天寒地冻，手足皴裂，有家难回。他刚刚唱起了第一支歌，那北风就从天边呼啸而来，似乎为哀伤的歌声所感动。

这首诗的眼目是“悲”字，历代多有阐发。邵宝《邵二泉先生分类集注杜诗》：“时遭安史之乱，公避地困穷，而言己衰老畏寒，欲归不得，寓此悲歌，而天亦为之垂怜也。”《分门集注杜工部诗》卷二五引师曰：“甫自伤饥寒，不得归乡，悲风为生，天为之感动，况人乎。”浦起龙说：“一歌，诸歌之总萃。首句，点清‘客’字。‘白头’‘肉死’，所谓通局宗旨，留在末章应之。其‘拾橡栗’，则二歌之家计也。‘天寒’‘山谷’，则五歌之流寓也。‘中原无书’，则三歌、四歌之弟妹也。‘归不得’，则六歌之值乱也。结独逗一‘哀’字、‘悲’字，则以后诗歌，不复言悲哀，而声声悲哀矣。”（《读杜心解》）

这首诗的形式，颇为奇特。或以为脱胎于《离骚》。“《同谷七歌》稍近《骚》意，第出语粗放，其粗放处正是自得也”（陆时雍《唐诗镜》）。“慷慨悲歌，足以裂山石而立海水，殆所谓自铸《离骚》者……甫之遇，为何如哉！流离困顿，转徙山谷，仰天一呼，万感交集，而笔之奇，气之豪，又足以发其所感。淋漓顿挫，自成音节，自古及今，不可有二”（《唐宋诗醇》）。“此歌不可多读，每首相衔而下，烦音促节，如楚骚之怨乱，而一机宛转，又如苏锦之回文”（吴冯栻《青城说杜》）。

或以为从张衡《四愁诗》、蔡琰《胡笳十八拍》等变化而来。仇兆鳌说：“七歌结语，皆本《笳曲》。”引胡应麟语：“杜《七歌》亦仿张衡《四愁》，然《七歌》奇崛雄深，《四愁》和平婉丽，汉唐短歌，各为绝唱，所谓异曲同工。”又引申涵光语：“《同谷七歌》，顿挫淋漓，有一唱三叹之致，从《胡笳十八拍》及《四愁诗》得来，是集中得意之作。”（《杜诗详注》）何焯《义门读书记》说：“《七歌》以拟《四愁》，其音节则《胡笳十八拍》，而奇健胜之。《七歌》以第一篇作领，下六篇乃分言之。”

或以为受到了汉赋的启发。汪灏《树人堂读杜诗》：“遭乱困于羁旅，脱胎于古人《七发》《七启》等篇，反其意以苦意出之，便成创格。”

或以为受到鲍照乐府诗的影响。沈德潜《唐诗别裁集》：“七歌，原本平子《四愁》、明远（鲍照）《行路难》诸篇，然能神明变化，不袭形貌，斯为大家。”

或强调杜甫的创新。黄周星《唐诗快》：“《七歌》，歌以当哭也，后乃转相模仿，然无如此之悲切。”王夫之《唐诗评选》卷一：“《七歌》，不绍古响，然唐人亦无及此者。”

## 其七

男儿生不成名身已老，三年饥走荒山道。
长安卿相多少年，富贵应须致身早。
山中儒生旧相识，但话宿昔伤怀抱。
呜呼七歌兮悄终曲，仰视皇天白日速。

【评析】

本篇感叹光阴如梭，功业未就。大好男儿，还没有功成名就却已经衰老，这真令人颓然心伤。三年了，自己奔走在秦陇的荒山古道，忍饥挨饿，狼狈不堪。而长安的那些卿相，大半青春年少，看来获取富贵还得趁早。诗人在山中巧遇一位儒生，原来是旧日相识，两人谈起往事，无不怅然。这第七支歌是结束之曲，歌声消散，一切又复归于寂静。诗人仰望苍穹，白日西坠，一天就这样快速地过去了。

这首诗的主旨，一般认为是悲叹穷老流离。单复《读杜诗愚得》：“《七歌》，赋也。自叹老不成名而饥走，故与山中儒生话夙昔而伤感者。”张溍《读书堂杜诗注解》：“此叹己之功名蹭蹬无成，而身将老也。”仇兆鳌《杜诗详注》：“此章仍以自叹作结，盖穷老流离之感深矣。”浦起龙《读杜心解》：“七歌，仍收到穷老作客之感，与首章‘白头乱发’‘冻皴肉死’相呼应，是谓收结之体。结语有汲汲顾影之意。公时年四十八，多愁者易老，无复出头之望矣。”

但吴冯栻却提出与朝廷时事有关。“七首为所肃宗灵武诸臣言之。我若能拔剑斩蛇，拨乱成名，功不在当郭、李下。但身已老矣，无能为矣。只避贼而走荒山之道，三年辗转，且饥且走。忍死不污伪命，此意犹望诸公谅之。而长安卿相，多以少年置身富贵，谁念此山中一老儒哉。即有旧相识者，但与言宿昔，空山冻饿，一心君父，至死不贰之意，即恐伤怀抱。我不忍言，彼亦不愿闻也。”（《青城说杜》）

诗歌的强烈情感，多为人所赞许。“此诗佳处全在神韵之哀壮激烈，足以震撼天地，跨跞古今”（高步瀛《唐宋诗举要》引吴汝纶语），但朱熹却就此提出批评：“杜陵此歌，豪宕奇崛，诗流少及之者。顾其卒章叹老嗟卑，则志亦陋矣，人可以不闻道哉。”（《朱文公文集》）

## 发同谷

县乾元二年十二月一日，自陇右赴成都纪行

贤有不黔突，圣有不暖席。①
况我饥愚人，焉能尚安宅。

始来兹山中，休驾喜地僻。
奈何迫物累，一岁四行役。
忡忡去绝境，杳杳更远适。
停骖龙潭云，回首白崖石。[2]
临岐别数子，握手泪再滴。
交情无旧深，穷老多惨戚。
平生懒拙意，偶值栖遁迹。
去住与愿违，仰惭林间翮。[3]

【注释】

①黔：黑。突：烟囱。《淮南子·修务训》："孔子无黔突，墨子无暖席。"

②龙潭：万丈潭。白崖：一作"虎崖"，在今甘肃成县凤凰山飞龙峡口。

③违：原作"达"，据他本改。

【评析】

杜甫寓居同谷将近一个月，最终迫于生计，不得不携眷入蜀。从同谷赴成都途中，诗人又写下了十二首纪行诗，此为第一首，依然叙说离开的原因与心情。杜甫先以圣人之栖栖遑遑、无暇安居来自嘲。但转念想到自己春天由洛阳至华州，秋天由华州赴秦州，冬日由秦州转同谷，如今再往成都，一年之中竟有四次长途奔波，这转徙未免过于频繁了。同谷的友人虽是新近结识交往，情谊却不逊于故旧；同谷的生活虽然拮据艰难，景色亦自宜人。同谷幽僻，与自己遁世隐居的心思契合，但衣食无着，又不得不离去。无论去留，终是不能随心所欲。仰望林间自在的飞鸟，他既羡慕又惭愧。

同样是纪行诗，同样是十二首，邵长蘅认为《发同谷县》一组在艺术上更为精妙。“发同谷县后十二首，较《秦州诗》更尔刻画精诣，奇绝千古”（杨伦《杜诗镜铨》）。具体到两组诗的开篇，《发同谷县》与《发秦州》在写法上也有很大的差异。《发秦州》主要采取了倒叙的方式，先写目的地，再写出发地；《发同谷县》则诗中围绕出发地展开。浦起龙《读杜心解》：“此为后十二首之开端，亦如《发秦州》诗，都叙未发将发时情事，但彼则偷起所赴之区，逆探其景，此则只就别去之地，曲道其情。”乔亿《杜诗义法》：“前由秦州赴同谷，倒叙也；此由同谷赴成都，则顺叙，只言发同谷，不遽及成都。”

在对待远行的态度上，两首诗也截然不同。《秦州诗》充满着对目的地的向往，以及对暂住地的厌倦，故有迫不及待、跃跃欲试之意；《发同谷县》所表达的则是对暂住地的留恋，对友朋的眷念，故有依依难舍、不忍遽去之情。张溍《读书堂杜诗注解》：“此苦行役不息，不忍与同谷友人相别也。此与秦州皆有‘发’字，以暂驻复行耳。”张远《杜诗会粹》：“此诗前十句叙将发之故，后段叙不忍别之情，以此作结，见奔驰殊非本愿耳。”

而诗人之所以迟迟不愿意出发，一方面是厌倦了漂泊，“林鸟尚得休憩，而甫奔走无定居，反有愧于林间之鸟也”（蔡梦弼《杜工部草堂诗笺》），另一方面则不愿意离开新结识的友人。“龙潭虎崖，同谷之景不忍舍；交情惨戚，同谷之人不忍别”（仇兆鳌《杜诗详注》）。“通首总为行迈烦数而作。有行，是以有别。‘临歧’四句，朋友之情难别，‘平生’二句，栖遁之情难别。而究则不能不别。‘仰惭林间翮’者，飞鸟尚有止息，已不如也”（陈式《问斋杜意》）。因此，《发秦州》多风物描绘，而《发同谷县》多人事感慨。

# 成都府

翳翳桑榆日，照我征衣裳。①
我行山川异，忽在天一方。
但逢新人民，未卜见故乡。②
大江东流去，游子日月长。③
曾城填华屋，季冬树木苍。
喧然名都会，吹箫间笙簧。④
信美无与适，侧身望川梁。⑤
鸟雀夜各归，中原杳茫茫。
初月出不高，众星尚争光。
自古有羁旅，我何苦哀伤。

【注释】

① 桑榆：日落之处。《太平御览》卷三引《淮南子》："日西垂，景在树端，谓之桑榆。"《后汉书·冯异传》："失之东隅，收之桑榆。"

② 曹植《送应氏》："不见旧耆老，但睹新少年。"

③ 大江：这里指岷江。谢朓《暂使下都夜发新林至京邑赠西府同僚》："大江流日夜。"

④《诗·小雅·鹿鸣》："我有嘉宾，鼓瑟吹笙。吹笙鼓簧，承筐是将。"

⑤ 川梁：河桥。

【评析】

黄昏时分，诗人风尘仆仆地来到成都。沿途所见，风情不同，山川各异，对故乡的思念更为浓厚。江水不停地向东流去，诗人却一路向西，离家的日子越来越长，回乡的难度越来越大。成都确实是个好地方，人声鼎沸，街市繁华，气候温暖，树木苍翠，但鸟雀尚且知道夜来归巢，诗人又如何忘得了中原呢？月亮初升的时候，众星还想与它争光比亮。大唐中兴的局面刚刚确立，稳定还需假以时日。自古以来就有人羁留他乡，诗人自问何苦这般哀伤。

此诗是杜甫入蜀纪行诗的总归宿，同时也是他开启新生活的重要标志。初入成都府的诗人，究竟是怎样的一种心态呢？

前人多强调他思念家乡的情绪，以为哀怨迷茫才是诗歌的情感基调。张溍说："此抵成都而思故乡之难归也。"（《读书堂杜诗注解》）吴农祥说："至成都，愿遂矣，忽思身经乱离，此是漂泊，以此作结妙。"（《杜诗集评》）乔亿说："只写旅况，不言蜀事，盖始至其地，身世茫然，无暇他及也。"（《杜诗义法》）吴瞻泰说："初至鹿头，欣险阻之已越；甫至成都，又动思归之兴，笔笔转换。……末用阮籍'羁旅无俦匹，俯仰怀哀伤'意，而反用之，乃姑为自解之词，而哀怨更甚。所谓宽一步愈紧一步也。"（《杜诗提要》）

也有人认为诗歌的情感基调是悲凉激壮，因为他牵挂的不是自己的故里，而是朝廷与时政。杨德周说："此诗寄意含情，悲壮激烈，正复有俯仰六合之想。"（《杜诗镜铨》）浦起龙说："'信美'而犹'望川梁'者，见鸟雀各归，而伤故乡之不可归也。所以然者，由寇扰中原，如星争月彩，人思避乱，是以不免羁旅也。"（《读杜心解》）唐汝询说："此子美初至成都未得所依而有是作。日在桑榆照我征衣者，以比国步陵夷，而我适当此时也，是以飘泊一方未能遽返，徒羡大江之东逝耳。然蜀都岂僻陋而不可居哉？华屋填城，乔木苍翠，箫管之音不绝，可谓盛矣。顾虽美而无可往，遂至孤立怅望，鸟雀不如，途穷若此。皆因朝廷荒乱，使贤者无依，故又以所见之景为比。'初月出不高’者，肃宗初立无远志也。‘众星尚争光’者，四方之僭逆未除也。因言古人遭世难而奔走风尘者众矣，我何敢独抱哀伤乎？”（《唐诗解》）

在创作上，朱鹤龄则强调杜甫多前人诗句的化用。“此诗语意，多本阮公《咏怀》。‘翳翳桑榆日，照我征衣裳’，即阮之‘灼灼西颓日，余光照我衣’也；‘侧身望川梁’，即阮之‘登高望九州’也；‘鸟雀夜各归，中原杳茫茫’，即阮之‘飞鸟相随翔，旷野莽茫茫’也；‘自古有羁旅，我何苦哀伤’，又翻阮之‘羁旅无俦匹，俯仰怀哀伤’以自广也。‘初月出不高，众星尚争光’，则本子建《赠徐干》诗‘圆景光未满，众星粲以繁’。公云：‘熟精《文选》理。’于此益信。”（《杜工部诗集辑注》）

## 卜　居

浣花流水水西头，主人为卜林塘幽。①
已知出郭少尘事，更有澄江销客愁。
无数蜻蜓齐上下，一双鸂鶒对沉浮。②
东行万里堪乘兴，须向山阴上小舟。③

**【注释】**

① 浣花：即浣花溪，锦江支流，在四川成都西郊。朱鹤龄注引《寰宇记》：“浣花溪，在成都西郭外，属犀浦县，一名百花潭。”

② 鸂鶒：水鸟，又称紫鸳鸯。

③ 万里：万里桥，在成都南门外，横跨锦江。《华阳国志·蜀志》：“蜀使费祎聘吴，孔明送之。祎叹曰：万里之行，始于此矣。”

【评析】

有人提供了一块土地，就在浣花溪的西侧，位于成都西郊，颇为幽静。那里溪水清澈澄净，蜻蜓上下翻飞，鸂鶒往来浮沉，景色也十分幽美。最奇妙的是，从那里乘兴舟行万里，向东即可漫游吴越了。当年王献之居山阴，想去就去，想回即回，十分惬意自在。

这首诗的争议之处，在于诗中的“主人”是谁，以及诗人为何想到要“东行万里”。关于“主人”，目前影响比较大的有两种说法。

一说“主人”是裴冕。鲍钦说：“上元元年，岁次庚子，公年四十九，在成都。剑南节度使裴冕为卜成都西浣花溪，作草堂居焉，所谓‘主人为卜林塘幽’是也。”（《新刊校定集注杜诗》）顾宸反对说：“裴若为公结庐，则诗题当特标‘裴冀公’，而诗中亦不当以‘主人卜林塘’一句轻叙矣。如王判官遗草堂赀，公必载之。又如严郑公携酒馔来，亦必亟称之。何况为公卜居耶？其说不足信矣。”（《辟疆园杜诗注解》）施鸿保辩解说：“今按公在同谷，穷乏已甚，远挈妻子来蜀，虽故人暂供禄米，岂有余赀自营草堂？黄、鲍二说，正未可非。裴即不全为卜，亦必倡先出赀，故王司马随许相助，即萧、韦二明府，何、韦二少府，亦代觅致桃栽桤木之类，盖皆仰体上官意也。诗中主人，明是指裴。”（《读杜诗说》）

一说“主人”即杜甫自身。仇兆鳌说：“‘主人’，公自谓。‘为卜’者，为此而卜居也。此从浣花溪叙人，即可称花溪主人，后《将赴成都草堂途中有作先寄严郑公五首》诗云‘锦里逢迎有主人’，亦可称锦里主人矣。”（《杜诗详注》）今人萧涤非则说：“按细玩全诗语意，主人当有所指。再则杜甫初到成都，又当穷困，林塘虽幽，恐难自行卜居，主人虽不一定是裴冕，但必有其人，决非杜甫自谓。”（《杜甫研究》）

倘若认定“主人”是裴冕，那么结语所言要“东行万里”，一般认为表达了对裴冕的不满。“裴冕方为卜居，而即想东行，见冕非知己，待公有未至者。厥后严武镇蜀，而公两居草堂，盖可见情谊之厚薄矣”（张性《杜律演义》）。“上六句极言草堂之胜，宜居之甚乐，卜焉以终身矣。乃甫卜居，便有东行之兴，何也？且东行而欲至山阴，奚啻万里之远，因万里桥遂发万里之想，公必有不得已于卜居，冕之为主人可知”（顾宸《辟疆园杜诗注解》）。“才尔卜居，而遽云‘东行’‘乘兴’者，须知裴冕之为土人必不如严大夫，而先生亦暂为即次，不愿长居于此也”（金圣叹《唱经堂杜诗解》）。

倘若“主人”并非裴冕，结语一般认为表达了杜甫的卜居之乐。“客游者以即次为快，故此诗蹁跹潇洒，不但自适，亦且与物俱适。况溪水东行，一泻万里，直通吴越，可以乘兴而往山阴，易舟作子猷之访戴，岂非卜居之一快哉”（王嗣奭《杜臆》）。“此全是少陵快活语，字字有兴，语语飞扬”（陈之壎《杜工部七言律诗注》）。

也有人提出，结语实际说明杜甫此时尚未下定决心卜居成都。“此草堂未就时作。上明‘卜居’之意，下都从江上生情。公虽入蜀，而东游乃其素志，故结联特缘江寄兴。盖当卜筑伊始，而露栖止未定之意”（浦起龙《读杜心解》）。

还有人认为，杜甫之所以想到要“东行万里”，是因为他卜居之所，正在万里桥附近。“因居近万里桥，故即所见以寓兴，堪可也。言有时乘兴便可东行万里，直上小舟而向山阴矣。此盖初得浣花，喜其疏快宜人，故为放言以豁其怀次，非真有此志也。东行万里是本色语，山阴乘兴又暗用王子猷事，其融会之妙，亦天衣无缝也”（黄生《杜工部诗说》）。

# 堂成

背郭堂成荫白茅，缘江路熟俯青郊。
桤林碍日吟风叶，笼竹和烟滴露梢。[1]
暂止飞乌将数子，频来语燕定新巢。
旁人错比扬雄宅，懒惰无心作解嘲。[2]

【注释】

① 桤：桤树，一种落叶乔木。

② 扬雄：西汉成都蜀郡人，著有《甘泉赋》《太玄》《解嘲》等。

【评析】

初成的草堂，还盖着白茅。它背靠着城郭，俯瞰着青青的原野。通往江边的小路，我已经渐渐走熟了。高大的桤木遮住了小径的阳光，树叶在风中吟唱。笼竹青翠欲滴，竹梢上沾满了露珠。乌鸦拖家带口，前来定居。燕子软语商量不定，讨论着如何搭建新巢。旁人都把这草堂比作扬雄当日隐居的故宅，我却十分懒惰，根本没有心思去写《解嘲》那样的文章。

此诗的妙处，一说为善于绘景。赵臣瑗《山满楼笺注唐诗七言律》："写堂之四面，则有茂林，则有修竹。缩笔再写堂之上，则有飞鸟；堂之内，则有语燕事。其写林，写其吟风，必先写其碍日；写竹，写其滴露，必先写其和烟；其写鸟，写其暂止，又兼写其将雏；写燕，写其频来，又并写其定巢。令后人观之，俨然一幅浣花草堂图也。"

一说为巧于布置。仇兆鳌《杜诗详注》："诗家因事立题，便须就题命意。此拈堂成为题，则赋堂之外，不得旁及矣。起联，言堂之规制面势。中四，记竹木之佳，禽鸟之适，则堂成后景物备矣。末借扬雄自况，以终所赋之意。一起一结，自相照应，此通篇章法也。背郭成堂，缘江熟路，四字本相对，将堂成、路熟倒转，则上半句变化矣。林碍目，叶吟风，竹和烟，露滴梢，六字本相对，将风叶露梢倒转，则下半句变化矣。”

一说为妙于立言。扬雄其宅在成都少城西南隅。《汉书·扬雄传》：“哀帝时，丁、傅、董贤用事，诸附离之者或起家至二千石。时，雄方草《太玄》有以自守，泊如也。或嘲雄以玄尚白，而雄解之，号曰《解嘲》。”结句所谓“旁人错比扬雄宅”，历来认为以为意味深长。杨伦《杜诗镜铨》即称两句“翻案得妙”。洪仲说：“‘错比’字，妙于立言。‘懒惰’字，字眼装衬。结句妙行翻案法，庄语便痴。”

那么，结语到底有何用意呢？唐汝询以为不满于扬雄。“子美在蜀，寄居僧寺，已而结草堂于浣花溪上，既成，而作是诗。言此堂背郭临江，而当适郊之路，吾于此数经行矣。今堂始成，而林木禽鸟，物性自若，宜为恬静者所居。故旁人比之于扬雄之宅。然吾出处无心，嘲不用解，则彼之所称特误比耳，盖有不满于雄之意。”（《唐诗解》）《杜诗言志》也说：“无如旁人以我比昔日之扬雄，此则大错。夫扬雄以较量官资之崇卑，而惟恐有嘲其卑贱者。若我则惟耻道之不行，宁归休布衣以终老，此中泰然自足，而又何嘲之可解哉？此吾所以不欲自比于雄也。噫！少陵人品，于斯远矣。”

今人陈贻焮以为“话中有自得，有自豪，也有聊以自遣之意”（《杜诗评传》）。金启华则认为“句里有无限牢落，而又以调侃之语气出之。从本诗风格来说，确显出脱略、疏放，实处此无可奈何之生活不得不以之自解耳”（陶道恕《杜甫诗歌赏析集》）。周维扬、丁浩选注《杜甫草堂诗选》说：“这两句意为，旁人莫把我的草堂错比成扬雄的宅第，我能安身于此已经满足了，即或自己的心志不能被人理解，也懒得像扬雄那样写一篇《解嘲》来表白自己。言语中流露出幽栖自足的情态来。”

## 蜀　相①

丞相祠堂何处寻？锦官城外柏森森。②
映阶碧草自春色，隔叶黄鹂空好音。
三顾频繁天下计，两朝开济老臣心。
出师未捷身先死，长使英雄泪满襟。③

**【注释】**

①蜀相：诸葛亮。建安二十六年（221），刘备在蜀地即位，册诸葛亮为丞相。

②丞相祠堂：即武侯祠（诸葛亮曾受封武乡侯），在成都南门外。锦官城：指成都。《华阳国志》：“成都西城，故锦官城也。锦江，织锦濯其中则鲜明，他江则不好，故命曰锦官。”一说以成都江山明丽，错杂如锦；一说以其地有锦官，如铜官、盐官之类。

③《三国志·蜀书·诸葛亮传》：“（建兴）十二年春，亮悉大众由斜谷出，以流马运，据武功五丈原，与司马懿对于渭南，……相持百余日，其年八月，亮疾病，疾卒于军。”

**【评析】**

到哪里寻找诸葛丞相的祠堂？就在锦官城外，翠柏森森之所在。阶前芳草萋萋，树上黄鹂巧啭，春意盎然。可是，谁会来到这荒凉的祠宇领略春光？想当年，先主刘备三顾茅庐，向诸葛亮咨询天下大计。出山后，诸葛丞相先后辅佐两朝君主，一片忠心，世人共仰。只可惜大功未成，丞相就过早辞世，留下了永久的憾恨，使后世英雄为此扼腕太息，泪流满襟。

关于这首诗主旨的解说，纠结在于结句究竟为谁怅恨惋惜。有以为指蜀相诸葛孔明者，如单复《读杜诗愚得》："此诗问答起，先以映街碧草、隔叶黄鹂，答祠之处所，且写其幽寂之景，而伤其人之不复见也。次乃述先王为天下计而三顾之频繁，丞相敷诚布公而两朝开济，至于出师未捷而先死，故每使英雄伤之不能自已。此盖发明武侯复汉之忠诚，而叹其功业之不就也。"唐汝询《唐诗解》："此访武侯庙而惜其功业无成也。盖平时深慕孔明，故至蜀即问其庙之所在，乃于城外古柏森然之处而得之。既至，而见庭宇荒凉如此，曰：思先主所以三顾草庐，频繁若是者，正欲委武侯以重任，武侯即辅佐两朝，以开国济民为事，老臣之心一何忠耶！惜乎，天命不佑，竟以出师未捷而死，常使英雄挥泪而怀之也。"

或以为推而广之，为普天下之失意英雄流涕感伤。王嗣奭《杜臆》："此诗起兴于'森柏'，而草芳春色，鸟报好音，乌知予心之悲？追思先主三顾之频，计在天下，非止欲偏安而已。论老臣之心，直欲追光武之中兴，恢高祖之鸿业，如两朝之开济而后已。乃以伊、吕之具，出师未捷，身已先死，所以流千古英雄之泪者也。盖不止为诸葛悲之，而千古英雄有才无命者，皆括于此，言有尽而意无穷也。"李因笃说："高老绝伦。三、四点景，语淡而意大，便有俯仰乾坤之慨。五、六用事，不偏不漏，非公未能如此简而该也。结语为万古英雄才高不遇者，统一洒泪。"（《杜诗集评》）

或以为杜甫自喻。《杜诗言志》："少陵生平，赍志未酬，故于怀才不遇之士每相感触，引为同心。如李白、郑虔，皆其所以咨嗟慨惜，流连不置也。至于古人，则武乡侯尤甚。盖诸葛公自比管、乐，而其为纯王之正，则绝非管乐所可及。故于《咏怀古迹》篇中，独极其尊崇推奉之意。而此篇则专伤其功业之未成，亦所以自喻也。”赵星海《杜解传薪》：“此借诸葛而自寓慨也。以孔明之才，而不得满遂其志，有似己之怀忠而不得一展其道者然。”

## 狂　夫

万里桥西一草堂，百花潭水即沧浪。[1]
风含翠筱娟娟净，雨裛红蕖冉冉香。[2]
厚禄故人书断绝，恒饥稚子色凄凉。
欲填沟壑惟疏放，自笑狂夫老更狂。

【注释】

① 百花潭：浣花溪的一段。

② 翠筱：绿色细竹。裛：沾湿。红蕖：荷花。

【评析】

新建的草堂坐落在成都南门外万里桥的西边，堂前的百花潭水既可以濯缨，又可以濯足，有无穷的妙用。青翠欲滴的细竹迎风摇摆，湿润的荷花吐露芬芳。虽然俸禄优厚的故人断绝了音讯，停止了接济，使诗人一家失去了依靠，小孩子饿得面黄肌瘦，但诗人依然萧散狂放，雅兴不减。

这首诗以“狂夫”为题，核心则是第七句“疏放”二字，因为“疏放”正是“狂夫”的直接诠释，如孙鑛所言：“虽非正赋狂夫，然第七句实是此诗之骨。”边连宝《杜律启蒙》也说：“题曰‘狂夫’，而疏放则狂之实也，故应以‘疏放’字作线。草堂、潭水，容吾疏放之地也；翠筱、红蕖，供吾疏放之景也；故人书绝，稚子恒饥，迫吾以不得不疏放之情也。欲填沟壑，则已老矣；惟有疏放，则更狂矣。末句归结题面，笔力如截奔马。”

那么，杜甫为何要以“狂夫”自许，诗中所言“疏放”究竟指的是什么呢？

一说是自得。虽处困穷之中，却能自得其乐，旷达高远。《杜诗言志》：“此先生居草堂中，浩然自得，下视浊世蚍蜉然，不足以当其傲睨，故自署曰‘狂夫’。言狂夫之所以为狂者，惟一味疏放故耳。……于是衡门之下，环堵萧然，饔飧不继，过日恒饥耳。而无知之稚子，但自形于其衰惭之色，一往凄凉也。狂夫于此，绝不自悔其狂，而自喜其狂。自少至老，一味疏放。”

一说是自傲。即使饱受摧折，而不改其志，不易其节，不肯觍颜求人。顾宸《辟疆园杜诗注解》：“此公自咏其狂以见志也。言有堂可居，有水可濯，竹之净，莲之香，又足以从吾所好，吾复何求于世哉。是以故人问绝，稚子恒饥，甚则一身填于沟壑，亦惟此疏放而已，其老而更狂如此。不惟人笑，吾亦自笑之矣。到底是不肯求人意。”仇兆鳌《杜诗详注》：“上四，言草堂之景，聊堪自适。下因客况艰难，而托为笑傲之词。”

一说是自叹。面对困境，无可奈何，惟有自嘲而已。吴景旭《历代诗话》：“此诗以‘狂夫’为题，前言疏放之意，后言思家忆旧之意。狂中之穷愁也，身且欲填沟壑而反疏狂，盖自叹也。”

一说为自解。生活艰难，率性而作，却无怨天尤人之意。浦起龙《读杜心解》：“客中贫窭无聊之作，却说得极恬淡。上四，鲜秀悦目，本无愿外之私。五、六，露意，公自以为已涉狂夫之言，故急以‘自笑’煞住。而因以‘狂夫’命题，浑然无乖角。”朱瀚说：“以故人享厚禄而书并断绝，致幼子受恒饥而色带凄凉，每句三层，语甚沉痛。然身濒沟壑，而唯自笑疏狂，终不怨恨故人，可见公之旷怀矣。”（仇兆鳌《杜诗详注》）

## 江　村

清江一曲抱村流，长夏江村事事幽。
自去自来堂上燕，相亲相近水中鸥。
老妻画纸为棋局，稚子敲针作钓钩。
多病所须唯药物，微躯此外更何求。

【评析】

夏日的江村，可谓事事幽静，人人安闲。澄净的江水环抱着村庄，水中的鸥鸟亲昵依偎，和谐安详。梁上的燕子飞来飞去，自由自在。家中的老妻，画纸为棋，两人对弈为戏。未成年的儿子，忙着把缝衣针敲击成鱼钩，准备去江边钓鱼。我一向疾病缠身，倘若药物足够，就别无他求了。

这首诗作于上元元年（760）夏天，表现了杜甫在成都刚刚建好草堂时的生活感受。它的成功之处，多认为是真率流畅，轻松自然。孙鑛《杜律》：“有自然之趣，正以妙浅。此所谓眼前景致口头语也。”黄生《杜工部诗说》：“杜律不难于老健，而难于轻松。此诗见潇洒流逸之致。”《唐诗选脉会通评林》引周敬语：“最爱其不琢不磨，自由自在，随景布词，遂成《江村》一幅妙画。”边连宝《杜律启蒙》：“来去只燕，亲近惟鸥，燕鸥之外，阒其无人也。偶与老妻对局，闲看稚子垂钓，物外逍遥，差勘自适。倘得药物以扶持病身，使之常享江村幽事，亦愿足矣，此外固无所求也。语语清真有味，不得以其开宋派而少之。”

也正因为这首诗的轻松随意、朗朗上口，有人认为它不是杜诗中的上乘之作，并指责它引出了元白浅易一派，为宋调之滥觞。仇兆鳌《杜诗详注》引申涵光曰：“此诗起二语，尚是少陵本色，其余便是《千家诗》声口。选《千家诗》者，于茫茫《杜集》中，特简此首出来，亦是奇事。”《瀛奎律髓汇评》引纪昀曰：“工部颓唐之作，已逗放翁一派。以为老境，则失之。”又引许印芳曰：“通体凡近，五、六尤琐屑近俗，杜诗之极劣者。”袁枚《随园诗话》：“‘老妻画纸为棋局，稚子敲针作钓钩。’琐碎极矣，得不谓之宋诗乎？”

诗人的生活态度，见于结句。论者多以为表达了自足自适之意。“药物之外，更无求于斯世，吾将老于江村矣”（何焯《义门读书记》）。“末则江村自适，有与世无求之意”（仇兆鳌《杜诗详注》）。“今人所以不能与世长辞者，只为检校一身，有求实多，于是濡足没首，长此苦海耳。我则自计微躯，仰资于世盖已少矣”（金圣叹《唱经堂杜诗解》）。“此诗亦先生自道其退休之乐。……意者微躯多病，或续药物以为治疗之具则已耳，而他何慕焉？”诗人之优游愉悦，见于嬉戏悠然之间。

“多病所须唯药物”一句，或以为当是“但有故人供禄米”，则诗人先扬后抑，对故人饱含期待，不乏宾朋断绝、车马寂寥之感。朱瀚《杜诗解意七言律》：“通首神脉，全在第七，犹云万事俱备只欠东风，与‘厚禄故人书断绝’参看。若作‘多病所须唯药物’，意味顿减，声势亦欠稳顺。”

# 戏题王宰画山水图歌[①]

十日画一水，五日画一石。
能事不受相促迫，王宰始肯留真迹。
壮哉昆仑方壶图，挂君高堂之素壁。[②]
巴陵洞庭日本东，赤岸水与银河通，中有云气随飞龙。[③]
舟人渔子入浦溆，山木尽亚洪涛风。[④]
尤工远势古莫比，咫尺应须论万里。
焉得并州快剪刀，剪取吴松半江水。[⑤]

【注释】

① 张彦远《历代名画记》：“王宰，蜀中人，多画蜀山，玲珑窳窆，巉嵯巧峭。”

② 壶：一作“丈”。方壶：海上仙山。朱鹤龄注引《拾遗记》：“三壶，海中三山也。一曰方壶，则方丈；二曰蓬壶，则蓬莱也；三曰瀛壶，则瀛州也，形如壶器，上广，中狭，下方。”

③ 巴陵：山名，在今湖南岳阳南。赤岸：远方的江海之岸。

④ 浦溆：水边。亚：低垂。

⑤ 并州：今山西太原一带。吴松：即吴淞江，源于江苏苏州太湖瓜泾口，东流至上海白渡桥入黄浦江。

【评析】

王宰作画，不受催促，不肯妄作，往往十日才画一水，五日才画一石，若非苦心经营，是不会留下真迹的。他家大厅的白粉墙壁上，有一幅极为壮观的山水画。画中的山，从西天的昆仑到东海的方丈，都没有这种巍峨的气势；水，从巴陵的洞庭湖到日本国的东洋，从地上的赤岸到天上的银河，也没有它广远浩淼。画面上波涛汹涌，狂风将山中的树木都吹得东倒西歪，渔人则将渔船藏在了深港。王宰尤其擅长画山水的远景，在咫尺的画幅上绘出了万里江山，这一点连古来的画家也比不上。他的山水画如此逼真，简直是用并州的锋利剪刀，把吴淞的半江水剪了过来。

这首诗作于上元元年（760），为杜甫在成都拜访王宰时所作。诗歌可分为三部分。前四句发段，颇出人意外，杨伦《杜诗镜铨》卷七赞叹"起便奇崛"，方东树《昭昧詹言》以为"突起奇妙"。四句的具体作用，一般认为展示了王宰的画品，"首赞画品，先从空际形容，又一起法"（杨伦《杜诗镜铨》），"不惟写妙画，兼写出王宰妙士来"（金圣叹《唱经堂杜诗解》），"首六句出题，品高则画自高，故先推画品"（浦起龙《读杜心解》）；也有人以为表达了杜甫自身的创作感受，"能事不受相促迫，何必是画。公苦心诗道人，故不觉逼出此语"（陈式《问斋杜意》），"'能事'二语，深题作者之意"（黄生《杜工部诗说》）；还有人认为阐述了艺术创作的普遍规律，"此篇又不独得画中之神髓，并连古今来擅能之事，抱道之人，一例勘破"（《杜诗言志》）。

中间九句详细描写王宰的昆仑方壶图，其核心之所在，一般认为在"咫尺应须论万里"一句。这一句概括了这幅山水画的内容，"王画神妙，只咫尺万里尽之。前面许多景象皆包在一句中"（仇兆鳌《杜诗详注》引王嗣奭语），"画中景象，一语尽之"（杨伦《杜诗镜铨》引王右仲语）；表达了诗人极高的鉴赏力，"绝技往往如此，意到笔随，皆有天机。咫尺万里，论画尤入微"（张溍《读书堂杜诗注解》）；还蕴涵了杜甫诗歌的一些特征，"公诗往往咫尺中具万里之势，此自造所得也"（《唐宋诗举要》引吴汝纶语）。

结句“焉得并州快剪刀，剪取吴松半江水”，历来最为人所称道。这两句有两种解读方式，一是落在画家画作上，其中又有两说。一说表达了诗人对王宰这幅画的赞赏喜爱，“赞画竟欲裂而分之，爱之至也”（汪灏《树人堂读杜诗》）；一说意在形容王宰画技之高，“言此非复笔墨之技，直是觅得快剪，剪来江水也。诗至此，亦化作烟波一片矣”（浦起龙《读杜心解》）。

另一种解读方式是落在作者自己身上，其中又有三说。一说表达了他对时事的忧虑，“甫托言永王璘反汉中，吴松江为之阻绝不通”（蔡梦弼《杜工部草堂诗笺》）；一说表达了杜甫东下的愿望，“借题画以抒其东下之怀”（梁运昌《杜园说杜》）；一说补写题目中的“戏”字，“结又添出一吴淞，以足其势。若剪其半角，便是一幅吴淞半江图。……因为此诙谐，以挽上去，正补写题中‘戏’字也”（吴瞻泰《杜诗提要》）。“此诗通篇设想，俱有戏意，而收语尤戏之甚，故云戏题”（仇兆鳌《杜诗详注》引王嗣奭语）。

## 南　邻

锦里先生乌角巾，园收芋栗不全贫。[①]
惯看宾客儿童喜，得食阶除鸟雀驯。
秋水才深四五尺，野航恰受两三人。
白沙翠竹江村暮，相对柴门月色新。

**【注释】**

①乌角巾：古代隐士所戴之有棱角的黑色头巾。芋栗：青芋和甘栗。

【评析】

草堂的南边住着一位戴黑头巾的隐士，他以园地里的青芋、甘栗为生，还不算特别贫穷。家里的小孩或许习惯了客人的拜访，对于我的到来，显得十分高兴；甚而连台阶前的麻雀都表现得镇定自若，悠然自得地在那里啄食。主人更是热情相待，趁着江水初涨，领我乘坐小艇游览了一番，最后还踏着月色送我回到家门口。

这首诗有三种读法。一种是将它理解为纪游诗，写诗人的一次出游经历，主要由两部分组成。前四句为造访，后四句为相送。仇兆鳌《杜诗详注》："上四造山人之句，下则喜其同舟送别也。"浦起龙《读杜心解》："公造山人，而山人相送也。前半山庄访隐图画，后半江村送客图。"沈德潜《唐诗别裁集》："前半言造南邻之居，后半言同舟送别也。"边连宝《杜律启蒙》："此公访南邻朱山人，因与同舟返江，至晚，朱送公至草堂而作也。一、二，叙山人平素。三、四，公至其家，见其儿童、鸟雀，皆有太古之风。以下则同游、相送之事。不作煞尾，迤迤逦逦叙将去，事毕而诗亦止，大是游行自在。"

一种是将它理解为自遣之作。《杜诗言志》："此亦是先生自得之诗，而带与物同乐之意。上下同流，一片化机，妙在宾客、儿童、秋水、鸟雀、野航、白沙、翠竹、柴门、月色，一概阑入，不是专为宾客。总见先生悠然胸次，眼前无非妙境也。解者谓'宾客'句为主，'鸟雀'句是陪，则失之远矣。观此一首，是亦犹之五律也，妙义妙景，俱在言下，自能领会，不必著解。此外则有《宾至》《客至》等诗，清空一气，无缝天衣，人共嗟诵，亦只是自写共隐居乐道、无求于人之义，与旅食京华时悬绝也。"金圣叹《唱经堂杜诗解》："此诗殆先生自谓。'乌角巾'三字，痛绝。如此人而令之角巾终身，岂非天下之不幸哉。一句写出其人，二句写其澹泊明志，三句写其吐握殷勤，四句写其恩泽下被。五句写其胸无尘滓，六句写大度量宽容，七、八句写其功成名遂。进以礼，退以义，绰绰有余也。‘白沙’，表其洁；‘翠竹’，表其节。不尔者，如何是在暮景。”

一种是将它理解为赠人之作，即意在称颂南邻朱山人之品格高洁而好客。诗中“锦里先生乌角巾”一句，即指住在草堂南边的邻居，如唐元竑《杜诗攟》：“北邻白帻，南邻乌巾，恰是的对。”方东树《昭昧詹言》：“此赠朱山人也，皆向山人一边写，而情景各极亲切清新，章法井然明白。韩公《赠崔立之》五言长篇，许多言语始写出，似不若此八句中面面俱到，为尤佳也。”

## 恨别

洛城一别四千里，胡骑长驱五六年。
草木变衰行剑外，兵戈阻绝老江边。
思家步月清宵立，忆弟看云白日眠。
闻道河阳近乘胜，司徒急为破幽燕。①

【注释】

① 司徒：指李光弼。

【评析】

上元元年（760）春夏，李光弼大败史思明于河阳。得知喜讯，杜甫看到返回故乡的希望，想到胡骑长驱入关已有五六年之久，自己远离洛阳达四千里之外，亲人阻隔而难以相见，不禁期盼李光弼一鼓作气，率兵直捣叛军老巢。《旧唐书·李光弼传》载，乾元二年（759）

冬十月，光弼悉军赴河阳，大破贼众。上元元年，进围怀州。黄鹤以为是作于乾元二年冬，或误。仇兆鳌以为“据诗中‘长驱五六年’之说，当是上元元年在成都作”（《杜诗详注》）。

诗题为“恨别”，诗歌的线索多以为是“别”“恨”两字。孙鑛《杜律》：“八句皆别意。首别事，次别故，三、四别景，五、六别情，末则急欲解此恨也。”吴瞻泰《杜诗提要》：“通首俱是‘恨别’，一远别可恨，二久别可恨。然久且远，皆由于‘骑长驱’。句法上因下，三应二，四应一，愈见远久之可恨。五、六则或步或立，或看或眠，昼夜失常，无一是处，其恨更不可胜言。六句皆正面写恨别也。结忽提笔反振而下，言河阳乘胜逐北，直破幽燕，则洛城可归，庶可消吾之恨。是从极恨处，思一避恨之法。然着‘闻道’字，仍属悬望，则依然恨不可除。言外之意，曲折之笔，收挽之力，如天马行空，忽然回辔，岂寻常控驭之法能及哉。”边连宝《杜律启蒙》：“首句，点明‘别’字。次句，申别之故。三、四，正写‘别’字。五、六，正写‘恨’字。昼眠、宵立，起居反常，正见其恨。七、八，透过一层，则所以释此恨者。”

诗中所别之地，一般认为是洛阳。“恨别，恨与洛城别也”（周篆《杜工部诗集集解》）。诗中提及的河阳，在今河南孟州西。“夏间闻河阳克捷而作。河阳即在洛城，公之故乡也”（浦起龙《读杜心解》）。陈醇儒《书巢笺注杜工部七言律诗》：“苟以河阳乘胜之师，急破幽燕，则弟可会，家可聚，江边可不空老，剑外可不终行，长驱可平，洛城可返矣。此真消恨之第一法也。”朱瀚《杜诗七言律解意》：“以所居言，则昔在洛城，今在剑外，百花潭边，相去四千里；以时序言，则当第六年草木摇落之候；以情状言，或思或忆，或步或立；以世事言，则河阳乘胜，幽燕未破。条分缕析，无一剩字。而河阳、洛城、幽燕、胡骑，首尾融结，真堪百回顾。”

惟有顾宸认为，所谓“恨别”之“别”，并不专指离开洛城，而是指四处流离，无所依归。“公于乾元二年春自东都回华州，客秦州，寓同谷，至成都，奔走四千里，尚未得所依，故以别为恨”（《辟疆园杜诗注解》）。

## 和裴迪登蜀州东亭送客逢早梅见寄①

东阁官梅动诗兴，还如何逊在扬州。②
此时对雪遥相忆，送客逢春可自由。
幸不折来伤岁暮，若为看去乱乡愁。
江边一树垂垂发，朝夕催人自白头。

【注释】

① 东亭：故址在今四川崇州罨画池公园内，唐时为蜀州官府宴客之处。一本“见寄”前有“相忆”两字。

② 扬州：这里指扬州大都督府，治所在今江苏南京。南朝梁武帝天监六年（507），建安王郡萧伟出为都督扬、南徐二州军事，扬州刺史，何逊为水曹参军兼记室，次年作《早梅》诗：“兔园标物序，惊时最是梅。衔霜当路发，映雪拟寒开。枝横却月观，花绕凌风台。知应早飘落，故逐上春来。”

【评析】

上元元年（760），裴迪时为蜀州从事。冬日，有客即将远行，官府宴客于东亭，裴迪当筵赋诗，并寄予杜甫。杜甫回赠此作，以南朝咏梅名家何逊、陆凯相烘托。何逊为建安君王记室时，留下了咏梅名篇；如今你为蜀州刺史王缙僚属，不让何逊专美于前。你以羁旅之身，送客东亭，忽逢早梅，情动于中，不能自已，发而为诗，赠寄于我。幸而你尚没有折梅随寄，不然就会触动我的去国之恨、感时之愁。虽然如此，可我居所的江滨，也有一株梅花垂垂欲开，催人白头之景即将出现在眼前。

这首诗写得颇为出色。首先，从咏物的角度来看，它确实做到了不即不离，“篇中无一字不言梅，无一字是言梅，曲折如意，往复尽情，笔力横绝千古”（黄生《杜工部诗说》），“咏梅意不在梅，意不在梅而妙于咏梅，为千古梅花诗特绝”（顾宸《辟疆园杜诗注解》），“本非专咏，却句句是梅；句句是和咏梅，又全不使故实。咏物至此，乃如十地菩萨，未许声闻、辟支问径”（浦起龙《读杜心解》）。

其次，作为酬和之作，它结构严谨，层次清晰。王嗣奭《杜臆》：“谓迪此时对雪，固以相忆，况当送客，又逢梅花，则相忆宁容已乎？犹幸汝不折来，致伤岁暮，如何可去蜀州同看，更乱我乡愁也。且我江边亦有梅一树，垂垂而发，朝夕催人，自家头白，而公岂知之耶？裴诗必有惜公不同看梅之语，故和之如此，婉曲周至。”黄生《杜工部诗说》：“就彼起，就己结，三己四彼，五彼六己，交叙交应。唐人酬答诗，人己分明，步武不乱。”吴瞻泰《杜诗提要》：“前四是裴登东亭送客逢早春相忆见寄，一字不遗。后四说自己，方是和，而用意曲折，飞舞流动，真是生龙活虎，不受排偶之束者。”汪灏《树人堂读杜诗》：“裴在蜀州见梅寄诗，公在成都得诗却寄，其诗全注神于蜀州之梅，末乃以成都之梅相陪酬答之体当如此。”

尾联之“垂垂”，历来有两说，一说下垂，一说将要。前者如杨慎说：“梅花皆下垂，无向上者，故云‘垂垂’。”（王嗣奭《杜臆》）张綖《杜工部诗通》：“垂垂，梅带雪貌。”张溍《读书堂杜诗注解》：“末二句公自谓所居之梅垂垂花，则梅带雪意，与前‘对雪’句映。”

施鸿保说："此云垂垂落，言其将及开也。"（《读杜诗说》）朝鲜李植《纂注杜诗泽风堂批解》："但所居江边，梅树垂欲发花，此正催我白发，不免于伤愁也。"日本孝阪津绰《杜律详解》："垂，几也，将及也。垂垂，旦夕将发之貌。"

## 后　游[1]

寺忆新游处，桥怜再渡时。
江山如有待，花柳更无私。
野润烟光薄，沙暄日色迟。[2]
客愁全为减，舍此复何之。

**【注释】**

①后游：再次游览。

②暄：温暖。迟：舒缓。

**【评析】**

上元元年（760）春，杜甫两度游览修觉寺。《清一统志·四川统部·成都府二》："修觉寺，在新津县东南五里修觉山，僧神秀结庐于此。"此诗记再游，处处与前游牵合关联，打成一片。再一次走过小桥迈入寺中，心中不自觉地将眼前之景同前度游览时的记忆相比较，感到各有妙处，不可轩轾。江山如此多娇，其佳景妙理，似乎等待我不断去挖掘阐发。花柳非是无情之物，尽情向我展示它们的妩媚。田野朗润起来了，烟光日渐淡泊。阳光更加暖和，日暮时分沙滩依然喧闹。初游时，曾因无所归止而增愁；此番重游，则见风光烂漫而减愁。

修觉寺有如此胜景，值得三游四游。

“江山如有待，花柳更无私”一联，夏力恕以为“乃律中最上一格，自然流出”（《杜诗增注》），其涵义历来众说纷纭。

其中“如”字有两说，一说为“如同”。赵汸《赵子常杜律选注》说：“有待而无待曰‘如’。”邵傅《杜律集解》说：“江山、花柳，不减昔之幽豁，故曰‘如有待’而‘更无私’。”王嗣奭《杜臆》说：“江山如故，故云‘有待’。”一说为“似乎”。周篆《杜工部诗集集解》说：“昔游无此明媚，今忽有之，故曰‘如有待’。”汪灏《树人堂读杜诗》：“上句，江山再得过游，恰如旧知而相俟。”

“相待”也有两说，一说为待己。汪瑗《杜律五言补注》说：“有待，谓候己来。”洪仲《苦竹轩杜诗评律》说：“如有待，言待己。”边连宝《杜律启蒙》：“江山若有待，待我再游也。”邓献璋《艺兰书屋精选杜诗评注》说：“三句‘如有待’，觉江山佳景妙理，若期待我来阐发，自负之甚。”一说为待人。仇兆鳌《杜诗详注》：“如有待，依然待人。”黄生《杜工部诗说》：“如有待，待人游。”

“无私”，一说指花柳之无所保留，任人赏玩。汪瑗《杜律五言补注》说：“无私，谓任己来。”黄生《杜工部诗说》：“无私，任人赏。”仇兆鳌《杜诗详注》：“更无私，常得赏玩也。”一说指花柳不选择对象，人人皆可以赏玩。顾宸《辟疆园杜诗注解》说：“更无私，凡游者皆得见之也。”周篆《杜工部诗集集解》说：“花柳不择人而艳，故曰‘更无私’。”汪灏《树人堂读杜诗》：“花柳再得寓目，岂得私我而遮藏。”边连宝《杜律启蒙》：“花柳更无私，言人人可以玩赏，即穷愁者亦得与也，写出造物之大。”

# 春夜喜雨

好雨知时节，当春乃发生。①
随风潜入夜，润物细无声。
野径云俱黑，江船火独明。②
晓看红湿处，花重锦官城。

【注释】

① 时节：时令节气。

② 野径：田野小路。

【评析】

春天是万物生长的季节，一场细雨应时而降。这阵细雨不仅来得恰到好处，而且还来得不急不躁，不动声色。在春风骀荡的夜晚，它悄然无声地潜入千家万户，将草木树木浸润霑湿。漆黑的夜里，很难发现这春夜的痕迹，惟有迎着江船渔火的光亮，才能看到村旁小路的尽头满是乌云。可以想见的是，这场春雨过后，明朝锦官城中的鲜花定然会加倍湿润鲜艳。

这首诗作于上元二年（761）春天，表达了春雨来临时作者的喜悦之情。“喜”字为全诗的眼目，这是大家都认可的，如“句句皆有‘喜’字在”（陈式《问斋杜意》），“句句皆带喜意”（吴瞻泰《杜诗提要》），“绝不露一‘喜’字，而无一字不是喜雨，无一笔不是春夜喜雨”（《杜诗集评》），“‘喜’意都从罅缝里迸透”（浦起龙《读杜心解》）。不过，涉及每一联的具体诠释，依然有细微的差异。

首联之“发生”，或以为指“春”，或以为指“雨”。前者如王嗣奭《杜臆》："'好雨知时节'，为当春乃万物发生之时也。若解作雨发生则陋矣。"陈式《问斋杜意》："'发生'承'好雨'，不谓雨，谓当春发生之时而雨。"后者如顾宸《辟疆园杜诗注解》："当春而春雨发，故曰发生。旧解添出发生万物，便是蛇足。"边连宝则认为两种解释都过于呆板。"或以为'发生'为万物之发生，则语为阙略不全。或即指雨说，则字样太板重。"（《杜律启蒙》）

颔联或从说理上诠释，或从体物上阐发。前者以为两句具体阐述了这场春雨如何之好。李文炜《杜律通解》："其随风也，知当昼则妨夫耕作，而潜入夜宴；其润物也，知过暴则伤其性情，而细无声焉。"张溍《读书堂杜诗注解》："'遣'字、'细'字，正见雨之可喜，若猝风暴雨，则所伤者多矣。"后者以为描写细致入微，充分抓住了春雨的特征，写出春雨的气象。汪灏："唯细故随风，唯无声故潜，润物周到，莫如细雨之缠绵。二语见来得从容，霑得溥遍，谓春雨为然。"边连宝《杜律启蒙》："'潜入夜'者，沦肌浃髓，直入人之饮食寤寐也。'细无声'者，不大声色，使物受之而不知也。只此便是皡皡气象。"

颈联写夜雨或夜雨，"十字咏夜雨入神"（杨伦《杜诗镜铨》引邵长衡语），"二句写雨夜入微"（吴瞻泰《杜诗提要》）。关于"野径"与"云"的关系，也有几种说法。一说夜径连着乌云，两者俱黑，洪仲《苦竹轩杜诗评律》："野径连云，故俱黑。"一说乌云在野径上空，"俱黑"专指"乌云"而言，邵宝《邵二泉先生分类集注杜诗》："云俱黑，雨多兆也。"顾宸《辟疆园杜诗注解》："但见野径之云俱黑，江船之火独明。"边连宝《杜律启蒙》："盖非俱黑之云，不能见独明之火；非独明之火，亦不能显俱黑之云也。"一说野径指向江边，王嗣奭《杜臆》："知雨不遽止，盖缘'江船火明'，径临江上，从火光中见云之黑，皆写眼中实景。"

尾联写“晓景”，学者多赞不绝口，如《杜诗集评》引俞玚说：“结语写尽题中四字之神。”纪昀《瀛奎律髓刊误》：“此是名篇，通体精妙，后半尤有神。‘随风’二句，虽细润，中晚人刻意或及之，后四句传神之笔，则非余子所可到。”而查慎行《初白庵诗评》则有所非议：“此种景，画家所不能绘，惟诗足以发之。微嫌结局落尖巧家数，与前六句不称。”（《杜诗集评》）

## 客　至

喜崔明府相遇

舍南舍北皆春水，但见群鸥日日来。①
花径不曾缘客扫，蓬门今始为君开。
盘飧市远无兼味，樽酒家贫只旧醅。
肯与邻翁相对饮，隔篱呼取尽余杯。

【注释】

①《列子·黄帝》：“海上之人有好沤鸟者，每旦之海上，从沤鸟游，沤鸟之至者百住而不止。其父曰：‘吾闻沤鸟皆从汝游，汝取来，吾玩之。’明日之海上，沤鸟舞而不下也。”

【评析】

这首诗作于上元二年（761）春之成都草堂。诗题曰“客至”，或以为表达了一种亲近之感。张綖《杜律本义》：“按前有《宾至》诗，此云‘宾至’。宾与客虽一，亦微有别。曰宾，则有敬之意；曰客，则有亲之意。”陈秋田说：“宾是贵介之宾，客是相知之客，与前《宾至》首各见用意所作。”（杨伦《杜诗镜铨》）客人为谁呢？因为两人关系显得亲切随意，金圣叹推测说：“公自注：‘喜崔明府相遇。’薛广文云：按公生母崔氏，明府其舅也。今看去，恐不是尊行，必是表兄弟。”（《唱经堂杜诗解》）施鸿保《读杜诗说》则质疑说，以“客”称呼对方，正说明关系还有些疏远：“疑非母族人，故题云‘客’……似新交之友。”

无论来者是否为亲戚，关系是否亲近，正如其自注所说，作者此时的心情无疑是非常高兴的。赵星海说：“此村居寂寞，适因客至而喜也。”（《杜解传薪》）但黄生等人认为，表现喜悦的，只是诗歌的前半部分。“前半见空谷足音之喜，后半见家贫真率之趣。隔篱之邻翁，酒半可呼，是亦鸥鸟之类，而宾主两各忘机，亦可见矣”（《杜工部诗说》）。前四句说，诗人所居住的草堂僻静清幽，从来没有人来拜访，与他嬉戏相伴的只有成群的鸥鸟；如今客人前来，诗人直是喜出望外，赶快清扫小径，打开蓬门，隆重迎接。后四句说，虽然来者是客，餐桌上却只有陈年浊酒与家常饭菜，陪客者是隔着篱笆叫来的邻家老翁。

诗歌的后半部分，则是描述如何款待客人。吴瞻泰《杜诗提要》：“以第四句为关捩，结生一邻翁，与起处群鸥暗照，乃两路夹写‘为君开’三字，此召客陪主之法也。”李长祥《杜诗编年》：“妙在第四句始出题，全不觉头重。”而陈之壎则认为，全诗的中心就是写殷勤留客。“通首真率，从春水群鸥纡徐写来，总是殷勤留客之词。‘花径’二句见专为客开也；‘盘飧’二句见率便待客也；‘邻翁相待’二句亦以佐客兴也”（《杜工部七言律诗注》）。

这首诗的好处，邵子湘以为“写出村居留客，质朴多情，色色如画”（《书巢笺注杜工部七言律诗》），查慎行以为“气老而语真，淡然有余味”（《杜诗集评》），陆时雍以为“村朴趣，村朴语”（《唐诗镜》）等，都在后半留客部分表现更为充分。金圣叹的相关解析最为细致："如此大水，市久不通。家定无物，客至又不可不留；幸是亲戚，不妨随意出家中之所有。盘餐止得一味，无有第二样，以'市远'为托词。市即甚近，亦难致也。樽酒取之床头，然却是'旧醅'。醅是酒之未滤者，又托言家贫只此而已。'肯与'字妙，欲请人来陪，却先问客一过。酒不成酒，下箸又无可下箸，又茫茫是水，无处去请客，屈指来只有一邻翁，未审肯与饮否？如以为可，隔篱呼唤他来。'取'字，见邻翁必来。'隔篱'二字，照顾'舍南舍北'四字，妙。村间房子，朝南北者多。南北是说舍之前后，隔篱则是间壁。因前后皆是水，故于间壁邀人也。邻翁是饮此旧醅惯者。'尽余杯'，亦托词。不好说客不肯饮旧醅，亦不好说客饮尽此旧醅，故把邻翁尽兴。旧醅即不中饮，见此邻翁欢饮，亦略助客酒怀，庶几相忘此旧醅之劣也。"（《唱经堂杜诗解》）

## 漫成二首

### 其一

野日荒荒白，春流泯泯清。
渚蒲随地有，村径逐门成。
只作披衣惯，常从漉酒生。
眼边无俗物，多病也身轻。

【评析】

诗题所谓"漫成"，有两种看法，一是从创作态度上入手，以为是生活中处处有诗意在，故俯拾而成，如王嗣奭说：“二诗格调疏散，非经营结构而成，故云漫成。”（仇兆鳌《杜诗详注》）一是从诗歌结构上入手，以为诗句前后缺乏照应，立意散漫，汪瑗曾反驳说：“赵云‘起句纪时，下六句殊不相应，故题曰漫成’，殊不知此二首前六句皆散说，以结联唤起一篇之意。少陵往往有此，读者细考之自见。惜乎注者皆逐句求解而不融会通篇之旨也。”（《杜律五言补注》）

正如汪瑗所言，这首诗的主旨在结语“眼边无俗物，多病也身轻”一联。邵宝说：“此公村居自乐之词。言江皋景物幽雅，起居自适，故虽多病，而无物屈挠，亦自轻健。盖无求之意也。”（邵宝《邵二泉先生分类集注杜诗》）寄生于此，见旷野之日荒荒而白，脉脉江水静谧澄澈；丛生之蒲草，水边皆是；村中之小路，随意所向。可披衣而出，不衫不履，饮酒度日，悠然自得。身边无烦恼之事，虽多病也身心轻快。

《杜诗言志》说：“此先生自言退隐之乐，真为人世第一，别无人物足以尚之也。……吾今退处于此，所仰见者，惟此野日之荒荒白者。绝无烦焰，何其冲淡而疏长也。所俯观者，惟此春流之泯泯者耳。常无波澒，何其静谧而澄澈也。渚蒲之生意，随地而有，无所择于高下也。村径之自然逐门而成，无所用其逢迎也。一片清闲冷淡之中，惯可披衣而出，奚庸冠带相从？漉酒而饮，岂禁喧呼？是则彼世上一派俗物，都不在我眼边。任他热闹，任他诛锄，任他权要，而我则自为舒徐，自为清白，自为恬适，自为方便。虽或有痌痒之疾，而较之彼无病而自生束缚者，其轻快为何如也？则甚矣我之所以自处者厚矣。”

杜甫善于用叠字，善于用连绵字。此诗首联多为人所称道，如《雪浪斋日记》说：“古人下连绵字不虚发，如老杜‘野日荒荒白，春流泯泯清’。”（胡仔《苕溪渔隐丛话》）但何为“荒荒白”“泯泯清”，却并没有达成共识。

一说“荒荒”为“茫茫”，“泯泯”形容清澈。董养性《杜工部诗选注》：“荒，茫茫也。泯，清貌。”石闾居士《藏云山房杜律详解》：“首句是说野地之日，见其荒荒而白，盖晚烟渐生而日落矣；次句是说春江之流，觉其泯泯而清，盖众水合派而春将深矣。”

一说“荒荒”形容无光，泯泯形容无声。方舟说：“荒荒白，不甚白；泯泯清，不甚清。”（吴瞻泰《杜诗提要》）周篆《杜工部诗集集解》：“荒荒，空旷无晖之意；泯泯，浩汗无声之貌。”张溍《读书堂杜诗注解》：“荒荒，辽阔冷澹之景；泯泯，无声也。”顾宸《辟疆园杜诗注解》：“日色荒荒，写出一片白，却是日色无光之状；江流泯泯，尽言其无声也。”

颈联“只作披衣惯，常从漉酒生”也有歧说。披衣，或以为出自《庄子·知北游》：“啮缺问道乎被衣。”或以为出自陶渊明《移居二首》：“相思则披衣，言笑无已时。”顾宸《辟疆园杜诗注解》说：“隐用两古隐士以自况。”两隐士，即上句之尧时隐士披衣，与东晋陶渊明。仇兆鳌《杜诗详注》：“披衣习惯，言疏放已久；漉酒为生，见醉乡可乐。”漉酒生，如仇兆鳌所言，即指以漉酒为生；或指漉酒之生涯与生活，陈式《问斋杜意》：“而生则定为‘生活’之‘生’。”浦起龙《读杜心解》：“按‘生’字当作‘生涯’之生。”或指漉酒之酒保，如黄生所言：“漉酒生，酒家保也。”（《杜工部诗说》）

## 其二

江皋已仲春，花下复清晨。
仰面贪看鸟，回头错应人。
读书难字过，对酒满壶频。
近识峨嵋老，知余懒是真。①

【注释】

①峨嵋老：诸本下有小字注："东山隐者，又作陈山。"

【评析】

春日之清晨，漫步至江边，江花正灿烂开放。偶因抬头贪看高飞之鸟，漫不经心，回头错应了他人的呼唤。读书不求甚解，遇有难字，随即轻轻略过；饮酒必须尽兴，一壶接着一壶，倾不厌频。我知道自己确实生性疏懒，并非托辞，这一点惟有新近结识的峨嵋隐士，算是真正了解。

这首诗的核心，是尾联"近识峨嵋老，知余懒是真"两句。那么，如何理解这两句呢？总体而言，有三种不同的态度，一种是立足于"懒"，一种是立足于"真"，一种是立足于"知"。

首先，"懒"被简单地理解为疏懒，或针对颈联而言，如汪瑗说："倦读好饮，懒不待言。"洪仲《苦竹轩杜诗评律》说："难字任从读过，不去考索；贳酒频频满壶，不暇酬还。"或针对中间两联而言，李植《纂注杜诗泽风堂批解》："贪看物而语应人，书泛过而酒满酌，正是疏懒节目。"王嗣奭："中四句，俱写懒态。"

其次，"懒"被解释为疏放，针对上三联而言。《杜诗言志》："夫余之懒何如哉？即如今处江皋，时方仲春，不独看花，且仰面看鸟。且不顾人言，低头不妨错应。花鸟既以供吾之行乐，而人之错应者，亦不至遂以为谴焉。其疏放至于如此。又如一读书也，……其疏放者又一也。"

第三，"懒"被解读为疏狂，针对组诗两首而言。仇兆鳌《杜诗详注》："次章随时适兴，申前章未尽之意。前章上四句，说花溪外景。此章上四句，说草堂内景。前章披衣漉酒，乐在身闲。此章读书对酒，乐在心得。末云'懒是真'，总不欲与俗物为缘。"

“真”或以为是真实，如石闾居士《藏云山房杜律详解》：“是说近来惟有相识之隐者峨嵋老，独知余之懒是真也。”唐元竑：“读结句，乃知世间固有伪懒者。”或以为是率真，施鸿宝《读杜诗说》：“今按‘真’是率真之真，言惟峨嵋老知予之懒乃率真也。”

立足于“知”，多以为诗歌意在称颂峨嵋老，赞许为知己。赵汸：“（结语）言他人不足知我所以懒之由。”周篆《杜工部诗集集解》：“前篇因春色未深，又值半雨半晴之际，渚浦村径，纵横芜没，所以无一善状，漉酒披衣，去人惟恐不远。次篇因春色已深，且兼花下清晨之胜，为贪为错，总属天机。是以众妙俱臻，读书对酒，不觉世有知己。”

唯独陈式《问斋杜意》以为诗人“懒”非真懒，峨嵋老也非真知己。“此又村居自叹之作。末句虽结到‘懒’上，原不一味是懒，止因事事没心绪，迹似于懒，故峨嵋老遂谓之为懒。峨嵋老，名为相知，实不相知。究竟不知意，亦第含蓄言外。”此说过于牵强。

## 春水生二绝（选一）

### 其一

二月六夜春水生，门前小滩浑欲平。
鸬鹚鸂鶒莫漫喜，吾与汝曹俱眼明。①

【注释】

①鸬鹚：水鸟名，俗称鱼鹰。鸂鶒：水鸟名，毛羽紫色，似鸳鸯。

【评析】

诗作于上元二年（761）。前两句说，二月初六这一夜，春水突然涨起来了，门前的小洲都被淹没。后两句前人大约有五说。一说鸬鹚、鸂鶒莫要得意，我心中的喜悦一点也不输于你们。杨伦《杜诗镜铨》："下二，言莫便独夸得意，吾亦不输与汝曹也。"

一说鸬鹚和鸂鶒不要独自高兴，我和你们一样喜欢涨水。"二禽皆水鸟，见水生而喜，公语之'吾与汝曹俱眼明'，则公可谓与物委蛇而同其波矣。"汪灏《树人堂读杜诗》："首言春水江涨，客眼一新。"

一说鸬鹚和鸂鶒不要独自高兴，我和你们一样眼前水光一片，别无他物。张溍《读书堂杜诗注解》："眼明，谓水光一片也。"黄生："水涨则洲渚俱没，犹之'眼前无俗物'也。"

一说鸬鹚和鸂鶒不要太高兴，我看见你们心中更高兴。邵宝《邵二泉先生分类集注杜诗》："眼明，盖与二鸟相亲近也。"

一说鸬鹚和鸂鶒不要太得意，我和你们一样能将原来的小路辨认得清清楚楚。陈式《问斋杜意》："谓潭虽平，而已之路径则熟也。言下如与鸬鹚、鸂鶒竞明，而实有自愧不如之意。"

后两句，今人各有发挥。熊柏畦《杜甫绝句注释》说："鸬鹚、鸂鶒不要随便太高兴了，我和你们同样眼睛亮了。"陈贻焮《杜甫评传》："不要以为只有你们喜欢涨水，我的眼睛也同样很明亮呢。"李谊《杜甫草堂诗注》："鱼老鸦、紫鸳鸯不要枉自高兴，我和你们都要把眼睛放明亮些。指要密切注意水势，它是容易为祸的。"

# 江上值水如海势，聊短述

为人性僻耽佳句，语不惊人死不休。
老去诗篇浑漫兴，春来花鸟莫深愁。
新添水槛供垂钓，故著浮槎替入舟。①
焉得思如陶谢手，令渠述作与同游。②

## 【注释】

① 槎：木筏。

② 陶、谢：陶渊明、谢灵运。

## 【评析】

老杜自言年轻时以诗才自负，不肯作寻常之语，必呕心沥血以写出惊人之语而后已。不意年老思钝，率意信口，平平无奇，再无耐心去镂刻春花时鸟。人也散漫，钓鱼水槛而不入江，坐于浮槎而懒于乘船。如今正值江上水势如海，本该作雄奇长诗以咏叹，奈何一时拙于诗思，安得才思雄赡如陶、谢之辈，与我同游而赋浑灏之篇。

诗题说，诗人面对滔滔如海之江水，只写了一首短诗。诗人为何只是写了一首短诗，即为何只是“聊短述”。具体而言，原因大约有三个。

一是才思退化，只能短述。仇兆鳌《杜诗详注》：“此一时拙于诗思而作也。少年刻意求工，老则诗境渐熟，但随意付与，不须对花鸟而苦吟愁思矣。槛外浮槎，代作钓舟，此水势之盛也。才非陶谢，无此述作，聊为短述而已。”浦起龙《读杜心解》：“八句滚下甚紧，言句喜惊人，固其本性，乃忽然手涩，聊尔付与。彼花鸟不须愁得，吾亦不耐雕镂矣。即如此番水势，添槛著槎，大可放笔为长篇者，今安得如陶、谢之澜翻述作乎？”津阪孝绰《杜律详解》：“公值江水如海势，不可无雄篇惊人者，独奈年老才退，聊且短述而已。”

一是无人赏识，缺乏兴致，聊且短述。石闾居士《藏云山房杜律详解》：“此诗旧解多误，题曰《江上值水如海势，聊短述》，言如此大景，我竟无意绪长吟，聊为此短述之词以自遣，总是极伤孤寂，无人共赏，不能大畅诗怀，故末联思与陶谢之大手同游。”

一是时间太短，来不及展开，姑且短述。张性说：“此因观水势如海，未暇长吟，而且短述也，故追感平生。”

诗人又是如何“聊短述”呢？即他的“短述”与所见到的茫茫如海之江水，究竟有没有关联呢？

一说有关联。金圣叹以为诗歌所写感受，来自于观浩淼之江海。“天上之物，莫巨于江海。江有往来之迹，海则无边无际，亘古如斯。故以江之不可方物，究竟以海为壑，即天下事可知矣。之生之死，之死之生，头出头没，孰是安住海中，随流任运者乎？此先生江上诗之所由发也。”（《唱经堂杜诗解》）

赵星海以为此首杜诗风格如海。“水如海势，而此诗起结亦直有涛翻汹涌，蹴地滔天，浩渺混茫，莫可穷尽之势。”（《杜解传薪》）

陈醇儒以为诗句正在描绘水势，“首二句起最奇突，言此水势如海，奔涛怒流之状，何等惊人，非有惊人佳句，不足传摹入妙。此二语已将水势之变幻出没，全会胸中。长篇叠韵所不能尽者，都在此两句之外一一想得，此为不写之写。”（《书巢笺注杜工部七言律诗》）

一说没有关联，“聊短述”即诗句中所说的“漫兴”。诗人之意，不在于所见之江水，而在于心中之感。心中之感，或为伤老。邵傅《杜律集解》：“按此专为诗兴而发，有自恨皓首无成意。”吴瞻泰《杜诗提要》：“一篇全是短述之词，自负其为人有惊人句，而伤老耄也。

借题发挥，蓄意在未落笔之前。”

或伤道之无成。张綖《杜律本义》：“公耽诗虽出于天性，其有志于天下，良非浅浅。既而事与意违，精随年减，则无复当时之心矣。耿耿深衷，特感于诗之漫兴而发。盖尼父叹衰，由梦而得；少陵慨老，因诗以感：其意一也。”

或为自谦。吴见思《杜诗论文》：“江上值水势如海，题目奇伟，而诗中一字不写者，盖值此奇景，偶无奇句，故不能长吟，聊为短述耳。此题意在下三字，故通篇皆作自谦之词。”

## 水槛遣心二首（选一）

### 其一

去郭轩楹敞，无村眺望赊。①
澄江平少岸，幽树晚多花。
细雨鱼儿出，微风燕子斜。
城中十万户，此地两三家。

【注释】

① 轩楹：堂前的廊柱，这里指草堂水亭。赊：远。

【评析】

诗作于上元二年（761），所谓“水槛遣心”，如邵长蘅所说：“草堂水亭之槛，言凭槛眺望以遣心也。”（仇兆鳌《杜诗详注》）诗写杜甫于成都草堂水亭所见所感。草堂坐落溪边，离城郭甚远，庭院宽敞，前无村落阻隔视线，视野开阔。春江水满，几乎淹没两岸，一望渺然。细雨濛濛，时有小鱼上浮。树木葱茏，黄昏时刻依然可以看见许多鲜花。微风习习，燕子倾斜着掠过天空。城中有十万户人家，喧闹非凡；此地仅两三家邻居，幽静闲适。

遣心，与遣兴、遣怀、遣意等有细微差别。大体而言，对于诗人所遣之心绪，有两种看法，一为消沉，一为喜悦。前者如赵汸《杜工部五言赵注》："此诗八句皆言景，每句中自有曲折，题曰'遣心'，而不言情者，盖寓有不乐，登水槛，览景物，而赋之以自释也。"

后者如金圣叹《唱经堂杜诗解》："前半幅写胸中极旷，后半幅写胸中自得也。"《杜诗言志》："惟大厦然后轩楹敞，今以去郭得之。台榭然后眺望赊，今以无村得之。于是纵其眺望之所至，而江平少岸，何宽广也。树晚多花，何幽秀也。鱼儿因细雨而出，燕子受微风而斜，悠然自得，无不可乐。彼城中十万户之多，尘嚣杂沓，何能有此地两三家之清福耶？此亦自得之诗也。"

这首诗的特色，固然在于景中含情，如"八句皆景，情可自见"（汪瑗《杜律五言补注》）、"此章咏雨后晚景，情在景中"（仇兆鳌《杜诗详注》）等，而最为人称道之处，还是绘景生动，体物细腻，如李因笃所言"语语体勘入微，真无一字直写，然却自浑妙"（《杜诗集评》）。黄叔灿《唐诗笺注》也说："首言'水槛'，中四俱跟'眺望'然三联又从次联生出。细雨无波，鱼儿层出；微风轻拂，燕子飞斜。赋物既工，觉于澄江幽树中更饶画趣。'城中'句托上'去郭'，'两三家'并映'无村'。公之诗细腻如此。"所以张谦宜感叹说："此白描写生手。彼云杜诗粗莽者，知其未曾细读也。"（《絸斋诗谈》）

其中，"细雨鱼儿出，微风燕子斜"两句最为生动。叶梦得《石林诗话》剖析说："诗语固忌用巧太过，然缘情体物，自有天然之妙而不见刻削之痕。老杜'细雨鱼儿出，微风燕子斜'，此十字，殆无一字虚设。细雨着水面为沤，鱼常上浮而淰。若大雨，则伏而不出矣。燕体轻弱，风猛则不胜。惟微风乃受以为势，故又有‘轻燕受风斜’之句。”王国维《人间词话》说：“境界有大小，不以是而分优劣。‘细雨鱼儿出，微风燕子斜’，何遽不若‘落日照大旗，马鸣风萧萧’。‘宝帘闲挂小银钩’，何遽不若‘雾失楼台，月迷津渡’也？”

## 江　亭

坦腹江亭暖，长吟野望时。[1]
水流心不竞，云在意俱迟。
寂寂春将晚，欣欣物自私。
故林归未得，排闷强裁诗。

### 【注释】

①坦腹：坦胸露腹。《世说新语·雅量》：“郗太傅在京口，遣门生与王丞相书，求女婿。丞相语郗信：‘君往东厢，任意选之。’门生归，白郗曰：‘王家诸郎，亦皆可嘉，闻来觅婿，咸自矜持。唯有一郎，在床上坦腹卧，如不闻。’郗公云：‘正此好。’访之，乃是逸少，因嫁女与焉。”

### 【评析】

晚春时节，天气转暖。诗人披襟江亭之中，沉吟四望。眼前江水滔滔汩汩，不知为何昼夜不停，奔竞而去；天上云彩久久不动，又不知为何迟疑徘徊。诗人反顾自身，也极为困惑彷徨，不知自己为何栖栖遑遑，也不知为何滞留他乡。万物欣欣向荣，百花争奇斗妍，它们各适其性，各得其所，但诗人无法分享它们的喜悦。他有家难回，惟有勉强作诗以遣烦闷。

诗写成都草堂外之景色。颔联“水流心不竞，云在意俱迟”两句，或以为语异而意同，所谓“不竞”即“无竞”，指情绪无所起伏，心中无用世之意，故能与万物融为一体。仇兆鳌《杜诗详注》：“水流不滞，心亦从此无竟；闲云自在，意亦与之俱迟。二句有淡然物外，优游观化意。”赵汸《杜工部五言赵注》：“当景物融畅之时，而终不能无故林之思，所谓‘心不竞’是也。”

或以为两句意思相对，所谓“不竞”即“不与之竞争”或“不敢与之竞争”。汪灏《树人堂读杜诗》：“于斯时也，亭下见水之流，水去竟去，我则不能，是心不敢与水竟胜也。见云之停，云留不去，而我亦久滞，意实与云俱迟也。”边连宝《杜律启蒙》：“水流汹涌，有竞象焉，而心不与之俱竞；云在舒徐，有迟态焉，而意实与之俱迟。亦是一反一正。”邵傅《杜律集解》：“言我当江亭和暖而长吟野望，此时春水滔滔流去，我心则不与水竞相驰逐；春云凝在一处，我意则与云俱此迟留。”

颈联“寂寂春将晚，欣欣物自私”两句中，“春将晚”当出自《论语·先进》：“莫春者春服既成，冠者五六人，童子六七人，浴乎沂，风乎舞雩，咏而归。”自私，或以为针对无私而言，指草木与我不相干。刘辰翁《集千家注批点杜工部诗集》：“更无私，自好；自私，又好。实一意也。人自以为我私则无私矣，最是相业。”李长祥《杜诗编年》：“自私，无私，一乎？二乎？左右逢源，不知其所以然而然。”顾宸《辟疆园杜诗注解》：“江亭之景无闷，想到故林则闷。不归之闷无可排，惟强裁诗则排。回首江亭景物，真觉与故林一毫无与，我胡为而袒腹江亭也？”

或以为指各得其所。邵宝《邵二泉先生分类集注杜诗》：“‘寂寂'一联，有物各付物之意。物自私，言物各得其所也。”张溍《读书堂杜诗注解》：“自私，乃欣欣向荣之意，正形出己之未得归而失所也。”汪灏《树人堂读杜诗》：“坦腹则春将晚矣，我虚度好春，一无施展，而此邦之人，莫我肯顾。凡禽鱼草木，各自得所，我独无故林之思乎？”

或以为即各遂其性。邵傅《杜律集解》：“物各自遂其生，若自私乎已者。”赵星海《杜解传薪》：“有私，是各遂其性。”《黄氏补注千家集注杜工部诗史》引师曰：“万物感伤而各遂其性，甫以故林归而未得，以至忧闷。”黄生《杜工部诗说》：“当此春光和煦，万物各遂其私，而人犹有罹兵革之苦者，猛一念及，能无蹙额耶。”

## 独　酌

步屧深林晚，开樽独酌迟。①
仰蜂粘落絮，行蚁上枯梨。
薄劣惭真隐，幽偏得自怡。②
本无轩冕意，不是傲当时。③

【注释】

① 步屧：木板拖鞋。

② 真隐：《南史·何尚之传》载，何尚之致仕方山，著《退居赋》以明所守。后还摄职，袁淑录古隐士有踪无名者，为《真隐传》以嗤焉。

③ 轩冕：代指官爵禄位。《庄子·缮性》：“今之所谓得志者，轩冕之谓也。”

【评析】

我穿着拖鞋，悠然地来到密林深处。林中光线昏暗，阒寂无人，我开樽而独酌，享受这闲暇的时光。飘落的花絮沾惹着仰飞的蜜蜂，成列的蚂蚁爬行在枯老的梨树上。我才学浅薄，并非那些满腹经纶而志在天下的隐士。我本无意做官，无志求荣，选择这样的幽僻之地，并非矫情寄傲，孤芳自赏，仅仅是自怡情性。

诗作于上元二年（761），表现了诗人在成都草堂时的悠闲自适。陈式《问斋杜意》："此亦晚酌之诗。仰蜂、行蚁，要不过酌时所触小景，而以下遂言薄劣之就幽偏，有似于傲，实则非傲。公政谓仰蜂之沾絮，行蚁之上枯树，所求于世不多，而己亦然耳。"浦起龙《读杜心解》："一种幽微之景，悉领之于恬退之情，律体正宗。"

诗歌的妙处，在于对细微之物的生动展示，让读者看到了生活的细节。其中，最为出色的是三、四句。方回《瀛奎律髓》："此以《独酌》为题，其实皆幽栖自怡之事。'仰蜂''行蚁'，盖独酌时所见如此。凡为诗，只二句模景精工，为一篇之眼，余放淡静净为佳。"邵傅《杜律集解》："上句巧，下句逸，为晚唐祖述。"张溍《读书堂杜诗注解》："二句看物入细。"杨伦《杜诗镜铨》："大手笔人偏善状此幽微之景。"邓献璋《艺兰书屋精选杜诗评注》："三、四细心妙理，非真隐幽静者不能知，亦不暇知，真好下酒物，浮一大白。"

今人废名《杜甫的诗》也说："作诗也同作小说一样，要展开一些描写，要写出环境来，令读者相信你写的是实生活，不是个人在那里凭空独白。杜甫《独酌》里的'仰蜂粘落絮，行蚁上枯梨'两句便有这样的作用，因为这两句整首诗的话都是生活，不是说教了。我们确是为他所吸引，相信他这一段生活。这便是善于作细节的描写。这两句描写的是眼前的事，粘着落絮的蜂就是'仰'，爬上枯梨的蚁定成‘行’。”

也有人以为三、四句并不单纯写景，其中颇有寄托。黄生《杜工部诗说》：“三、四步屧之景，后半独酌之怀。蜂触物坠，故见其仰而在地；枯梨穴蚁，故见其上而成行。蜂蚁微物，而能各适其适。以微物自比，故曰薄劣；亦如其各适，故曰自怡。二语人知其精于赋物，而不知其深于比兴也。”《杜诗言志》：“此自明退隐之意，乃因乎其时，非有意于行遁以博名高也。……仰蜂行蚁，正以喻所以退隐之故，非泛泛写景也。解人自识之。”石闾居士《藏云山房杜律详解》：“写物理，即是写人情，此公造化在胸，偶因闲步所触而发现，非寻常吟咏所能同其蕴含之妙也。”

还有人认为，这两句正写出了生活的无滋无味。“蜂粘落絮，蚁上枯梨，言无味也。独酌最无兴味，以喻之。”（《分门集注杜工部诗》引师古曰）

## 江畔独步寻花七绝句（选四）

### 其一

江上被花恼不彻，无处告诉只颠狂。①
走觅南邻爱酒伴，经旬出饮独空床。

**【注释】**

①彻：尽。颠狂：放荡不羁。

【评析】

这一首是组诗的总纲，诗题名曰“江畔独步寻花”，此诗解释他何以至江畔寻花，又何故独自一人。后三句意思比较清晰，说诗人心烦意乱，无法静坐，到南边想找嗜酒的邻居共饮一番，不料邻居竟然在十多天前就已经出门饮酒去了。结句原有注：“斛斯融，吾酒徒。”杜甫在诗中所寻找的南邻，就是斛斯融了。

第一句“江上被花恼不彻”是全诗的眼目，而其中的“恼”字，又是重中之重，蒋金式说：“着一‘恼’字，寻花痴景，不描自出。”（杨伦《杜诗镜铨》）陈式《问斋杜意》：“花何必恼，恼亦恼己之无酒付花耳。走觅南邻，出饮空床，恼益之恼。七诗皆为无酒作。”

那么，“恼不彻”究竟是什么意思呢？一说“恼不彻”是说明烦恼的缘由。“彻，尽也”（仇兆鳌《杜诗详注》）。“不彻，不穷尽也”（董养性《杜工部诗选注》）。这句意思是说，诗人之所以烦恼，是因为在鲜花盛开的季节，江滨有些地方居然无花。今人刘开扬、刘新生《杜甫诗集导读》：“不彻，犹不尽，是恼‘花开生造次’。”吴庚舜《杜甫诗选注》：“恼不彻，意谓撩拨不尽。”金启华、金小平《杜甫诗史》：“恼，撩拨，逗引。不彻，不尽。”

一说“恼不彻”是形容烦恼的状态。“彻，透也。能透出则不恼矣，故曰‘恼不彻’。”这句诗的大意则是，绽放的鲜花让诗人的烦恼无穷无尽，根本停不下来。今人王士菁《杜诗今注》：“恼不彻，烦恼无穷无尽。”王仲镛说：“恼不彻，愁不醒的意思。春色不赖，触忤客愁；花发江上，恼乱客心，一也。”（陶道恕《杜甫诗歌赏析集》）熊柏畦《杜甫绝句注释》也说：“这句意思是：被锦江上的花烦恼得无止无休。其实是反说，只要看后面一系列赏花、爱花、惜花的抒写便知。和《绝句漫兴九首》，同一意境。作者《奉陪郑驸马韦曲》诗

‘韦曲花无赖，家家恼杀人’，亦与此同。”

## 其五

黄师塔前江水东，春光懒困倚微风。[1]
桃花一簇开无主，可爱深红爱浅红。

### 【注释】

①黄师塔：僧人黄氏的墓塔。陆游《老学庵笔记》：“予在成都，偶以事至犀浦，过松林甚茂，问驭卒此何处？答曰：师塔也。盖谓僧所葬所之塔。于是乃悟少陵诗‘黄师塔前江水东’之句。”

### 【评析】

诗歌的前三句，意思显豁。诗人说，黄师塔前，江水东流。春风骀荡，使人困倦。眼前桃花，灿烂鲜艳，令人目不暇接。

最后一句“可爱深红爱浅红”，约有三说。一说诗人面对深红、浅红而有所偏爱。赵次公说：“深红、浅红二种之中，爱浅红为多，则公之风韵高矣。”（《杜诗赵次公先后解辑校》）周篆《杜工部诗集集解》说：“言无主之花，深浅随人所爱，今将爱深红耶？抑爱浅红也。”故此句有版本作“可爱深红映浅红”。

一说深红、浅红之花皆可爱，皆可任意观赏，因为它们本是无主之物。胡震亨《杜诗通》说：“桃花一簇，红有深浅，总皆可爱，以‘可’字摄下两‘爱’字，当会其意。”王嗣奭《杜臆》：“桃花无主，可爱者深红耶？浅红耶？任人自折而已。”汪灏《树人堂读杜诗》：“深浅红，一听人爱。”仇兆鳌《杜诗详注》：“春时懒倦，故倚风少憩。师亡无主，则深浅红花，亦任人自赏而已。”今人吴庚舜《杜甫诗选注》：“意谓一丛桃花，自在开放，是深红可爱还是浅红可爱，任人观赏。”黄肃秋、陈新注《唐人绝句选》：“师亡无主，野地盛开的桃花，颜色深红浅红不一，任人自赏。”

一说无论深红还是浅红都可爱，令人目不暇给。黄生《杜工部诗说》：“风曰‘倚’，春光曰‘懒’，困倚微风，无其理而有其趣。桃花一簇，任人赏玩。可爱者其深红乎？可爱其浅红乎？言应接不暇也。”今人李谊《杜甫草堂诗注》解释后两句说：“这里一片盛开的桃花没有主人可任意观赏，你是爱深红色的、还是爱浅红色的花呢？意指花开的十分繁盛，令人目不暇顾。”金启华、金小平《杜甫诗史》：“这里叠用‘爱’字，爱深红，爱浅红，爱这爱那，应接不暇。”陈贻焮《杜诗评传》：“怕春寻酒，来到黄禅师塔前，见江水东逝，该抵得上当头棒喝，有所醒悟。谁知这里春风骀荡，无主桃花，开得正盛，令人应接不暇，不知爱深红好还是爱浅红好。”熊柏畦《杜甫绝句注释》：“这句问得妙，显出花太多，不知爱哪种好的情态。”

## 其六

黄四娘家花满蹊，千朵万朵压枝低。①
留连戏蝶时时舞，自在娇莺恰恰啼。②

【注释】

① 蹊：小路。

② 留连：徘徊不忍离去。

【评析】

在去往黄四娘家的小路上，开满了千朵万朵的鲜花，它们将花枝都压得很低。流连忘返的蝴蝶，不时翩翩起舞；自由自在的黄莺儿，偶尔欢快地啼叫。

这首诗有两处争议不休。第一处是关于黄四娘的身份。苏轼等认为其身份难以确认："此诗虽不甚佳，可以见子美轻狂野逸之态，故仆书之。昔齐鲁有大臣，史失其名。黄四娘独何人哉？而托此诗以不朽，可以使览者一笑。"（《说郛》引《东坡诗话》）刘辰翁《集千家注批点杜工部诗集》："正是子美借四娘耳，岂无似此？无此英气。"

后来，浦起龙等人认定黄四娘为歌伎，"黄四娘自是伎人，用'戏蝶''娇莺'恰合"（《读杜心解》），"黄四娘何幸，公然见之诗句，谅必苏小、真娘一流人，此处更是难到"（陈式《问斋杜意》）。后人也由此訾议杜甫这首诗，如夏力恕《杜诗增注》："此更露，不几于轻薄语乎？"

萧涤非《杜甫诗选注》以为："按娘子乃唐时妇女的美称，（如《唐书·贵妃传》'宫中呼为娘子'，又《杨国忠传》'国忠谓姊妹曰：今东宫监国，当与娘子等并命实。'）又唐人以称呼行第为尊敬，浦氏未免望文生义。有同志认为，'娘子'虽是唐时妇女尊称，却与冠姓而称其排行为某某娘者有别，并举唐人传奇中杨六娘等皆属下层妇女为证。按肃宗时，因参军而为武官之妇女有唐四娘、王二娘等，则知此种称呼，不能据以定黄四娘之为妓人。至于称妓人为某某娘者，可能是当时一种习惯上的体面称呼，犹称妓女为校书之类。"陈贻焮《杜甫评传》说："我看这位黄四娘大概是在百花潭这一带当垆卖酒的老板娘。"

第二处是"恰恰"，一为鸟儿的叫声，一为"恰好"。前者如郎瑛《七修类稿》续稿卷五《诗文类·恰字》："'恰'字有三义：适然貌；用心也；又莺声。杜诗皆具之，如'野航恰受两三人'，当训适然；'恰有三百青铜钱'，用心之义也；"自在娇莺恰恰啼"，则声矣。"今人薛椿荫、丁如明《历代绝句选》："恰恰，鸟鸣声。"

后者如施鸿宝《读杜诗说》："'恰恰'无注，字典'恰'字下

注：恰恰，鸟鸣声。今按‘恰恰’与莺声不类。公诗‘野航恰受两三人’‘恰有三百青铜钱’‘恰似春风相欺得’，皆是适当之类。此言独步之时之处，适当莺啼。恰恰者，不一时一处也。当亦方言，今尚云然。”今人萧涤非《杜甫诗选注》：“恰恰啼，正好叫唤起来。按‘恰恰’乃唐人口语，通常只用一‘恰’字与动词结合，如‘恰有’‘恰似’‘恰值’‘恰受’之类，不胜枚举，均为‘正好’或‘适当’之意。……杜此诗题为‘独步寻花’，蝶时时舞，而莺则非时时啼，今独步来时，莺歌适起，有似迎客，故特觉可喜耳。”

今人或以为“恰恰”为频频、时时。郭在贻《杜诗札记·恰恰》：“不少注家都注为莺啼声，实则莺啼之声清圆流丽，与恰恰之音大相径庭。……‘恰恰’与上句的‘时时’相对成文，则应当也是一个表时态或表情状的副词。实则‘恰恰’在这里乃是频繁不断之意。‘恰恰’作‘频频’‘时时’解，盖唐人俗语，从唐诗中不难找到例证。”

此外，今人还提出“恰恰”可释为“密密”“处处”及“和谐自然”等。

## 其七

不是爱花即肯死，只恐花尽老相催。[1]
繁枝容易纷纷落，嫩叶商量细细开。

**【注释】**

①肯：一作“欲”。此句或作“不是看花即索死”。

**【评析】**

不是爱花爱到不顾死活的程度，实在是担心花谢春归又一年，时光催人老。盛开的花儿容易飘落啊！那些含苞待放的花蕊，你们是否可以好好商量一下，慢慢绽放呢？

这是组诗的最后一首，为什么诗人希望花儿慢慢绽放呢？

一说表达诗人对花儿的喜爱和挽留。锺惺《唐诗归》："商量细开，不欲一往而尽也。"陈式《问斋杜意》："公只为有花无酒，已不能办，人之不邀，未免于花有负，至结到花尽老催，对叶商量，爱花之心，仍属有待。"张溍《读书堂杜诗注解》："前二首恨花，中二首赏花，后二首爱花，末首留花。"周篆《杜工部诗集集解》："第一首因为花所恼而往寻酒伴，又值其饮尽床空，此独步寻花之所自来也。稠花乱叶以下，皆独步之事，末又恐花之易尽，故以细开命之。"今人李谊《杜甫草堂诗注》："盛开的花朵必然迅速凋谢，那些含苞待放的嫩蕊，是否可以慢慢地开呢？"萧涤非《杜甫诗选注》："已经盛开的花不耐久，很快就要败落了；所以希望待放的花蕾能商量一下，慢慢地相继开放，让我这爱花如命的人能多赏玩一些时候。"

一说表达诗人对年华韶光的挽留。邵宝："此言爱花之人，岂欲即死，但恐花落易尽，老景相催。且睹繁枝落，尤容易，分付嫩蕊细细缓开，勿使韶华轻去可也。"吴瞻泰《杜诗提要》："欲留春也。"

一说表达诗人自己悲老惜老之情。汪灏《树人堂读杜诗》："此言非关爱花，实为惜花；非关惜花，实为惜老。"仇兆鳌《杜诗详注》："爱花欲死，少年之情。花尽老催，暮年之感。繁枝易落，过时者将谢。嫩蕊细开，方来者有待。亦寓悲老惜少之意。"今人陈贻焮《杜甫评传》："不是爱花我真想马上就死，可见爱花之深。我不是不爱花，只怕花开尽了时光催人老。枝上繁花容易纷纷飘落，那些嫩蕊且商量着仔仔细细地开放吧。……这种怕春惜春、恼花爱花而实是自悲时光流逝的矛盾心情，以及'假喜为嗔'口吻，和老杜的这两组差近，可互相参读。"熊柏畦《杜甫绝句注释》："这两句竟欲和无知的花朵商量缓开，造语似痴而实隽，大概是由于花尽老催，无可奈何而出此奇想。”

## 绝句漫兴九首（选六）

### 其一

眼见客愁愁不醒，无赖春色到江亭。
即遣花开深造次，便觉莺语太丁宁。[1]

【注释】

① 造次：匆忙。丁宁：即叮咛，再三嘱咐。

【评析】

春天哪怕亲眼见到我客居他乡而愁得不可开交，还是不管不顾地将春色撒播在江亭四周，不仅让花儿开得这样突然，令人措手不及，还让黄莺儿不停地在耳旁念念叨叨，使人心烦意乱。

诗题所谓“漫兴”，有三种理解。一则以为针对眼前景色而言，赵次公说：“题名‘漫兴’，盖书眼前之景而漫成耳，别无讥诮。”（《杜诗赵次公先后解辑校》）一则以为针对作者的态度而言，王嗣奭《杜臆》：“兴之所到，率然而成，故云‘漫兴’。”一则以为针对组诗创作状况而言，浦起龙《读杜心解》：“此九首，乃累日散漫而成也。”三种说法，相差无几。今人萧涤非《杜甫诗选注》说：“漫兴，随兴所到。杜甫对绝句往往纵笔所之，不甚留意。”

首句所谓“眼见”者，或以为指人，赵次公说：“言所见之客愁，如睡如醉而不醒也。”或以为指春，王嗣奭说：“眼见客愁者，春色也。”周篆《杜工部诗集集解》：“眼见客愁，谓春色见人愁也。”金圣叹《唱经堂杜诗解》：“‘眼’，春之眼也。‘眼见客愁’，可应暂避；今全然不顾，客自愁，春自到，毫无半分相为之意，则无赖之至也。且一到无事不到，花即遣之开，莺便教之语，炫目聒耳，纷纷恼人，诚为造次之极，丁宁之甚，可厌也，可恨也。看他将春便当作一人相似，滑稽极矣。”

次句所谓“无赖”，一说指花无所依赖，赵次公说：“下句言春色既无所依赖而到江亭矣。”一说指花不管不顾，邵宝《邵二泉先生分类集注杜诗》：“无赖，不顾也。”张溍《读书堂杜诗注解》：“无赖谓狂纵已甚也。”王嗣奭说：“因客愁而娱弄之使醒，此春色之无赖也。”周篆说：“花开造次，莺语丁宁，皆其无聊处也。夫感时能则花溅泪，恨别则鸟亦惊心，今春色亲见人愁，而不能使花不开，令莺不语，故以无赖目之。”一说指人百无聊赖。吴瞻泰《杜诗提要》：“愁人对春色，便觉无赖。三、四正写其无聊了。通首若为恨词。”杨伦《杜诗镜铨》：“因旅况无聊，故用反言见意。”今人陶道恕《古诗探艺》说：“春自到，客自愁，一似了不相关，实则推拒不得。‘无赖’犹言正在莫可奈何之际。”

第三句之“深”，一说指花开之盛，邵宝说：“深，花之盛也。”一说指花开之速。黄生《杜工部诗说》：“深造次，言其开之速也。言见客愁如此，而犹即遣花开，便教莺语，非无赖而何？意喜之，而语故怨之，口角趣绝。”萧涤非说：“深造次，是说花开的太快太鲁莽。”

## 其二

手种桃李非无主，野老墙低还是家。
恰似春风相欺得，夜来吹折数枝花。

【评析】

春风啊你为何偏偏要欺负我？这桃树、李树不是无主之物，乃是我去年亲手所栽种；我家院墙虽然低矮，可好歹还是我的家。为何你昨夜偷偷溜了进来，将我院子里的桃花、李花吹折了好几枝？

这首诗两处易产生歧义。一是“野老墙低还是家”究竟对谁而言，是对野老自己、邻居还是春风？

赵次公说：“野老，公自称也。言亲手种桃李之人，固自有主，因墙低可尽见他家之桃李，即还是我家无异也。此足见公之不泥意于分彼此也。方藉见邻家之桃李以为玩，而春风相欺，吹折数枝矣。”（《杜诗赵次公先后解辑校》）这里的“家”，显然指邻居之家，观花者为诗人。

邵宝《邵二泉先生分类集注杜诗》：“桃李是已手栽，非无主者，墙垣虽低，非无防护。”李植《纂注杜诗泽风堂批解》：“手种桃李，乃邻人但以墙低，故能通见如我家也。”这里的“家”是诗人的家，观花者为邻居。

吴瞻泰《杜诗提要》：“手种之花，有主矣，又在墙内，有家矣。才开便折，有似春风故故欺人，亦深自惜孤羁也。”仇兆鳌《杜诗详注》：“此章借春风以寄其牢骚，承首章花开。桃李有主，且近家园，而春风忽然吹折，似乎造物亦欺人者。惜桃李，正自惜羁孤也。”这里的“家”也是诗人的家，吹折桃李者为春风，邻居并没有出场。今人莫砺锋《杜甫评传》说：“如其二写春风吹折花枝，若平铺直叙地写，势必平淡无味。可是杜甫不但说春风欺人，有意吹折他的花枝，而且再三声明桃李乃自己手植，并非无主野花；围墙虽低，仍是野老之家，一个劲地与春风论理，从而使此诗极为风趣。”

另一处是“恰似春风相欺得”中所欺负的对象，一说为桃李，一说为诗人。前者如周篆:“春风宜欺无主之花，野老数枝亦被吹折，其无赖为何故?”后者如董养性《杜工部诗选注》:“相欺得，言恰似春风真实以相欺而折我花也。”汪灏《树人堂读杜诗》:“春乎?尔何逾垣，夜入我家吹花，不听我主持乎?”今人萧涤非《杜甫诗选注》说:“相欺得，是说欺负人(野老)。‘得’字是语助词。有人解作春风欺负花，非。”李谊《杜甫草堂诗注》明确解释说:“春风有意欺负野老，夜来竟吹折了一些花枝。”

## 其三

熟知茅斋绝低小，江上燕子故来频。①
衔泥点污琴书内，更接飞虫打著人。②

**【注释】**

① 熟知：深知。

② 接：接近，追逐。

**【评析】**

江上的燕子，你们应该非常清楚我茅屋的低矮了，为什么还要不断地进进出出，不仅让衔来筑巢的春泥弄脏了我的琴和书，还在追捕飞虫时撞到我的身上。

这首诗的主旨，一说是承接上两首而来，继续写春色之无赖，并假意责备燕子。“以上三首皆言春色无赖之意”(黄生《杜工部诗说》)。“燕子宜投广厦，既知茅斋低小，而故意闹人，亦一无赖也”(周篆《杜工部诗集集解》)。“俨然责备燕子”(汪灏《树人堂读杜诗》)。“此又燕子来矣，流光之疾如此。‘眼见’则春色眼见，‘熟知’则燕子熟知，皆最滑稽语。夫同是燕子也，有时郁金堂上，玳瑁梁间，呢喃得爱；有时衔泥污物，接虫打人，频来得骂。夫燕子何异之有？此皆人异其心，因而物异其致。先生满肚恼春，遂并恼燕子。看其‘熟知’字、‘故’字、‘频’字，皆恼极，几于欲杀欲割，语可笑也”（金圣叹《唱经堂杜诗解》）。

赵次公认为诗歌只是单纯描述春景，并无明显的主观情绪。“此篇专言燕也，只道事实，无所讥。”（《杜诗赵次公先后解辑校》）

陈式以为诗中不无欣喜之情。“本谓低小不当来，熟知低小更不当来，燕子却来。……予尝偶拈二语：前首痛恨春风，此则感激燕子”（《问斋杜意》）。今人陈贻焮《杜甫评传》：“也许流露出一些牢骚情绪，但不可看得太认真。如果径以为这不过是老杜在指桑骂槐，就未免大煞风景了。黄生评其一说：‘意喜之而语故怨之，口角护，绝。’又评其三说：‘亦假喜为嗔之辞。’认识到悲愁中也有喜悦，就比较全面了。”

仇兆鳌等人认为明写燕子，实寓自身感慨。杨伦《杜诗镜铨》引王嗣奭《杜臆》：“远客孤居，一时遭遇，多有不可人意者。此与下‘颠狂’‘轻薄’两句，俱带寓言。”仇兆鳌《杜诗详注》：“此章借燕子以寓其感慨，承首章莺语。莺去燕来，春已半矣。污琴书，扑衣袂，即禽鸟亦若欺人者。”浦起龙《读杜心解》：“身栖矮屋，见燕而寄其嘲也。”今人龚笃清《杜甫诗精选精注》：“此篇借燕子以寓其感慨。污琴书，打着人，好像燕子也会欺负人。”

## 其五

肠断江春欲尽头，杖藜徐步立芳洲。[①]
颠狂柳絮随风舞，轻薄桃花逐水流。

【注释】

①欲尽头：欲尽时。杖藜：手柱藜杖。

【评析】

三春将尽，柔肠寸断。手拄杖藜，徘徊江滨，独立芳洲。柳絮如癫似狂，随风而舞；桃花毫不自重，逐水而流。它们怎能这样无情无义地离去呢？

以“轻薄”“颠狂”斥桃花、柳絮，一说以为只是嗔怪之语，用以表明诗人惜春之意超过这些花花草草，并无太多寄托。赵次公：“作为狂怪之语，别无所讥。”（《杜诗赵次公先后解辑校》）金圣叹《唱经堂杜诗解》：“此言春竟去矣，诚乃流光疾甚也。妙于不说春欲尽，却说江欲尽。实字只作虚用，从来少此妙笔。“徐步立芳洲”，意欲留春，少作盘桓，乃前日不欲其来则偏要来，且偏莺花纷纷齐来，今日不欲其去则偏要去，且偏桃柳纷纷尽去，可厌也，可恨也。看此一首，便是第一首之后半。”

今人熊伯畦《唐人绝句八百首》：“这首突然变为爱春、惜春，在春光欲尽的时候，感到心伤肠断，只好拄着拐杖，出外赏玩一番，但看到柳絮随风，桃花逐水，又不觉迁怒于它们，骂它们是‘颠狂’‘轻薄’，一霎都不停，让春光很快消逝。”陈贻焮《杜甫评传》：“未必缘谁，不过藉憎怪桃柳以写惜春之情而已。伤春欲尽，踯躅芳洲。絮随风舞，实在颠狂。花逐水流，果然轻薄。桃柳如此无情，真是令人恼煞。从艺术构思的角度看，这么想这么说不是很别致很有趣么？”

一说以为是有所寄托。浦起龙《读杜心解》：“因春暮而寄兴。”张綎《杜工部诗通》：“望远而忧深，此其肠断也。所见者狂薄，此忧之不容已也。”所寄托之情感，多以为对交谊而言。王洙《分门集注杜工部诗》：“柳絮、桃花，非久固之物，欲随风逐水，无有定止，此诗亦讥以势利相交也。”邵宝《邵二泉先生分类集注杜诗》：“肠断于春江之上而杖藜独立于芳洲之间者，盖因柳絮之轻狂，重伤势利之交不奈久也。公亦有所感而云然尔。”仇兆鳌《杜诗详注》：“此见春光欲尽，有傲睨万物之意。颠狂轻薄，是借人比物，亦是托物讽人，盖年老兴阑，不耐春事也。此并下二章，声调俱谐，不用拗体。”

## 其七

糁径杨花铺白毡，点溪荷叶叠青钱。①
笋根稚子无人见，沙上凫雏傍母眠。

【注释】

① 糁：碎粒。青钱：铜钱，这里指荷叶。

【评析】

洒满柳絮的小径，如同铺开了一条长长的白毡。浮在小溪上的嫩嫩荷叶，如同一个叠着一个的铜钱。竹林里刚刚破土而出的竹笋，躲在老根旁还没有人注意。才孵出没多久的小水鸟，在沙滩上依偎着母亲酣睡。

诗中的“稚子”，或以为笋名。惠洪《冷斋夜话》：“老杜诗曰：‘笋根稚子无人见，沙上凫雏傍母眠。’世不解‘稚子无人见’何等语。唐人《食笋》诗曰：‘稚子脱锦绷，骈头玉香滑。’则稚子为笋明矣。赞宁《杂志》曰：‘竹根有鼠，大如猫，其色类竹，名竹豚，亦名稚子。’予问韩子苍，子苍曰：‘笋名稚子，老杜之意也，不用《食笋》诗亦可。’”

或以为当作“雉子”，为雏鸟。程大昌说《繁演露》：“雉子，雉雏也。见者，现也。言损笋根草密，雉雏可以藏伏，候无人时乃始出现。”杨伦《杜诗镜铨》引赵次公注曰：“又雉性好伏，其子身小，在笋旁难见。世本讹作‘稚子’，遂起纷纷之说。”

或以为鼠名，赵次公《新刊校定集注杜诗》：“觉范之说如此。夫既谓之‘笋根稚子’，则稚子别是一物，岂仍旧是笋耶？诸说皆非，而赞宁穿凿尤甚。蜀中竹筒有鼠大如猫，成都人岂不知之且识别之邪？”

或以为食笋之竹豚，吴垧《五总志》：“老杜诗云：‘笋根稚子无人见，沙上凫雏傍母眠。’……闽中多此物，予在永福屡得食之，土人所贵重。但名曰竹豚，谓性嗜竹，初不与竹色相类，故当以唐为证。”

或以为诗人之子宗文字稚子。《分门集注杜工部诗》引师古曰：“‘稚子’说者不一，或以为竹留，或以为雉雏，或以为笋，皆非也。殊不知子美诗借为对偶，其语句相混，后人多不晓其义。稚子乃甫之子宗文也。……此寻儿不见，忽于竹丛下得子，虽有此句，复何疑乎？”

这首诗的主旨，一般认为只是单纯描写夏景。张溍《读书堂杜诗注解》：“四句平写佳景。”金圣叹《唱经堂杜诗解》：“此言春去夏来。‘糁径’句写春去之尽情，‘点溪’句写夏来之明验。乃或有人疑春即已去、夏尚未来者，因更用‘笋根’二句反覆证之。‘笋根稚子’人自不见耳，沙上新凫孚乳已久矣，甚言流光之疾也。世间别有恶解，可为呕哕。”

浦起龙以为有所感慨。“本只点缀景物，其下二，微寓肃寂怜儿之感”（《读杜心解》）。今人龚笃清《杜甫诗精选精注》：“此二句又各写一景，意思是小野鸭隐伏在竹笋边，让人真难发现。沙滩上，小野鸭倚傍在母凫身边安然而眠。两句微寓客寄他乡的凄寂之感。”

## 其九

隔户杨柳弱袅袅，恰似十五女儿腰。[①]
谁谓朝来不作意，狂风挽断最长条。

【注释】

① 隔户：一作“户外”。女儿：一作“儿女”。

【评析】

诗歌前两句说，院墙外的杨柳妩媚动人，看那纤细柔弱的柳条，正好比十五岁少女轻盈柔美的细腰。

汪灏说：“谁当作意耶？奇语谑语。”（《树人堂读杜诗》）后两句中的“不作意”究竟指谁呢？一说针对柳条而言，那么两句的意思是，谁说它早晨不尽情展示自己的婀娜多姿？那是因为狂风吹断了最长的枝条。黄生《杜工部诗说》：“‘作’，读为‘做’。‘作意’，承‘女儿腰’说，谑之之辞。正谓其作意，故被风挽断耳。”仇兆鳌《杜诗详注》：“朝来作意，谓柳叶鲜翠。”

一说针对狂风乃至大自然而言，那么这两句也可以理解为，谁说早上没人关注它呢？那狂风对它爱不释手，极力牵挽，结果挽断了柳条。浦起龙《读杜心解》：“三、四，谓造物之有意摧损之。”张志烈《杜诗全集今注本》：“这两句是指责狂风对弱柳不加怜惜，有意摧残。”

一说针对诗人自己而言。金圣叹《唱经堂杜诗解》：“前八首次第写流光之疾，至第九此首忽然说一意外变事，言我今为有力所负而趋，日老一日，曾无暂缓，以为愁叹，更难慰遣，岂知天地间事，尚有不可说者。邻家少年，年始二十，白晰长大，兼兼初髭，朝骑白马，暮饮黄垆，钟动归家，半夜竟没。‘谁谓’字妙，真乃理之所必无，却是事之所时有。‘不作意’，犹言不在意也，言忽然出于不料也。然则我今老去，虽是万无奈何，然而以此方彼，所谓差胜乎尔。”陈贻焮《杜甫评传》：“‘不作意’，没注意。《琅琊王歌辞》：‘新买五尺刀，悬著中梁柱。一日三摩挲，剧于十五女。’与此皆取譬于‘十五女儿腰”，但一状爱之甚，一状枝之软，风韵各别，不觉雷同。于一枝之折，意犹不释如此。”李谊《杜甫草堂诗注》：“哪里想到早上起来乍然一看，长长的翠绿枝条，竟被狂风吹断。”

## 琴　台

茂陵多病后，尚爱卓文君。①
酒肆人间世，琴台日暮云。②
野花留宝靥，蔓草见罗裙。
归凤求凰意，寥寥不复闻。③

【注释】

①《史记·司马相如传》载，司马相如为蜀郡成都人，字长卿，以赀为郎，因病免归，而家贫。时卓王孙有女新寡，好音，相如以琴心挑之。文君夜亡奔相如，与俱之临邛。尽卖其车骑，买一酒舍酤酒，而令文君当垆，相如自涤于市中。又载司马相如常有消渴病，既病免，家居茂陵。

②人间世：《庄子》有《人间世》篇。日暮云：江淹《休上人》：“日暮碧云合，佳人殊未来。”

③《玉台新咏》卷九载有《司马相如琴歌》二首：“凤兮凤兮归故

乡，遨游四海求其凰。时未遇兮无所将，何悟今兮升斯堂。有艳淑女在闺房，室迩人遐毒我肠。何缘交颈为鸳鸯，胡颉颃兮共翱翔。”“凰兮凰兮从我栖，得托孳尾永为妃。交情通意心和谐，中夜相从知者谁？双翼俱起翻高飞，无感我思使余悲。”

【评析】

司马相如生病以后，还深爱着卓文君，可见当年他们琴心相结的情谊是何等深厚。司马相如游戏人间的酒肆、弹琴传心的琴台，至今还供人瞻仰。琴台下的野花，仿佛就是卓文君的笑脸；路旁的野草，如同她身着的罗裙。但司马相如追求卓文君的那种千古雅事，后来几乎闻所未闻了。

诗于上元二年（761）作于成都，歌咏司马相如与卓文君的故事。这首诗的主旨，一说是称赞两人始终不渝的深情。陈式《问斋杜意》：“题是《琴台》，诗则主于两人相爱之故，以极欷歔凭吊之情，法备开合。起言‘茂陵多病后，尚爱卓文君’，分明是病不当爱。三、四以下，从文君生前，说到文君死后，又由死后之野花蔓草，想到生前之宝靥罗裙，并及飞凤求凰之曲。有文君之爱长卿于前，自不能不有长卿之爱文君于后。说起尚爱者，病不当爱，为难已于爱，无辞于爱也。”

一说讥讽司马相如之好色。周篆《杜工部诗集集解》：“消渴之疾，相如原非无自，而至多病之后，尚爱之不衰，非以文君有绝世姿耶？然而酒肆、琴台、罗裙、宝靥，久与琴声俱息，只一‘尚’字，其刺显然。”边连宝《杜律启蒙》：“细思此等题，最难着手。艳羡之则病狂，讥切之又近腐。诗独妙在不即不离、若远若近之间，以讥切之旨寓艳羡之中，淡淡用笔，几于不肯著纸。……‘色即是空’四字，是此诗注脚，然说破便索然矣。”

一说称颂司马相如傲世的生活态度，讥讽世上求名利之人。李因笃说：“写出长卿不可一世之概。”（《杜诗集评》）吴瞻泰说：“借相如慢世以起兴也。本赋琴台，而横插一酒肆，又用庄子‘人间世’三字，见世间之物，一皆酒肆而已，其视琴台一如暮云，而所留者野花，所见者蔓草，尚复有归风求凰之意哉？辟尽世间名利场中人，猛然觉悟，此其立旨甚深而章法甚奇，公诗之所以独也。”（《杜诗提要》）仇兆鳌说：“按赵访注云：玩人世于酒肆之中，思暮云于琴台之上，状其不羁而多情，此说得之。”（《杜诗详注》）

一说喻知音难觅，君臣难遇合。黄生《杜工部诗说》：“琴曲，丽以淫之曲也，君子听之，亦取其意而已。盖骚人之作，多以男女喻君臣。如《风求凰》，本男下女，而君之求臣，何独不然？今世之君视其臣如敝屣矣，寥寥不闻之叹，岂为当时琴心哉？君子感其意而作《琴台》诗。”《杜诗言志》：“夫人生之所难难者遇合，而所乐者相知。才子佳人，固属猥鄙，而其与明良喜起，风云际会，鱼水投合之谊，将无同。……故使当日相如若无文君，不失为相如；而文君无相如，则湮没不传矣。以是推之，则世不乏才，而惟知己之难得，此少陵之所以咏琴台而穆然神往也。”

一说是凭吊古迹，感慨世事沧桑。石闾居士《藏云山房杜律详解》：“此是通篇是吊古兴悲之意，却不加一字褒贬，盖因相如、文君，皆系绝代才人，故不肯稍为唐突矣。”赵星海《杜解传薪》：“病后尚爱，茂陵之钟情何如耶？乃当日玩世行云之地，而今已成为阅世望云之区矣。然风流虽杳，而放像遗踪，蔓草野花，犹深忆念。美丽之感人者，真有莫可解者矣。独恨归风求凰琴心所托，今不复阅；名士美人，同归寂寞。则对此荒台，亦徒增其凭吊焉而已。”

## 进　艇

南京久客耕南亩，北望伤神坐北窗。①
昼引老妻乘小艇，晴看稚子浴清江。
俱飞蛱蝶元相逐，并蒂芙蓉本自双。
茗饮蔗浆携所有，瓷罂无谢玉为缸。②

【注释】

① 陶渊明《与子俨等疏》："常言五六月中，北窗下卧，遇凉风暂至，自谓是羲皇上人。"

② 罂：大腹小口的酒器。

【评析】

久客成都，躬耕南亩，高卧北窗，眺望中原，黯然神伤。心中烦闷之际，白日便引领妻子，驾着小小船艇，泛游于浣花溪上，看小孩子们嬉戏于清流之中。成双成对的蝴蝶，上下翻飞，相互追逐。并蒂的荷花，宛如双栖的鸳鸯，相互依偎。世上万物往往如此，今日夫妻相随相伴，也足以自慰，何况还随身携带着茶具与蔗汁。虽然盛装的器皿无非是泥壶瓦罐，但在我眼里，却丝毫不逊色于金樽玉缸。

这首诗应当是上元二年（761）所作，描写他在成都草堂的生活。这里的"南京"，是指成都。据《资治通鉴》载，至德二载（757），以蜀郡为南京，凤翔为西京，西京为中京。上元元年（760），又以荆州为南都，州曰江陵府，官吏制置同京兆。其蜀郡先为南京，宜复为蜀郡。

诗中所展示的情感基调，一说为闲适。陈之壎《杜工部七言律诗注》："此成都闲适之作。虽入手有"北望伤神"四字，而全首不泥此意。诗忌呆实，少陵每以游戏出之，触口属对，便尔成章，此又别一种风格。"葛立方《韵语阳秋》："其优游愉悦之情，见于嬉戏之际，则又异于客秦时矣。"今人张忠纲、孙微编选《杜甫集》："诗以诙谐嬉戏之词，抒写优游愉悦之情，富有生活气息。"

一说为郁闷忧虑。王嗣奭《杜臆》："观起语，知非真快心之作，所谓'驾言出游，以写我忧'者。'稚子'，即公之二公子。世乱而骨肉离散者多，公虽漂泊，而得携妻子与同苦乐，犹不幸中之幸也，故俱飞、并蒂，借微物以见意，虽茗饮蔗浆亦甘之如饴，而瓷罂等于玉缸矣。"徐子晋说："要知后六句，非真云行乐，总为北望伤神聊取宽解之意。"（《书巢笺注杜工部七言律诗》）

诗中对句工整，尤其首联两"北"字、两"南"字颇为醒目。后人或赞赏其巧妙，如顾宸《辟疆园杜诗注解》说："公诗中巧句，亦偶然涉笔耳。"石闾居士《藏云山房杜律详解》："此诗首联以南京、南亩、北望、北窗作对，……重重叠叠，能以疏荡之气行之，故迥无堆垛之迹。"

或视为恶俗，如黄生《杜工部诗说》："起联'南北'，已嫌切对，况更重二字乎？"浦起龙《读杜心解》："一、二有意嵌入'南北'字，殊减趣。"杨伦《杜诗镜铨》引邵长蘅曰："叠字易涉恶道，语亦颇村气。"

## 赠花卿

锦城丝管日纷纷，半入江风半入云。[1]

此曲只应天上有，人间能得几回闻？

【注释】

① 锦城：锦官城，指成都。丝：指弦乐器。管：指管乐器。

【评析】

诗人的创作动机，有颂与讽两种截然对立的说法。解说的差异，源自对诗题中“花卿”身份的不同理解。

许多学者认为花卿就是西川牙将花惊定。据《旧唐书·肃宗纪》载，上元二年（761）四月，梓州刺史段子璋反，袭东川节度使李奂于绵州，自称梁王，改元黄龙，以绵州为黄龙府，置百官。五月，成都尹崔光远率将花惊定攻拔绵州，斩子璋。又《旧唐书·高适传》载，西川牙将花惊定，恃勇，既诛子璋，大掠东蜀。那么，杜甫为何赠诗给花惊定呢？

一说杜甫曾经参加花惊定的筵席，坐下有善歌的女子，诗即称颂女子歌声之美妙。黄鹤《黄氏补千家集注杜工部诗史》说：“公有《戏作花卿歌》，平段子璋者。此诗意为其所作，必花有善讴者，当时上元二年作。”诗歌的大意是，锦官城中，各种丝管乐器日日交相弹奏，乐声悠扬四散，或随风荡漾于锦江之中，或冉冉直上云霄之上。如此美妙的乐曲，只应该天上才能拥有，人间又能听闻几次呢。今人蔡启伦选注《唐代绝句选》说：“这首诗通过描写歌声和音乐的精妙，一方面赞美花卿卓越的艺术才能，一方面寄托作者在成都的飘零之感。”

一说为花惊定有功不酬而叹息。邵宝《邵二泉先生分类集注杜诗》云：“公因花卿有功而不见用，故借乐以比之。言成都作乐，每日纷纷，一半入于江风，一半入于云霄，无有知音而听之者。况此曲只应天上方有，人间能得几番听闻？如花卿功盖天下而不见用，人间大功能有几人如花卿者，是诚深可惜也。”

一说讽刺花惊定恃功骄恣，有僭越之举。诗人认为，这样的曲子不是花惊定这种身份的人能够享用的。杨慎《升庵诗话》所言：“花卿，名惊定，丹棱人，蜀之勇将也，恃功骄恣。杜公此诗，讥其僭用天子礼乐也，而含蓄不露。”张溍《读书堂杜诗注解》：“讥花卿之多僭也。”韩兆琦《唐诗精讲》：“后两句为虚写，赞美乐曲给人的仙乐般的感受，同时全诗的弦外之音、言外之意也暗含于后两句中。因为封建社会有着极严格的礼仪制度，对音乐的使用也有成规定法，……假如越规逾矩，即为大逆不道。”

一说批评花惊定生活奢华，只知整日享乐。朱鹤龄《杜工部诗集辑注》：“惊定恃功傲横则有之，不闻有僭礼乐事。详诗意，似讽其歌舞太侈，非居功之道耳。”浦起龙《读杜心解》：“僭礼乐事无从考，但其人骄恣，必多非分之奢淫耳。”今则有人指出，“这两句说，这样的乐曲，只应该是天上的神仙才能听到，在人间的平民百姓，生活动乱，因难重重，又能听到几回这样的乐曲呢？”（姚奠中、程秀龙、陆浑《唐宋绝句选注析》）

也有人提出花卿是歌者，即一位善歌的女子。胡震亨说：“此必歌者，旧注以为即平段子璋之花惊定者，误。”（《杜诗通》）那么这位会唱歌的女子又是谁呢？又说两种猜测。

胡应麟认为是歌伎，“花卿盖歌伎之姓。‘此曲只应天上有’，本自目前语。而用修以成都猛将当之，且谓僭用天子礼乐，真痴人说梦也”。

黄生以为是流落蜀中的梨园子弟。“予谓当时梨园子弟流落人间者不少……盖赞其曲之妙，应是当时供奉所遗，非人间所得常闻耳”（《杜工部诗说》）。周啸天《啸天说诗》：“自天宝后，梨园弟子多流落人间。随着玄宗入蜀，宫廷艺人亦有流离其间。故宫中音乐颇多外传。……可见民间流传宫中曲，算不得什么‘僭越’。就算是有所谲谏，措意亦相当微婉，可以忽略不计。”

## 茅屋为秋风所破歌

八月秋高风怒号，卷我屋上三重茅。

茅飞度江洒江郊，高者挂罥长林梢，下者飘转沉塘坳。[①]

南村群童欺我老无力，忍能对面为盗贼，公然抱茅入竹去。

唇焦口燥呼不得，归来倚杖自叹息。

俄顷风定云墨色，秋天漠漠向昏黑。

布衾多年冷似铁，娇儿恶卧踏里裂。[②]

床床屋漏无干处，雨脚如麻未断绝。[③]

自经丧乱少睡眠，长夜沾湿何由彻。

安得广厦千万间，大庇天下寒士俱欢颜，风雨不动安如山。

呜呼！何时眼前突兀见此屋，吾庐独破受冻死亦足。

**【注释】**

① 度：一作“渡”。江：这里指浣花溪。罥：一作“捲”。梢：原作“稍”，据诸本改。

② 恶卧：不愿睡觉，一说指睡相不好。

③ 床床：一作“床头”。

【评析】

一般认为，这首诗作于上元二年（761）之成都。诗中所描写的场景，多以为是杜甫的亲身经历。如汪灏《树人堂读杜诗》即云："秋风卷破草堂，举家竟夜淋雨中，歌以纪事。"也有人以为诗歌不乏寄托，如夏力恕说："不自悲而悲人，非强自宽慰也，乱极思治，群童欺我，亦寓言耳。"（《杜诗增注》）

更有人指出，诗中所言均是借喻比拟。如《王状元集百家注编年杜陵诗史》所以引伪苏注，以为影射天宝十四载（755）安史之乱事。"天宝十四载十一月九日，范阳节度使安禄山率藩汉兵十余万自幽州南向指阙，诡言起义，以诛杨国忠为名，其怒号之甚也。'卷我屋上三重茅'者，是时方陷三郡，谓先杀太原尹杨光于博陵郡；十二月六日，陷陈留郡，杀张介然；九日，陷荥阳郡，杀太守崔无被，故云'卷三重茅也。"

黄鹤等人以为作于永泰元年（765），借喻崔旰之乱。王洙《分门集注杜工部诗》引师曰："秋者，肃杀之气，兵戈之象也。王者之封诸侯，各本五方之土色，而苴以茅，赐之茅屋，所以覆庇人所依托焉。既为秋风所破，则无以自庇。甫以严武镇成都，遂往依之。不幸武卒，郭英乂代武为节度，甫由是见知英乂，托以为庇焉，兼与杨子琳、柏正节二刺史相善。崔旰杀英乂，并攻杨子琳、柏正节，是'卷三重茅'之比也。……甫依托三子以为覆庇如茅屋，然今三子为旰所攻，是失所栖托，是以倚杖有所叹息。"

这种比附之说，不太为后人所认可。王嗣奭《杜臆》："注谓此诗因郭英乂作。或是。然秋风破屋，必有是事。有感而借之以起兴耳。"董养性《杜工部诗选注》："此篇因风破屋直赋其事，旧注乃谓比喻时事，谬矣。"

这首诗的结构和笔法不乏赞赏者，如陈讦《读杜随笔》：“风破茅屋，又兼夜雨。前半先秋风怒号，次及卷茅屋破，用顺序。后半风定云墨，先秋天昏黑，布衾似铁，次及床床屋漏，方点出夜雨沾湿，用逆序手法，绝不雷同。末以广厦万间，风雨不动，寒士欢颜，收缴前路风雨，结构严密。”浦起龙《读杜心解》：“起五句完题，笔亦如飘风之来，急卷了当。‘南村’五句，述初破不可耐之状，笔力恣横。‘俄顷，八句，述破后拉杂事，停风接雨，忽变一境，满眼‘黑’‘湿’，笔笔写生。‘自经丧乱’，又带入平时苦趣，令此夜彻晓加倍烦难。末五句翻出奇情，作矫尾厉角之势。”

不过人们更瞩目于诗歌的结尾部分，认为它充分体现出了杜甫仁民爱物的博大胸襟。张綖《杜工部诗通》：“茅屋既为秋风所破，风急而雨作，屋漏床湿，此所以难度夜也。末数句则因己之不得其所而忧天下寒士不得其所，思有以共帡幪之。此其忧以天下，非独一己之忧也。禹稷思天下有溺者、饥者，若己溺而饥之，公之心即禹稷之心也。其自比稷契，岂虚语哉？”《唐宋诗醇》：“极无聊事，以直写见笔力，入后大波轩然而起，叠笔作收，如龙掉尾，非仅见此老胸怀。若无此意，则诗亦可不作。”

## 百忧集行

忆年十五心尚孩，健如黄犊走复来。①
庭前八月梨枣熟，一日上树能千回。
即今倏忽已五十，坐卧只多少行立。
强将笑语供主人，悲见生涯百忧集。

入门依旧四壁空，老妻睹我颜色同。
痴儿不知父子礼，叫怒索饭啼门东。[2]

## 【注释】

① 年：一作“昔”。

② 门东：厨房门外。旧时厨房之门在东边。

## 【评析】

回想我到了十五岁，依然无忧无虑。精力充沛得如黄牛犊一样，整日跑来跑去。等到庭院前梨子、枣子快要成熟的时候，一天甚至可以爬树上千次。转眼之间我就五十岁了，如今则是尽量坐卧而少有行立。年轻时倔强率性，如今生活艰难，满腹忧虑，对人则是尽量逢迎，强作笑脸。回到家中，但见一贫如洗，徒有四壁，老夫老妻，相顾无言。小孩年幼无知，饥肠辘辘，对着厨房大喊大叫，索要饭吃。

这首诗的创作年代，学者多以为与“强将笑语供主人”中的“主人”身份有关。“主人”一说指郭英乂。《分门集注杜工部诗》引师曰：“主人指郭英乂。英乂镇成都，甫客依之。”

一说指崔光远。黄鹤《黄氏补注千家集注杜工部诗史》：“然是年英乂未镇成都。……光远无学任气，宜与公不合。然国祯二月已去成都，光远十一卒，当为光远作。”《霍松林古诗今译集》：“主人：指成都尹崔光远。上元二年（761）三月崔光远为成都尹，此诗当作于此时。崔光远无学任气，不肯关照杜甫，但他是地方长官，杜甫还得勉强应酬。”

一说为严武。施鸿保《读杜诗说》：“公既不入光远幕，何以称为主人？即以其成都尹故，则无一诗及之，可见往还甚稀，亦何必强供笑语。……疑此诗是广德二年，武再尹成都，表公入幕，与同僚不合，将辞归草堂，与《莫相疑行》《赤霄行》同时所作。广德二年，公年五十三，言五十者，举成数也。”

一说泛指蜀中帮助杜甫之人。浦起龙《读杜心解》：“公在成都，与李、崔曾无往还之文，何得强派。且此诗是总慨入蜀以来落寞之况。居草堂席不及暖，之蜀州，之新津，之青城，又尝简彭州之高适、唐兴王潜。凡所待命，皆主人也。凡谈面简寄，皆笑语也。奚沾沾胶柱为？”萧涤非《杜甫诗选注》：“主人，泛指杜甫曾向之求过援助的人。这句说杜甫穷途作客，乞求于人，心中明明有说不尽的苦处，却还得强作笑语。”

这首诗的感染之处，则在于情感之真挚。王嗣奭以为写出了杜甫的亲身经历。“‘强将笑语供主人’，写作客之苦刻骨，身历始知。‘四壁依旧空’‘老妻颜色同’‘痴儿索饭啼’，不亲历写不出。写得情真自然。妙绝”（《杜臆》）。陈式《问斋杜意》：“父母方在愁中，痴儿索饭，事所时有，写出逼真。”卢世㴶《读杜私言·论摘录》说：“声中有泪，泪下无声，凄惋伤心，仰天叹息。”

由于情感强烈，近似冲口而出，语言不免朴质经遂。吴农祥称赞此诗“朴而健”（《杜诗集评》），杨伦以为此诗“聊以泄愤，不嫌径直”（《杜诗镜铨》），而郑继之则指出诗歌语言方面存在瑕疵，“此诗只以朴拙胜情，韵终不为工”（《杜诗通》）。

## 不　见

近无李白消息

不见李生久，佯狂真可哀。

世人皆欲杀，吾意独怜才。
敏捷诗千首，飘零酒一杯。
匡山读书处，头白好归来。[1]

【注释】

① 匡山：在四川江油，一说指江西庐山。

【评析】

好长时间没有见到李白了，听说他纵酒佯狂，真让人痛心。因为误上永王李璘之船，世人都说他该杀；我却知道他是迫不得已，独独怜惜这位盖世的天才。他真是才华横溢啊，一下笔就是千首诗，如今却东飘西荡，借酒消愁。我听说这匡山有你少年时读书的地方，现在你已满头白发，真希望你能平安归来。

此诗一般认为是杜甫在蜀中所作，但究竟是在成都、梓州还是绵州，说法不一，主要与对于结句所提及的“匡山”理解有关。匡山的具体位置，历来争议较大，一说在蜀中，一说指江西庐山。

前者如吴曾《能改斋漫录》：“予按杜田《补遗》云：‘范传正《李白新墓碑》云：白本宗室子。厥先避仇，客居蜀之彰明，太白生焉。彰明，绵州之属。邑有大、小匡山，白读书于大匡山，有读书堂尚存。其宅在清廉乡，后废为僧房，号陇西院，盖以太白得名。院有太白像及唐绵州刺史高忱及崔令钦记。’所谓匡山，乃彰明县之大匡山，非匡庐也。”杨慎《丹铅续录》：“且太白在庐山，亦是寓居，何得言归来乎？”王嗣奭《杜臆》：“而公尝到绵，则此诗当以到绵时作。”杨伦《杜诗镜铨》：“太白蜀人，而公亦在蜀，自不当指浔阳之匡庐。”陈订《读杜随笔》：“按诗言匡山，不言庐山，且公身在梓州，去彰不远，望其归来，仍寻诗酒之兴，是蒙上‘诗酒’二句来。若望去归至庐山，相去甚远，接上‘诗千首’‘酒一杯’，意味索然。”

今人萧涤非在《杜甫诗选注》一书中，也主张“匡山”即蜀中的大匡山，其理由有四。第一，太白是蜀人，非九江人，而所谓“归来”一般指故乡；第二，杜甫因怀念李白而形诸梦寐，如果李白去往庐山，此时两人无法见面；第三，称庐山为匡山，虽然始于六朝，但唐人一般还是称庐山；第四，李白漫游各地，为何一定要让他回到庐山呢？

后者如王观国《学林》：“然则匡山者，庐山也。李太白尝游庐山旧矣，子美既不得志，而太白复以譖言处，故子美诗曰‘头白好归来’，盖欲招隐为庐山也。”张溍《读书堂杜诗注解》：“曾巩序曰：‘永王璘节制东南，白时卧匡山，璘迫致之。’公怜其因此得罪，故曰‘匡山读书处’，非蜀之匡山明甚。……此诗作于公在成都、白放还后浪游时。其身得以自由，故末句望其急归。若旧注谓流夜郎，白岂能归？”黄生《杜工部诗说》：“予初疑匡庐本白客游之地，安得期其归老于此？继因钱语思之，盖白本读书学道、不屑世务之士，其误落尘网，实从匡山发足，故望其仍归于此，以遂初志。只‘读书’二字，白非罪放逐，已在言外。其用意之深，初非浅学所易识。”

## 野　望

西山白雪三奇戍，南浦清江万里桥。[1]
海内风尘诸弟隔，天涯涕泪一身遥。
惟将迟暮供多病，未有涓埃答圣朝。
跨马出郊时极目，不堪人事日萧条。

【注释】

① 西山：岷山主峰，在今四川松潘县南。因其终年积雪，又名雪岭。三奇戍：又作“三城戍”，即松（四川松潘）、维（四川理县西）、堡（四川理县新保关西北）三城，为抵御吐蕃侵扰之堡垒。

【评析】

我骑马行至郊外，极目远眺，时事不堪，景色也日益萧条。向西而望，皑皑白雪的岷山旁，有三座城池正严阵以待；向南而望，万里桥横跨锦江之上。中原战乱未定，西边烽烟又起，国步多艰，家人离散，我沦落蜀地，如在天涯。如今病魔又将耗费我的迟暮之年，七尺男儿之躯，不能有丝毫作为以报效朝廷，未尝有尺寸之功以报答圣恩，伫立郊野，情不自已。

这首诗写于成都。诗歌的创作缘由，大多认为是诗人跨马出城，眺望郊外原野，有所感慨而作。亦即诗中所写，为诗人眼下所见，即刻所感。因此，串讲这首诗就应当立足于“野望”二字，如仇兆鳌所言“此因野望而寄慨也。上四，野望感慨，思家之念；下四，野望抚时，忧国之情”（《杜诗详注》）。津阪孝绰也说：“此盖宝应元年，伤吐蕃猖獗，蜀中屡扰，以目中所见，写胸中所怀，故题曰野望，言所望野色也。……盖野望之际，远则西山三城列戍，近则南浦万里之大桥，瞩目所触，皆以感时伤别之事已。”（《杜律详解》）

浦起龙则认为贯穿全诗的是“望”字。“国患家离，两两系心。‘三城戍’，提忧国，‘万里桥’，提思家。三、四顶次句，思家之切也；五、六，顶首句，忧国之忧也。题中‘望’字意，皆暗藏在内。七，点清，八，总收”（《读杜心解》）。

夏力恕以为当瞩目于“野”字。“起二句从‘野’字发端。三、四野中情思，五、六野中人物，七、八方写出望来”（《杜诗增注》）。

邵傅提出起句已经点明了全诗的宗旨。也就是说，杜甫的涕泪感受，并不是为了一己之穷困，而是忧时忧国。“迩乃出郊骋望，只见四野萧条，日甚一日，百姓之调发已弊，朝廷之惠政未流，世乱人穷，于吾情何以堪之。噫！天涯涕泪，公岂一身涕泪乎？通篇意自首句出”（《杜律集解》）。张綖也说：“目击时艰，徒自不能为情而已。然则公之涕泪者，岂以一身羁旅之故哉？实伤世乱而悯人穷也。远播江湖之外，切怀廊庙之忧，史谓人怜其忠者，其以是夫。”（《杜律本义》）

石闾居士指出结联才点题。“此诗笔意横放，大气盘旋，层层顶贯，语语神接，一联深一联，直至末联倒点出野望来，犹能更深一层作结。可谓眼高于顶，力大于身，集中惟此种笔墨尤见少陵本色，自来读者皆寻常看过，惜哉”（《藏云山房杜律详解》）。

还有人提出，杜甫的这首诗并非登览即目之作，因为诗中之所见并非眼下之风景，诗中之所述也未必是当下之情怀。如顾施祯就说：“此诗要看‘时’字、‘日’字，‘野望’为题，不是举一时所望而言人事，亦非举一日而言，乃常常野望，日非一日。”（《杜工部诗疏解》）黄生也特别指出，“而人事萧条，盖不止目前所见而已”（《杜工部诗说》）。因此，他们对于结联所言“人事”尤为关注。如赵星海即从“人事”而非“野望”来解读全诗。“上二联作两层，家国互写。五、六切一身，家国浑写。七点八收。然国步多艰，皆由人事所致。兵革扰乱，人事益见萧条”（《杜解传薪》）。

# 戏为六绝句

## 其一

庾信文章老更成，凌云健笔意纵横。
今人嗤点流传赋，不觉前贤畏后生。①

【注释】

①《论语·子罕》："后生可畏，焉知来者之不如今也。"

【评析】

一般认为，这组绝句为论诗而作。其主旨，郭绍虞《〈戏为六绝句〉集解》总结有三种说法，并强调不可过于拘泥："其谓为寓言自况者，以为嫌于自许，故曰戏。其谓为告诫后生者以为语多讽刺，故曰戏；亦有以为'戏'字仅指第一首言者。其谓为自述论诗宗旨者，则又以为诗忌议论，故曰戏；或以为此辈不足论文，故曰戏。实则上述诸说皆有可通。杜甫作此《六绝》之动机，或诚不免因于蚍蜉撼树之辈好为谤伤，有所激发，遂托于庾信、四子以寓其意，则对于后生之轻侮老成，自不禁有深恶痛绝之辞。因指斥而又告诫之，教诲之，则于指点之中，而论诗宗旨亦自然流露矣。论诗宗旨既已全盘托出，则此即杜甫一生学诗蕲向所在。谓为自况，亦未为非。"

其一则肯定了庾信的艺术成就。首句之"庾信文章老更成"，一说杜甫认为，庾信的诗赋，到了晚年更为出色。他的诗赋笔力雄健，气势凌云，文思开阔。如今有些人嗤笑指点他流传下来的作品，其实未必真有多么高明，难以令前贤信服。邵宝《杜诗分类集注》："公每见时尚浮华，每欲人以庾信为法，而以杨、王、卢、骆为戒，故言庾信文章老益成格，笔势纵横而有凌云气象，今人嗤点者未为知道，而后生宿学自不能不起畏于前贤也。”

一说庾信的诗赋，风格老成。杨慎《丹铅总录》：“庾信之诗，为梁之冠绝，启唐之先鞭。史评其诗曰绮艳，杜子美称之曰清新，又曰老成。绮艳、清新，人皆知之，而其老成，独子美能发其妙。予尝合而衍之曰：绮多伤质，艳多无骨，清易近薄，新易近尖。子山之诗，绮而有质，艳而有骨，清而不薄，新而不尖，所以为老成也。若元人之诗，非不绮艳，非不清新，而乏老成。宋人诗则强作老成态度，而绮艳、清新，概未之有。若子山者，可谓兼之矣。不然，则子美何以服之如此。”

末句之“不觉前贤畏后生”，多以为是反语。翁方纲《石洲诗话》：“言今人嗤点昔人，则前贤应畏后生矣。嬉笑之词，以此辈不必庄论耳。”吴瞻泰《杜诗提要》：“前贤岂真畏后生耶？反言见意。”仇兆鳌《杜诗详注》：“后人取其流传之赋，嗤笑而指点之，岂知前贤自有品格，未见其当畏后生也。”

吴见思《杜诗论文》则说：“庾信之才，其高峻则笔势凌云，其阔大则意思纵横也。流传至今，反为今人嗤点，则前贤反畏后生矣。”

赵次公更将“今人”“后生”均释为杜甫自己。“老成者，以年则老，以德则成也。文章而老更成，则练历之多为无敌矣。故公诗又曰‘波澜独老成’也。……后生，言在后时所生，不必以年少为后生也。今人嗤点其赋，则亦公自谓也。庾信生于前故谓之前贤，公生于后，故谓之后生”（《杜诗赵次公先后解辑校》）。

## 其二

杨王卢骆当时体，轻薄为文哂未休。[1]

尔曹身与名俱灭，不废江河万古流。

【注释】

① 杨王卢骆：一作“王杨卢骆”，即杨炯、王勃、卢照邻和骆宾王。

【评析】

“当时体”大约有四说，一说为贬义，为杜甫对初唐四杰杨炯、王勃、卢照邻和骆宾王四人诗赋的评价。《杜诗赵次公先后解辑校》：“四子之文，大率浮丽，故公以之为轻薄为文，而哂之未休也。孔子曰：‘是故哂之。’下一‘哂’字，而许与见矣。唐人《玉泉子》之书载王、杨、卢、骆有文名，人讥其疵曰：‘杨好用古人姓名，谓之点鬼簿；骆好用数对，谓之算博士。’然则公以之文‘当时体’，亦岂过为抵排之说哉？”

一说为贬义，出自时人之口。黄生《杜工部诗说》：“‘当时体’三字，出自轻薄之口，非定论也，故告之云：吾见尔曹名止一时，若彼数公，自当江河万古耳。后人论唐文三变，必以子昂为称首，四子未泯齐、梁余习，固难正始唐风，而子美特相推重如此，非惟不欲轻议前辈，亦见广师博取，有美必收，此公之所以为大也。”

一说无褒贬，指当时流行的文体风格。杜甫认为初唐四杰的作品展示了当时的文体和风格，今天却有些人很随意地加以指斥、嘲笑。要知道这些嘲笑者如果死了，就会淹没在历史长河中，丝毫不会影响四杰诗文的万古流传。洪迈《容斋随笔》：“王勃等四子之文，皆精切有本原，其用骈俪作记序碑碣，盖一时体格如此。”卢元昌《杜诗阐》：“王杨卢骆号为四杰，亦当时一体，未可妄议。”张溍《读书堂杜诗注解》：“‘当时体’三字，文章各代别有体裁，不得执一而论。”

一说为褒义，代表了当时的最高成就。吴见思《杜诗论文》：“杨炯、王勃、卢照邻、骆宾王当时文体杰出，今日轻薄之流为文何似而哂之哉？以尔之文，不过身名俱灭。四公之文，则长江大河流传万古，亦何损乎。”仇兆鳌《杜诗详注》：“此表章杨、王四子也。四公之文，当时杰出，今乃轻薄其为文而哂笑之。岂知尔辈不久销亡，前人则万古长垂，如江河不废乎。”史炳《杜诗琐证》：“王、杨、卢、骆云云，言四子文体自是当时风尚。”

“轻薄”也有两说。一说指文体，或以为指杜甫批评四杰之文，“杜子美笑王、杨、卢、骆文体轻薄”（刘克庄《后村诗话》续集）；或以为指杜甫评判后生之文，“‘轻薄为文’，谓今人文体轻薄”（卢元昌《杜诗阐》）；或以为指时人批评四杰之文，“‘轻薄为文’四字，乃后生哂四家之语，非指后生辈为轻薄人也”（汪师韩《诗学纂闻》）。

一说指人。“当今轻薄子每以前贤为可笑”（周甸《杜释会通》），“‘轻薄’，即指后生辈。是时昌黎未出，天下尚不知古文，哂之者非哂其四六，哂其体之古拙”（宗廷辅《古今论诗绝句》）。

## 其三

纵使卢王操翰墨，劣于汉魏近风骚。
龙文虎脊皆君驭，历块过都见尔曹。[①]

**【注释】**

①《汉书·西域传赞》：“蒲梢、龙文、鱼目、汗血之马，充于黄门。”《天马歌》：“虎脊两，化若鬼。”应劭注：“马毛血如虎脊有两也。”王褒《圣主得贤臣颂》：“过都越国，蹶若历块。”

**【评析】**

这首诗前两句“纵使卢王操翰墨，劣于汉魏近风骚”有两种读法。

一种读法是将“汉魏近风骚”连起来，即四杰之文，不如汉魏之文更接近《国风》《离骚》。“‘汉魏近风骚’五字相连，言卢、王亦近风骚，但劣于汉魏之近风骚耳”（汪师韩《诗学纂闻》）。其中对于四杰的态度，又分为褒、贬两种。

褒之者如黄生《杜工部诗说》：“今人论诗，首推汉、魏，以其近《风》《骚》耳。纵使四子有逊于彼，然譬之于马，终是天间上驷，岂尔辈所驰之乘所可方驾而何得轻哂之耶。”仇兆鳌《杜诗详注》：“承上章，言纵使卢王操笔，不如汉魏近古，但似此龙文虎脊，皆足供王者之用。若尔曹薄劣之材，试之长途，当自蹶耳，奈何轻议古人耶。‘纵使’二字，紧注下句。‘劣于’二字，另读。‘汉魏近风骚’，连读。”他们认为诗人说，纵使王勃、卢照邻等四杰的作品，不如汉魏诗歌那样接近《国风》《离骚》，但也是非常优秀了。四杰才华横溢，驾驭文辞得心应手，越过国都就如同跨过一个小山丘那样容易，这哪里是你们这些嗤笑者所能想象的。

贬之者如《杜诗赵次公先后解辑校》：“此篇又再举卢、王二人，言汉魏之文去古未远，终有风骚之气，而照邻与勃，转为轻薄之文，以文比之为劣。文章之妙如龙文虎脊之马，皆可充君王之驭。然或过都而蹶，则犹不为良马。尔曹，指卢、王也。”赵次公认为这首诗说，汉魏文赋还继续了风雅传统，而四杰为人文轻薄，看起来华丽，实则不堪大用。

另一种读法是卢、王之文劣于汉魏而近于风骚，即以为四杰之文虽然不如汉魏，但其源头仍出自《国风》《离骚》。钱谦益《读杜小笺》：“卢、王之文体虽劣于汉魏，而其源流实出于风骚，此所以‘不废江河万古流’也。”又其《钱注杜诗》：“卢、王之文，劣于汉魏，而能江河万古者，以其近风骚也。况其上薄风骚，而又不劣于汉魏者乎。”许宝善《杜诗注释》：“谓逊于汉魏，却近于风骚，即不懈而及于古意。”

此外，还有人将“劣”视为“埒”，直接将“劣于”解释为“等同”。郭绍虞引江田《杜园说杜》：“此首承上启下之词，言四家骈俪，在当时之体则然，而尔曹必欲易之。今纵使卢、王操翰，刊落词华，独存真质，则将埒如汉魏而与风骚为近矣。然譬之骐骥，其有骏骨者，必龙文虎脊发见于外，而后逐日追风，驭堪千里。若尔曹本无文采，谬称复古，试使历块过都，有蹶而已。何汉魏之能如而风骚之殆近哉。言下虚含才力高，故下首禁顶而言。‘劣于’，《史记·佞幸传》本作‘埒如’，六朝人改为‘劣’字，钱氏作优劣，谬甚。”

## 其四

才力应难跨数公，凡今谁是出群雄。
或看翡翠兰苕上，未掣鲸鱼碧海中。①

### 【注释】

①翡翠：鸟名。兰苕：香草。郭璞《游仙诗》：“翡翠戏兰苕，容色更相鲜。”

### 【评析】

前两句说庾信、四杰这数位前贤，应该是很难超越的。不然请看当今文坛上，有谁能超群出众，令人信服？其中“出群雄者”有两说。一说指今人。“前三首分论古人，此首递论今人。数公指庾信及王、杨、卢、骆，是说古人；‘凡今谁是出群雄’，是说今人。古人才力甚大，著‘应难’二字，有许多佩服之意；今人亦未可一概抹煞，著‘谁是’二字，有许多想望之意”（宗廷辅《古今论诗绝句》）。

一说指杜甫自己。《杜诗赵次公先后解辑校》：“言数公不过文采华丽而已，而公所自负其出群雄者，如掣鲸鱼于碧海。非钓手之善，气力之雄，安能然哉。”钱谦益《钱注杜诗》：“‘凡今谁是出群雄’，公所以自命也。”《杜诗集评》引李因笃曰：“言未必能跨数公，而实非可以自限，故于四子虽极推之，然独立出群，亦正在此。若时人何足与较高下哉。”

后两句，或以为今人不如古人才力雄浑。黄生《杜工部诗说》：“言今人修饰文采，或有可观。若其才力之雄浑，诚未见有出群者，辄欲跨彼数公，难矣。”吴见思《杜诗论文》：“接上言其才力，终不能过此数公也。今发愤为雄者，谁能出群耶？小景清裁，如集翡翠于兰苕者或有之；其深心大力，如掣鲸鱼于碧海者，岂有之乎？”

或以为今人专注于华丽的外表，形式单一，不如古人兼包并蓄。钱谦益《钱注杜诗》：“翡翠兰苕，指当时研揣声病、寻章摘句之徒。鲸鱼碧海，则所谓浑涵汪洋，千汇万壮，兼古人而有之者也。”

或以为今人之作小巧玲珑，不如古人规模宏大，秾丽纤巧的作品不难见到，大气磅礴、气度恢宏的巨制鸿篇就闻所未闻了。仇兆鳌《杜诗详注》：“此兼承上三章，才如庾杨数公，应难跨出其上，今人亦谁是出群者。据其小巧适观，如戏翡翠于兰苕，岂能钜力惊人，若掣鲸鱼于碧海乎？”

或以为今人仅流连于言词。王嗣奭《杜臆》：“但看翡翠于兰苕，未掣鲸鱼于碧海，采春华而忘秋实，此文人通病。其轻薄前辈以此。”

或以为清新俊逸之风，向来为人所忽略。《杜诗集评》引李因笃曰：“翡翠兰苕，秀丽之至，所谓清新俊逸也。诗不到此地位，终是凡胎。自唐迄今，知者鲜矣。”

## 其五

不薄今人爱古人，清词丽句必为邻。

梁后耳。”

或以为指后生内心想要努力学习屈原、宋玉，希望与他们并驾齐驱，对齐梁人鄙薄不已，但事实上有心无力，恐怕最后还是步了齐梁人的后尘。陈式《问斋杜意》：“言后进不薄今人，又能爱学古人，或不失为清词丽句；若上之窃攀屈、宋，下之已不及齐梁。人情好高不自量，往往如此。”钱谦益《钱注杜诗》：“今人目长足短，自谓窃攀屈、宋，而转作齐梁之后尘，不亦伤乎。”

郭绍虞在《〈戏为六绝句〉集解》中总结说：“此诗多歧解之故，一在于‘今人’二字之异指（或以指庾、卢数公，或以为指后生）；二在于‘不薄今人’句之异读（或以‘今人爱古人’五字相连，或以‘不薄今人’四字相连）；三在于‘清词丽句必为邻’句，或以清丽为戒，或以清丽为主……四在于‘窃攀屈宋’二句，究指后生之窃攀乎？抑指杜甫之窃攀乎？”

## 其六

未及前贤更勿疑，递相祖述复先谁。①
别裁伪体亲风雅，转益多师是汝师。

【注释】

① 沈约《谢灵运传论》：“王褒、刘向、扬、班、崔、蔡之徒，异轨同奔，递相师祖。”

【评析】

首句之“未及前贤者”，一说指初唐四杰，“前贤”指庾信，邵宝《杜诗分类集注》：“前贤，即首章之‘前贤’，当指庾信言。裁，革去也。伪体，指四子言。……此《六绝句》议论文体，始终以四子为言，令人以浮薄为戒也。故诗言四子未及前贤，断无足疑，彼此自相祖述，更谁复先？若能痛自裁革浮薄之体，而以风骚为师，以如是之才华，宁患不及？益当多师上古，续知此上古之人，真汝四子之师也。惜乎未能耳。”

一说“未及前贤者”指杜甫自己，“前贤”即泛指先贤。周甸《杜释会通》：“此亦公自言其志也，言前贤断断不可及也。但古人递相祖述，今当谁而祖述之邪？立意在下文。言当自立一规模，裁格当今体格之非正者，而上追风雅三百首篇。其于先贤则多师之以取长，乃吾师也，又谁先邪？”

一说“未及前贤者”指今人，“前贤”则泛指古人。王嗣奭《杜臆》：“今人才力未及前贤，以其递相祖述，愈趋愈下，无能为之先者。必也别裁其伪体而上亲风雅，始知渊源所自，前贤皆可以为师。是转益多师，而汝师即在是矣。

次句之“递相祖述”，或指历代文人各有师承，浦起龙《读杜心解》：“‘前贤’所包者广，跻近代作家于风雅之班，而统谓之‘前贤’也。风雅，亦非专指《三百》，凡往近作者皆是。递相祖述，前贤各有师承，如宗支之代嬗变也。”

或指陈陈相因，迷失源头，钱谦益《读杜二笺》：“今人之未及前贤，无怪其然也，以其递相祖述，沿流失源，而不知谁为之先也。”

或专指齐梁靡丽之风蔓延，蔡梦弼《草堂诗笺补遗》：“言齐梁相习为轻薄之文。”

或指时人互相模拟。张溍《读书堂杜诗注解》：“言时辈自相学拟，难分优劣，而欲进之以古人也。”

第三句之“伪体”，或指言辞浮华之文，《杜诗赵次公先后解辑校》：“公今之言浮华者，谓之伪体，故裁约之，以近风雅。亦无常师，多求之前人，以取其所长为师耳。”

或指悖于风雅之文，黄生《杜工部诗说》："但其中有真有伪，作者须自具鉴裁。其亲近风雅者，真也；其悖于风雅者，伪也。"周篆《杜工部诗集集解》："凡似风雅而无当于风雅之数者，皆伪体而非正宗。"

或指不知学习前人，自以为是，吴见思《杜诗论文》："今之才力不及前贤，递相祖述，又复谁先耶？王、杨之先有汉魏，汉魏之先有屈、宋，不知祖述而信意自裁，所谓伪体也。"

或指无真面目之文。钱谦益《读杜二笺》："骚雅有真骚雅，汉魏有真汉魏，等而下之，至于齐梁，靡不有真面目焉。舍是则皆伪体也。"

或指无真性情、真格调之文。林昌彝《射鹰楼诗话》："性情真也，袭格调而丧其面目，伪矣；格调亦真也，离性情而饰其衣冠，伪矣。此杜少陵所以有'别裁伪体'之说也。"

## 遭田父泥饮美严中丞

步屧随春风，村村自花柳。
田翁逼社日，邀我尝春酒。①
酒酣夸新尹，畜眼未见有。
回头指大男，渠是弓弩手。②
名在飞骑籍，长番岁时久。③
前日放营农，辛苦救衰朽。
差科死则已，誓不举家走。④
今年大作社，拾遗能住否？
叫妇开大瓶，盆中为吾取。

感此气扬扬，须知风化首。
语多虽杂乱，说尹终在口。
朝来偶然出，自卯将及酉。
久客惜人情，如何拒邻叟。
高声索果栗，欲起时被肘。
指挥过无礼，未觉村野丑。
月出遮我留，仍嗔问升斗。

【注释】

① 社日：祭祀土地神祇、祈祷丰收的节日。《礼记·月令》：“择元日，命民社。”郑玄注：“祀社以祈农祥。”

② 弓弩手：弓箭手。《新唐书·兵志》：“择材勇者为番头，颇习弩射。又有羽林军飞骑，亦习弩。”

③《唐会要·京城诸军》：“贞观十二年十一月三日，于元武门置左右屯营，以诸卫军领之，其兵名曰飞骑。”长番：长期服役。

④ 差科：徭役与赋税。

【评析】

一大早起床，沐浴着春风，我外出散步，只见家家户户，村村落落，红红绿绿。偶尔碰见一位田家老翁，死磨硬泡，非要拉我去喝春酒。老翁喝得兴致高昂，句句不离新上任的成都尹严武，称严武是平生未见的好官，并回头指着他家的大儿子说：“他是严中丞手下的弓弩手，已经服役很久了，没想到前些日子被放假回来务农，说是要帮助一下我这个衰朽的老头。这让我太感动了。以后不管有什么徭役赋税，我宁死也会承担，绝不逃走。今年我们这里大办春社，拾遗您能留下来喝几杯吗？”他边说边就叫老伴把大坛子打开，把酒倒在瓦盆里。我见老翁如此意气洋洋，深深感到爱民如春风化雨，是地方官的首要职责。老人家喝酒时唠叨不休，话说得很多很杂，但始终是在称颂成都尹。我本来是早上出来偶尔走走，谁知从卯时一直喝到了酉时。主人如此好客，我真是盛情难却。趁着老人家高声喊着再拿些果栗来，我站起身来想要离开，却被他拉着胳膊肘按在座位上。他指手画脚，举止似乎不太礼貌，但我感受到的是真诚纯朴。月亮出来了，他还强留着我，责怪我不应问今天喝了多少，说他家里的酒足够喝。

这首诗的主旨，一般认为作于宝应元年（762），意在称颂严武。严武时为剑南东川节度使兼御史中丞。锺惺《唐诗归》："内藏一淳朴富足气象，便是美严中丞矣。"黄生《杜工部诗说》："如此制题，全因美中丞故作是诗。"浦起龙《读杜心解》："笔笔泥饮，却字字美严，此以田家乐为德政歌也。如此称美上官，才吃得紧，才是脱套。"沈德潜《唐诗别裁集》："传出丰厚村朴景象，而美中丞意自见。若专美郑公，便是后人应酬作矣。虚看其布置之高。"

也有人认为诗歌实际上是规劝之作，借称颂来表达自己的殷切希望。"盖国家军兴之际，虽大臣不能薄敛也，而中丞何以及此，岂借田父以隐归之欤"（《杜诗集评》引吴农祥语）。"前半意在'放营农''救衰朽'两句，却借田父口中说出；后半意在'久客惜人情，如何拒邻叟'，言外见为尹者，当采及蒭荛，又借自家身上说。美不忘规，如灯取影，其曲而有直体之谓乎"（夏力恕《杜诗增注》）。

此诗的妙处，历来认为是大量运用俗语，生动描绘出乡村农夫形象，使人如闻其声，如见其人。赵次公说："此篇多使俗语，如弓弩手，如差科，如长番等字是也。"（《新刊校定集注杜诗》）郝敬说："此诗情景意象，妙解人神。口所不能传者，宛转笔端，如虚谷答响，字字停匀。野老留客，与田家朴直之致，无不生活。昔人称其为诗史，正使班、马记事，未必如此亲切。千百世下，读者无不绝倒。"（仇兆鳌《杜诗详注》）黄生说：“写村翁请客，如见其人，如闻其语，并其起坐指顾之状，俱在纸上，似未曾费半点笔墨者。要知费及笔墨，即非古乐府本色。”（黄生《杜工部诗说》）

鲁同甫虽然对此诗有所訾议，但也承认它疏朴之极。“公五古精美者太多，此等犹为下驷，尚不及《病橘》《枯柟》等作。此诗沈长洲盛称之，其实乃是常调，稍知用意者能之，特此老疏朴之致，恐不易到耳”（《鲁通甫读书记》）。

## 客　夜[1]

客睡何曾著，秋天不肯明。
卷帘残月影，高枕远江声。
计拙无衣食，途穷仗友生。[2]
老妻书数纸，应悉未归情。

**【注释】**

① 客夜：客居他乡之夜。

② 友生：朋友。《诗·小雅·常棣》：“虽有兄弟，不如友生。”

**【评析】**

独自一人，客居梓州，秋夜辗转难眠，久久盼不来天明。月光透过门帘，洒在床前，勾起无穷愁思。此刻万籁俱静，远处的涛声清晰可闻。如今年老途穷，生计艰难，惟有依仗友人资助接济。老妻写来一封家书，询问我何时归去，想必她现在应该收到了我的书信，明白我滞留梓州的苦衷。

这首诗作于宝应元年（762）秋日。当时杜甫寓居梓州，家人却尚在成都，故一般认为，诗歌写出了老杜夜来辗转难眠的情形。“前四句言客夜不寐，后四句言所以不寐之怀”（张𬘩《杜工部诗通》）。“起句用俗语而不俗，笔健故尔。接句‘不肯’字，索性以俗语作对，声口隐出纸上。后半四语，写的是老人无眠，心事并其情性亦出纸上矣”（黄生《杜工部诗说》）。“《国风》‘转展反侧’，千古不眠绝调了。此诗亦然。清宵好景，写得老人忽起忽坐，竟夕仓皇，自言自语情况，总是为‘秋天不肯明’一句”（吴瞻泰《杜诗提要》）。

唯独金圣叹以为，诗歌是向对面写去，全部针对老妻而发。“写客却写夜，写客夜却写下半夜，奇撰可思。……言我为客在外，岂是此间乐不思蜀，虽非吾土而洵美，故尔久恋梁园耶？人老计拙，资生大难，略仗朋友以自存活耳。因于千里外望空低呼老妻一声，而遥告之：我此苦趣，以前数书，曲折每尽，身虽未归，汝固应悉也。‘老妻’二字须略住，不然不复成语。久客不归，最无以自解于老妻，故此诗全为老妻而发。然亦只是意思中忽忽欲向老妻诉明，不必真寄与老妻读也。但得还家，此等语，要知全不向老妻提起。”（金圣叹《唱经堂杜诗解》）。

“老妻书数纸，应悉未归情”两句，也颇多争议。一说，“老妻书”是诗人写给妻子的。“老妻的书已有数封寄去了，应悉我未得归的情况，非我归不欲也”（洪仲《苦竹轩杜诗评律》）。“‘书数纸’，谓公所寄书，‘应悉’二字方说得去”（张溍《读书堂杜诗注解》）。“‘老妻数纸书’，公寄妻之书也。若作其来书，则‘应’字不合”（边连宝《杜律启蒙》）。

一说，“老妻书”是诗人妻子写来的。“老妻书数纸自成都而来，已悉未归之情”（顾宸《辟疆园杜诗注解》）。“此因得家书后，有感不寐而作。家书中定有催归之语，今所云云，皆‘未归情’也。故结言客情如此，老妻亦应悉之，何书中云尔乎？黯然神伤”（浦起龙《读杜心解》）。

## 客　亭

秋窗犹曙色，落木更高风。
日出寒山外，江流宿雾中。
圣朝无弃物，老病已成翁。[1]
多少残生事，飘零任转蓬。

【注释】

①《淮南子·道应训》：“故老子曰：人无弃人，物无弃物。”

【评析】

此首紧接上首而来，均是客床高卧的情形，上首写后半夜无心睡眠，此首写拂晓时分所见所感。好不容易挨到天亮，秋窗里终于露出了一抹曙光。凉风还是不依不饶地吹着，但太阳从寒山上升了起来，江流也慢慢从迷雾中探出身影。顾宸《辟疆园杜诗注解》：“此首与上首合作一首看，从不睡而望天之明，从不肯明而见残月之影，时犹高枕也。从残月影落而见秋窗之曙色。”

颈联“圣朝无弃物，老病已成翁”，或以为是自叹衰老，意思是圣明的时代，才无大小，均可量能而用；如今自己又老又病，真是一无所用了。赵次公说：“此盖公不怨天不尤人之意，与孟浩然‘不才明主弃，多病故人疏’之语有间矣。以谓圣世才无大小，皆量能适用，无弃置者，而公亦自叹其老矣，不能用也。”（《杜诗赵次公先后解辑校》）赵汸《杜工部五言赵注》也说：“五、六极衰歇之意，而不失忠厚。”纪昀则云：“浑厚之至，是为诗人之笔。感慨不难，难于浑厚不激耳。入他人手，有多少愤愤不平语。”（《瀛奎律髓勘误》）

或以为是正话反说，意思圣明的时代，本应该能有所作为，自己却终不见用，落拓蹭蹬。吴瞻泰《杜诗提要》：“前半客亭之景，后半老病之情，而托词圣朝无弃物，何等深厚。四句皆以反言见意。”今人陈贻焮《杜甫评传》：“颈联话虽讲得比孟浩然‘不才明主弃，多病故人疏’委婉蕴藉，而孤忿之深并无二致。”龚笃清《杜甫诗精选精注》：“这两句为反话，与作者的实际情况是相反的，表现了作者的激愤心情。诗句表面上的意思是：圣朝没有一件废弃之物，自己因老病已变成了衰翁。实际上是杜甫被皇帝弃置不用，使他有志难酬，有才难展，并贫困潦倒，漂泊无依。他并非没有才德，却只能老病成翁，这算什么圣朝？又怎能算得上老子说的圣人无弃物呢？杜甫用这种字面与现实相矛盾的方法揭露了当时政治的腐败。”

“多少残生事，飘零任转蓬”也有两解。一说，余生漂泊如飞蓬，为了糊口，还有多少事情要去做，即余生所做的事情惟有糊口了。仇兆鳌说：“老病余生，尚有多少事在，即昌黎所谓奔走于衣食也。”（《杜诗详注》）

另一说，诗人以为虽然尚有许多事情要做，可惜自己四处飘零，没有机会了。施鸿保《读杜诗说》：“今按诗意，即‘烈士暮年，壮心不已’。虽老病余生，尚有许多欲为之事，有志不逮，只付之无可如何，故云‘飘零任转蓬’，犹云任老死他乡而已。读之令人泣下。注以奔走衣食解之，浅矣。”

## 闻官军收河南河北[1]

剑外忽传收蓟北，初闻涕泪满衣裳。
却看妻子愁何在？漫卷诗书喜欲狂。
白日放歌须纵酒，青春作伴好还乡。
即从巴峡穿巫峡，便下襄阳向洛阳。[2]

### 【注释】

① 题下底本原有注："收两河。"

② 巴峡：位于湖北巴东县之西。一说位于四川东北部巴江中，一说泛指渝州以下川东峡江地带。诗末原有注："余田园在东京。"

### 【评析】

在剑门关外，忽然听说官军收复了河北州郡。初闻之下，喜极而泣，涕泪交加，淌满衣裳。身旁的妻子儿女，个个喜形于色，忧愁一扫而空。我情不自禁地想要立刻整理行装，下意识地胡乱收拾手边摊开的书卷。得到这样的好消息，真应该放声高歌，开怀痛饮。在这阳光明媚的日子里，正好趁着风和景明、花艳柳媚，一路山清水秀而还乡。我家乡在东都洛阳，应该即刻沿江而下，穿过巴峡、巫峡，抵达襄阳，然后奔向洛阳。

这首诗作于广德元年（763）三月。据《旧唐书·代宗纪》载，宝应元年（762）冬十月，仆固怀恩等屡破史朝义兵，进克东京，其将薛嵩以相、卫等州降，张志忠以恒、赵等州降。次年春正月，朝义走至广阳自缢，其将田承嗣以莫州降，李怀仙以幽州降，河北州郡收复。当时杜甫在梓州，得知官军胜利的消息，喜不自胜。

在内容方面，“喜”，便是这首诗给人们留下的最深刻印象。刘辰翁《集千家注批点杜工部诗集》：“自然是喜意，流动得人。结复何等句，然喜愿之极，诚有如此，他语不足易也。”王嗣奭《杜臆》：“说喜者云喜跃，此诗无一字非喜，无一字不跃。其喜在‘还乡’，而最妙在束语直写还乡之路，他人决不敢道。”梁运昌《杜园说杜》：“由初闻而涕泪，而愁破，而发狂，而放歌，而觅伴，总想一还乡计耳，如闻欢笑之声。”

在风格方面，“快”，便是这首诗最突出的特色。诗歌节奏之快，是由诗人心中之喜悦所推动的。《唐宋诗醇》：“惊喜溢于字句之外，故其为诗一气呵成，法极无迹。”沈德潜《杜诗偶评》：“一气流注，不见句法字法之迹。”浦起龙《读杜心解》：“八句诗，其疾如飞。题事只一句，余俱写情。得力全在次句。于情理，妙在逼真，于文势，妙在反振。……生平第一首快诗也。”

在手法方面，此诗善于用虚字勾连转折。鲁一同《鲁通甫读书记》：“用虚字之妙，备尽此篇。”谢杰《杜律詹言》：“此诗曲尽人情，其妙皆在虚字。传之曰‘忽’，闻之曰‘初’，泪之曰‘满’，愁之曰‘何在’，卷之曰‘漫’，喜之曰‘狂’，歌之曰‘放’，酒之曰‘纵’，伴之曰‘好’，从之曰‘即’，下之曰‘便’，皆极可玩。惟其喜之深，是以悲之切；惟其悲喜之深切，是以求归之速也。”顾宸《辟疆园杜诗注解》引黄维璋曰：“杜诗之妙，有以命意胜者，有以篇法胜者，有以俚质胜者，有以仓卒造状胜者。此诗之‘忽传’‘初闻’‘却看’‘漫卷’‘即从’‘便下’，于仓卒间写出欲歌欲哭之状，使人千载如见。”

“初闻涕泪满衣裳”一句，或以为写出了悲喜交加的心理变化。张性《杜律演义》：“久客剑南，忽有人传官军收复之事，一闻之初，悲喜交集，故感其乱离而先之以泣也。”

或以为是喜极而泣。张远《杜诗会粹》：“‘初闻涕泪满衣裳’，即‘喜心翻到极，呜咽泪沾巾’意。”黄生《杜工部诗说》：“喜极而泣，逼真人情。徒然说喜，犹非真喜也。”金圣叹《唱经堂杜诗解》：“先生在剑外，刻刻思归洛阳，为因祸乱未息，朝中绝无动静，反放下念头过日子，谓不知在何年、何月、何日、何时得听好消息。今一传到耳，且不问事之虚实，不觉大喜遍身。喜极反泪，此亦人心之常，勿作文章跌顿法会去了也。”钱锺书《管锥编》：“‘初闻’之‘涕泪’即‘喜心翻倒’之‘呜咽’，故‘喜欲狂’乃喜断而复续。非本悲而转新喜也。”

## 送路六侍御入朝

童稚情亲四十年，中间消息两茫然。①
更为后会知何地，忽漫相逢是别筵。
不分桃花红似锦，生憎柳絮白于绵。②
剑南春色还无赖，触忤愁人到酒边。③

【注释】

① 四十：一作“三十”。

② 生憎：偏憎，最憎。

③ 剑南：剑阁以南。一说指剑南道，唐贞元元年（785），分天下为十道，其九为剑南道。

【评析】

幼童之时，就与你相识结好。没想到此后四十年间，消息隔绝，无从往来。今日异地蓦然重逢于酒筵，喜出望外，只可惜刚刚聚首又将分别，他日之相会又不知在何地。此时此刻，连鲜艳的桃花、轻飏的柳絮也变得面目可憎。剑南的春色就是这样不解风情，偏偏还要凑上眼前，使酒席上的离人心情郁悒。

这首诗的特色之一是突接陡转，掀起波澜。诗为筵席上的送别之作，“别筵”应该是创作的触发点。但诗人却从过去一路写来，由相识写到分离，然后又陡然转到后会难期，继而再落入在当下送别之筵席，颠倒次序，采用倒插方式，把诗人伤感的情绪渲染更为充分。金圣叹《唱经堂杜诗解》：“别四十年而得会，会却是别筵，奇绝事。于‘四十年’前，插‘童稚情亲’字，于今日后插‘更为后会’宇，奇绝笔。前会既失，后会未期，今日此会，却是别筵，曾无几日聚首之乐。人生至此，真不堪也。奇在第三句与第一句作对，前既已矣，后未可知。而第四句却实指今日之别。”吴汝纶也说：“起四句几跌几断，第三句倒插一语尤奇。四句入题有神。……第四句一露‘别筵’，旋即撇开，至末始倒煞‘酒边’‘愁人’等字，神光离合，极排阖纵横之妙。杜公七律所以横绝古今，专在离奇变化，如此等篇，尤宜寻讨。”（高步瀛《唐宋诗举要》）

这首诗的另一特色是采用了反衬手法，以对明媚春光之憎恶来抒写他离别的愁绪。顾宸《辟疆园杜诗注解》：“按此诗正从相反处形出亲情。本喜今日之相逢，乃先以后会无地；桃红柳白，正堪佐观会之筵，乃见之而憎，触之而愁；对酒即可消愁，乃酒边皆愁，有触皆忤，举目是离筵别绪也。”张綖《杜工部诗通》：“言与路六会之遽，故花柳春色可悦者皆可憎，以其触忤愁人到酒边也。”李植《纂注杜诗泽风堂批解》也说：“春色本佳景，而愁人自愁。酒边非愁，所以愁人见花柳亦自愁，反似春色无赖却令人愁也。”

五六句所使用的俗语，尤有感染力。赵次公说：“不分、生憎，所以深言去红白也，皆俗语中字。”（《杜诗赵次公先后解辑校》）金圣叹说：“加四俗字，便成佳笔。”黄生《杜工部诗说》：“初因此诗五、六切对近俗，故不复留眼，今选乙集，始加细绎，乃知作者命意如此之深，其运笔又如不经意者。”

“不分”，仇兆鳌以为是“不能分辨”（《杜诗详注》），或误。一般认为，“不分”是俗语，即不忿。施鸿保《读杜诗说》：“‘分’字当读去声。”今人徐仁甫《杜诗注解商榷》：“二句即不忿桃花，偏憎柳絮。”

## 九 日

去年登高郪县北，今日重在涪江滨。
苦遭白发不相放，羞见黄花无数新。
世乱郁郁久为客，路难悠悠常傍人。
酒阑却忆十年事，肠断骊山清路尘。①

【注释】

① 清路尘：出行前清扫道路。

【评析】

去年重阳节我在这里登高，今年重阳节我还是在这里登高（郪县县城位于涪江之滨）。满头白发纠缠我不放，使我无颜面对那一年一新的菊花。世乱而长久漂离，使人郁悒的是总是作客他乡；生路艰难，每每忧愁要不断依傍他人。酒罢人散，忽然想起十年以前，玄宗和贵妃游乐骊山，人们要天天清除路尘。

诗作于广德元年（763）九月九日，时杜甫在梓州。这里的“清路尘”，一般认为是皇帝出巡时清理道路之灰尘，“辇出而清道也”（仇兆鳌《杜诗详注》）。因此骊山也就是针对唐玄宗而言了。王嗣奭《杜臆》：“天宝十四载冬，公自京师归奉先，路经骊山；玄宗时幸华清宫，禄山反，然后还京。先是禄山表请献马，帝已知其欲反，漫不为备，且为骊山之游，此真安其危利其灾者。至今广德元年，则十年矣。公所以忆之而肠断也。”

顾宸认为，诗人之所以肠断，是无法回到十年前的太平岁月。“十年之前世未乱也，路未难也。曾忆上皇每当十月则幸骊山，山下有华清宫，必清辇道以幸之，此正太平无事时也。此时何尝作客其肠断处，正伤太平临幸之地而不可复至”（《辟疆园杜诗注解》）。

而在仇兆鳌等人看来，杜甫不仅仅是回忆往事，更是在反思造成这一切变故的缘由。他之所以十年来浪迹天涯，就是因唐玄宗骊山宴游等行为所导致的。仇兆鳌《杜诗详注》：“酒阑以后，忽忆骊山往事，盖叹明皇荒游无度，以致世乱路难也。末作推原祸本，方有关系，若徒说追思盛事，诗义反浅矣。”浦起龙《读杜心解》：“回思作客之由，是以伤心乱始。”颜廷榘《杜律意笺》：“肠断于十年之事，则明皇与贵妃骊山华清宫之宴游，而荒淫致寇为恨也。”边连宝《杜律启蒙》：“倏忽去年，忽而今日，故遭白发而羞黄花。去年鄜县，今日涪江，是久为客而常傍人。世乱路难，则为客傍人之故，而骊山游幸，又世乱路难之由也。”

也有人认为，所谓“清路尘”只是飞扬的尘土，出自曹植《七哀诗》：“君若清路尘，妾若浊水泥。”因此，诗句所提及的骊山之事，就只是针对杜甫自己而言，写他十年前为了生计而奔走于骊山之下。石闾居士《藏云山房杜律详解》：“此诗通身是九日客中感怀之作。一层深一层，直想到未经乱离之前早已饿穷不免，直欲肝肠欲断矣。

吁！感怀至此，能令读者坠泪，悲哉！”陈贻焮《杜甫评传》：“此诗语浅而意深，纯是真情流露。去年在这里登高，今年又在这里登高。满头白发，老不饶人；新放黄花，无颜相赏。世乱久为客，路难常傍人，个中悲辛，难以言喻。酒阑人静，回想起十年前在骊山下面赶路情事，真令我感伤肠断。”

## 倦　夜

竹凉侵卧内，野月满庭隅。
重露成涓滴，稀星乍有无。
暗飞萤自照，水宿鸟相呼。
万事干戈里，空悲清夜徂。①

### 【注释】

①徂：流逝，消逝。

### 【评析】

秋夜，室内凉意越来越重，诗人辗转难眠，起床漫步于庭中，只见月光洒满院落，天上的星星稀疏难辨，萤火虫在草丛中穿梭，草叶上的露珠缓缓滴落，远处孤栖的水鸟呼唤着伴侣。想起世乱多故，诗人长夜难寐。

一般认为，这首诗作于广德元年（763）秋末，时杜甫在阆州。诗歌的主旨，从诗题“倦夜”中可见一斑。所谓“倦夜”，就是夜不能寐，如顾宸所说：“通首皆不能睡之景，故曰‘倦夜’。”杨伦也说：“前三句上半夜，下三句下半夜，结以‘徂’字，正见得彻夜无眠，所以为‘倦夜’也。”(《杜诗镜铨》)那么诗人为何夜不能寐，又为何而空悲呢？前人大致有三种解释。

一说诗人因漂泊孤寂而失眠。《杜诗言志》：“此清夜之不能为欢也。人生所最难得者，清夜有庭有竹，有月有露。使当太平之世，则田庐无恙，兄弟欢然，以至亲戚过从，友朋共话，张灯秉烛，何所不可。乃今漂泊干戈，穷愁独处，月听其落，庭听其空，露听其重。辉辉不息者，暗萤之自照；嘤嘤应声者，宿鸟之相呼。清夜如此，所负不既多乎？夫清夜恼人既不能寐，而寂寞更长，宜其倦也。此诗之所由名也。”今人马茂元《唐诗选》说：“这诗作于初秋的一个深夜。诗中描绘草堂四周景物，深细入微。这乃是诗人在岑寂而孤独的环境中体察所得，结语由景入情，浑然无迹。”《艾治平谈诗词艺术美》也说：“孤老寂寞之情，与竹凉、野月、重露、稀星、飞萤、水鸟诸物象，何其浃洽谐和，情景相生。”

一说诗人因焦虑无奈而失眠。王嗣奭《杜臆》：“题曰《倦夜》，是无情无绪，无可自宽，亦无从告语，故此诗亦比兴，非单咏夜景也，似不宜逐句贴解。”梁启超《情圣杜甫》说：“题目是‘倦夜’，景物从初夜写到中夜后夜，是独自一个人有心事，睡不着，疲倦无聊中所看出的光景、所写环境，句句和心理反应。”洪业《杜甫》说：“我们发现杜甫有相当多晚秋和冬天的诗篇是写于江村的。其中包括《村雨》和《倦夜》。被雨水洗过的清新的松树、秀竹和菊花确实能慰藉老眼，但就算它们也不能缓解因为失望、焦虑和思乡而带来的长夜难眠。”

一说诗人因心忧时事而失眠。邵傅《杜律集解》：“甫有用世之志，而遭变乱不得用，故‘空悲清夜徂’。”吴瞻泰《杜诗提要》卷八：“前实写夜景清幽可爱，用‘干戈’虚写一语，宕开而后锁住，觉清夜俱为虚度，方见作者胸襟，方见作者力量。”龚笃清《杜甫诗精选精注》：“此诗作于唐代宗广德二年。此时安史之乱刚平，西北吐蕃兵又入侵中原，并于上年十月直捣长安，唐代宗一度逃避陕州，北方人民又一次蒙受战祸。杜甫时在成都草堂，闻此消息，忧心如焚，夜不能寐，便写下此诗，表达了自己忧时忧民之情和有志难酬、报国无门的愤慨。”

## 桃竹杖引赠章留后①

江心磻石生桃竹，苍波喷浸尺度足。
斩根削皮如紫玉，江妃水仙惜不得。②
梓潼使君开一束，满堂宾客皆叹息。
怜我老病赠两茎，出入爪甲铿有声。
老夫复欲东南征，乘涛鼓枻白帝城。
路幽必为鬼神夺，拔剑或与蚊龙争。
重为告曰：杖兮杖兮，
尔之生也甚正直，慎勿见水踊跃学变化为龙，③
使我不得尔之扶持，灭迹于君山湖上之青峰。④
噫！风尘澒洞兮豺虎咬人，忽失双杖兮吾将曷从。

**【注释】**

①桃竹：又名桃枝竹、棕竹等。苏轼《跋桃竹杖引后》：“桃竹，叶如棕，身如竹，密节而实中，犀理瘦骨，盖天成拄杖也，出巴渝间。”章留后：章彝，吴兴（今浙江湖州）人，广德元年夏为梓州刺史、东川节度使留后。留后，唐代节度使缺位时的代理者。杜佑《通典》：“（节度使）若朝觐，则置留后，择其人以任之。”

②江妃：古代神话传说中的神女。《列仙传》载，江妃二女，出游汉

江湄，逢郑交甫，解佩与之。水仙：水神。

③《神仙传》卷六载，壶公遣费长房归，以一竹杖与之曰："骑此当还家中矣。"长房骑杖，忽然如眠，便到家，以竹杖投葛陂中，视之乃青龙耳。

④君山：位于今湖南岳阳洞庭湖中。

【评析】

广德元年（763）冬日，杜甫即将离蜀东下，章彝赠送他两只桃竹杖，故有此作。锺惺曾经评价这首诗有"三奇"，即"调奇，法奇，语奇"（《唐诗归》）。"调奇"指其在声调节拍方面别具一格。全诗共二十一句，前半十二句，全部是七言；后半九句，一、四、七、八、九、十、十一言错综互用。故杨伦《杜诗镜铨》云："长短句公集中仅见，字字腾掷跳跃，亦是有意出奇。"李东阳曾赞不绝口，而潘德舆并不以为然，其《李杜诗话》说："李氏东阳曰：古律诗各有音节，然皆限于字数，求之不难。惟乐府长短句，初无定数，最难调叠。然亦有自然之声，故随其长短，皆可以播之律吕。而其太长太短之无节者，则不可以为乐，如太白《远别离》、子美《桃竹杖》，极其操纵，曷尝按古入声调，而和顺委曲乃如此，固初学所未到。然学而未至于是，亦未可与言诗也。按西涯此则论乐府，颇得悬解，不似于鳞等摹袭为古，割裂为奇，然论杜则独以《桃竹杖引》为板则何也？太白《远别离》一作，恍惚变化，实造绝之构。若《桃竹杖引》特一时兴到语耳，非其至也。必求其至，《兵车行》为杜集乐府首篇。其长短音节，拍拍入神，在《桃竹杖引》之上。西涯殆舍熟就新，遂不自知其偏耳。"吴农祥也说："格似奇肆，实易开恶道。"（《杜诗集评》）

"法奇"，在这里指想象奇特，思路活跃。王嗣奭《杜臆》："珍爱之极，遂想到鬼夺、龙争，真是奇怪。至'重为告'以下，又换一窃攀屈宋宜方驾，恐与齐梁作后尘。[1]

【注释】

①屈宋：屈原、宋玉。

【评析】

“不薄今人爱古人”一句有两种读法，一说不薄今人，爱古人，即对于今人和古人一样敬重，从不妄加非薄，因为清词丽句也有可取之处。史炳《杜诗琐证》：“‘不薄今人’云云，言我并不薄今人，爱古人。今有清词丽句，亦必与为邻矣。”杨伦《杜诗镜铨》：“言我非敢薄今人而专爱古人也。但庾信、四杰体格虽似略卑，其清词丽句终必有近于风骚者，所以能长久不废。”张远《杜诗会粹》：“言非有心于薄今人而必爱古人也。若有清词丽句，必与邻而亲之，意欲方驾屈、宋也，否则不免为齐梁之后尘耳。”

一说对“今人爱古人”而不薄，即对于今人之爱慕古人，不敢轻易批评。王嗣奭《杜臆》：“谓我不薄今人之爱古人，而辞句必与为邻也。但学古人者，在神不在貌，今优孟屈、宋，自谓可与方驾，恐不免作齐梁后尘耳。”仇兆鳌《杜诗详注》：“此戒其好高而惊远也。言今人爱慕古人，取其清词丽句，而必与为邻，我亦岂敢薄之。但恐志大才庸，揣其意，窃思仰攀屈宋，论其文，终作齐梁后尘耳。知古人未易摹仿，则知数公未可蔑视矣。”

后两句“窃攀屈宋宜方驾，恐与齐梁作后尘”或以为指杜甫自己想学习屈、宋，担心步齐梁后尘。史炳《杜诗琐证》：“我所以窃攀屈、宋，谓与之并驾着，但恐学庾信、四子，未免步齐梁之后尘耳。”张燮承《杜诗百篇》：“言我不专爱古人而薄今人者，以其清词丽句，终必有近风骚者。若徒言远追屈、宋，妄自矜诩，吾恐转落齐意，变幻恍惚，不可端倪。……余谓‘老去诗篇浑漫与’是实话。广德以来之作，俱是漫兴。而得失相半，失之则浅率无味，得之则出神入鬼。如此等诗，俱非苦心极力所能至也。”吴瞻泰《杜诗提要》：“一杖耳，忽而蟠石沧波，忽而江妃水仙，忽而宾客叹息，忽而鬼神欲夺、蛟龙与争，忽而踊跃化龙，忽而风尘豺虎，写得神奇变化，不可端倪。”

“语奇”指打破诗体常规，杂糅骚体、散文语词。沈德潜以“重为告曰”为“楚辞之‘乱曰’”，并声称以下诗句“字字腾掷跳跃。凌空超忽，横绝一时”（《唐诗别裁集》）。黄生《杜工部诗说》：“前是对主人语，后是对杖语，故作一转，用‘重为告曰’字，盖诗之变调，而其源出于骚赋者也。后段亦非告杖，暗讽朋友之不可倚仗者耳，细味语气自见。”

这首诗的主旨，或以为表达对竹杖的喜爱及对章彝的感谢，或以为表达对章彝的规劝警戒。朱鹤龄《杜工部诗集辑注》：“此诗盖借竹杖规讽章留后也。既以踊跃为龙戒之，又以忽失双杖危之，其微旨可见。”陈沆《诗比兴笺》：“题不但云《桃竹杖引》而曰《赠章留后》，则是诗以赠章为主。……时蜀中反侧未安，故劝其谨慎，勿踊跃喜事，轻举妄动，功名未成，祸败先至，蛟龙失水，悔之何及也？”施鸿保《读杜诗说》：“今按诗忽失双杖云云，似不但谓彝，盖并严武言。武已入朝，是已失一杖，使彝不安臣节，必致得罪，则又失一杖也。此意不可明言，故为隐跃之词。”

# 岁　暮

岁暮远为客，边隅还用兵。
烟尘犯雪岭，鼓角动江城。
天地日流血，朝廷谁请缨。①
济时敢爱死，寂寞壮心惊。②

## 【注释】

① 请缨：自告奋勇请命杀敌。《汉书·终军传》："请受长缨，必羁南粤王，置之阙下。"

② 壮心：壮志。曹操《步出夏门行·龟虽寿》："烈士暮年，壮心不已。"

## 【评析】

这首诗作于广德元年（763）岁末，当时杜甫客居阆州。前三联说，天寒岁晚，流落天涯，但边地仍不得安定，烽烟不断。吐蕃攻陷了雪岭之松州、保州和维州，嘉陵江边的阆州也为之震动，备敌的鼓声不时响起。天地之间日日夜夜有流血厮杀，朝廷之上却无人挺身而出以请缨杀敌。

尾联两句"济时敢爱死，寂寞壮心惊"，最为人所传诵。其所谓"寂寞"，大体两种理解，一则指赋闲无事的寂寞，一则指客居他乡的寂寞。

前者如赵汸《杜工部五言赵注》："言已有忧国忘躯之志，而不见知于时，当此寇仇，惟自惊而已。"张溍《读书堂杜诗注解》："又谓身为朝廷所弃，而无由自效，故惊耳。'惊'字从寂寞看出。"今人韩成武、南思雁《杜甫诗歌精选》：“二句是说，如果能够拯救时危，我怎敢惜于死？只是由于被朝廷遗弃，岁月蹉跎，面对国难未免壮心惊动。”吴庚舜《杜甫诗选注》：“寂寞，诗人空有抱负，却不为时所用，故感到寂寞。壮心惊，谓虽处寂寞之中，而壮心忽觉惊起。反映诗人济时之念，至老犹存。”李寿松、李翼云《全杜诗新释》：“寂寞，指自己不为朝廷所用，徒有报国之心。‘济时’句说，为了挽救时局，岂敢吝惜一死，寂寞中仍难免壮心激动。”胡大浚、王为群《杜甫诗歌研读》：“寂寞，赋闲无事，寓自己被朝廷遗弃。”

后者如仇兆鳌《杜诗详注》：“此诗忧乱而作也。上四岁暮之景，下四岁暮之情。烟尘鼓角，蒙上用兵。当此流血不已，请缨无人，安忍惜死不救哉。故虽寂寞之中，而壮心忽觉惊起，可见公济时之念，至老犹存也。”陈贻焮《杜甫评传》说：“岁暮远在天涯作客，边境上眼下还正在用兵。吐蕃已攻陷雪岭附近松、维、保三州，军队加强战备，鼓角之声震动江城。人间日夜在流血不已，朝廷上却无人出来请缨。世乱时危哪能惜死不救，我虽在客居寂寞之中，却不禁激起了烈士暮年的壮心。”张志烈《杜诗全集今注本》：“末两句申明己志：为救时危怎敢惜死而苟且偷生；客居寂寞之中自己暮年壮心忽惊起，当挺身而报效朝廷。”

如今人们往往将流寓他乡与仕途冷落两种情绪结合起来。如萧涤非《杜甫研究》说：“爱是爱惜，是说如果于国有补，我敢惜一死吗？寂寞，是说没有事情做，指自己为朝廷所弃，他乡作客，不甘懒散偷生，而事与愿违，所以心惊。惊，跳动。”马德富也说：“为济时活民，岂敢爱惜一己之性命而苟且偷安呢？杜甫是希望请缨的，但是虽有捐躯之志，却无报国之门。自从疏救房琯，他被朝廷冷落，流寓西蜀，寄人篱下，连生活尚且经常发生危机，哪有机会和条件过问国事呢。‘寂寞壮心惊’，在客居边隅的寂寞岁月中，壮志一天天消磨，每

想及此，不由使诗人感到愤激，不由得拍案惊起，心如刀割。”（陶道恕《杜甫诗歌赏析集》）

## 释　闷

四海十年不解兵，犬戎也复临咸京。
失道非关出襄野，扬鞭忽是过湖城。①
豺狼塞路人断绝，烽火照夜尸纵横。
天子亦应厌奔走，群公固合思升平。
但恐诛求不改辙，闻道嬖孽能全生。
江边老翁错料事，眼暗不见风尘清。

【注释】

① 襄野：《庄子·徐无鬼》载，黄帝将见大隗于具茨之山，至于襄城之野，七圣皆迷，无所问涂。扬鞭：《世说新语·假谲》载，王大将军既为逆，顿军姑孰。晋明帝以英武之才，犹相猜惮，乃着戎服，骑巴賨马，赍一金马鞭，阴察军形势。未至十余里，有一客姥居店卖食，帝与客姥马鞭而去。湖城：芜湖。湖，原作“胡”，据他本改。

【评析】

这首诗作于广德二年（764）。诗题所说的“释闷”，就是排遣忧闷。诗人为何忧虑愤懑？诗人说，自从天宝十四载（755）安史之乱爆发以来，到如今广德二年（764）已经整整十个年头了。十年来，四海一直战乱不休，兵戈未止，烽烟彻夜不息，豺狼横行，尸体纵横，路人断绝，以至于连吐蕃都敢入侵而占领京师。这一次代宗皇帝出奔陕州，显然既不像黄帝出巡襄野而迷失道路，更不似晋明帝乘马扬鞭过芜湖而勘查敌情。天子大概也厌倦了逃难奔波的生活，朝廷里的衮衮诸公理当考虑如何才能谋求天下太平。如果不做出改变，只是一心想着横征暴敛，甚至连程元振那样的佞臣都能得到保全，恐怕太平之日就遥遥无期了。看起来还是我这位江边的老翁料错了当前的政事，老眼昏花的我不知能否等到战乱平息的那一天。

战乱不休，中原衰败，而君臣依然不思振作，倒行逆施，诗人不免深感迷茫。诗歌的主旨，即如仇兆鳌所言："上八乱极思治之机，下四忧时虑患之意。"（《杜诗详注》）今人卢国琛《杜甫诗醇》也说："上年十月，历时八年的安史之乱刚平定，吐蕃又大举向东侵扰，并一度占领了长安，代宗狼狈出奔陕州。是年（764）春，杜甫携眷复自梓州来阆州，拟由嘉陵江入长江出峡。他一闻悉，就痛感朝政腐败，上面姑息养奸，下面横征暴敛，为唐王朝的安危而满怀愤懑。此诗即为抒发这种忧国心情而作。"

诗中的"嬖孽"，一般认为就是指宦官程元振，故王嗣奭以为诗歌即为此人而作。"此为代宗不诛程元振而作。吐蕃入寇，逼乘舆，毒生民，祸皆起于程元振。所望一时君臣，翻然悔悟。当柳伉疏入，但削官放归，此诗所以有'嬖孽全生'之叹也。岂知嬖孽不除，则兵不得解。兵不能解，则诛求仍不得息。其事之舛谬，真出于意料之外矣。然则风尘亦何由清，而太平将何时见乎。通篇一气转下，皆作怪叹之词。"（仇兆鳌《杜诗详注》引《杜臆》）

这首诗的诗体，沈德潜等人多以为是七言古风，王嗣奭等以为排律。吴瞻泰《杜诗提要》："是篇气韵平和，音旨中律，诸本皆作七古读，惟《杜臆》作七排。"王嗣奭《杜臆》说："此排律体，类编者何以遗之？然语排而气势流走，意不排也。"浦起龙以为两者皆可。"此篇可古可排，为乱极思治之诗。忧国之忱，溢于言表"（《读杜心解》)。

莫砺锋、童强《杜甫诗选》解释说:“从对仗来看,全诗中间四联全都属对精工,符合排律的要求。但从声律而言,则全诗虽有平仄合律之句,但拗句甚多,如第三联出句已拗,对句不但未救,而且拗得更加厉害。此外第二、八、十、十二诸句皆为三平调,是典型的七古平仄句式。为何如此?王嗣奭说得好:‘语排而气势流走,意不排也。’正因‘意不排’,也即诗意跌宕,情感起伏,故声调随之而抑扬顿挫,不复追求谐婉合律。《红楼梦》中的林黛玉说:‘若是果有了奇句,连平仄虚实不对都使得的。’此诗就是一例。”

## 有感五首(选一)

### 其三

洛下舟车入,天中贡赋均。①
日闻红粟腐,寒待翠华春。②
莫取金汤固,长令宇宙新。③
不过行俭德,盗贼本王臣。

**【注释】**

① 洛下:洛阳。《史记·周本纪》载,成王使召公复营洛邑,曰:“此天下之中,四方入贡,道里均焉。”

② 翠华:天子仪仗之翠旗。《上林赋》:“建翠华之旌旗。”

③ 金汤:金城汤池。《汉书·蒯通传》:“必将婴城固守,皆为金城汤池不可攻也。”

【评析】

当时有人劝说唐代宗迁都洛阳，这首诗的主旨，有截然对立之两说，或以为支持，或以为反对。

“支持说”如王道俊《杜诗博议》：“《伤春》诗有‘近传王在洛’及‘沧海欲东巡’之句，则此诗为传闻代宗将幸东都而作也。史称丧乱以来，汴水湮废，漕运自江汉抵梁洋，迂险劳费。广德二年三月，以刘晏为河南江淮转运使。时兵火之后，中外艰食。晏乃疏汴水，岁运米数十万石，以给关中。公之意，唐建东都，本备巡幸。今汴洛之间，贡赋道均。且漕渠已通，仓粟不乏，只待翠华之临耳。勿谓洛阳狭隘，无金汤可守。乘此时而赫然东巡，号令天下，则宇宙长新矣。盖能行恭俭之德，则率土皆臣，盗贼岂足虑哉。”（朱鹤龄《杜工部诗集辑注》）

又陈式《问斋杜意》：“此为迁都大计言。洛下为天中贡赋之地，可都；现有红粟以待翠华，可都。……公意乘兴迁洛，庶观德一新，藩镇少戢。考代宗还京，朝臣颇有此主议者，是公诗适与之同。”边连宝《杜律启蒙》也赞同此说：“其诗盛称洛下，语实郑重。于时议不足据意，绝未醒出。此一可疑也。且以洛下而较长安，其形势之孰固孰否，不待智者而后知也。今云‘莫取金汤固’，则似时议以洛下为固于长安，而公特禁之莫取者，然则其说似龃龉而不可以通矣。且与汾阳奏中，土地狭隘、险不足恃等语，亦相矛盾。此二可疑也。……盖此诗，欲代宗暂幸东都，号召诸侯，以图恢复，如周宣故事。非如程元振劝帝长迁洛下，以避蕃寇，为《黍离》《扬水》之续也。正所谓同床异梦，不得以同元振而异汾阳，为公疑也。”

“反对说”如仇兆鳌《杜诗详注》：“此章叹都洛之非计。上四述时议，下四讽时事。议者谓帝幸东都，其地舟车咸集，贡赋道均，且传仓多积粟，春待驾临，此特进言者之侈谈耳。岂知国家欲固金汤而新宇宙，实不系乎此。若能行俭德以爱人，则盗贼本吾王臣耳，何必为此迁都之役耶？”又赵星海《杜解传薪》：“是年七月吐蕃入寇，十月陷京，帝幸峡州。程元振劝都洛阳，郭子仪附章论奏，谓东周险不足恃，天子躬俭节用，则盗贼息，正与诗意合。公之硕见在汾阳先者矣。”

今人大多赞同后者，以为杜甫反对迁都洛阳之议。诗中写到，长安收复之后，有人劝告天子东迁洛阳以避吐蕃，并且还振振有词地说，洛阳位居天下之中央，为舟车汇集之地，纳税进贡极其便利，那里的粮食丰足得开始腐烂，那里的民众如在寒冬期盼春天一样等待着天子的驾临。不过诗人却认为，仅仅凭借着金城汤池，并不能维系长治久安。如果能够厉行节约，俭以养德，爱护百姓，天下自然就会太平，因为那些盗贼原本就是走投无路才铤而走险的臣民。

## 阆水歌[①]

嘉陵江色何所似，石黛碧玉相因依。
正怜日破浪花出，更复春从沙际归。
巴童荡桨欹侧过，水鸡衔鱼来去飞。[②]
阆中胜事可肠断，阆州城南天下稀。

【注释】

① 阆水：嘉陵江流经阆州的水段。

②《杜诗详注》引朱鹤龄注云：“尝闻一蜀士云，水鸡，其状如雄鸡而短尾，好宿水田中，今川人呼为水鸡翁。”

【评析】

这首诗的首句“嘉陵江色”，有的版本又作“嘉陵山水”，因此第二句“石黛碧玉相因依”便有两种不同的解释，即单纯写江水之清澈与分别表现山、水相映成趣。

前者如邵宝《邵二泉先生分类集注杜诗》：“‘相因依’，形容江水之清，如石清碧玉相兼者也。”仇兆鳌《杜诗详注》：“此咏阆水之胜，亦在六句分别景情。水兼黛碧，清绿可爱也。”今人马茂元《唐诗选》说：“‘石黛’句，意谓江流一片澄碧空明。石黛，即石墨，矿物名，色深青，古时妇女用以画眉。碧玉，又名水玉或水碧，水晶一类矿物，玉的一种，产深水中，通体透明，深绿色。相因依，相依倚。”邓魁英、聂石樵《杜甫诗选》：“言水色近岸浅处如碧，中流深处如黛。”王思宇也说：“诗一开头即正笔描写江水。这是篇中主意，画面中的主景。作者从‘色’上着笔，正抓住了江水的特征。黄河之水冲波激浪、奔腾向前，长江之水烟波浩淼、一泻千里，嘉陵江水的美，就在它的秀色醉人。诗中不是简单地使用颜色的概念，而是采用生动的比喻，就把江水的清澈明净、青碧如染，写得非常形象。‘石黛’是古代女子画眉用的一种青黑色颜料，诗中喻水深处之色。‘碧玉’翠绿，诗中喻水浅处之色，且以形容江水的莹洁透明。‘因依’即依傍之意；‘相因依’谓江水由于深浅的变化，其色由青黑渐渐变为翠绿，由翠绿渐渐变为青黑，见出作者观察的细致和刻画的入微。”（陶道恕《杜甫诗歌赏析集》）

后者如楼钥《答杜仲高旃书》引蜀士黄文叔裳曰：“‘嘉陵江色何所似’，一本作‘山水’者是。盖嘉陵江至阆州西北，折而南趋，横流而东，复折而北，州城三面皆水，故亦谓之阆中、阆内，如内河然。地势平阔，江流舒缓，城南正当佳处，对面即锦屏山。盖山如石黛，水如碧玉，‘嘉陵江色何所似，石黛碧玉相因依’，真绝唱也。”莫砺锋、童强《杜甫诗选》诠释说：“我们同意此说。因为如取‘江水’或‘江色’，一则下句中‘石黛’乃青黑色，嘉陵江水并无此种颜色。二则下句中‘石黛’‘碧玉’皆指江水，‘相因依’三字遂无着落。从此例可知，对异文进行取舍时，宜从上下文中寻找根据。”

倘若首句为“嘉陵山水何所似”，那么全诗不妨串讲如下。嘉陵江水清澈如碧玉，江边的锦屏山石黑如黛，两者辉映成趣。春光灿烂，阳光下江面浪花朵朵，江边花草明媚，美色无限，当地的少年划着小船倾侧而过，水鸡衔着小鱼飞来飞去。阆中美好的景色真是爱煞人，而城南锦屏山一带尤为天下少见。

## 别房太尉墓[①]

他乡复行役，驻马别孤坟。
近泪无干土，低空有断云。
对棋陪谢傅，把剑觅徐君。[②]
唯见林花落，莺啼送客闻。

【注释】

①房太尉：房琯，卒于阆州，赠太尉。题目一作“阆州别房太尉墓”。

②谢傅：谢安。《晋书·谢安传》载，谢玄等破苻坚，有檄书至，谢安方对客围棋，了无喜色。《史记·吴太伯世家》载，吴季札聘晋过徐，心知徐君爱其宝剑，及还，徐君已殁，遂解剑系其冢树而去。

【评析】

房琯于广德元年（763）八月四日卒于阆州僧舍。广德二年（764）春日，杜甫将由阆州赴成都，临走之际前来告别而赋此诗。诗人说，我本自滞留他乡，如今还得奔波。启程之际，我驻马于坟前，与亡故的老友告别。此时泪如雨下，湿润了坟上的干土。低空中朵朵浮云，也凝滞在这里，似乎为我的悲情感染，不忍离去。当年我陪你下棋时，你如谢安一样举重若轻。如今我似季札手持宝剑，前来寻找精于识剑的徐君，可只看见林中百花纷纷坠落，只听见凄切的黄莺送客的悲鸣。

诗人为何流泪，为何痛惜呢？一说哀痛房琯卒后无子，坟冢凄凉。唐汝询《唐诗解》卷三四："房琯，子美故人也，卒于阆而葬焉。时子美行役去阆而别其墓，泣泪之多，土为之湿；哀伤所感，云为之断也。生则对弈以从，殁则把剑相觅，情亦厚矣。今别墓之时，惟见林花之落，闻啼鸟之送，不复有丧主，岂不深可痛惜乎？按琯卒无后，故去世未久而冢间寂寞如此。"

仇兆鳌《杜诗详注》也说："上四坟前哀悼，下四临别留连。行役，将适成都。泪沾土湿，多哀痛也。断云孤飞，带愁惨也。……本谓别时不见有送客之人，送客者惟有落花啼鸟耳。考琯长子乘，自少两目盲，孽子孺复尚幼，故去世未久，冢间寂寞如此。"

一说情绪极为复杂，既为自己流落他乡而感伤，也为知交故去而伤痛，还为房琯身后凄凉而痛惜。浦起龙《读杜心解》："上四，直将临墓哀泣心事，尽情写过，下乃分疏出所以哀泣之故来。追宿昔，感身后，伤谒别，皆其故也。此为逆局。"赵星海《杜解传薪》："此一诗，一身作客之难，朋友相与之情，而名宦生前没后之德诣凄凉，无一不见。他人千言不能尽，而公四十字括之，是称巨笔。"

今人还以为还饱含着对时事的忧虑。“这是一首追悼故人房琯的诗。主要叙述两人的交谊，抒发伤感的情怀。前四句为墓前哀悼之词，后四句为临别留连之语。但诗中极为哀痛之处，已超出了对亡友的悼念，而蕴含着对国事的叹息。忧国忧民的情怀流露于字里行间。全诗凄凉伤感，读之催人泪下”（蘅塘退士、胡可先《唐诗三百首》）。

## 将赴成都草堂，途中有作，先寄严郑公五首（选一）①

### 其四

常苦沙崩损药栏，也从江槛落风湍。
新松恨不高千尺，恶竹应须斩万竿。
生理只凭黄阁老，衰颜欲付紫金丹。②
三年奔走空皮骨，信有人间行路难。

**【注释】**

① 严郑公：严武，广德元年（763）被封郑国公，迁黄门侍郎。

② 紫金丹：道家丹药，据说可以返老还童。

**【评析】**

广德二年（764），因严武相邀，杜甫由阆州返回成都，即将抵达草堂时，作诗五首。这一首表达了对严武的厚望。诗人说，我以前居住在草堂时，经常为沙滩崩坏了药圃的栏杆为苦恼，面对大风急流一再损坏江边的护栏也无可奈何。新近栽种的松树恨不得让它们一下子能长千尺之高，那些到处乱窜的竹子真应该砍掉一万竿。这次重回草堂，此后全家的生计就只有依靠你这位黄门侍郎了，至于我衰老的容颜恐怕非要依赖返老还童的紫金丹了。三年来奔走在梓州、阆州、绵州等地，疲惫得只剩下这副皮包骨，如今才真正体会到人间行路实在太艰难了。

“新松恨不高千尺，恶竹应须斩万竿”两句对仗工整，情感浓烈，给人留下了深刻印象。历来论者多以为针对时事而言，有所寄托。罗大经《鹤林玉露》：“言君子之孤，难扶植；小人之多，难驱除也。呜呼！世道至于如此，亦可哀矣。”卢元昌《杜诗阐》说：“‘新松’二语，虽指松竹，其实寓扶善除恶意。”王嗣奭《杜臆》卷五：“‘新松’一联亦有感于时事而不觉露之，亦见此老经世之略。”杨伦《杜诗镜铨》：“二句兼寓扶善疾恶意。”

今人易朝志则说：“当然，这里的新松、恶竹还有借喻之意。此联不是一般的叙述句，从‘恨不’‘应须’等词语及对仗句式的应用，可以看出诗人焦切的心情和强烈的愿望，显然别有寓意。……草堂的败落，是战乱所造成。人民在战乱中遭殃，而叛乱势力的代表人物却穷凶极恶，‘恶竹’不正是代指他们吗？‘新松’自然是喻指后起的忧国忧民的有志之士了。”（陶道恕《杜甫诗歌赏析集》）李谊《杜甫草堂诗注》：“新松，杜甫亲手种植的四棵小松，比新生、正义的事物。恶竹，喻衰朽、邪恶的东西。”

也有人认为，这两句只是单纯叙述诗人修葺草堂的构想，承接前两句而来。仇兆鳌《杜诗详注》：“药栏、江槛，昔所结构者。新松、恶竹，昔所栽者。”边连宝《杜律启蒙》：“药栏在内，江槛在外，江槛已落风湍，势必沙崩而药栏损，此其所当修葺者也。新松未茂，恶竹须除，此其所当栽培者也。至于饔飧之计，但凭严公；哀暮之年，欲付大药，将以栏槛松竹之间，为栖真养性之所矣。盖以三年奔走，皮骨空存，行路之难如此。故于栏槛松竹之间，求一枝之安以为休息之地也。”

今人吴鹭山《杜诗论丛》分析道：“为什么杜甫在这里对松和竹有所轩轾呢？这也不过是诗人在将归草堂以前的偶尔设想之词。我们如果把这两句诗和上面的两句诗‘常苦沙崩损药栏，也从江槛落风湍’联系起来领会，意思就会很明白。诗人在未归草堂时，他对草堂是这样想着的：那些于自经营起来的药栏、水槛，这时一定早已损坏了，而手自栽植起来的那四棵小松，恐怕已被乱竹挤得不成样子了。这一切，都有待于诗人这次回来好好地整理整理。由于小松成长较慢而又为诗人所心爱，故说‘恨不高千尺’；竹子容易随地迸出，正是诗人所要治蕉的对象，故说‘应须斩万竿’。这里的设想都是草堂周围的实情实事。在诗人的主观意图上，并没有表示什么‘扶善嫉恶’，更没有表示什么对新旧事物的两种不同态度。”

## 春 归

苔径临江竹，茅檐覆地花。
别来频甲子，归到忽春华。[①]
倚杖看孤石，倾壶就浅沙。
远鸥浮水静，轻燕受风斜。
世路虽多梗，吾生亦有涯。[②]
此身醒复醉，乘兴即为家。[③]

【注释】

① 甲子：古人干支纪年的第一年，这里泛指岁月。

②《庄子·养生主》：“吾生也有涯。”

③ 刘义庆《世说新语·任诞》："王子猷居山阴，夜大雪……忽忆戴安道。时戴在剡，即便夜乘小船就之，经宿方至，造门不前而返。人问其故，王曰：'吾本乘兴而行，兴尽而返，何必见戴？'"

【评析】

这首诗是杜甫于广德二年（764）春日逃难回到成都后所作，所谓"春归"，就是在春天回到了草堂。"此言归时当春也，非谓春色之归至，又非谓春色之归往也"（《杜诗赵次公先后解辑校》）。因此诗歌主要写他久别归来时的感受。诗人说，草堂一别，岁月悠悠，归来时春光满眼。屋檐下的地面覆盖着野花，通向江边竹林的小径长满了青苔。拄着拐杖，顺着小径来到江边欣赏孤石，在浅浅的沙滩上倾壶自饮自酌。远处江面上有水鸟静静地浮着，空中有轻盈的燕子倾斜着划过。世道艰难，我的生涯也是有限的，还是与世浮沉，酣饮沉醉，兴之所至，随处为家吧。

诗人在这里所流露出的生活态度，或以为是随寓而安。唐汝询《唐诗解》："子美构草堂于成都，已而去之阆，闻严武复镇蜀，因还旧居而有是作也。檐径如故，花竹纷然，正以别久而年华变也。春色既佳，聊移壶沙上，玩赏适情，岂可因世路多阻，苦我有限之生哉。姑复纵饮自宽，就此异乡为家耳。"仇兆鳌《杜诗详注》："此归后感怀。生涯无几，故聊托醉乡，乘兴为家，则路梗且付不问，此有随寓而安之意。"杨伦《杜诗镜铨》："末四自伤自解，不堪多读，亦有随遇而安之意。"

或以为表达了悲凉绝望之情。《杜诗言志》云："呜呼！吾于先生此诗，而不胜其言之悲也。……此临江竹，覆地花，皆故物也，乃一别而去，于今三年，频周甲子，今日归来，忽又是一年春也。时日之迅速若此，我于三年中何所成就也？故依仗而看孤石，如我之孑然一身，天涯涕泪也。倾壶而就浅沙，如我之抛离故土，寄居浮浪也。远鸥之浮水而静，犹远客之泛泛无所之也。我何人耶？衰羸已极，尚复望耶？随他命数所至，即为归著焉可矣。观此则少陵盖已逆料其旅榇他乡，而其年不永也。”

《许永璋先生说诗》也解说道：“仇氏评后四句怀有‘随寓而安之意’，殊感肤浅：普天之下，兵戈扰攘，老病漂泊，随何而寓？更何以得安？‘乘兴为家’，乃买醉自昏，销无家之苦。”

## 草　堂

昔我去草堂，蛮夷塞成都。
今我归草堂，成都适无虞。
请陈初乱时，反覆乃须臾。①
大将赴朝廷，群小起异图。
中宵斩白马，盟歃气已粗。②
西取邛南兵，北断剑阁隅。
布衣数十人，亦拥专城居。③
其势不两大，始闻蕃汉殊。
西卒却倒戈，贼臣互相诛。④
焉知肘腋祸，自及枭镜徒。⑤
义士皆痛愤，纪纲乱相逾。
一国实三公，万人欲为鱼。⑥
唱和作威福，孰肯辨无辜。
眼前列杻械，背后吹笙竽。⑦

谈笑行杀戮，溅血满长衢。
到今用钺地，风雨闻号呼。
鬼妾与鬼马，色悲充尔娱。[8]
国家法令在，此又足惊吁。
贱子且奔走，三年望东吴。
弧矢暗江海，难为游五湖。[9]
不忍竟舍此，复来薙榛芜。
入门四松在，步屟万竹疏。
旧犬喜我归，低徊入衣裾。
邻里喜我归，沽酒携胡芦。
大官喜我来，遣骑问所须。
城郭喜我来，宾客隘村墟。
天下尚未宁，健儿胜腐儒。
飘飖风尘际，何地置老夫。
于时见疣赘，骨髓幸未枯。[10]
饮啄愧残生，食薇不敢余。

【注释】

①初乱：指宝应元年（762）七月，徐知道叛乱初起。须臾：一作“斯须”。

②斩白马：古人杀白马以为盟誓。《战国策·赵策》：“（苏秦）令天下之将相相与会盟于洹水之上，通质，刑白马以盟之。”盟歃：歃血为盟。

③专城居：太守、刺史一类的地方长官。《陌上桑》：“四十专城居。”此诗句后原有自注：“即杨子琳、柏贞节之徒。”

④西卒：指李忠厚所率邛南之羌兵。互相诛：指徐知道与李忠厚互

相残杀。

⑤ 枭镜：传说中食父母的禽兽。《汉书·郊祀志》："用一枭，破镜。"孟康注："枭，鸟名，食母。破镜，兽名，食父。"

⑥《左传·僖公五年》："一国三公，吾谁适从。"

⑦ 杻械：刑具。《尔雅》："杻谓之梏，械谓之桎。"

⑧ 鬼妾：一作"人妾"。赵次公注曰："已杀其主而夺之，故谓之鬼妾鬼马，如匈奴以亡者之妻为鬼妻也。"

⑨ 弧矢：弓箭，喻战乱。五湖：江苏太湖一带。

⑩ 疣赘：肉瘤，喻无用之物。《庄子·大宗师》："彼以生为附赘悬疣。"

## 【评析】

这首诗的创作背景，主要有两种说法，一说作于永泰元年（765），一说作于广德二年（764）。今学者多采信后说。黄鹤《黄氏补注千家集注杜工部诗史》说："当是广德二年自梓州归成都依严武时作。"钱谦益《钱注杜诗》："广德二年春，武镇剑南，公复还成都草堂。此诗谓'大将赴朝廷，群小起异图'，谓武入朝而知道反也。"汪灏《树人堂读杜诗》："再归草堂，追忆严武出蜀时，知道反叛，痛定思痛，以纪避乱出草堂之由也。"

诗歌虽以"草堂"为题，草堂却只是引子，作者意在写他为何离开草堂又如何回到草堂，"上叙离乱，下叙得归，井井秩秩"（《杜诗集评》引吴农祥语），可视为三年流浪生活的记录与反思。首四句为总叙，概括他因成都之乱而离开草堂，又因成都无忧而回归草堂；以下十六句叙述西川兵马使徐知道勾结羌兵作乱的情形；其次十六句写诗人之逃难与回归；最后八句痛定思痛，抒发感想。

因此，这首诗的价值首先在于真实而详细地记录了这段历史。杨伦《杜诗镜铨》："以草堂去来为主，而叙西川一时寇乱情形，并带入天下，铺陈始终，畅极淋漓，岂非诗史。"唐汝询《唐诗十集》壬集五说："首四语总叙，中段是川中史，末段是草堂史，俱不厌其铺写。"陈订《读杜随笔》说："此诗序述其事，似一篇重来草堂记序。盖仿太史公《史记》序事体，直书其事而以韵语出之，开后来《诸将》《八哀》《往昔》《壮游》诸诗体格。有意垂世，独出心裁，故词不厌详，语不修饰。"

其中，描写西川兵马使徐知道作乱的情形，尤为详细，"丧乱之悲，吏卒之惨，如图画而观"（《杜诗集评》引李因笃语）。诗人描述说，前年的那次兵变来得突然，严武刚刚被召回朝廷，这帮宵小之徒就乘机图谋不轨。他们在半夜里斩杀白马，歃血为盟，气焰嚣张，勾结邛州以南的羌兵以虚张声势，阻断剑阁要道以抗拒长安王师。几十个本无一官半职的布衣，一跃而成为所谓的"刺史""县令"。不久叛军出现蕃、汉相争而自相残杀，徐知道没有想到祸起肘腋，他这个忘恩负义的恶人被部下李忠厚所杀。徐知道一死，手下头领各行其是，竞相作威作福，根本不在意平民的死活。他们滥杀百姓，寻欢作乐，大街上溅满了无辜者的鲜血，至今风雨之际还可以听见怨鬼的号哭。被害者的妻妾，还得强忍悲色，供他们娱乐。出现这样的惨剧，实在令人震惊，不知大唐法令何在。

这段惨重的历史，并不见诸史籍，故杜甫此诗可补史料之阙。浦起龙《读杜心解》："徐知道事，史俱不载，此诗可作史补，而古质之趣，流衍洋溢。"

在创作方法上，这首诗主要运用了乐府诗的手法，如蒋弱六所言："拉杂写来，乱离之戚，故旧之感，依依之情，慰劳之意，一一俱见，自是古乐府神境。非止袭其调而已。"（杨伦《杜诗镜铨》）其中回归草堂一段，最为生动传神。诗人说他不忍心舍弃浣花草堂，于是回来重整庭院，清除杂草，与松竹为伴。旧犬喜其久别而归，依恋徘徊于身旁；邻里携带美酒，前来接风洗尘；严武也专门派来使者，探问有何需求。前来看望的人非常之多，挤满了整个村庄。故吴瞻泰《杜诗提要》称赞说：“‘旧犬’数语化用《木兰诗》，妙在旧犬偏写在人前，令人闻之且痛且哭。末八句足归草堂之情，无限伤心刺骨，而语意却极温和。词不袭乐府之貌而深得乐府之神者也。”

## 题桃树

小径升堂旧不斜，五株桃树亦从遮。
高秋总馈贫人实，来岁还舒满眼花。
帘户每宜通乳燕，儿童莫信打慈鸦。
寡妻群盗非今日，天下车书正一家。①

【注释】

①《礼记·中庸》：“今天下车同轨，书同文。”

【评析】

所谓“题桃树”，并非题诗于桃树之上，而是见桃树有感而题诗。张性《杜律演义》说：“此诗疑是至草堂之时，感物伤时，因桃树而发兴，故题云‘题桃树’。”那么杜甫在诗中究竟在感叹什么，亦即他在何种背景下见到桃树呢？

一说在战乱平息之后，诗人重归草堂，满怀喜悦。汪灏《树人堂读杜诗》：“时车驾已还京师，盗贼亦稍平定，不觉触目而心慰也。”这首诗的大意，我们不妨理解如下：杜甫重归草堂，见昔日栽种之桃树郁郁葱葱，生发出对未来生活的美好憧憬。当日在庭前所栽种的五株桃树，如今枝叶茂密。从院中进入堂屋的小径，因为要躲避桃树也变得歪歪斜斜。到了秋天，桃树能提供充饥的果实；来年春天，它们还将开满桃花。我应该打开门窗，让乳燕自由通行；也会提醒小孩，不再任意扑打哺雏的慈鸦。天下大乱，群盗横行，就会使寡妻变多；如今社会渐趋安定，天下一统的太平岁月即将来临。

一说时值战乱不休，诗人感叹今非昔比，追忆太平岁月。王嗣奭《杜臆》云："小径升堂，旧时不斜，有五株桃树遮之，而径由其下。高秋成实，用以馈贫；来岁开花，可以悦目。帘户通乳燕而桃花不为碍也；桃树栖慈鸦而儿童未尝打也。虽从桃树起兴，真有物各得所之意。追想旧时，非若今日之多寡妻、群盗，而车书一家，太平景象固如此也；而今皆不然，殊可叹也。公盖即以一物以见世情，即一家以见天下，非谓自家能以桃实馈人，能禁儿童杀物也。盖兵乱后堂亦敝坏，桃多毁折，行非正路，在在皆是。《演义》疑此诗作于再至草堂之时，然公初至蜀，两京虽复，安、史尚乱，天下已非一家矣。岂蜀未经乱，流风遗俗犹存耶？"

同样肯定杜甫是在追忆往昔，朱鹤龄则以为杜甫诗中所咏，不是成都草堂外之桃树，而是故乡的桃树。"此诗首曰'小径升堂旧不斜'，末曰'天下车书正一家'，疑所题者乃故园之桃树也。时方全胜，未逢乱离，故桃亦可怀如此，以叹今日之不然，与'移柳几能存'同一感慨。若云题成都桃树，于末二语难通"（《杜工部诗集辑注》）。

一说当时有人提议砍去草堂前挡路的桃树，诗人不忍而作此诗。浦起龙《读杜心解》："读书不得其命笔缘故，切勿浪下注脚。如此诗颟顸索解，几无证人处。参之《四松》《水槛》等诗，乃知初归之时，芟除堂径，必有议去此桃者，公一触于仁爱之本心而欲留之，故作此以晓之。一、二，即提明此意。三、四，申言其所以然。……言

‘乳燕’‘慈鸦’，无补于世，而生机洋溢，人情类皆护惜之，桃非其类乎？不见颠连陷溺之伦，悉归共患共忧之度，为圣王无间之心体乎？乃以区区径路之斜而绝其源，岂仁人君子之用心也哉！以托开作收转，此中有神而明之之用，难以言传。肫然胞与襟怀，何有头巾气味，小中见大，不是讲道学也。”

此后论者多以为这首诗展示了杜甫“民胞物与”的情怀，是体道之诗，不是感时诗，也不是咏物诗。杨伦《杜诗镜铨》：“此诗于小中见大，直具民胞物与之怀，可作张子厚《西铭》读，然却无理学气。此老杜一生大本领，寻常诗人，未许问津。”范廷谋《杜诗直解》：“此诗之兴体，偶借桃树以起兴，于小题中抒写大胸襟大道理。通首八句，因桃树而念及贫人，因贫人而念及禽鸟，而遂及寡妻群盗，仁民爱物之心一时俱到。公之性情、经济具见于此，勿认作咏物诗。”

## 登　楼

花近高楼伤客心，万方多难此登临。
锦江春色来天地，玉垒浮云变古今。
北极朝廷终不改，西山寇盗莫相侵。
可怜后主还祠庙，日暮聊为梁甫吟。

【注释】

①玉垒：山名，在今四川都江堰岷江东岸。

②后主：蜀汉后主刘禅。其祠庙原在武侯祠东。《三国志·蜀书·诸葛亮传》：“亮躬耕陇亩，好为《梁甫吟》。”

【评析】

这首诗一般认为杜甫于广德二年（764）作于成都，如顾宸所言“代宗广德元年（763）十月，吐蕃陷京师，帝幸陕州。郭子仪收复长安，车驾还京。明年春，公在成都，因登楼而有此作”（《辟疆园杜诗注解》）。惟赵次公以为“此在阆中闻代宗车驾还长安之作”（《新刊校定集注杜诗》），今所不取。前三联诗歌大意为：在这国事艰难、万方多难的时刻，我登上了成都的高楼。楼前花儿开得正鲜艳，我心中却一片凄凉。锦江春水荡漾，日夜流淌，亘古不变；玉垒山屹然耸立，山顶飘浮的白云忽聚忽散，变幻不定如古往今来的人事。大唐王朝的命运，就如同那北极星一样终究无法改易，奉劝西山的寇盗最好不要前来侵扰。

最后一联，歧义纷纷，论者所见各不相同。诗人登楼之际，为何可怜后主刘禅，又为何要诵《梁甫吟》呢？

一说两句主意在前一句，即通过对后主刘禅的批评或赞同来表达诗人的立场。“批评说”以为“还”是“竟然”“居然”之意，杜甫是在以批评蜀汉后主刘禅宠信宦官、昏庸误国来指斥唐代宗任用宦官。钱谦益《钱注杜诗》：“‘可怜后主还祠庙’，其以代宗任用程元振、鱼朝恩，致蒙尘之祸，而托讽于后主之用黄皓乎？其兴寄微婉如此。”仇兆鳌《杜诗详注》：“代宗任用程元振、鱼朝恩，犹后主之信黄皓，故借祠托讽，所谓比也。《梁甫吟》，思得诸葛以济世耳。伤心之故，由于多难。而多难之事，于后半发明之。其辞微婉而其意深切矣。”

“赞同说”以为诗人意在慨叹刘禅虽为庸主，犹能任用诸葛孔明，所以至今还在祠堂承受着后人的祭祀。张綖《杜律本义》：“可怜后主犹祠庙于此，亦以德泽在蜀，人心不忘耳。盖后主虽庸，而能信任诸葛贤相，此所以得祠庙者，况英主乎？苟能用贤，则寇盗岂足平乎？

是以日暮为梁父之吟，而重有感也。”

另一说认为两句的核心是后一句，即解读杜甫为何要吟诵《梁甫吟》。或以为杜甫慨叹朝中无人。蔡梦弼《杜工部草堂诗笺》：“甫因吐蕃之乱，伤朝廷无诸葛之才也。”吴见思《杜诗论文》：“又言苟天命未移，即后主之孱弱，生为正统，没还祠庙，而况今日之朝廷乎？但辅弼无诸葛之才，所以日暮长吟也。”《杜诗言志》：“所恨者，人君孤立，绝无辅弼之臣。若或有诸葛其人者，则能尊显其君，其没世而后，人心犹且思之，为之庙祀不绝，而况乎其在当世乎？”高步瀛《唐宋诗举要》：“盖意谓后主犹能祠庙三十余年，赖武侯为之辅耳。伤今之无人也，故聊为《梁甫吟》以寄慨。”

或以为杜甫自伤不得重用。仇兆鳌《杜诗详注》引王嗣奭云：“北极朝廷，如锦江春色，万古常新，而西山寇盗，如玉垒浮云，倏起倏灭。结语忽入后主，深思多难之故，无从发泄，而借后主以泄之。又及《梁甫吟》，伤当国无诸葛也，而自伤不用亦在其中。不然，登楼对花，何反作伤心之叹哉。”又引朱瀚曰：“俯视江流，仰观山色，矫首而北，矫首而西，切登楼情事。又矫首以望荒祠，因念及卧龙一段忠勤，有功于后主，伤今无是人，以致三朝鼎沸，寇盗频仍，遂彷徨徙倚，至于日暮，犹为《梁甫吟》而不忍下楼，其自负亦可见矣。”

或以为寄望于严武。浦起龙《读杜心解》：“注家以后主比天子，无理之甚。‘梁甫吟’句，兼对严公，盖以诸葛勋名望之也。”

# 绝句二首

## 其一

迟日江山丽，春风花草香。[1]
泥融飞燕子，沙暖睡鸳鸯。

【注释】

① 迟日：春日。《诗·豳风·七月》："春日迟迟。"

【评析】

春日溶溶，春风骀荡，花草飘香，江山秀丽。泥土解冻而松软，燕子飞来飞去，衔泥筑巢。沙滩被春日晒得越来越暖和，鸳鸯交颈而眠于其上。

这首诗四句纯是写景，对仗又极其工整，有人就认为它只是由四个片段组成，没有一以贯之的主线。洪迈《容斋随笔·五笔》："永嘉士人薛韶喜论诗，尝立一说云：老杜近体律诗，精深妥帖，虽多至百韵，亦首尾相应，如常山之蛇，无间断龃龉处。而绝句乃或不然，五言如'迟日江山丽，春风花草香。泥融飞燕子，沙暖睡鸳鸯'……之类是也。"王世贞《艺苑卮言》也说："谢茂榛论诗，五言绝以少陵'日出篱东水'作诗法，又宋人以'迟日江山丽'为法，此皆学究教小儿号嗄者。"

罗大经以为，这四句之间是有内在联系的，如何读懂前人的诗歌是非常重要的。其《鹤林玉露》曰："或谓此诗与儿童之属对何异。余曰：不然。上二句见两间莫非生意，下二句见万物莫不适性。于此而涵咏之，体认之，岂不足以感发吾心之真乐乎？大抵古人好诗，在人如何看，在人把做甚么用。……只把做景物看亦可，把做道理看，其中亦尽有可玩索处，大抵看诗要胸次玲珑活络。”

仇兆鳌则认为四句脉络清晰，有起承转合。仇兆鳌《杜诗详注》：“此章言春景可乐。摹写春景，极其工秀，而出语浑成，妙入化工矣。‘丽’字、‘香’字，眼在句底。‘融’字、‘暖’字，眼在句腰。……此诗皆对语，似律诗中幅，何以见起承转阖？曰：江山丽而花草生香，从气化说向物情，此即一起一承也。下从花草说到飞禽，便是转折处，而鸳、燕却与江山相应，此又是收阖法也。”

今人周振甫《诗词例话》说：“有人只看到杜甫《绝句》是两副对子，看不到这两副对子的联系，看不到它的好处，根据这个片面理解，便把它贬低到只像儿童的对对子。实际上这两联构成了一幅画面，描绘春光的艳丽，上联写背景，显得阔大，有江山花鸟，下联写重点，较具体，飞燕子，睡鸳鸯，一动一静，所谓‘两间莫非生意’，‘万物莫不适性’，描绘出明媚春光，蓬勃生意，透露出诗人对美丽春光的赞赏心情。写得极为艳丽，构成杜诗的另一种风格。”

## 其二

江碧鸟逾白，山青花欲燃。
今春看又过，何日是归年。①

### 【注释】

①陆机《挽歌诗》：“人往有返岁，我行无归年。”

### 【评析】

这首诗大多认为写出了诗人思归的情怀。诗人说，江水碧绿，使鸟儿的羽毛显得更加洁白；山色青青，更显得山花如火一样鲜红。眼看着春天就又这样过去了，不知什么时候才能返回故乡。仇兆鳌《杜诗详注》引周甸云："江山花鸟，著眼易过，身在他乡，归去无期，所触皆成愁思矣。"

朱宝莹编、钱得运整理《诗式》也说："首句、二句分写江、山。因江而见鸟，因山而见花，因碧而形白，因青而形然；因江碧而觉鸟之愈白，因山青而显花之色红。此十字中有多少层次在，可悟炼句之法。而杜老因江山花鸟，感物而思归，一种神理，已跃然露于纸上。三句言在此看江山、花鸟，今春又过，有时光易逝的感慨之情，于此句宛转变化。四句自顺流而下，见流光冉冉，归时究在何时？不特转入四句，而且承首句、二句，一气呵成。绝诗以三句为主，信然。"

今人吴代芳、李培坤《唐人绝句艺术谈》分析道："全诗采用了反衬法。漫江碧透，飞翔在水上的白鹭被反衬得更加雪白；遍山青翠，开放在山上的朵朵红花被反衬得更加鲜红。对比映衬，色彩新艳，绮丽多姿，耀人眼目。诗人触景生情，江感归期遥遥。以美不胜收的春景反衬久客思归的乡情。"

但也有人提出，诗歌的核心不是"归"字而是"又"字。长期浪迹天涯，岁月如梭，老景将至，故不胜悲凉。吴冯栻《青城说杜》说："初读是春日极富丽语，细读是穷客极悲酸语，直至次首结，方明说出，悲在一'又'字，见不止今春为然。"

金圣叹《唱经堂杜诗解》也说："此诗初看去是望归期而实非也。言总是一样江山，一样花鸟，有时他乡故土之别。但今日归又不能，住又不可，对此花锦世界，日复一日，催人易老，可奈何！三、四悲极，则一、二并不作快句读矣。今日此江山花鸟，明日亦此江山花鸟；今日此青红碧白，明日亦此青红碧白。谓此是真，则他乡何必非真；谓此是幻，则故乡何必非幻。先生之意，盖不在水，不在鸟，不在山，不在花。何以故？你看即此水，即此鸟，即此山，即此花，而今春才来，今春又过矣。‘又过’者，言现见今春，实不自今春始也。‘何日’者，言自今春此一日始，又不知那一日止也。流光迅速，命树易倾，流寓如斯，死河将决。归不归且无足论，即此山、水、花、鸟、青、红、碧、白，孰非断送人之物耶。”

## 丹青引

### 赠曹将军霸

将军魏武之子孙，于今为庶为清门。
英雄割据虽已矣，文采风流今尚存。
学书初学卫夫人，但恨无过王右军。①
丹青不知老将至，富贵于我如浮云。
开元之中常引见，承恩数上南薰殿。②
凌烟功臣少颜色，将军下笔开生面。
良相头上进贤冠，猛将腰间大羽箭。③
褒公鄂公毛发动，英姿飒爽来酣战。④
先帝天马玉花骢，画工如山貌不同。
是日牵来赤墀下，迥立阊阖生长风。⑤
诏谓将军拂绢素，意匠惨淡经营中。
须臾九重真龙出，一洗万古凡马空。
玉花却在御榻上，榻上庭前屹相向。
至尊含笑催赐金，圉人太仆皆惆怅。⑥
弟子韩干早入室，亦能画马穷殊相。

干惟画肉不画骨，忍使骅骝气凋丧。
将军尽善盖有神，必逢佳士亦写真。
即今漂泊干戈际，屡貌寻常行路人。
途穷反遭俗眼白，世上未有如公贫。
但看古来盛名下，终日坎壈缠其身。

【注释】

①卫夫人：晋代书法家。张彦远《书法要录》引张怀瓘《书断》："卫夫人，名铄，字茂猗，廷尉展之女弟，恒之从女，汝阴太守李矩之妻也。隶书尤善，规矩钟公，右军少尝师之。永和五年卒。子充为中书郎，亦工书。"王右军：王羲之，曾为右军将军。

②《长安志》："南内兴庆宫内正殿曰兴庆殿，前有瀛洲门，内有南薰殿，北有龙池。"

③《后汉书·舆服志》："进贤冠，古缁布冠也，文儒者之服。"

④褒公：褒国公段志玄。鄂公：鄂国公尉迟敬德。两人皆为凌烟阁功臣。

⑤阊阖：天宫之门。

⑥圉人：官名。《周礼·夏官》："圉人，掌养马刍牧之事，以役目师。"《汉书·百官公卿表》："太仆，秦官，掌舆马。"

【评析】

曹霸是杜甫同时代的画家，在开元年间已负盛名，天宝末年官至左武衙将军，后因罪削职为庶人，安史之乱爆发后流落蜀中。这首诗题为"丹青引"，黄鹤就认为"以言曹将军能画也"，即意在称赞曹霸画技之高。这首诗也被视为一首杰出的题画诗，黄生《杜工部诗说》："诸题画诗，皆七言古神境，此首尤宛转。"

有人认为它应该是一首赠人之作。《唐宋诗醇》:“起笔老横，‘开元之中’以下，叙昔日之遇，正为末段反照；丹青之妙，见赠言之义明矣。通篇浏漓顿挫，节奏之妙于斯为极。”

还有人认为它实际上是一篇人物传记，在这里杜甫用诗概述了曹霸一生事迹。张惕庵说:“此太史公列传也，多少事实，多少议论，多少顿挫，俱在尺幅中。章法跌宕纵横，如神龙在霄，变化不可方物。”（杨伦《杜诗镜铨》）

更有人提出这首诗应该是一首感遇诗。浦起龙《读杜心解》强调说:“读此诗，莫忘却‘赠曹将军霸’五字，犹《入奏行》之‘赠窦侍御’、《桃竹杖引》之‘赠章留后’也。通篇感慨淋漓，都从此五字出。自来注家只解作题画诗，不知诗意却是感遇也。”

与此同时，他们还强调，杜甫在叙述曹霸的坎坷经历时，寄寓了自身不遇的感喟。王嗣奭《杜臆》:“余谓此诗借曹霸以自状，与渊明之桃源相似，读公《莫相疑行》而知余言之不妄。”金圣叹《唱经堂杜诗解》:“不但结写将军末路，亦先生自写也。不但先生自写，实写尽古来盛名下士也。”今人龚笃清《杜甫诗精选精注》也说:“诗中前溯曹霸之家世，后以其漂泊无依作反衬，中间则对曹霸画马的精湛技艺和得意心理作了淋漓尽致的描写。结语感慨万千，这既是为曹霸，也是为作者自己的怀才不遇、一生坎坷鸣不平。”

杜甫在诗中称赞曹霸作画“意匠惨淡经营中”，他写作这首诗时也是如此。诗歌先述曹霸家世、师承，再写曹霸修复凌烟阁功臣图像，然后才详细叙述曹霸为唐宪宗画玉骢马之事，赞扬曹霸就在画纸上展现出了真龙的神骏，使万古以来的凡马都为之一扫而空，最后叙述曹霸流落蜀中之事，笔法飘忽，纵横跌宕。施补华《岘佣说诗》:“《丹青引》画人是宾，画马是主，却从善书引起善画，从画人引起画马，又从韩干之画肉，垫将军之画骨，末后搭到画人。章法错综绝妙。”

邵沧来说："写画人物却状其功臣，写画马却状其玉花骢，难貌者已有神，而常人凡马更不待言。乃前画功臣御马，能令至尊含笑；后画行路常人，反遭俗子白眼，有无限感慨。然曹惟浮云富贵，则虽贫贱终身，亦足以自慰耳。"（杨伦《杜诗镜铨》）叶燮《原诗·外篇》云："杜甫七言长篇，变化神妙，极惨淡经营之奇。就《丹青引赠曹将军》一篇论之，……章法如此，极森严，极整暇。"

## 韦讽录事宅观曹将军画马图歌[1]

国初已来画鞍马，神妙独数江都王。[2]
将军得名三十载，人间又见真乘黄。[3]
曾貌先帝照夜白，龙池十日飞霹雳。[4]
内府殷红玛瑙盘，婕妤传诏才人索。
盘赐将军拜舞归，轻纨细绮相追飞。
贵戚权门得笔迹，始觉屏障生光辉。
昔日太宗拳毛騧，近时郭家师子花。[5]
今之新图有二马，复令识者久叹嗟。
此皆战骑一敌万，缟素漠漠开风沙。
其余七匹亦殊绝，迥若寒空动烟雪。
霜蹄蹴踏长楸间，马官厮养森成列。
可怜九马争神骏，顾视清高气深稳。
借问苦心爱者谁，后有韦讽前支遁。[6]
忆昔巡幸新丰宫，翠华拂天来向东。
腾骧磊落三万匹，皆与此图筋骨同。

自从献宝朝河宗，无复射蛟江水中。[7]
君不见金粟堆前松柏里，龙媒去尽鸟呼风。[8]

【注释】

① 韦讽：时为阆州录事参军。朱鹤龄注："曹将军《九马图》，后藏长安薛绍彭家，苏子瞻有赞。"

② 江都王：张彦远《历代名画记》载，"江都王绪，霍王元轨之子，太宗皇帝犹子也，多才艺，善书画，鞍马擅名。"

③ 乘黄：马名。《竹书纪年》："帝舜元年，出乘黄之马。"

④ 照夜白：骏马名。郑处晦《明皇杂录》："上所乘马有玉花骢、照夜白。"龙池：《长安志》："龙池，在南内南薰殿北、跃龙门南，本是平地，垂拱后因雨水流潦成小池，后又引龙首支渠分溉之，日以滋广，弥亘数顷深至数丈，常有云气，或见黄龙出其中，谓之龙池。"

⑤ 拳毛騧：唐太宗六骏之一，平刘黑闼时所乘。郭家：郭子仪家。师子花：狮子花。苏鹗《杜阳杂编》载，代宗自陕还命，以御马九花虬并紫玉鞭辔赐郭子仪。

⑥ 支遁：支道林，东晋僧人。《世说新语·言语》载支道林尝养数匹马，或言道人畜马不韵，支曰："贫道重其神骏耳。"

⑦《穆天子传》载，天子西征至阳纡之山，河伯冯夷之所都居，是惟河宗氏，天子沉璧礼焉。河伯乃与天子披图视典，用观天子之宝器，曰天子之宝。《汉书·武帝纪》载，元封五年，自浔阳浮江，亲射蛟江中，获之。

⑧ 金粟堆：玄宗陵墓。《旧唐书·玄宗纪》载，明皇尝至睿宗桥陵，见金粟山冈有龙盘虎踞之势，谓侍臣曰："吾千秋万岁后，葬此。"暨升遐，群臣遵先旨葬焉。龙媒：骏马。《汉书·礼乐志》引《天马歌》："天马来，龙之媒。"

【评析】

广德二年（764），杜甫在阆州录事参军韦讽家中欣赏曹霸所画九马图，作此诗。诗歌的主体部分都是围绕曹霸与他的这幅骏马图。诗人先交代曹霸画马的历史。有唐以来，画马最为精妙传神的当数江都王李绪了。成名已有三十年之久的曹霸将军，又将骏马的神韵展示出来了。他曾经画过唐玄宗的御马照夜白，把它画得如酷似龙马，好像有风雷随之而至，玄宗十分高兴，大加赏赐。当时长安的皇亲国戚以能得到曹将军所画的屏障为荣耀，所以抢着给曹将军送礼。

然后详细描绘眼前这幅九马图。诗人说，唐代骏马中，以唐玄宗的拳毛騧和郭子仪家中的狮子花最为著名，眼前曹将军新画的“九马图”上就有它们。这两匹良驹都能以一敌万，素绢上的它们犹如在大漠风沙中奔腾而来，其他七匹也与众不同，它们的毛色有红有白，远远望去如同在寒空下、霜雪中飞舞。它们行进在大道上，马官排列成行，人们仿佛可以听见马蹄阵阵的声响。这九匹马神清气爽，顾盼自若，沉静稳健。韦讽如此珍爱这幅图画，看来他和东晋支道林一样真心爱马。

最后宕开一笔，回忆往事。回想当年唐玄宗巡行骊山华清宫，仪仗遮天蔽日，随行的三万匹骏马，匹匹都与画中骏马筋骨相同。自从玄宗奔蜀而又仙逝，良马就不见踪影了。

在诗歌的主题方面，人们尤为关注最后八句，认为它的存在才使得整首诗的意义得到了提升。唐汝询《唐诗解》：“观一图而慨及国运，子美之诗岂雕虫之技云乎？”王嗣奭《杜臆》：“后来别用一意作结，若与画马不相蒙，亦因画马想及真马，又因曾貌照夜白想及玄宗之世，始而腾骧三万，众而龙媒尽空，不胜盛衰之感焉。马之盛衰，国之盛衰也。公阅此图，有不胜其痛者矣。”张溍《读书堂杜诗注解》："风格之老，神韵之豪，针线之密，可谓千古绝调。杜诗咏一物，必及时事，感慨淋漓。今人不过就事填写，宜其兴致索然耳。"

因此对于这首诗的主旨，或以为不在马与画以及画马之人，而在英雄将相。吴农祥说："竭力写鞍马乎？非也。写英雄将相耳。大开大合，大转折，是公真力量处。"（《杜诗集评》）黄生也说："'先帝'一段，从题外引起，犹说画马。'忆昔'一段，又从题外开去，则但说真马。乃知意在不画，亦不在曹将军也。"（《杜工部诗说》）

诗人观九马图，本应从图上的九匹马写起，但他却先从图上没有出现的照夜白写起，再转到拳毛騧和狮子花，引出其他七匹马，又从眼前的九匹马，想到三万匹，文势跌宕，飞腾变化。杨伦《杜诗镜铨》："本画九马，先从照夜白说来，详其宠赐之出；本结九马，却想到三万匹去，不胜龙媒之悲，前后波澜亦阔。中叙九马，先将拳毛、狮子二马拈出另叙，次及七马，然后将九马并说，妙在一气浑雄，了不著迹，真属化工之笔。"高步瀛《唐宋诗举要》："本题正面是画马九匹，却先从一马引起，特出两马，又出七马，而本题九马已全，忽从九马引出三万匹马，奇幻极矣。忽又扫去一马不留，但就叙马一端而言，已觉变化万千，无从捉控，叹观止矣。"

## 绝句四首（选一）

### 其三

两个黄鹂鸣翠柳，一行白鹭上青天。
窗含西岭千秋雪，门泊东吴万里船。[1]

【注释】

①诗后原有注："西山白雪，四时不消。"

【评析】

这首诗写草堂远近所望之景物。两只黄鹂鸟，在翠绿的柳树枝头婉转鸣唱；一行白鹭，径直飞向蔚蓝的天空。从窗外远眺，可以望见西岭上长年不化的积雪；草堂门外，停泊着前往万里之外东吴的行船。

"东吴万里船"，有两种理解。一说是前往东吴的航船。赵次公说："公之志每欲南下，今言所泊门外之船，乃欲往东吴万里之船也。"（《杜诗赵次公先后解辑校》）葛晓音《杜甫诗选评》："门口的河通向东吴，船行自然去万里之外。"刘开扬《唐宋明朝诗人咏四川》："浣花溪可行小舟，直通百花潭，再东经万里桥下，直抵东吴。"

一说是东吴远道而来的航船。周啸天说："末句再写从门外可以见到停泊在江岸边的船只。'万里船'三字意味深长，因为多年战乱，水陆交通为兵戈阻绝，船只不能畅行，而战乱平定，交通恢复，才能看到来自东吴的船只"（俞平伯《唐诗鉴赏辞典》）。

杜甫在诗中所流露的情绪，也有多种说法。一说诗人以为蜀地风景秀丽，安居此处亦可，远下东吴也可。王嗣奭《杜臆》："此四诗盖作于入居草堂之后，拟客居此以终老，而自叙情事如此。……其三是自适语。草堂多竹树，境亦超旷，故鸟鸣鹭飞，与物俱适，窗对西山，古雪相映，对之不厌，此与拄笏看爽气者同趣。门泊吴船，即公诗'平生江海心，夙昔具扁舟'是也。公盖尝思吴，今安则可居，乱则可去，去亦不恶，何适如之。"

一说诗人思念江南，期待出川东下。何焯《义门读书记》："言鸟犹飞鸟得所。蜀中久乱，何可复恋？俟雪消水生，便思放船下峡也。"吴战垒《唐诗三百首续编》："可见早有出蜀东游之念，此句亦隐含此意。”秦似《唐人绝句选读》：“前一句主要描写沉睡千年的岷山，后一句主要描写时常活动的航船。暗示出诗人在春夏之交，万物生意盎然，也想活动活动，乘着万里航船，离开四川，沿江而下。”

一说诗人希望严武早日安定蜀地。浦起龙《读杜心解》：“‘鹂’止‘鹭’飞，何滞与旷之不齐也？今西岭多故，而东吴可游，其亦可远举乎？盖去蜀乃公素志，而安蜀则严公本职也。蜀安则身安，作者有深望焉。上兴下赋，意本一串。注家以四景释之，浅矣。”

一说表达了思乡的情怀。韩兆琦《唐诗选注集评》：“作品写于唐代宗广德二年（764）春，时杜甫已由梓州回到成都草堂。原诗共四首，这是其中的第三首。作品描写了成都春日的山川形势，景物风光，隐约地抒发了一种思乡之情。”

# 忆昔二首

## 其一

忆昔先皇巡朔方，千乘万骑入咸阳。①
阴山骄子汗血马，长驱东胡胡走藏。
邺城反覆不足怪，关中小儿坏纪纲，张后不乐上为忙。②
至令今上犹拨乱，劳身焦思补四方。
我昔近侍叨奉引，出兵整肃不可当。
为留猛士守未央，致使岐雍防西羌。③
犬戎直来坐御床，百官跣足随天王。
愿见北地傅介子，老儒不用尚书郎。④

【注释】

① 朔方：唐方镇名，治所在灵州（今宁夏灵武西南）。

② 关中小儿：这里指李辅国。《旧唐书·宦官传》："李辅国，本名静忠，闲厩马家小儿。少为阉，貌陋，粗知书计，为仆，事高力士。"张后：指肃宗皇后张良娣。《旧唐书·后妃传》："皇后宠遇专房，与中官李辅国持权禁中，干预政事，请谒过当，帝颇不悦，无如之何。"

③ 岐：岐州，北魏所置。雍：岐州治所，在今陕西凤翔南，唐时升为凤翔府。

④ 傅介子：傅介孟，西汉北地义渠人，持节使楼兰，斩其王，归之北阙。老儒：杜甫自谓。

【评析】

这首诗多回顾肃宗朝之事。它的创作年代，目前有三种说法。第一种说法立足于第二首结句"洒泪江汉身衰疾"，以为杜甫于大历二年（767）在夔州所作。如赵次公即云："旧本失次于成都诗中，今第二篇末'洒泪江汉身衰疾'，则夔州诗也。与《枯棕》诗'嗟尔江汉人'同。"（《杜诗赵次公先后解辑校》）

第二种说法以第一首结句"老儒不用尚书郎"，以为广德二年（764）在严武幕中所作，时杜甫被荐为工部员外郎。王嗣奭《杜臆》："此是既为工部郎后，追论往事也。故以《忆昔》为题，乃广德二年严武幕中作。"朱鹤龄《杜工部诗集辑注》："公归成都，严武奏授尚书员外郎。此诗前云老儒不用尚书郎'，后云'朝廷记识蒙禄秩'，盖幕府以后作也。"

第三种说法，认为"尚书郎"只是典故，并非实事，诗乃杜甫于广德二年（764）春在阆州所作。浦起龙《读杜心解》："旧编严武幕中，非。当属吐蕃陷京后、代宗复国时作。盖在广德二年之春，时复在阌。”杨伦《杜诗镜铨》引用浦起龙之说，并强调旧说“特以‘尚书郎’三字误入耳。”

诗题曰“忆昔”，实则在讽今。一般认为，第一首借回忆肃宗朝事警戒代宗。诗人说，当初先皇唐肃宗在朔方灵武即位，不久便率领千军万马，浩浩荡荡返回长安。他所借来的回纥士卒，骑着汗血宝马，将安庆绪的叛军撵到河北。后来史思明已降复叛，救安庆绪于邺城，再度攻陷洛阳，这本不足为怪。奇怪的是此后关中小儿李辅国，独揽大权，把持朝政，而肃宗忙着讨张皇后的欢心，使国事一塌糊涂，至今代宗皇帝还忙着拨乱反正，劳心焦思去补救。我当年曾在肃宗皇帝身边任职，那时代宗皇帝以广平王的身份拜天下兵马大元帅，号令严明，军容整肃，势不可挡。遗憾的是后来听信谗言，罢夺郭子仪的兵权，将他闲置长安，致使凤翔一带兵力单薄，吐蕃得以长驱直入，闯进京城。文武百官狼狈不堪，光着脚跟随代宗逃出京城。我真希望朝廷任用傅介子那种能够为国雪耻的官员，至于我这样的老儒，不用再担任尚书郎。

因此钱谦益《钱注杜诗》诠释说：“《忆昔》之首章，刺代宗也。肃宗朝之祸乱，成于张后、辅国。代宗在东朝，已身履其难。少属乱离，长于军旅，即位以来，劳心焦思，祸犹未艾，亦可以少悟矣。乃复信任程元振，解郭子仪兵柄，以召匈奴之祸，此不亦童昏之尤乎。公不敢斥言，而以‘忆昔’为词，其意婉而切矣。”

浦起龙强调杜甫在警戒之余，更有殷勤期待。“首章，历叙肃宗临御，以及代宗之蒙尘。其中关目，在肃宗，则以辅国、张后之蔽，致师溃邺城，遗忧继世。在代宗，则不能借鉴前车，信任程元振，豢禁旅而忽边防，致社稷再倾，身羁取辱。先皇其炯鉴，今日其覆辙也，陈戒之旨切矣。结仍作望词。”（《读杜心解》）

## 其二

忆昔开元全盛日，小邑犹藏万家室。
稻米流脂粟米白，公私仓廪俱丰实。
九州道路无豺虎，远行不劳吉日出。
齐纨鲁缟车班班，男耕女桑不相失。①
宫中圣人奏云门，天下朋友皆胶漆。②
百余年间未灾变，叔孙礼乐萧何律。③
岂闻一绢直万钱，有田种谷今流血。
洛阳宫殿烧焚尽，宗庙新除狐兔穴。
伤心不忍问耆旧，复恐初从乱离说。
小臣鲁钝无所能，朝廷记识蒙禄秩。
周宣中兴望我皇，洒泪江汉身衰疾。④

### 【注释】

① 车班班：众车声，这里指商贾不绝于道。《后汉书·五行志》："桓帝之初，京都童谣曰：车班班，入河间，河间姹女工数钱。"

② 云门：周六乐舞之一，相传为黄帝所制，以祭祀天神。《周礼·大司乐》："歌大吕，舞云门，以祀天神。"

③ 叔孙：叔孙通。《资治通鉴·汉高帝十二年》："天下既定，令萧何次律令……叔孙通制礼仪。"

④ 周宣：周宣王。他承周厉王之乱，使周室复兴。

### 【评析】

第二首诗，杜甫主要回忆了玄宗朝之事。诗人说，回想当年开元盛世之时，哪怕是个小城镇也有上万户居民。稻米饱满，小米洁白，无论公家私人粮仓都装得满满的。那时道路通畅，交通方便，运送丝绸的车辆往来不绝。百姓安居乐业，男耕女织，各守其职。皇帝在宫中欣赏乐曲《云门》，朋友之间和睦友好。百余年间没有发生灾异动乱，大家都遵循礼律法度，从来没有听说过一匹绢竟值一万钱的事情，凡是有田的地方都种上了粮食。如今战乱不休，四处流血，洛阳宫殿化为灰烬，宗庙刚刚被收复。往事不堪回首，不忍询问那些耆老，怕他们又要从"安史之乱"说起。

那么，杜甫为何要追忆开元年间的往事呢？一说慨叹盛世不复重见。钱谦益《钱注杜诗》："次章则追思开元之全盛，而深叹其不可复见也。"

一说希望代宗皇帝能重铸昔日辉煌。仇兆鳌《杜诗详注》："古今极盛之世，不能数见，自汉文景、唐贞观后，惟开元盛时，称民熙物阜。考柳芳《唐历》，开元二十八年，天下雄富，京师米价斛不盈二百，绢亦如之。东由汴宋，西历岐凤，夹路列店，陈酒馔待客，行人万里，不持寸刃。呜呼，可谓盛矣！明皇当丰亨豫大时，忽盈虚消息之理，致开元变为天宝，流祸两朝，而乱犹未已。此章于理乱兴亡之故，反覆痛陈，盖亟望代宗拨乱反治，复见开元之盛焉。"浦起龙《读杜心解》："前章戒词，此章祝词。述开元之民风国势，津津不容于口，全为后幅相望中兴样子也。前说开元。'岂闻'四句，直说目下。中间隔一大段时光，故用'伤心'二句搭连之。意以其间乱离之事，不忍再提，但远追盛事，以冀今之克还其旧耳。"

陈贻焮《杜甫评传》提出了新的看法，"开元时期，经济文化繁荣，封建统治阶级生活富裕，物价便宜，社会秩序安定，确乎是唐代，也是我国整个封建时代的'全盛日'，但同时也是大唐帝国盛极而衰的转接点。老杜幸也不幸，亲身经历了这一由盛猝衰的历史阶段，感受当然格外深切。如今他漂泊多年，萍踪万里，战乱之苦备尝，中兴之望日甚，因此回忆昔日盛况，难免无形中受感情支配而有所夸大，不可尽信。但从艺术效果看，极言昔时之盛，更能反衬出今日之衰，读之令人触目惊心，感叹不已。在我看来，这诗与其说是‘亟望代宗拨乱反治’的‘祝词’，或是对‘开元盛世’的挽歌，毋宁说是悲惨现实的哭诉。”

## 宿 府

清秋幕府井梧寒，独宿江城蜡炬残。
永夜角声悲自语，中天月色好谁看。
风尘荏苒音书绝，关塞萧条行路难。
已忍伶俜十年事，强移栖息一枝安。①

【注释】

①《庄子·逍遥游》：“鹪鸟巢于深林，不过一枝。”

【评析】

广德二年（764）六月，剑南节度使严武，表荐杜甫为节度参谋。这首诗就是诗人在严武幕府值宿时所作，首联点明了背景。诗人说，清秋之夜，独自宿在成都的幕府之中。井栏边的梧桐树，带来阵阵寒意；不知不觉，房中的蜡烛就要烧尽了。方回《瀛奎律髓》：“此严武幕府秋夜直宿时也。”仇兆鳌《杜诗详注》：“此秋夜宿府而有感也。”浦起龙《读杜心解》：“盖初就幕府时作。”

对于幕府的这份工作，杜甫自己并不满意，只不过长期流离，没有其他的选择。后两联说，战火不熄，辗转奔波，亲朋故旧的音讯早已断绝；关塞阻隔，满目萧条，世路更为艰难。从安史之乱发生以来到如今，我东奔西走，已经忍受了十年的流离之苦，现如今为了一时的安宁，勉强自己做一个幕僚。

历来论者，一方面强调杜甫此时无奈的心境，如张綖《杜工部诗通》说："公虽为严公表为参谋，而非其所乐，因宿幕府以发之。"仇兆鳌也说："盖不得已而暂依幕下耳。"另一方面指出杜甫在诗中已透露出即将辞归的情绪，如何焯《义门读书记》："言非遁操不坚，直为无路可归耳，然十年忍穷，今来岂肯怀安？方决去也。"

其中争议较大的是颔联。就句法而言，一说为传统的上四下三格式，如浦起龙《读杜心解》所说："'独宿'二字，一诗之眼。'悲自语''好谁看'，正即景而伤'独宿'之况也。"

一说为独特之创举，即上五下二格式，如王嗣奭《杜臆》："'永夜角声悲''中天月色好'为句，而缀以'自语''谁看'，此句法之奇者，乃府中不得意之语。"

就内容而言，一说"自语"指"角声"。吴见思《杜诗论文》说："永夜角声，声既悲矣，而呜咽者如自语也。"黄生《杜工部诗说》："角声之悲如人自语，惟独宿乃觉其然；月色虽好，不耐起看，亦枕上无聊之语。"仇兆鳌也说："角声惨栗，悲哉自语；月色分明，好与谁看。"因此这两句的大意是，漫长的夜晚，凄凉的号角声就好像在自言自语；当空的明月如此姣好，又有谁会和我一起去欣赏。

一说"自语"指杜甫。除浦起龙外，邵宝《邵二泉先生分类集注杜诗》也说："'悲自语'，自闻之，自言之；'好谁看'，自见之，自赏之。"顾宸《辟疆园杜诗注解》："角声永夜不绝，月至中天倍明，自闻之，自言之，自见之，自赏之，皆无人相合也，独宿之况如此。"

# 至　后[1]

冬至至后日初长，远在剑南思洛阳。
青袍白马有何意，金谷铜驼非故乡。
梅花欲开不自觉，棣萼一别永相望。[2]
愁极本凭诗遣兴，诗成吟咏转凄凉。

【注释】

① 题目一作“至节后”。

② 棣萼：比喻兄弟。《诗·小雅·棠棣》：“棠棣之华，萼不韡韡。凡今之人，莫如兄弟。”

【评析】

这首诗朱瀚以为是赝作。其《杜诗七言律解意》辨析道：“复点‘至’字，累坠。‘日初长’，剩语。‘有何意’，可发一笑。‘金谷铜驼非故乡’，但可云风景非昔耳。‘不自觉’，冗率。竟以棣萼为兄弟，亦是俚习。七八如村务火酒，薄劣异常。”陈贻焮《杜甫评传》说：“这诗写得较俚俗，旧注家有疑为赝作。我看倒很符合老杜当时的心情。邵子湘以‘疏老’二字评此诗。诗入‘老’境，难免于‘疏’。大作家也有欠佳之作，岂得以优劣论真伪？”

一般认为，诗作于广德二年（764）冬日，当时杜甫在严武幕府，颇为愁闷。故首联说，冬至节过后，白天逐渐由短变长。我远寓剑南，无比思念洛阳。

颔联中的“青袍白马”，多以为用侯景之事喻安史之乱。《梁书·侯景传》载大同中童谣曰：“青丝白马寿阳来。”后侯景果然乘白马、率青巾兵而反叛。顾宸《辟疆园杜诗注解》："庾子慎《乱后行经邮亭》曰：'青袍弄春草，白马即吴门。'庾开府《哀江南赋》云：'青草如袍，白马如练。天子履端废朝，单于长围高宴。'公正用此语，以喻安史之乱。"

也有人提出质疑，认为如此解说，上下句意含糊。齐翀《杜诗本义》："旧注以青袍、白马比安、史，则'有何意'三字说不去。若指幕府，'白马'二字又无着。杜诗如此等处，存而不论可也。"朱鹤龄认为"青袍白马"指杜甫在幕府中的生活状况，"以公诗'青袍也自公，归来散马蹄'为证，皆指幕府言。曰'有何意'，言志不得自展也"（仇兆鳌《杜诗详注》）。今人王士菁《杜诗今注》："'有何意'，又有什么意思。是说在幕中生活很不舒畅。'青袍白马'，指日常生活情况。"

下句中的"金谷"，指金谷园，为石崇所建，在洛阳西北；"铜驼"，指洛阳铜驼街。蔡梦弼说："金谷园、铜驼街，岂非洛阳故乡行乐之胜景乎？"那么诗人为何提及这两处洛阳名胜呢？一说感慨诗人所处之成都虽好，却不是故乡。两句大意是，供职于幕府，有志难骋；成都没有金谷园、铜驼街那样的名胜，终究不是故乡。师古说："金谷园、铜驼街，皆不及故乡之乐。"（《分门集注杜工部诗》）李谊《杜甫草堂诗注》："青袍两句，我在严武的幕府中志不自展，成都虽也有如金谷、铜驼一类的胜地，但毕竟不是故乡。"

一说战后的洛阳，今非昔比。邵傅《杜律集解》："洛阳本公之故乡，乃曰'非故乡'者，盖洛阳繁华之地，今遭变乱，非昔日繁华洛阳也。"顾宸《辟疆园杜诗注解》说："洛阳尽遭焚劫，今日思之，彼盗贼纷纷，果萌何意？而金谷、铜驼已非复吾故乡景物矣。"

最后两联，诗人说，不知不觉，就又到了梅花开放的时节；兄弟一别，难以晤面，惟有长相守望。愁闷之时，本想借诗遣怀；诗成吟咏，反而更添凄凉。

## 莫相疑行

男儿生无所成头皓白，牙齿欲落真可惜。
忆献三赋蓬莱宫，自怪一日声辉赫。
集贤学士如堵墙，观我落笔中书堂。[①]
往时文采动人主，此日饥寒趋路旁。
晚将末契托年少，当面输心背面笑。[②]
寄谢悠悠世上儿，不争好恶莫相疑。

### 【注释】

① 集贤学士：集贤院学士。开元十三年（725），改集仙殿为集贤殿，丽正殿书院为集贤殿书院，院内五品以上为学士，六品以上为直学士。中书堂：中书省之政事堂。

② 末契：指长者与晚辈的交谊。《文选·陆机〈叹逝赋〉》："托末契于后生，余将老而为客。"李周翰注："言后生见我老，不与我交，以客礼相待，复增其忧耳。末契，下交也。"

### 【评析】

诗中的献三赋，指天宝九载（750）冬，杜甫进献《朝献太清宫赋》《朝享太庙赋》《有事于南郊赋》。《新唐书·杜甫传》："（杜）甫奏赋三篇，帝奇之，使待制集贤院，命宰相试文章。"

诗歌的前半部分，追忆当年如何意气风发，描述了诗人献赋后应试而受到围观的隆重场景。杜甫在诗中说，生为七尺男儿，一生无所成就，致使满头白发，牙齿欲坠，不能不感到惋惜。回想当日献三大礼赋于蓬莱宫，为玄宗所赏识，顿时声名显赫，集贤殿的学士们排列如堵墙，围观我在中书堂下笔应试。

诗人为何会追忆往事呢？是因为“晚将末契托年少，当面输心背面笑”，即眼下他遭到了年轻人的轻辱。陈式《问斋杜意》：“年老受困少年，因而追忆从前，自叹而已，绝无一毫夸示少年之意。”仇兆鳌《杜诗详注》：“此诗为少年轻薄而作也。”

这里的“少年”，一说指严武。《杜陵诗史》引师古注曰：“年少指严武也。甫与武父挺之素善，武时尚少，镇成都，甫往依焉，故云‘晚将末契托年少’。甫尝醉登武床，瞋目曰：‘严挺之乃有是儿。’武憾其斥父名，拔剑将杀之，赖武母救止乃免。武与甫由是有隙，故甫讥其不以诚相待，而有是作。”

一说指郭英乂。黄鹤《黄氏补千家集注杜工部诗史》说：“郭英乂帅蜀时，年方三十余，此诗意是为英乂所作。虽严武年少，然于公未尝不相知，岂有‘当面输心背后笑’之事？《八哀诗》中严武诗，可见公待武初终无间，应无此作。当时永泰元年与英乂不合，去成都时作。”

一说指同僚，在幕中所作。黄生《杜工部诗说》：“公以白头趋幕，意为同少年所侮，故一则云：‘晚将末契托年少，当面输心背面笑。’一则云：‘老翁慎莫怪少年，葛亮贵和书有篇。’合诸作观之，显是幕中所赋，从未经人拈出。”《杜诗言志》：“此诗亦为幕中人之有忤而作也。”

一说指同僚，辞幕后追忆。浦起龙《读杜心解》：“公在幕府，呈严公诗云：‘平地传欹侧，分曹失异同。’则知辞幕之故，半以同列见嫉。此诗追昔抚今，不胜悲慨，于篇尾流露其意。”

万曼《读杜札记》进一步指出，这里的同僚即杜甫的从孙杜济。

"杜甫从一入严武幕，似乎就不怎样满意。……辟幕的原因，表面上是衰老，其实却在分曹异同，幕中一定有人和杜甫龃龉。……一般注释，似乎都不能发明此黠。其实蛛丝马迹，不无可寻，和老杜不能合作的，便是老杜的从孙杜济。"

吴在庆《杜甫与严武同僚不合甄辨》提出，这首诗作于广德元年（763）流落绵州、梓州、汉州、阆州等地时。"且在这段时间中，他也曾遭人冷遇，备尝人情冷暖。如作于广德元年春的《春日梓州登楼二首》……上述杜甫的遭际处境心情与《莫相疑行》所述的'此日饥寒趋路旁'，以及有憾于年少的'当面输心背面笑'等人情冷暖情景是何其相似乃尔。因此，杜甫在这段时间里写作《莫相疑行》诗是颇为合理的。"

## 去　蜀

五载客蜀郡，一年归梓州。①
如何关塞阻，转作潇湘游。②
万事已黄发，残生随白鸥。
安危大臣在，何必泪长流。

【注释】

① 归：一作"居"。梓州：唐东川节度使治所，即今四川三台。

② 潇湘：潇水与湘水，这里泛指荆楚。

【评析】

入蜀六年以来，五年客居成都，一载寄宿梓州。其间一心思归洛阳，无奈关塞阻隔，欲归不得，只好转游潇湘一带。一生无所成就，如今黄发已生，万事皆休，残生惟有交付白鸥，浪迹江湖。国家的安危，自有王公大臣承担，我又何必泪水长流呢？

一般认为，这首诗为杜甫永泰元年（765）于离开成都时所作，只是具体时间略有差异。仇兆鳌以为“作于永泰元年夏，将往戎渝之时”（《杜诗详注》）。赵汸《杜工部五言赵注》说：“永泰元年四月，严武薨，五月以郭英乂为成都尹，公与乂有旧而至不合，遂去蜀。”浦起龙《读杜心解》：“旧谱：严武以四月卒，公以五月去。此说殊不确。公与严交谊何如，岂有在蜀亲见其殁，无一临哭之语见于诗者。且此后去蜀诸诗，亦绝无严卒始去明文也。愚意公之去，在四月以前严未殁时。”

唯独黄鹤认为，此诗作于广德二年（764）。其《黄氏补千家集注杜工部诗史》：“此当是广德二年在阆州作。时严武未有镇蜀，所以欲下潇湘。”

此外，还有人提出这首诗为赝作。梁运昌《杜园说杜·杜谭百一》：“集外虽有《去蜀》一律，是赝作，不足为据。”朱彝尊也说“如第七句，伪作无疑”（《杜诗集评》）。

但第七句“安危大臣在”却又备受他人称赞，如邵长衡说：“清空如话，正是老气，结又得体。”（《杜工部集五家评本》）胡震亨《杜诗通》：“以自觉之淡语，含忠爱之深思。”

至于这句所说的“大臣”，究竟指谁，作者的态度是褒是贬，历来颇有争议。一说指郭子仪，结语为肯定赞扬之辞。黄鹤说：“末云‘安危大臣在’，谓吐蕃入寇，有子仪诸公可恃也。”

一说郭英乂，结句为讥讽。张溍《读书堂杜诗注解》：“大臣即郭英乂，非子仪，是讥大臣语。”

一说指严武。浦起龙说：“今谢事他往，‘大臣’定指严武，可见

武未卒。”(《读杜心解》)

一说泛指当政权要，或以为正说，如《杜诗言志》：“尔之所忧者，自有当国之大臣在也，而尔何泪长流为耶？”汪瑗《杜律五言补注》：“此固所以自慰，亦以责当时之将相者。‘大臣’泛言，不必指子仪。”

或以为是反语，如黄生《杜工部诗说》：“此六年中，无日不思归朝，皆因关塞阻隔。如何今日仍阻关塞，转游潇湘？万事无成，早已黄发，残生有限，空逐白鸥。回首京华，不禁流泪。既又自怪：国家安危，自有大臣负荷，区区杞忧徒抱，终何补于事哉？唯有拭泪长辞，扁舟下峡而已。此反言以自释之辞也。”杨伦《杜诗镜铨》：“结用反言见意，语似自宽，正隐讽大臣也。”

## 禹　庙①

禹庙空山里，秋风落日斜。
荒庭垂橘柚，古屋画龙蛇。
云气嘘青壁，江声走白沙。
早知乘四载，疏凿控三巴。②

**【注释】**

① 禹庙：旧址在重庆忠县。《方舆胜览·夔州路·咸淳府》：“禹祠在忠州临江县南，过岷江二里。”

② 四载：传说中大禹治水时用的四种交通工具。《书·益稷》：“予承四载。”孔安国传：“四载，水乘舟，陆乘车，泥乘輴，山乘樏。”

【评析】

永泰元年（765）夏日，杜甫携家人乘船离开成都，经嘉州、戎州、渝州、忠州而前往云安。秋日在渝州、忠州之间，曾拜谒禹王庙，赋有此诗。李文炜《杜律通解》说："此公于永泰元年在忠、渝间，见禹庙之荒凉，而思其疏凿之功，有感而赋之也。"

诗人说，禹王庙坐落在寂静的大山中，瑟瑟的秋风吹拂着庭院的橘柚树，夕阳的余晖落在庙宇的屋顶，古老的殿壁上残留着龙蛇的图案。庙外云气飘涌，似乎从青壁上生发出来；白沙滩旁，江流奔腾，江水咆哮。我早就知道大禹乘坐四种交通工具治水的故事，他在三巴一带凿开峡谷，疏通河道，使江水东流入海，现在身临其境，更感受到大禹功勋卓著。

据《尚书·禹贡》载，大禹治水后，远居东南的岛夷之民曾进贡橘柚。又《孟子·滕文公》曾云，大禹治水"驱龙蛇而放之苴"，故或以为三、四两句为使事用典。孙莘老说："盖橘柚锡贡，驱龙蛇，皆禹之事。公因见此而有感也。"（刘辰翁《集千家注批点杜工部诗集》）

或以为是诗人亲眼所见之景象。汪瑗说："橘柚、龙蛇，固庙中之所有，而荒庭古庙，又见空山寂寞之景也。……实不用事，偶然合事。"王夫之《唐诗评选》："或云'橘柚''龙蛇'用禹事，亦难得此凑巧。如庭无橘柚，讵可诬耶？"

或以为用大禹之事而写眼前之景，有意无意，妙合无垠。胡应麟《诗薮·内篇》："'荒庭垂橘柚，古屋画龙蛇'，……杜用事入化处。然不作用事看，则古庙之荒凉，画壁之飞动，亦更无人可著语。此老杜千古绝技，未易追也。"《唐宋诗醇》："龙蛇橘柚，宋人亦知其用本事，不知其妙在无迹，极镜花水月之趣，学者悟此，乃得使事三昧法。"

今人多从此说。如萧涤非《杜甫诗选注》："这首诗大概就是由成都经乐山、重庆到忠州的途中所作。"但"首四写旅夜孤舟独泊，星月交流，写得极阔大空远"（邓献璋《艺兰书屋精选杜评注》），与忠州一带的地貌似不相符，故另有两说。

一说在大历五年（770）春自衡州往潭州时作。《杜诗赵次公先后解辑校》将此诗系于大历五年三月自衡州暂往潭州的第一首，并解释说："此诗旧在戎州诗下，合迁于此。"

一说在大历三年（768）春舟经荆门时作。洪业《杜甫》："有一首短诗《旅夜书怀》，可以用来代表江陵附近春天的景象和杜甫的感受。因为此诗地形上的描述，它一般被系于永泰元年（765）杜甫从忠州到云安之间的时期。但那时是在夏天，季节和诗中所说的'细草'不太吻合，这个辞杜甫一般都用来描述春天。我相信此诗很契合杜甫于大历三年（768）3月15日在江陵附近扬子江上的夜航。"

后四句仅仅围绕题目中的"书怀"二字，写诗人此时此刻之所感。那么，杜甫旅夜孤舟独泊之际，究竟作何感想呢？

一说为自己鸣不平。顾宸《辟疆园杜诗注解》："名实因文章而著，官不应为老病而休，故用'岂''应'二字，反言见意。"沈德潜《唐诗别裁集》："胸怀经济，故云名岂以文章而著，官以论事而罢，而云老病应休。立言之妙如此。"洪仲《苦竹轩杜诗评律》："六句诗人极忠厚口角，然是极不忠厚心肠。"萧涤非说："这是不服气的话。一般人都认为我献赋蒙赏，以文章著名，哪知我的志愿并不在文章呢？""这是反话。因为杜甫明明是由疏救房琯、议论时政为统治者所排斥而罢官的，并不是老病。罢官和漂泊有直接联系，所以想到这件事。"

一说是自我宽慰、自我疏解而无怨恨之意。诗人自认为，致力于诗文，原本不是为了获取声名；入仕为官，终因老病而罢休。一生漂泊不定，如同天地间的一只沙鸥。邓献璋《艺兰书屋精选杜评注》说：“后四句抒怀，写得文章无用，老病皆休，身既漂流，形同沙鸥，则怀抱之忠爱可想，所谓怨而不怒也。”仇兆鳌《杜诗详注》：“五属自谦，六乃自解。”黄生《杜工部诗说》：“此无所归咎，抚躬自怪之语。”赵星海《杜解传薪》：“措语浑厚。‘岂’字见胸襟之大；‘应’字见心地之和。”

## 三绝句

### 其一

前年渝州杀刺史，今年开州杀刺史。①
群盗相随剧虎狼，食人更肯留妻子？

**【注释】**

① 前：一作“去”。渝州：今重庆。开州：今重庆开县。

**【评析】**

这组诗的意思显豁，简捷明了，甚至遭到非议，如申涵光曾说：“三首鄙俚板实，何遂至于此？”（张溍《读书堂杜诗注解》引）夏力恕辩解说：“三首另一格，盖当时实录，可备史书，评者乃诋为‘鄙俚板实’耶？”（《杜诗增注》）这组诗的意义，当从夏力恕所言，从实录方面去探讨。

第一首说，蜀中叛贼作乱，前年渝州刺史被杀，今年开州刺史又被杀。这些盗贼相继而起，杀戮百姓，连妻儿都不放过，比虎狼还要残暴。

渝州，唐代属剑南道，即今重庆市。开州，唐代属山南西道，即今重庆开县。杜甫在诗中所言两地刺史被杀之事，究竟发生在何时呢？

一说分别发生在大历元年（766）和三年（768）。《黄氏补千家集注杜工部诗史》引鲍钦止注曰："《崔宁传》所书山贼也，前年渝州杀刺史，谓段子璋陷绵遂。今年开州杀刺史，谓徐知道之反，有乘乱者。开去成都远，不知其故，史不书，失之。"又引师古注曰："步将吴璘杀渝州刺史刘卞以反，杜鸿渐讨平之，又部卒翟封杀开州刺史萧崇之以叛，杨子琳讨平之。"

金圣叹《唱经堂杜诗解》引证上述两件事后，诠释说："二句只是写盗贼淫杀，不是一年，不是一处，不必定有意学'鱼戏莲叶'东西南北句法也。"沈祖棻《唐人七绝诗浅释》："前两句记那两年中两地官兵哗变，杀害长官。故意用相同的句法、重复的文字，以见祸乱之烈，年年如此，处处皆然。"

一说两次事件，史书没有记载，师古所说的平乱之事为捏造。钱谦益《钱注杜诗》说："考《杜鸿渐传》，无讨平吴璘事。大历三年，杨子琳攻成都，为崔宁妾任氏所败，何从讨平开州？考天宝乱后，蜀中山贼塞路，渝、开之乱，史不及书，而杜诗载之。师古妄人，因杜诗而曲为之说，并吴璘等姓名，皆师古伪撰以欺人也。"萧涤非《杜甫诗选注》："这两次杀刺史，史书没有记载。"

一说在永泰元年（765）。朱鹤龄《杜工部诗集辑注》卷九："首章渝、开杀刺史事，虽无考，而以二、后章证之，则此乃永泰元年事也。"

这两句的写法，张溍并不认可，"如首二语率句，大家每每有之，不可谓佳，亦不得以此过议古人"（《读书堂杜诗注解》）。王嗣奭《杜臆》却说："二句连用'刺史'，虽非故创新格，而笔横所出，不妨自我作祖。”

## 其二

二十一家同入蜀，惟残一人出骆谷。
自说二女啮臂时，回头却向秦云哭。[①]

### 【注释】

① 啮臂：以齿咬臂而示诀别。《史记·吴起传》载，吴起出卫国门，与母诀，啮臂而盟。

### 【评析】

骆谷，即骆谷道，在今陕西盩厔县西南至洋县北，是由秦入蜀的三条通道之一。其时陇右关中一带，党项羌、吐谷浑、吐蕃、回纥相继作乱，百姓纷纷逃离家园。

这首诗记录了一位难民的言语。仇兆鳌《杜诗详注》：“次章，记难民之罹祸也。入蜀诸家，盖当时避羌浑而至蜀者。”浦起龙《读杜心解》：“此记北人之避乱而难者。”前两句说，当时二十一家人扶老携幼，一起逃难入蜀，最后只有他一人走出骆谷道。

后两句写这位难民诉说他在途中与两个女儿啮臂诀别的情景时，不觉回头远望秦中，失声痛哭。“二女啮臂”，一般仅仅理解为与两位女儿分别，或将两位女儿抛弃。王嗣奭《杜臆》：“临行时二女啮臂，恐不两全，弃之而走。此实事也。”沈祖棻《唐人七绝诗浅释》：“由于兵荒马乱，连最亲爱的两个女儿也无法顾及，只好将她们抛弃了，啮臂而别，只身南逃。”

金圣叹却以为是两位女儿赴节而死。“‘自说’字，虽在第三句，须知上二十一家入蜀语，亦此人自说也。二十一家，共计凡有若干人，而今止剩此一人，此其杀可知。只此一人，已有二女，彼二十一家，共计妻女凡有若干人，此其淫可知。‘啮臂’者，二女赴节就死，又念此臂曾为盗贼所持，不可以冰玉之身有少点污，因自啮去此一片肉，然后乃死。书此者，盖因当时遍世界悉受淫污，天昏地黑，无复人理。先生不忍使廉耻种子于此澌灭净尽，故特特撰此骆谷一人说云。今日犹有如此二女以培植廉耻于天地中间，虽谓先生此诗功不在禹下可也。”（《唱经堂杜诗解》）

“啮臂”的地点，大多认为是在出发之初，即由秦入蜀之时。唯姚奠中以为在蜀中。其《唐宋绝句名篇评析》云：“这个逃难者告诉人们说，当他在蜀地无法生活，把两个女儿送给他人，想到父女再不能相会的时候，不禁回头朝着当初出发的方向放声痛哭起来了。”

## 其三

殿前兵马虽骁雄，纵暴略与羌浑同。[1]
闻道杀人汉水上，妇女多在官军中。

### 【注释】

①羌浑：党项羌、吐谷浑。

### 【评析】

朝廷的禁军倒也骁勇善战，可是他们肆掠残暴起来，与党项羌、吐谷浑也相差无几。听说禁军在汉水一带大肆烧杀掠夺，当地妇女大都被掳掠到军营中去了。

这一首写禁军恣肆剽掠。浦起龙《读杜心解》评论说：“注意尤在此章。辞中人典禁军也。禁军之害，等于山贼、羌、浑也。”但其注释却说：“时以宦官鱼朝恩为观军容使，统禁兵。《通鉴》：永泰元年，羌众入寇。朝恩请索城中私马，男子皆团兵。民大骇。……团民不足，及于妇女。”“妇女多在官军中”一句，他以为是妇女也加入官军。梁运昌《杜园说杜》质疑说：“杀人掠妇女，正纵暴事，与团民为兵一毫无涉。此说何处得来？”

《三绝句》三首，历来认为三首诗各写一事，如仇兆鳌《杜诗详注》：“首章，伤两州之被寇。”“次章，记难民之罹祸也。”“末章，叹禁军之暴横也。”莫砺锋、童强《杜甫诗选》也说：“其一写两州刺史被杀事。刺史者，朝廷命官也，以保土安民为职责者也。如今竟一再被杀，则治下的百姓当然听任虎狼吞食。其二写秦中难民入蜀所遭杜之惨祸。二十一家结伴逃难，竟只剩一人得以生还，人间惨祸，孰逾于此？‘二女啮臂’，伤心惨目，孰甚于此？其三写官军纵暴。官军，本应杀贼安民者也。如今竟然暴虐甚于羌浑，既杀男子，又掳妇女，则百姓还有什么希望？”

金圣叹认为三首诗是一个整体，写一件事情。“此《三绝句》，非写三事，乃独刺殿前兵马也。却为‘殿前兵马即盗贼’一语，投鼠尚忌其器，岂可唐突便骂？故分作三绝句以骂之。第一绝，言群盗则理当淫杀如此，若不淫不杀，亦不成为群盗。第二绝，言普天下人酷受淫杀之毒，我只谓都受群盗之毒。第三绝始出正题，言近则闻道殿前兵马乃复淫杀不减，竟不知第二绝是受群盗毒，是受官军毒？谁坐殿上？谁立殿下？试细细思之”（金圣叹《唱经堂杜诗解》）。

## 杜　鹃

西川有杜鹃，东川无杜鹃。

涪万无杜鹃，云安有杜鹃。
我昔游锦城，结庐锦水边。
有竹一顷余，乔木上参天。
杜鹃暮春至，哀哀叫其间。
我见常再拜，重是古帝魂。
生子百鸟巢，百鸟不敢嗔。
仍为喂其子，礼若奉至尊。
鸿雁及羔羊，有礼太古前。
行飞与跪乳，识序如知恩。
圣贤古法则，付与后世传。
君看禽鸟情，犹解事杜鹃。
今忽暮春间，值我病经年。
身病不能拜，泪下如迸泉。

【评析】

这首诗的开篇四句颇为奇特，或以为是诗序、题注。蔡梦弼《杜工部草堂诗笺》引夏竦曰：“诗四句乃序尔，以叶韵，误以为诗，本题下甫自注耳。”

《苕溪渔隐丛话》引《王直方诗话》辨析说：“《杜鹃》诗，识者谓前四句非诗也，乃题下注，而后人写之误耳。余以为不然，此正与古谣无以异，岂复以韵为限也。”

此后不断有人从“古谣”的角度为这种写法辩解，如罗大经《鹤林玉露》：“若以省文之法论之，似可裁减，然只如此说，亦为朴赡有古意。”王嗣奭《杜臆》：“盖杜诗变体甚多，如《三绝句》叠用两刺史，岂旧有此体乎？”杨伦《杜诗镜铨》引邵长衡曰：“起句古拙。乐府有此法，不害其大家。”

也有人因此称赞这四句写得古朴。《杜诗详注》引申涵光曰：“开首四语，起得奇朴。”杨伦《杜诗镜铨》说：“本将西川杜鹃配起云安杜鹃，却用两无杜鹃处搭说，便离奇不可捉摸。本义在客段中说透，入正文只一找足，此亦虚实互用之法，在拙手必多写云安杜鹃矣。”

这首诗的创作宗旨，在“圣贤古法则，付与后世传，君看禽鸟情，犹解事杜鹃”四句展示出来了。诗人以为圣贤把这种礼仪法则传给后世，那些禽鸟还懂得侍奉杜鹃，而世上有些臣子则毫无忠君之心。那么，杜甫托讽的对象是谁呢？

一说是蜀中的刺史等官员。苏轼《辨杜子美〈杜鹃〉诗》：“是篇句落处，凡五杜鹃，岂可以文害辞、辞害意耶？原子美之意，类有所感，托物以发者也。亦六义之比兴、《离骚》之法欤？……子美盖讥当时之刺史，有不禽鸟若也。唐自明皇已后，天步多棘，刺史能造次不忘于君者，可一二数也。严武在蜀，虽横敛刻薄，而实致职以资中原，是‘西川有杜鹃’。其不虔王命负固以自抗，擅军旅，绝贡赋，如杜克逊在梓州，为朝廷西顾忧，是‘东川无杜鹃’耳。至于涪、万、云安刺史，微不可考，凡其尊君者为有也，怀贰者为无也，不在夫杜鹃之真有无也。”浦起龙也赞同此说，只是托讽的对象略有不同，他以为“诗咏杜鹃，而主意乃在禽鸟之事杜鹃者，盖托物以为臣节讽也。时蜀乱相仍，如段子璋、徐知道、崔旰之徒，皆不修臣节者，托讽之意，盖在于此”（《读杜心解》）。

一说是肃宗。这首诗的题目，蔡梦弼《杜工部草堂诗笺》原作“杜鹃诗明皇蒙尘在蜀”；《集千家注分类杜工部诗》引黄鹤说旧本题下有注：“上皇奉蜀还，肃宗用李辅国谋，迁之西内，上皇悒悒。而甫此诗，感是而作。”钱谦益《钱注杜诗》指出杜克逊不为梓州刺史，以为“详味此诗，仍当以旧注为是”。

一说是郭英乂。梁运昌《杜园说杜》猜测说：“按是诗郭英乂镇蜀，以道观为军营，毁明皇遗像而身居之，诗必闻此而作也。”

## 船下夔州郭宿，雨湿不得上岸别王十二判官

依沙宿舸船，石濑月娟娟。[①]
风起春灯乱，江鸣夜雨悬。
晨钟云外湿，胜地石堂烟。
柔橹轻鸥外，含凄觉汝贤。

【注释】

①舸：大船。濑：急速的水流。娟娟：美好的样子。

【评析】

诗题“船下夔州郭宿”有两说，一说船将开往夔州，今暂宿云安城外。如黄鹤《黄氏补千家集注杜工部诗史》所言：“大历元年（766）春晚，自云安迁居夔州时作。”这里的“郭”，指云安城。仇兆鳌注解说：“郭宿，宿于云安城外，王判官盖在云安也。”（《杜诗详注》）

一说船将离开夔州，今暂宿夔州城外。如石闾居士所言：“此诗当是大历三年（768）正月中旬，公去夔州出峡时作。船下夔州，即欲出峡。郭宿，即夔州郭外宿也。王十二判官，当是隐居于夔州之外者。……石堂，即在岸上胜地之内，盖即王判官隐居之所。若依旧解，为云安郭外之作，岂有二百里外，远望夔州石堂之理？”（《藏云山房杜律详解》）

从诗题中，我们得知杜甫在启程的头天就将行李搬上了大船，当时天色已晚，一家人就住在了船上，结果晚上下了一夜大雨，第二天

两句所绘之景，多以为是荒凉衰败。赵星海《杜解传薪》："起语实点，而'空山里'三字已笼全势。接句虚景传神。而荒庭、古屋、橘柚、龙蛇，本写秋风萧瑟之状，妙能典切禹事，自是心手灵敏。"

也有人持相反看法。《杜诗言志》："此言古圣人之遗迹，昭垂于奕祀者，原自有功德之不磨也。如岿然禹庙，独峙于空山之中，与秋风落日相辉映。如今日者，不知其几千百载。庭虽荒而橘柚自垂，屋既古而龙蛇犹画，足见人心之保爱增修，历久而不替也。"

## 旅夜书怀

细草微风岸，危樯独夜舟。
星垂平野阔，月涌大江流。
名岂文章著，官应老病休。
飘零何所似，天地一沙鸥。[1]

【注释】

① 飘零：一作"飘飘"。地：一作"外"。

【评析】

这首诗前面四句写景，围绕"旅夜"入手，写诗人舟中所见。寂静的夜晚，小舟独自停泊岸边。岸上绿草青青，微风吹拂。头上天幕低垂，群星黯淡，明月高悬；远望平野辽阔，大江奔涌，月影在波浪中起伏。

这首诗的系年，一般认为是永泰元年（765），黄鹤《黄氏补千家集注杜工部诗史》即云："当是永泰元年去成都，舟下渝、忠时作。"

因雨湿路滑，不得上岸与送行的王十二判官道别，故写下此诗。

诗歌的前六句，便着力写夜雨。诗人说，夜宿在依傍着沙滩的大船上，看见月儿印在石濑之中。春风吹起，船上灯光摇曳；夜雨不绝，涛声轰鸣。清晨，山上低沉的钟声从云外传来，犹且带着湿气，这风景胜地还笼罩在烟雾之中。黄生《唐诗续评》："前半追写昨夜之景，所谓补题法也。后半始叙全题首尾，题略者诗详之，题明者诗隐之，题顺者诗倒之，此一定之法也。因风起故春灯乱，因夜雨悬故江鸣，两因又分倒顺，对句精工不觉。"

结句"含凄觉汝贤"之"汝"，则有两说。一说是指轻鸥。赵次公："言船橹在轻鸥之外，匆匆遂行，不得如鸥之游漾，所以含情而觉鸥之胜我也。'汝'，以指言鸥。"（《杜诗赵次公先后解辑校》）黄生说："'汝'字指鸥，回首含凄，觉汝俦侣长年相聚，其贤于人远矣。"

一说指王判官。唐汝询《唐诗解》："上三联赋舟中夜雨之景，末乃言别也。始宿之时尚见月色，俄而风起灯灭，雨滴江鸣，不复能登岸矣。晨钟既动，石堂难趋，船不能留。于是鼓棹轻鸥之外，因想判官之贤足为东道主，今雨阻不得见，是以为之含凄耳。"张溍《读书堂杜诗注解》："含凄，以不能亲别耳。然觉王之贤，徒深景慕，旧注以'汝'指鸥，则通首无'不得别'意矣。"石闾居士："觉汝贤，是羡其隐居自在，胜于己之到处漂泊。"

今人霍松林提出"贤"有好几个层次。其《相与情义后，赠别拓诗疆——杜诗杂论之二》说："尾联紧扣题中的'别王十二判官'赞美王，却别有深意。人在船上，船将出发东下，没有'舻'怎么行，所以他觉得'舻''贤'；人在船上，船外有'鸥'作伴，所以他觉得'鸥''贤'。在'柔舻、轻鸥'以'外'，就只'觉汝贤'了。前六句，主要写景，景中寓事；后两句抒情、议论。然而，这又是多么出人意料的抒情、议论。"

# 漫成一绝①

江月去人只数尺，风灯照夜欲三更。
沙头宿鹭联拳静，船尾跳鱼拨剌鸣。②

【注释】

①题目一作“漫成”或“漫成一首”。

②联拳：联踡，屈曲。拨剌：鱼入水声。

【评析】

夜晚睡在船上，蓦然醒来，水面上的月亮就在身边，似乎伸手可及。夜已三更，风灯摇曳，黯淡朦胧。沙洲寂寞冷清，鹭鸶三五成群，蜷缩着在那里打盹。鱼儿在船尾跃起，又落入水中，发出啪啦的声响。

这首诗作于杜甫由云安至夔州的途中。它最大的特色是绘景生动。如浦起龙《读杜心解》所言：“夜泊之景，画不能到。”今人熊柏畦《杜甫绝句注释》也说：“这诗写舟中夜景，画不能到：江上的月亮，虽远而似近；甚至可以用尺量，是虚写。风樯挂灯，逐渐昏暗，借以知道夜深，是兴写。宿鹭静，是岸边所见；跳鱼鸣，是水中所闻。全诗静中有动，形象鲜明，远近划然，可分可合，风味绝佳，耐人寻玩。虽用偶句，仍极生动。”

在形式上它也别具一格。莫芝宜佳著、马树德译《〈管锥编〉与杜甫新解》说：“这是一首五言绝句，第一句和第二句对仗，第三句和第四句对仗。此外，每一句都以两个字的名词开头：江月、风灯、沙头、船尾——这本是诗人禁忌的两联对偶。不仅如此，这种骈偶又通过场景的四次变化加以强调。”

其中“江月去人只数尺”最引人注目。罗大经《鹤林玉露》甲编：“孟浩然诗曰：‘江清月近人。’杜陵云：‘江月去人只数尺。’子美视浩然为前辈，岂祖述而敷衍之耶？浩然之句浑涵，子美之句精工。”

但赵次公提出质疑，“尝闻士大夫云：东坡先生有言，杜子美‘江月去人只数尺’，不若孟浩然‘江清月近人’之不费力。此公论不可废也。”（《杜诗赵次公先后解辑校》）

此外，邵长蘅认为这首诗只是单纯写景，并没有融入个人情感在内，他评价说：“虽无情致，写意自在。”（《杜诗集评》）今人多强调诗歌反映了杜甫此时的情绪。刘树勋《唐宋诗选讲》：“诗人在长期漂泊中，连一个落脚的地方也没有。晚上停泊在这里，对着旅途中的景物，还能这样富有情趣，可见他的心怀是多么宽阔，多么澄洁。所以对景色的描写，并不是诗人感到凄凉。”邢纹若等《唐代三大诗人诗选》也说：“我们把这首诗和《旅夜书怀》的前四行比较一下，就可以看出来：同样是月夜，同样在旅途中，杜甫的心情多么不同。在写这首诗的时候，杜甫的心完全被自然的景色陶醉了，他已经忘记了一切的苦闷和忧虑。”

## 白帝城最高楼

城尖径仄旌旆愁，独立缥缈之飞楼。
峡坼云霾龙虎睡，江清日抱鼋鼍游。
扶桑西枝对断石，弱水东影随长流。①
杖藜叹世者谁子，泣血迸空回白头。

【注释】

①扶桑：见《山海经·海外东经》“旸谷上有扶桑，十日所浴”。弱水：见《山海经·大荒西经》“西海之南，流沙之滨，有大山曰昆仑之丘，其下有弱水之渊环之”。

【评析】

这首诗被视为杜甫拗体七律的代表作之一，黄生《杜工部诗说》：“若以本集较之，‘花近高楼’正声第一；‘城尖径仄’，变声第一。”

所谓“变声”，有人从音节方面的入手去理解。王士祯《带经堂诗话》：“唐人拗体律诗有两种，其一苍茫历落中自成音节，如老杜‘城尖径昃旌旆愁，独立缥缈之飞楼’诸篇是也。”萧涤非《杜甫诗选注》也说：“这首诗大概是初到夔州时所作，是一首自创音节的拗体七律，充满勃郁不平之气。”

还有人从句法方面入手，认为杜甫在这里打破了律诗规定的格式，运用古体歌行句法，“句法古体，对法律体，两者兼用之”（沈德潜《杜诗偶评》），成为律中变体。吴瞻泰《杜诗提要》：“此拗律中之歌行也，横绝一时。”范大士《历代诗发》：“世多将此诗入近体，细看作歌行。”程千帆、沈祖棻《古诗今选》也说：“这篇诗当是大历元年（766）诗人初到夔州时所作。它是一篇句法用律体而音节用古体写成的诗，称为‘拗体七律’。这是杜甫的一种创造，其目的在于突破七言律诗中已经形成传统的对偶与声律的统一与和谐，使人耳目一新。这首诗情绪郁勃，声调拗怒，互相配合，取得了良好的艺术效果。”

除了句法奇特之外，杜甫这首诗用字方面也颇具奇气。唐汝询《唐诗十集》：“字字琢炼，字字奇古。”吴乔《围炉诗话》甚至以次联为“晚唐人险句之祖”。

杜甫之所以在形式上独具匠心，一方面固然是景奇境奇，如李长祥《杜诗编年》所言，“通首是作意造句，极奇凿之诗，却又元气流行，自然成文，所以似奇凿，以境奇意到故也”。杨伦《杜诗镜铨》引蒋弱六曰：“三、四，身在云霄，目前一片云气苍茫，平低望去，峡中多少怪怪奇奇之状，隐约其际。惟下视江流，不受云迷，却受日光，遂觉如日抱之，而波光日光两相涌闪，亦怪奇难状。以一语而该万态，妙绝千古。”

叶嘉莹则认为杜甫这一时期拗体诗的意象实现了现实超越。“在传统的观点中，杜甫原被人目为写实派的诗人，而我以为杜甫在晚年的七律之作品中，所表现的写现实而超越现实的作品，才是更可注意的成就。如杜甫《秋兴》八章，所表现的一些意境，则既非平叙之写实，又非拘牵之托喻，而乃是以一些事物的意象表现一种感情的境界，完全不可拘执字面为落实的解说，这在中国诗的意境中，尤其在七言律诗的意境中，是一种极为可贵的开创”（《论杜甫七律诗之演进及其承先启后之成就》）。不仅《秋兴八首》如此，这首诗也是如此。

另一方面，则是因为诗人之激越情怀，难以用寻常的方式进行展示。王嗣奭《杜臆》：“此诗真惊人之语，总是以忧世苦心发之，以自消其垒块者。”黄生《杜工部诗说》：“‘花近高楼’，以伤心而直陈其事；‘城尖径仄’，以泣血而微见其辞。直陈其事，不失和平温厚之音；微见其辞，翻成激楚悲壮之响。”韩兆琦《唐诗选注集评》：“这种形式上的特征，是与作品所描绘的险仄愁苦的飞楼所见之景，以及满怀抑郁的叹世之情相统一的。用字沉痛又具有硬度，真是满腔血泪的结晶。”

# 八阵图

功盖三分国，名成八阵图。[1]
江流石不转，遗恨失吞吴。

【注释】

① 三分国：指天下三分为魏、蜀、吴。

【评析】

八阵图，是我国古代行军作战的一种阵法。据《三国志·蜀书·诸葛亮传》载：“（诸葛）亮性长于巧思，……推演兵法，作八阵图，咸得其要云。”其具体样式，今天已经失传。金圣叹推测说：“八阵图，垒石作八行，在鱼腹浦平沙上。一天，二地，三风，四云，五飞龙，六翔鸟，七虎翼，八蛇蟠为八阵，设此隐以制东是寇蜀之路。”

诸葛亮所布设八阵图之遗址，一说就在鱼复（今重庆奉节）。《太平寰宇记·山南东道·夔州》：“八阵图，在奉节县西南七里。《荆州图副》云：永安宫南一里，港下平碛上，有孔明八阵图，聚细石为之。各高五尺，广十围，历然棋布，纵横相当，中间相去九尺，正中开南北巷，悉广五尺，凡六十四聚。或为人所散乱，及为夏水所没，冬时水退，复依然如故。”

此外，八阵图的遗址大约还有三说，即分别在陕西勉县之高平垒、四川新都之八阵乡以及四川双流西南之广都。杜甫这首诗所咏之八阵图，一般认为在鱼复。

诗歌的前三句，很容易理解。杜甫说，诸葛亮辅佐先主刘备建立蜀国，以与魏、吴鼎足而立，三分天下，功高盖世。他之所以声名卓著，得之于其所创制的八阵图。大江日夜奔流，作为阵图的积石，在水中经过数百年的冲刷，至今屹立不动。

但“遗恨失吞吴”一句，却众说纷纭。仇兆鳌曾总结说：“今按下句有四说：以不能灭吴为恨，此旧说也；以先主之征吴为恨，此东坡说也；不能制主上东行，而自以为恨，此《杜臆》、朱注说也；以不能用阵法，而致吞吴失师，此刘氏之说也。”

主张以没有灭掉东吴为千古遗恨者，如高步瀛《唐宋诗举要》：“失吞吴，犹言未能吞吴耳。以武侯如此阵图而不能吞吴，真千古遗恨。故精诚所寄，石不为转，大意与‘出师未捷’二句同慨。”

主张以刘备失策去讨伐东吴为千古遗恨者，如《杜诗赵次公先后解辑校》：“东坡先生云：……世人皆以谓先主、武侯欲与关羽报仇，故恨不能灭吴。非也。我意本谓吴蜀唇齿之国，不当相图，晋之所以能取蜀者，以蜀有吞吴之意，以此为恨耳。”俞陛云《诗境浅说》续编：“武侯之志，征吴非所急也：乃北伐未成，而先主猇亭挫败，强邻未灭，剩有阵图遗石，动悲壮之江声。故少陵低徊江浦，感遗恨于吞吴，千载下如闻叹息声也。”钱谦益以苏轼云云为伪托。

主张以诸葛亮没能阻止刘备讨伐东吴为千古遗恨者，如何焯《义门读书记》：“遗恨谓不能制先主之东伐。”王文濡《唐诗评注读本》：“八阵图其实小计耳，所异者江水横流，而石之位置不改，使先主不伐吴，联为指臂，则魏不足平，孔明不能阻之，是乃遗恨耳。”

主张以八阵图没有得到重用为千古遗恨者，如黄生《杜工部诗说》：“伐吴犹不足恨，所恨者行师无法，此致大败耳。”又引刘逴曰：“末句谓先主猇亭之败，连营七百里，何不以八阵吞吴？”浦起龙《读杜心解》：“盖阵图正当扼东吴之口，故假石以寄其惋惜。云此石不为江水所转，天若欲为千载留此恨迹耳。如此才是咏阵图之诗。”

此外，还有主张以江水不能折回中原为千古遗恨，如《杜诗集评》

李因笃曰："'遗恨失吞吴'，是大议论。乃上句'江流石不转'，则似归咎山水。蜀东入吴为下流，而不能折回中原，地势使然，故长令英雄遗恨也。化大议论为无议论，妙不可言。"

## 古柏行

孔明庙前有老柏，柯如青铜根如石。
霜皮溜雨四十围，黛色参天二千尺。
君臣已与时际会，树木犹为人爱惜。
云来气接巫峡长，月出寒通雪山白。①
忆昨路绕锦亭东，先主武侯同閟宫。②
崔嵬枝干郊原古，窈窕丹青户牖空。
落落盘踞虽得地，冥冥孤高多烈风。
扶持自是神明力，正直元因造化功。
大厦如倾要梁栋，万牛回首丘山重。
不露文章世已惊，未辞剪伐谁能送。
苦心岂免容蝼蚁，香叶终经宿鸾凤。
志士幽人莫怨嗟，古来材大难为用。

【注释】

① 巫峡：全长46公里，有大峡之称。《宜都山川记》："巴东三峡巫峡长。"

② 閟宫：祠庙。《诗·鲁颂·閟宫》："閟宫有恤。"毛传："閟，闭也。先妣姜源之庙，在周常闭而无事。"

【评析】

这首诗曾被认定为上元元年（760）作于成都，因为杜甫曾拜谒过成都武侯祠。但夔州也有孔明庙，《杜诗赵次公先后解辑校》分辨说：“孔明为蜀相，成都则先主庙而武侯祠堂附焉。夔州则先主庙、武侯庙各别。今咏柏专是孔明庙而已，岂非夔州柏乎？公诗集中其在夔也，有《诸葛庙》诗……公于《夔州十绝》其一云……故次公以孔明庙前为夔州诗，断不移也。”

除了赵次公提到的理由之外，杜甫所说“忆昨路绕锦亭东，先主武侯同閟宫”，也是一个非常重要的证据。即诗人明确说明当日他在成都，瞻仰武侯祠，祠庙前也有两株古老的柏树，崔嵬古峭。这也足以说明他现在所描写的古柏不在成都，所以现在读者大多认为这首诗大历元年（766）作于夔州。

当然无论是成都之柏还是夔州之柏，都只是诗人借来烘托的物象而已，如《杜臆》所言：“成都、夔府各有孔明祠，祠前各有古柏。此夔祠之柏而并及成都，然非咏柏也。公平生极赞孔明，盖有窃比之思。孔明才大而不尽其用，公尝自比稷、契，才似孔明而人莫用之；故篇终而结以‘材大难为用’，此作诗本意，而发兴于柏耳。不然，庙前之柏岂梁栋之需哉？”

不过，诗人声称古柏“霜皮溜雨四十围，黛色参天二千尺”，引起了后人的争议。沈括《梦溪笔谈》首先提出质疑，认为古树的周长与高度比例不对：“四十围乃是径七尺，无奈太细长乎？”

黄朝英认为沈括计算有误，“四十围”是径长四十尺而非七尺。“《缃素杂记》云：予谓存中性机警，善《九章算术》，独于此为误，何也？古制以围三径一；四十围即百二十尺，围有百二十尺，即径四十尺矣，安得云七尺也？若以人两手大指相合为一围，则是一小尺即径一丈三尺三寸，又安得云七尺也？武侯庙柏，当从古制为定，则径四十尺，其长二千尺宜矣，岂得以太细长讥之乎？老杜号为诗史，何肯妄为云云也。”（胡仔《苕溪渔隐丛话》）

赵次公认为这两句是用典。“四十围，则隋《均州图经》云：南阳武当南门有社柏，树大四十围。梁萧欣为郡，伐之。二千尺，则巴郡有柏树，大可十围，高二千尺余。此并载乐史《太平寰宇记》中。”（《杜诗赵次公先后解辑校》）

更多读者认为两句只是形容古柏的高大，并非写实。陈正敏《遁斋闲览》云：“沈内翰讥‘黛色参天二千尺’之句，以谓四十围配二千尺为太细长。不知子美之意，但言其色而已，犹言其翠色苍然，仰视高远，有至于二千尺而几于参天也。若如此求疵，则二千尺固未足以参天，而诗人谓‘峻极于天’者，更为妄语。”王观国《学林新编》云：“某案子美《潼关吏》诗曰：‘大城铁不如，小城万丈余。’岂有万丈城邪？姑言其高。四十围二千尺者，亦姑言其高且大也。诗人之言当如此。而存中乃拘以尺寸校之，则过矣。”《诗眼》云：“余游武侯庙，然后知《古柏诗》所谓‘柯如青铜根如石’，信然，决不可改，此乃形似之语。‘霜皮溜雨四十围，黛色参天二千尺’‘云来气接巫峡长，月出寒通雪山白’，此激昂之语，不如此，则不见柏之大也。文章固多端，警策往往在此两体耳。”（胡仔《苕溪渔隐丛话》）

## 负薪行

夔州处女发半华，四十五十无夫家。
更遭丧乱嫁不售，一生抱恨堪咨嗟。

土风坐男使女立，应当门户女出入。
十有八九负薪归，卖薪得钱应供给。
至老双鬟只垂颈，野花山叶银钗并。[①]
筋力登危集市门，死生射利兼盐井。
面妆首饰杂啼痕，地褊衣寒困石根。
若道巫山女粗丑，何得此有昭君村。[②]

【注释】

① 双鬟：双鬟髻，古代年轻女子的两个环形发髻，后多指少女或女童。这里指女子未婚。

② 昭君村：传说中王昭君的故乡，在今湖北兴山宝坪村。

【评析】

夔州的处女，不少已经四五十岁了，头发都花白了，还没有夫家。何况最近战乱频繁，男子多出征不还，她们更难以出嫁，致使抱憾终身。当地的风俗是男坐女立，男子在家看门，女子出外劳作。女子中十有八九负责砍柴卖钱，养家糊口，她们往往一直到老都还双鬟垂颈，把插在头上的野花山草当作银钗一般珍惜。这些女子用尽全力，爬上险峰去砍柴，有时候还得不顾生死上盐井背负私盐，结果依然生活贫困，衣着单薄，蜷缩在偏僻的山脚下，戴有首饰的脸上也藏不住泪痕。如果说巫山一带的女子生来粗丑，为什么附近又会有昭君村呢？

这是一首反映夔州女子困苦生活的诗歌，杜甫写作它的目的何在呢？一说是杜甫初到夔州，见到当地的风俗和中原不同，于是用诗歌把它们记录下来。黄鹤《黄氏补千家集注杜工部诗史》说："当是大历元年，初到夔见其习俗如此，故作。"吕思勉《史籍选文评述·杜甫〈负薪行〉》："此写民间风俗之诗也。古代社会两性间分工，男子多从事于畋猎，其后猎之事，日益无关重要。且禽兽易尽，寝至无物可猎，于是男子亦多从事牧。间有因环境特殊，男子已不畋猎，而仍未转入农牧部门，遂至无所事事待豢于女子。夔州盖唐时犹有此俗也。”今人倪其心、吴鸥《杜甫诗选译》：“这首诗是写夔州女多男少的情况，以致妇女既要担负家庭经济，又往往到老不能出嫁。”

一说记习俗之外，兼为夔人解嘲，为游戏之作。刘凤诰《杜工部诗话》：“土风诗宜朴实老到，不入纤俗。《负薪行》咏夔州处女卖薪得钱耳，却以‘野花山叶银钗并’相形；《最能行》咏峡中丈夫驾船轻死耳，却以‘小儿学问止《论语》’作衬。此善于安放处。收句‘若道巫山女粗丑，何得此有昭君村’，应银钗句也；‘若道士无英俊才，何得山有屈原宅’，应读《论语》句也。为夔人解嘲，兼为千古两名人吐气，游戏中神通乃尔。”王嗣奭《杜臆》：“与下《最能行》俱因夔州风俗薄恶而发，结之以昭君村、屈原宅，又为夔解嘲。文人游戏笔端者如此。”

一说为夔人的困苦生活而感伤。杨伦《杜诗镜铨》：“伤劳妇也。”浦起龙《读杜心解》：“峡女多劳苦，就中且有老而未嫁者。故篇中述风土处则统言，而前后则谓无夫者亦不免，盖伤之也。”

至于夔地妇女劳苦的原因，大多从薄恶的民风入手，而施鸿保提出还与官府的征敛有关。其《读杜诗说》说：“《负薪行》‘卖薪得钱应供给’注引《杜臆》：‘采薪卖钱，以供给一家。’今按公诗，如《赠崔十三评事》云‘分军应供给’、《八哀诗·汝阳王》云‘官免供给费’、《夔州咏怀》云‘万里烦供给’、《昔游》云‘供给亦劳哉’、《奉送王信州》云‘供给愍诛求’，皆是宴供给官府。此诗亦同。盖即《遣遇》云‘石间采蕨女，鬻市输官曹’意，叹当时诛求之急，非供给一家也。”

# 诸将五首

## 其一

汉朝陵墓对南山，胡虏千秋尚入关。
昨日玉鱼蒙葬地，早时金碗出人间。[1]
见愁汗马西戎逼，曾闪朱旗北斗殷。
多少材官守泾渭，将军且莫破愁颜。

【注释】

① 玉鱼、金碗：均是随葬品。赵次公注引《两京新记》载，宣政殿初成，每见数十骑驰突出，高宗使巫祝刘明奴问其所由。鬼曰："我汉楚王戊太子，死葬于此。"明奴因宣诏，欲为改葬。鬼曰："出入诚不安，改葬幸甚。天子敛我玉鱼一双，今犹未朽，勿见夺也。"明奴以事奏闻。及发掘，玉鱼宛然，棺柩略尽。

【评析】

终南山前的汉家陵墓，早已在战乱中被焚掠，没想到千年之后，皇家宗庙陵寝也遭到破坏，那些玉碗、玉鱼等殉葬之物散落人间。如今吐蕃贼心不死，又联合回纥等内逼京师，气势汹汹，不可一世。过去曾有多少将才守卫着京畿，当前的守将可千万别嬉戏轻敌，耽于安乐，掉以轻心。

邵傅《杜律集解》说："读《诸将五首》，必考当年事迹及典故，斯见真趣。"第一首与吐蕃侵扰有关，历来并无异议，但对于杜甫诗中所提及的史实，各家所见大不相同。

一种说法是将前两联与后两联分开来理解，认为前两联所讲述的是安史之乱，后两联所忧虑的是吐蕃之难，即首联的“胡虏”指安禄山等人。《杜诗赵次公先后解辑校》：“前四句言既有胡虏之祸，发掘冢墓矣；今继有吐蕃之难，而诸将不知愤激，速来长安御戎也。”宋宗元《网师园唐诗笺》：“禄山首乱，陵墓为墟，况重以吐蕃之逼乎？泾渭根本之地，故首及之。”方东树《昭昧詹言》：“告长安诸将，以发陵责之。起以汉比，点陵墓简省。‘昨日’‘早时’，言禄山之发也。”

另一种说法是将全诗作为一个整体，认为都是针对吐蕃而言，发掘的陵墓的“胡虏”也是吐蕃。广德元年（763）十月，吐蕃焚掠京师；广德二年（764）十月，仆固怀恩引吐蕃、突厥进逼奉天；永泰元年（765）九月，仆固怀恩又诱回纥、吐蕃、吐谷浑、党项等入寇。仇兆鳌《杜诗详注》引顾宸曰：“陵墓对南山，见其近在内地，而吐蕃入关发冢，其祸烈矣。不忍斥言，故借汉为比。广德元年，柳伉上疏，谓犬戎犯关度陇，不血刃而入京师，劫宫阙，焚陵寝，即其事也。此于禄山无涉。”陈廷敬《杜律诗话》：“千秋尚入关，盖指此也。旧注指安禄山，非。盖不应舍近而言远也。”浦起龙《读杜心解》：“此为吐蕃者告也。吐蕃于广德元年，一陷京师。上年永泰元年，再逼京师。最为迩年近患，故首及之。”

杜甫所告诫的对象，大多以为是针对守将，如沈德潜《唐诗别裁集》：“此为吐蕃内侵，诸将不能御辱而作也。不忍斥言，故借汉为比。”仇兆鳌《杜诗详注》：“首章为吐蕃内侵，责诸将不能御寇。上四叹往事，下四虑将来。”杨伦《杜诗镜铨》：“上四援往事以惕之也。吐蕃之祸至于辱没陵寝，为臣子者能自安乎？下四言京畿之间，近复告警，虽暂行退去，而出没不常，守御者正当时时警戒，未可一日安枕也。”今人单复、吴瞻泰等人以为是针对程元振。“单注：此诗所以激诸将，谓汉朝陵墓，自以对南山有千秋之固，及胡骑入关，不无发掘者。今河陇继有吐蕃之难，而诸将曾不知速来长安为御戎之图。殆指广德元年冬，吐蕃入长安，六军逃散，或有不以王室为忧如程元振者，故公作诗以讥之欤？愚按此诗单注极确，虽借汉朝言，而其意则已改唐朝，所谓殷鉴不远也”（吴瞻泰《杜诗提要》）。

《杜诗言志》将矛头直指执政一方的重臣。“第一首言国家受外夷侵害，至于宗庙陵寝皆遭其践踏，而专阃外之寄者，仅委其责于军校。返之于衷，能无愧耶？”

## 其二

韩公本意筑三城，拟绝天骄拔汉旌。①
岂谓尽烦回纥马，翻然远救朔方兵。
胡来不觉潼关隘，龙起犹闻晋水清。
独使至尊忧社稷，诸君何以答升平。

### 【注释】

①《旧唐书·张仁愿传》载，张仁愿于景龙二年（708）拜左卫大将军，同中书门下三品，封韩国公。朔方与突厥以河为界，河北岸有拂云祠，突厥每入寇，必祷祠，候冰合而入。神龙三年（707），其于河北筑三受降城，以拂云祠为中城，东西相去各四百里，皆据津济，遥相接应。自是突厥不得度山放牧，朔方无复侵掠。

### 【评析】

当年韩国公张仁愿在朔方郡修筑三座受降城，设置八百烽侯，原本是截断胡人南侵道路，使朝廷免受突厥侵扰。谁能想到国家多难，竟然还要借助回纥之兵，引入他们以助朔方军收复京师。潼关并非不险要，但借兵之后，门户大开，胡人就能长驱直入。高祖起兵于晋阳，海晏河清；肃宗即位灵武，大唐中兴。如今吐蕃、回纥连年入侵，代宗心忧社稷，诸将守土有责，如何报答朝廷的升平之望？

这首诗的主旨，主要从两个角度入手去理解。一是扣住组诗题目“诸将”，认为杜甫在这里继续针对将领发问，批评他们怯弱无能。如沈德潜《唐诗别裁集》：“此为回纥入境，责诸将不能分忧而言也。筑城本以御寇，岂谓反赖回纥以平乱耶？故追思开创之主，以勖诸君。”吴瞻泰《杜诗提要》：“唐以借回纥兵而得，亦以借回纥兵而失。故借张韩公之筑城拒守，以愧诸将之不能御戎也。”杨伦《杜诗镜铨》：“此以借助回纥责诸将也。自回纥助顺，肃宗之复二京，雍王之讨朝义，皆用其兵力，卒之恃功侵扰，反合吐蕃入寇。公故追感晋阳起义之盛，而叹诸将之不能为天子分忧也。”

一是扣住“尽烦回纥马”一句，反对朝廷借兵回纥。吴闿生说：“言借兵回纥之非计，则公生平所持政见，《北征》所谓‘此辈少为贵’，《留花门》所谓‘中原有驱除，隐忍用此物’，意皆如是，匡时之伟识也。”（《唐宋诗举要》）何焯《义门读书记·杜工部集》则详细分析了当时的处境，指出借兵回纥为失策之举：“俯仰感慨，无限曲折，剧言借助回纥之非。当时禄山已死，安庆绪本庸奴，负弑父之罪，苟以计间，其下未有肯为之用者也。朔方诸军以顺讨逆，灭贼固在旦夕，何必借助回纥乎？香积之胜，李嗣业等血战之力也；新店之战，即乘香积之余威也。回纥但利中国子女玉帛，何尝肯与贼血战乎？《新书》谓太宗能用突厥者，谓但用其虚声，且使之不扰汾晋，可无内顾之忧，是为得策；肃宗之于回纥，用之协力以剪同罗叛胡，使阿史那从礼不能扰朔方军之后足矣，乃听其倾国而至，竭中国膏血以奉之，异于曩日之用突厥矣。《新书》正谓假回纥之助以复两京为非，注家自失其旨也。……假使不幸有叛人逃死于其国者，教之乘乱盗我边鄙，则朔方军岂复为唐有哉？原其厉阶，莫非肃宗不善用之，令得窥见中国虚实，遂肆然如行无人之地，无所忌惮。借助之举，唐之不亡于回纥者，幸也。少陵《留花门》之诗，注家岂未之读乎？”

但钱谦益认为，借兵之事不能一概否定，杜甫在此并非单纯指斥，而是慨叹惋惜。“当景龙之时，张仁愿筑城虏腹中，制其南牧，犹以狼居瀚海，绝幕未空为恨。不及百年，而羯胡作逆，回纥助顺，堂堂中夏，借力犬羊，以资匡复，国势之寖衰如此，边事之倒置如此，不亦伤乎？是以悲潼关之失隘，思唐尧之一旅，劝勉河北诸将，不应无韩公之老谋，而以贼遗君父也。往余沿袭旧闻，谓责诸将不应借助于回纥。当盗伐幽陵，天子西走，汾阳提朔方孤军，转战逐北，香积之剪伏，西岭之却回，非回纥协力奋击，或出其背，或出其后，胜负未决，两都之收复未可知也。当此之时，能预料其怙恩肆掠，逆而拒之乎？魏勃曰：‘失火之家，当先白大人后救火乎？’此切谕也。故吾谓‘岂谓’‘尽烦’云云，乃俯仰感叹之词，非以是为谋国不臧而有所弹刺也”（《钱注杜诗》）。

## 其三

洛阳宫殿化为烽，休道秦关百二重。①
沧海未全归禹贡，蓟门何处尽尧封。②
朝廷衮职虽多预，天下军储不自供。
稍喜临边王相国，肯销金甲事春农。③

【注释】

① 百二：二万人足抵百万人。《史记·高祖本纪》：“秦，形胜之国，带河山之险，县隔千里，持戟百万，秦得百二焉。”裴骃《集解》注引苏林曰：“秦地险固，二万人足当诸侯百万人也。”

② 沧海：东海，此指山东淄州、青州等地。《禹贡》：《尚书》中的一篇，述九州版图贡赋。

③ 王相国：王缙。《旧唐书·王缙传》载，广德二年，王缙拜同平章事，八月代李光弼都统河南、淮西、山南东道诸节度行营事，兼领东京留守，岁余，迁河南副元帅，请减军资钱四十万贯，修东都殿宇。

【评析】

面对着山河破碎的局面，诗人以相国王缙为典型，提出了自己的看法。那么杜甫在这里对于王缙的做法是全面肯定还是勉强接受，以及王缙的做法究竟是为了达到什么目的，诸家的看法各异。

关于对待王滑的态度，仇兆鳌说："'稍喜'有二义：诸镇不知屯种，而缙独举行之，是为稍喜；缙素党附元载，此事在所节取，亦足稍喜也。"（《杜诗详注》）

一说"稍喜"是肯定乃至赞美。焦循《焦氏笔乘》卷四《诸将诗》："唐制府兵，有事则征为兵，无事则散为农，是军储皆自供也。今兵不得休，故军储但取给别孔，而不自供。惟王缙由侍中拜河南副元帅，力兴屯田，不失唐之旧制，故结云'稍喜临边王相国，肯销金甲事春农'，特归美之。杜诗具时事，称为诗史，以此。"郭曾炘《读杜札记》："窃谓此诗自论军储，非评骘人物。旧注无端牵入王缙之党元载，殊无谓。"陈贻焮《杜甫评传》："老杜作此诗时，缙尚无附载种种劣迹，且老杜入蜀之初游新津曾以和诗寄缙，对之并无恶感，似不得深文周纳，以为'曰稍喜者，亦不满之词'。诗恼诸将不屯田自给，独缙行之，恐怕这才是'稍喜'的本主呢。"

一说"稍喜"只是勉强肯定乃至不满。沈德潜《唐诗别裁集》："其人只此一事可嘉，故曰'稍喜'。"杨伦《杜诗镜铨》："王缙党附元载，曰稍喜者，亦不满之词。"顾宸《辟疆园杜诗注解》："曰'稍喜’者，盖深致不满之意。谓如王相国不过募耕劝农，修承平有司之职业而已，其于补衮之意又何居焉。考元载擅政专横，王缙附之，此奸臣之尤也。公之‘稍喜’，盖以愧当时将帅并王缙亦不如耳。”

那么，王缙“销金甲事春农”，即募耕劝农的目的何在呢？一说是为了解决军需。诗人说，回忆安史之乱时，潼关号称险固，也曾被叛军攻破，洛阳也遭焚毁。如今山东、河北一带将领拥兵自重，行割据之实，致使金瓯缺而河山碎。诸公出将入相，都不去屯田积谷，自备粮储，反而一味索取。惟有巡边的相国王缙，能够励耕务农以充军需。吴瞻泰《杜诗提要》：“此诗以天下军储为主脑。盖唐时府兵之制，有事征为兵，无事散为农。今烽尘四起，版图未归，诸将无有为国家固根本计者，以至军储不能自供，此衮职之有阙也。”

一说是希望天下休兵。黄生《杜工部诗说》：“盖以天下纷纷，当务为根本之计，而用兵之事若在所缓，其大旨在于休兵恤民，亲贤尚俭。又以关中数破，险不足恃，欲移都洛阳，以成居中驭外之势，以便受四方之贡赋。其忠谋硕画入告无由，亦徒见之吟咏而已。此诗前半盖言洛阳为京师襟喉，洛阳不守则襟喉被扼，天下之势中断，京师坐受其困矣。今四方尚多梗化，一旦有故，前事可属寒心。秦关百二，昔人之论，非所施于今日也。后半盖痛府兵之制之坏，天下之兵，坐而待食，上下交敝，元气日削，而欲四肢之强振，何由可得？是以息兵务农之计，于王公乎有取。”

## 其四

回首扶桑铜柱标，冥冥氛祲未全销。
越裳翡翠无消息，南海明珠久寂寥。①
殊锡曾为大司马，总戎皆插侍中貂。②
炎风朔雪天王地，只在忠臣翊圣朝。③

【注释】

① 越裳：唐岭南道驩州有越裳县。《后汉书·南蛮传》："交趾之南有越裳国。周公居摄六年，制礼作乐，天下和平，越裳以三象重译而献白雉。"

② 殊锡：特殊恩宠。大司马：即太尉，唐时三公之一，正一品。侍中：属门下省，正二品，冠以貂尾为饰，插在左侧。

③ 翊：辅佐。

【评析】

对于这首诗主旨的理解，争议颇大。钱谦益认定杜甫意在反对宦官外放为将。《钱注杜诗》："此深戒朝廷，不当使中官出将也。杨思勖讨安南五溪，残酷好杀，故越裳不贡；吕太一收珠南海，阻兵作乱，故南海不靖。李辅国以中官拜大司马，所谓殊锡也；鱼朝恩等以中官为观军容使，所谓总戎也。炎风朔雪，皆天王之地，只当精求忠良，以翊圣朝，安得偏信一二中人，据将帅之重任，自取溃偾乎？"杨伦《杜诗镜铨》也说："此因南荒不靖，而讽朝廷不当使中官为将也。"《杜诗言志》："此第四首，则昌言寺宦之不宜任用也。是时中人出将，如杨思勖之暴戾，吕太一之横敛，遂至远人叛乱。而李辅国、鱼朝恩之流，皆权位出诸将之上。岂足以辅翊圣朝乎？然诸将则勿因此而懈其忠荩也。"

浦起龙认为杜甫提出对僻远的州县，当施行怀柔政策，不能一味显示武力。"此为怀远徼者告也。……大意又与诸首不同，只要抚绥而安辑之，此怀远之善术也。此诗之解，钱笺以'殊锡'贴李辅国，'总戎'贴鱼朝恩，两人并未南征，有何交涉？他解又谓南荒镇帅，名位既崇，当思扫荡。不知公意正谓羁縻之地，不当专示武威也"（《读杜心解》）。仇兆鳌《杜诗详注》也说："此章为贡赋不修，责诸将不能怀远。”

沈德潜等人认为杜甫意在寄厚望于诸将，期待他们尽职尽责。“言南方不靖，贡献久稀，由诸将膺异宠，拥高官，而不尽抚绥之道耳，故于忠良有厚望焉”（《唐诗别裁集》）。王嗣奭《杜臆》也说：“沧海、蓟门，在北既如此矣。回首南方，扶桑在海中，故因南海而及之：铜柱则交趾之界也。岭南自玄宗时有南诏之败，继以中原扰乱，必多负固。代宗时吕太一为广州使，举兵叛，故翡翠、明珠，久不奉贡，而南方不臣矣。此时诸将被殊宠，有为大司马，则兵权在握；又有总戎而兼侍中，则莫为中制。而未有能恢复旧疆者，不思南极炎风，北穷朔雪，如越裳、南海、蓟门、沧海，皆我王土，谁不愿为王臣，只在忠臣翊之而已。”

俞陛云更进一步，指出杜甫此诗即“国难思良将”之意。其《诗境浅说》云：“少陵《诸将》五首皆感怀时事，反复咏叹，所谓言者无罪，闻者足戒。此诗悲情壮采，尤为警动，可谓诗史矣。首二句言勿谓炎荒之地，绥定为难，但看铜柱标勋，当日伏波横海，曾建奇功，何以至今氛尚未消耶？三、四谓化外越裳，固无翡翠，即境中南海，谁贡明珠？五、六谓环顾廷臣，司马则登坛节钺，侍中则上服金貂，邀殊锡而冀总戎者，接踵于朝。乃求官而逢硕鼠，御将而得饥鹰，可为长太息矣。时方回纥窥边，故末句因炎风扇海，而兼及朔雪防秋，听鼓鼙而思将帅，有望于方召之忠良也。”

## 其五

锦江春色逐人来，巫峡清秋万壑哀。
正忆往时严仆射，共迎中使望乡台。①
主恩前后三持节，军令分明数举杯。②
西蜀地形天下险，安危须仗出群材。

【注释】

① 严仆射：严武卒后，赠尚书左仆射。望乡台：在四川成都北。

② 三持节：严武一任东川节度使，两任剑南节度使。

【评析】

这首诗的后三联，诗意较为清晰。诗人说，当日我入严武幕中，曾与他在成都郊外的望乡台共同迎接皇帝派来的使臣。严武深受皇帝信任，一镇东川，两镇剑南。他治军严明又从容不迫，颇具儒将风采。蜀中地形险要，事关朝廷安危，必须依仗严武那样出类拔萃的人才。

至于首句，因为涉及两处地名即锦江与巫峡，两个人物即严武与杜甫，所以大致有三种说法。

一则从严武入手，认为两句全在写严武，如朝鲜李植《纂注杜诗泽风堂批解》说："人指严武。武来时春色亦好；武卒，而巫峡清秋亦觉哀怜。此即雪山轻重之意。"

一则从严武与杜甫的纠葛入手，认为无论上句写成都还是下句写夔州，都牵扯两个人。张綖《杜工部诗通》说："严武再镇蜀也，时当暮春，而公归成都，故曰'锦江春色逐人来'。巫峡在夔州，公居夔州而伤武之亡，故曰'巫峡清秋万壑哀'。"

一则从杜甫入手，认为两句全写杜甫自己的经历。不过两句是合写还是分写，依然存在争议。卢元昌《杜诗阐》说："去年归草堂时，锦江春色逐人而来；曾几何时，同年五月，巫山巫峡万壑悲秋。岁月不居，故人长逝，能无转忆往时严仆射也。"这是将两句分开来看，认为上句所写是成都时事，下句所写是夔州时事。萧涤非《杜甫诗选注》："永泰元年四月，严武卒，杜甫无所依，五月，携家离成都草堂，因时当春后，又被逼离去，有似被驱逐，故曰锦江春色逐人来。"

赵次公说："公虽以去年之夏离成都，而今年至夔初见春焉，故得言锦官春色逐人来。至此又初见夔之秋也。”（《杜诗赵次公先后解辑校》）这是将两句合起来理解，认为是杜甫此时站在夔州所见所感，故两句的大意是，成都锦江的景色历历在目，似乎追随我来到夔州。时属清秋，客居巫峡，念及故友，顿时觉得千山万壑都为之生哀。

## 秋兴八首

### 其一

玉露凋伤枫树林，巫山巫峡气萧森。
江间波浪兼天涌，塞上风云接地阴。
丛菊两开他日泪，孤舟一系故园心。
寒衣处处催刀尺，白帝城高急暮砧。

【评析】

组诗以“秋兴”为题，大致有三说。一说因秋而感兴，如张性《杜律演义》前集：“此诗因秋而感兴，旨在夔州思长安而作。”顾廷棨《杜律意笺》：“此公寓夔，将欲东下，感秋而赋，所谓‘秋兴’也。”沈德潜《杜诗偶评》：“言因秋而感兴。重在兴而不在秋也。”

一说因秋而起兴。顾宸《辟疆园杜诗注解》：“此公在峡江之中，舣舟欲出，因感枫树而起兴。”张远《杜诗会粹》：“秋兴者，因秋而发兴，不专咏秋也。八首中，或明点‘秋’字，或暗点‘秋’字，总寄其兴耳。”

一说因秋而遣兴。吴见思《杜诗论文》：“秋兴者，遇秋遣兴也。故八首写‘秋’字少，‘兴’字多。”《杜诗言志》：“兴即漫兴之谓也。秋兴，言当秋日而漫兴以为诗也。”

第一首为秋兴之发端。诗人说，远处的枫树林，在白露之后迅速凋敝衰败，巫山巫峡呈现出一派萧瑟阴森的气象。江水汹涌，白浪滔天；峡谷暗晦，风云密布。从成都出发以来，我已经在出川的道路上蹉跎两年，两度见到丛菊绽放，两次洒下悲秋思乡之泪。没想到孤舟系缆夔州便就此滞留，日夜思念着故园的心也就此系住。时届深秋，家家户户忙着为游子赶制寒衣。日暮时分，白帝城响起急促的捣衣声，似乎在催促游子早日归去。“《秋兴八首》以第一起兴，而后七首俱发中怀，或承上，或启下，或互相发，或遥相应，总是一篇文字，拆去一章不得”（王嗣奭《杜臆》）。

颔联之“塞上”，或以为指白帝城，如《杜诗赵次公先后解辑校》：“夔以白帝城为塞，故云塞上。”

或以为指巫山，如张性《杜律演义》：“江间即巫峡，塞上即巫山。”张綖《杜工部诗通》：“江谓巫峡，塞谓巫山。”

或以为指秦州，如吴见思《杜诗论文》：“我归计未定，欲直下荆楚，而江间波浪未平，八月也。欲仍道秦州，而塞上烽烟未静，吐蕃乱也。故留滞已久。”

颈联之“丛菊两开”，或以为自去蜀后至今，两度见到菊花绽放，如黄鹤《黄氏补千家集注杜工部诗史》：“当是大历元年夔州作。时舣舟以俟出峡，自永泰元年至云安，及今为菊两开矣。”顾宸《辟疆园杜诗注解》：“公自永泰元年秋至云安，及今为两秋，见菊两开矣。”

或以为在夔州已经滞留满一年了，菊花已经盛开了两次。《杜诗赵次公先后解辑校》：“公于夔州见菊花者二年矣。”《钱注杜诗》：“公在夔州府两见菊开。”今多取此说，以为《秋兴八首》作于大历二年（767）秋。

“他日”，或以为指“向日”，如张性《杜律演义》“公因感此，而自叹留夔州已经两秋，故云丛菊之开，我尝感此而挥泪矣。”王嗣奭《杜臆》：“乃山上则丛菊两开，而他日之泪，至今不干也。”

或以为指去年，张溍《读书堂杜诗注解》：“公居夔二年，两见菊开，今年思乡无异去年，故曰他日泪。”李文炜《杜律通解》：“回思去年他日，适至丛菊方开，即下思乡之泪。”边连宝《杜律启蒙》：“去年见菊开而泪，今日复然，是重开他日之泪也。”

或以为指来日。唐元竑《杜诗攟》：“其实过去、未来皆得兼之，谓后日亦可也。凡集他日类然，句法顿挫，俯仰悲怆。”《钱注杜诗》：“丛菊两开，储别泪于他日。”金圣叹《唱经堂杜诗解》：“泪言他日，不言今日者，目前倒也相忘，他日痛定思痛，则此丛菊亦堪下泪也。”吴见思《杜诗论文》：“目前丛菊，去年已开，他日又开矣，尚有一番垂泪。”

## 其二

夔府孤城落日斜，每依北斗望京华。
听猿实下三声泪，奉使虚随八月查。①
画省香炉违伏枕，山楼粉堞隐悲笳。②
请看石上藤萝月，已映洲前芦荻花。

**【注释】**

①《水经注·江水二》：“每至晴初霜旦，林寒涧肃，常有高猿长啸，属引凄异，空谷传响，哀转久绝，故渔者歌曰：巴东三峡巫峡长，猿鸣三声泪沾裳。”八月查：或以为出自《史记·大宛列传》：“汉使穷河源。”或以为出自张华《博物志》：“旧说云天河与海通。近世有居海者，年年八月有浮槎去来，不失期。人有奇志，立飞阁于查上，多赍粮，乘槎而去。十余日中犹观星月日辰，自后茫茫忽忽亦不觉昼夜。去十余

日，奄至一处，有城郭状，屋舍甚严，遥望宫中多织妇，见一丈夫牵牛渚次饮之。牵牛人乃惊问曰：‘何由至此？’此人见说来意，并问此是何处。答曰：‘君还至蜀郡访严君平则知之。’竟不上岸，因还如期。后至蜀问君平，曰：‘某年月日有客星犯牵牛宿。’计年月，正是此人到天河时也。”

② 应劭《汉官仪》载：“尚书省中，皆以胡粉涂壁，紫青界之，画古贤人烈女。尚书郎更直，给女侍史二人，执香烛烧薰，从入护衣服。”

【评析】

诗人开篇即说，夕阳西下，我孤零零地站在夔州城头，和往常一样寻找着北斗的方位以眺望京城。首联“望京华”三字，不仅是这首诗的核心，如吴瞻泰《杜诗提要》：“此写夔州之晚景，点出京华是主脑。”也是组诗的宗旨，如沈德潜《杜诗偶评》：“望京华，八章之旨，特于此章拈出。身羁夔府，心恋京华，望而不见，不能不为之黯然也。”更是杜甫的情感基础，如《杜诗言志》：“通首重‘望京华’三字，盖望京华者，乃少陵之至性所钟，生平命脉皆在于此，所谓与身而俱来，寝食不忘者也。”

北斗，一说作“南斗”，如金圣叹《唱经堂杜诗解》卷三：“长安名北斗城，夔府在南，故依南斗以望之。”

一说作“南斗”者非。“北斗，一本作‘南斗’，必谓公在南而望北也，不知南斗乃江湖之外，不直夔城，况长安之上值北斗也。”

一说两者皆可。顾宸《辟疆园杜诗注解》：“《三辅黄图》曰汉初长安城狭小，惠帝更筑之，城南为南斗形，城北为北斗形，至今人呼斗城，则谓之南北都皆可。”

颔联之“奉使”事，或以为单纯用典，如张性《杜律演义》：“尝闻张骞八月乘槎奉使，今秋我不当归，则八月乘槎之事为虚矣。”

或以为指驿使，如邵傅《杜律集解》：“今秦中驿使消息祖于兵戈，而我不得归，浮槎之事，成虚随矣。”

或以为指杜甫任华州司功参军，吴见思《杜诗论文》：“今欲乘槎而返，未卜何时，奉使亦以华州之命也。”

或以为指杜甫为严武奏为检校工部员外郎，如王嗣奭《杜臆》：“公虽不奉使，然朝廷授以省郎而逾期不赴，与奉使不归同也。”两句大意说，以前只听说“猿鸣三声泪沾裳”，此刻猿啸之凄凉真使我泪水潸然落下。我一度期待随使节重返京城，却伏枕卧疾而未能成行。

颈联之“画省”，一说指杜甫被奏为检校工部员外郎。蔡梦弼《杜工部草堂诗笺》：“甫为尚书员外郎，而流寓于夔故也。”张性《杜律演义》：“我虽为检校工部员外郎，而与尚书省之入直香炉相违远者。”

一说指杜甫昔日在长安曾为左拾遗。卢元昌《杜诗阐》：“往者为郎虽贱，庶几画省之中，炉香亲惹，自伤病废，不能躬直承明。”《杜诗言志》：“我尝入直，而伏枕以思衮职，而今则与之暌绝矣。”

其实无论指何种官职，后两联的大意相差无几，无妨理解为：面对着粉白的女墙，听着隐约飘忽的笳鸣之声，想到无法重入尚书省值宿，心中颇为凄楚。伫立良久，猛然抬头，看见月亮已经升起，石山上的藤萝和小洲前的芦苇在风中摇曳。

## 其三

千家山郭静朝晖，日日江楼坐翠微。
信宿渔人还泛泛，清秋燕子故飞飞。
匡衡抗疏功名薄，刘向传经心事违。[1]
同学少年多不贱，五陵衣马自轻肥。

【注释】

①《汉书·匡衡传》载，元帝初即位，有日食地震之变，上问以政治得失。衡数上疏，陈便宜，上悦其言，迁衡为光禄大夫、太子少傅。《汉书·刘向传》载，汉成帝即位，诏刘向领校中五经秘书。河平中，子歆受诏，与父领校秘书。哀帝时，歆复领五经，卒父前业。

【评析】

上篇写夔州暮景，此首写朝景。诗人说，这千邑小城，在朝阳下分外寂静。我每天坐在江边小楼上，观赏对面青翠的山色。夜宿江渚的渔人，一大早又在江上泛舟捕鱼。即将南翔的燕子，故意在眼前飞来飞去，似乎在与我辞别。我曾效法匡衡上疏直谏，却遭到贬斥；期待如刘向那样奉儒传经，也事与愿违。少年时的同学之辈，大多官运亨通，身登台阁，在长安过着轻裘肥马的生活，惟有我蹭蹬不遇，落魄江湖。

颔联写诗人眼前所见之景，所蕴含的情感诸家诠释不一。

或以为自适自得。张性《杜律演义》："即江楼每日所见，渔舟已越再宿，犹泛泛于江中，燕子社前当去，尚飞飞于山郭，皆以清秋而自适。贱而渔人，微而燕子，自适且如此，宜公之有感而自叹也。"

或以为自伤自愁。王嗣奭《杜臆》："故渔舟之泛，燕子之飞，此人情、物情之各适，而以愁人观之，反觉可厌。曰还，曰故，厌之也。"钱谦益《钱注杜诗》："渔人、燕子，即所见以自伤也，亦以自况也。"

或喻久客难归，王维桢《杜律颇解》："渔舟已越再宿，乃溺钓饵犹泛泛于江中，燕子社前当去，乃恋旧巢故飞飞于山郭。叙此二物，暗喻久客不归之义，赋而比也。"金圣叹《唱经堂杜诗解》："渔人信宿，或可以息矣，'还泛泛'者，是喻己之忧劳而无着落也。八月燕子将去，则竟去可矣，‘故飞飞’是喻己羁绊而不得脱然也。”

尾联之“同学少年”，也有三说。一说指杜甫之少年同学。张性《杜律演义》：“非惟不及衡、向，但如我同学少年，亦多显贵，而乘肥衣轻，驰骋于武陵之间，我何为久淹于此，独坐江楼，甚寂寞焉。”

一说之吾辈。王嗣奭《杜臆》：“同学而曰少年，同学少年而曰不贱，俱有深意，人皆不曾理会。同学，犹云吾辈，非同堂而学者。少年以形己老，不贱以形己之贱。意谓身老且贱，故欲效忠拯世而不能，今以少年富贵而徒事轻肥，置理乱于度外，于心安乎。”

一说指新进少年，张綖《杜工部诗通》：“同学，学习之同者也。刚当时新进少年，必自为一种学习，以趣时好，而取富贵。若公之素学，与彼正自不同，殆谓之昔人矣。然彼自显贵，吾亦安能变所学以从之乎？”

## 其四

闻道长安似弈棋，百年世事不胜悲。
王侯第宅皆新主，文武衣冠异昔时。
直北关山金鼓震，征西车马羽书迟。
鱼龙寂寞秋江冷，故国平居有所思。

【评析】

第四首回忆长安。诗人说，听说长安的政局如同弈棋，变化多端，难以捉摸。人生本不过百年，世事却如此变迁，令人悲伤不已。王侯府第都换了新主人，文武百官也大异于往日。近年来吐蕃、回纥先后入侵，长安北面的战鼓震耳欲聋，西面军队告急的羽书来往不停。在鱼龙蛰伏、秋江寂寞之时，我不禁想起了当年在长安的那些日子。

颔联之“王侯第宅皆新主，文武衣冠异昔时”两句，或以为“王侯”指旧日之豪族，“衣冠”指新进之权贵，如张性《杜律演义》：“如王侯则委弃奔窜，而第宅皆他人所有；文武又借军功滥进，非复向时勋阀衣冠。”

或以为“王侯”“衣冠”皆指乱国之人，如钱谦益《钱注杜诗》：“王侯第宅，指误国之人，如林甫、国忠辈也。玄宗宠任藩将，而肃宗信向中宫，俾居朝右，文武衣冠，皆异于昔时也。”《杜诗言志》：“王侯第宅，各矜壮丽，而绝无矢忠报主之心；文武衣冠，各树党援，而绝无忧国奉公之士。”

或以为感慨世事变迁。“其实衣冠已异唐初，然所谓异者，时俗趋新厌朴，就简充繁耳。非指创制者言。‘王侯第宅’句，乃思故也。将相云兴，而先朝勋旧之裔，不可问矣。‘文武衣冠’句，乃感今也。踵事增华，而先进朴略之风不复睹矣”（钱谦益《钱注杜诗》）。边连宝《杜律启蒙》：“第宅皆新主，盛衰无常也；衣冠异昔时，僭逾无等也。”

颈联之“直北金鼓”，一说指河北战事。王洙《分门集注杜工部诗》：“时河北尚用兵也。”

一说指陇西关辅之间的战争。蔡梦弼《杜工部草堂诗笺》：“言夔州之北用兵，乃陇右关辅之间扰攘也。”

一说指朱泚之乱。王维桢《杜律颇解》：“直北金鼓，或之朱泚之乱。征西车马，指伐吐蕃。”

一说指回纥之入侵。王嗣奭《杜臆》：“北忧回纥，西困吐蕃，俱可悲也。”

一说指安史余党。吴见思《杜诗论文》：“况北望关山，金鼓方振，安史之余孽未平。”

尾联之“鱼龙寂寞秋江冷”，或指秦州之鱼龙川。刘辰翁《集千家注杜工部诗集》：“鱼龙川在秦州，因起故国平时之思。”“向来聚讼‘鱼龙’二字，按《水经注》‘秦州天水县有鱼龙水’，《秦州》诗云‘水落鱼龙夜’，盖秦州地名也。鱼龙在秦，江在蜀，一彼一此，与‘瞿塘峡口曲江头’同一句发，身系夔州，心思故国也。”但卢元昌《杜诗攟》驳斥说：“语本易晓，何得谓是川名？如鹦鹉洲，单称鹦鹉否？”

或以为鱼龙蛰伏、秋江寂寞。《分门集注杜工部诗》注引《水经注》：“鱼龙以秋日为夜。龙秋分而降，蛰寝于渊，故以秋为夜也。”今多取此说。顾宸《辟疆园杜诗注解》：“言吾之漂泊秋江，正犹鱼龙值秋而潜蛰。”

## 其五

蓬莱宫阙对南山，承露金茎霄汉间。①
西望瑶池降王母，东来紫气满函关。②
云移雉尾开宫扇，日绕龙鳞识圣颜。
一卧沧江惊岁晚，几回青琐点朝班。③

【注释】

①蓬莱宫：即长安大明宫。杜甫《莫相疑行》：“忆献三赋蓬莱宫。”曹植《承露盘颂铭》：“皇帝（魏明帝）乃诏有司铸铜建承露盘，茎长十二丈，大十围。”

②《北堂书钞》引《汉武故事》：七月七日，上齐居承华殿，忽青鸟从西来，集殿前。上问东方朔，朔曰：“此西王母欲来也。”《艺文类聚》引《关尹内传》：关令尹喜常登楼望，见东极有紫气西迈，曰：“应有圣人经过京邑。”乃斋戒。其日果见老君乘青牛车来过。

③点：一作“照”。青琐：宫门上的青色图纹。

【评析】

长安东面的蓬莱宫雄伟壮丽，高入云霄，正与终南山遥遥相对。站在宫中，向西可以眺望西王母从昆仑瑶池而来，向东可以遥望紫气东来，浮满函谷关。玄宗皇帝早朝于宣政殿，如祥云一般的宫扇慢慢移开，日光照在他的龙袍上光彩夺目。而今卧病江边，韶华已晚，感叹自己也曾几度身列朝班，亲睹圣颜。

这首诗的主旨，大约有四说。一说思念长安宫阙。邵傅《杜律集解》："感思长安宫阙。"邵注："此感长安二宫殿而言。"张笃行《杜律注解》："此思故国之宫阙也。"

一说追思明皇。顾廷榘《杜律意笺》："此公因秋而追思明皇。"江孟亭《杜诗集说》："查慎行曰：此言玄宗颇有神仙之惑。"

一说回忆诗人自己在长安献赋、上朝的生涯。黄生《杜工部诗说》卷八："此思已立朝得覲天颜之作也。"吴瞻泰《杜诗提要》："此思在长安献蓬莱宫及拾遗赴阙之时也。"

一说感叹长安久违而不得归。顾宸《辟疆园杜诗注解》："通首总是瞻望长安，卧病峡中不得归之叹。"仇兆鳌《杜诗详注》："五章，思长安宫阙，叹朝宁之久违也。"通解："此公承上末句而言长安旧事，以伤已之不复立朝也。"

前四句或以为讥讽唐玄宗好色好仙。仇兆鳌《杜诗详注》："宫在龙首冈，前对南山，西眺瑶池，东瞰函关，极言气象之巍峨轩敞。而当时崇奉神仙之意，则见于言外。"汤启祚《杜诗笺》："瑶池西绛，暗讽太真；紫气东来，显讥灵宝。"

或以为只是描绘长安壮丽景色。黄生《杜工部诗说》："赋长安景事，当以宫阙为首。不睹皇居壮，安知天子尊，正是此诗立局之意。西望、东来，不过铺张皇居门户之广大耳。以为讥明皇之好仙，真小儿强作解事。”边连宝《杜律启蒙》：“宫阙直对终南，金茎上插霄汉，西接王母之瑶池，东挹函关之紫气，总是极言其形胜，以见帝居之壮丽，并无讽刺之意。”

颈联之“云移雉尾开宫扇，日绕龙鳞识圣颜”，一说指玄宗朝时献赋蓬莱宫。顾宸《辟疆园杜诗注解》：“想见威仪之严，宫殿之邃，圣颜不易觐有如此，此乃献赋时事。”

一说指玄宗朝官右卫参军时事。金圣叹《唱经堂杜诗解》：“此乃亲觐天子而后见之，亦不必拟定在蓬莱宫。先生尔时身列侍从之班，固于处处得见也。”

一说指肃宗朝官拾遗时。吴见思《杜诗论文》：“宫阙之中，则云开宫扇，而雉尾初移，日绕赭袍而龙颜时识，为拾遗也。”

一说泛言当日宫阙仪仗之盛。单复《读杜诗愚得》：“自言卧病夔府，自惊衰老，不与朝班，而忆宫阙君臣朝觐之气象仪仗焉。”

## 其六

瞿唐峡口曲江头，万里风烟接素秋。
花萼夹城通御气，芙蓉小苑入边愁。①
珠帘绣柱围黄鹄，锦缆牙樯起白鸥。②
回首可怜歌舞地，秦中自古帝王州。③

【注释】

① 花萼：楼名，在长安兴庆宫。《旧唐书·玄宗纪》载，南内曰兴庆宫，宫西南隅有花萼相辉、勤政务本之楼。《长安志·唐京城三》：“开元二十年，筑夹城，入芙蓉园，自大明宫夹罗城复道，经通化门，以达南内兴庆宫，次经明春延喜门，至曲江芙蓉园，而外人不之知也。”

② 珠：原作“朱”，据他本改。鹄：一作“鹤”。缆：船缆。

③ 古：原作“出”。据他本改。秦中：关中。

## 【评析】

瞿塘峡口与长安曲江池相隔万里，在清秋之时风烟相连，同一萧森。当年的曲江池何等繁华，宫苑林立，游船如织，珠帘翠幕，箫鼓喧阗，唐玄宗也经常从大明宫驾临曲江芙蓉苑。可惜安史之乱以来，歌舞之地变成了戎马交驰的战场，自古为帝王之都的长安几经焚掠。

这首诗追忆曲江之游，诸家并无异议。蔡梦弼《杜工部草堂诗笺》：“甫寓夔峡，感秋而思曲江地之游会也。”单复《读杜诗愚得》：“言在夔府而忆曲江。”沈寅《杜诗直解》：“此诗思玄宗之游乐曲江而作也。”

那么，诗人此时追忆曲江想到了什么呢？一说是感叹生衰之变。朱鹤龄《杜工部诗集辑注》：“此叹曲江歌舞之盛不可复睹也。”仇兆鳌《杜诗详注》：“思长安曲江，叹当时之游幸也。”李文炜《杜律通解》：“此公忆曲江之游，盖由今思昔，由盛悲衰之意也。”

一说反思动乱发生的原因。《杜诗言志》：“此第六首则叙次及于巡幸之地，而兼伤其变乱之所由生。”沈德潜《杜诗偶评》：“此追叙长安失陷之由。”江孟亭《杜诗集说》：“查慎行曰：秦中歌舞，自昔为然。物盛而衰，不无有感于宴安之毒也。”

诗人感叹之事，即颔联之“边愁”，或指吐蕃之入寇，如《杜诗赵次公先后解辑校》：“大抵兴庆宫、夹城、皆接曲江，通御气，本游幸之地，今乃有边愁入于其间，以纪吐蕃之乱尝险京师故也。”

或指西南战乱。王维桢《杜律颇解》：“昔明皇广花萼楼，筑夹城入芙蓉苑，故曰通御气；公在夔，为西南边徼，故曰入边愁。”

或指安史之乱。钱谦益《钱注杜诗》：“禄山反报至，上欲迁幸，登兴庆宫花萼楼置酒，四顾凄怆，此所谓入边愁也。”顾宸《辟疆园杜诗注解》："禄山警报日至，芙蓉小苑遂入边塞之愁，此亦就当时而言，非日后京城沦陷始云入边愁也。"

或指天宝变乱以来种种情事。金圣叹《唱经堂杜诗解》："边愁，不但禄山陷京，即就明皇幸蜀，而先生因此徙倚素秋，怅望于瞿塘峡口，岂非边愁乎？"

或指开元以来之战事。卢元昌《杜诗阐》："青海之烽烟频传，南诏之丧乱见告。谁料平安之火，不保潼关；渔阳之笳，忽吟细柳。此日边愁一入，而花萼、芙蓉便为灰烬，曲江往事如此，今由瞿塘一望，惟有苍茫素秋而已。"

或概言边关战事。《杜诗言志》："使边塞戎马之愁，竟入于芙蓉小苑之中也。"

颈联之"珠帘绣柱"，一说指曲江宫殿。王嗣奭《杜臆》："当边愁未入之先，江上离宫，珠帘围鹄，江间画舰，锦缆惊鸥，曲江诚歌舞之地也。"卢元昌《杜诗阐》："曲江宫殿，千门万户，向曾珠帘绣柱矣，今日素秋中，黄鹄空围耳。"

一说指花萼楼。张性《杜律演义》："言花萼楼之帘柱，皆盘黄鹄宛转之形，珠则织，绣则画也。苑外江边，御舟常惊起白鸥飞起，以锦缆牙樯之华彩也。"

## 其七

昆明池水汉时功，武帝旌旗在眼中。[①]
织女机丝虚夜月，石鲸鳞甲动秋风。[②]
波漂菰米沉云黑，露冷莲房坠粉红。
关塞极天唯鸟道，江湖满地一渔翁。

【注释】

① 昆明池：汉武帝所建。《汉书·武帝纪》："元狩三年，发谪吏，穿昆明池。"颜师古注引臣瓒曰："《西南夷传》有越巂昆明国，有滇池，方三百里。汉使求通身毒国，为昆明所闭。今欲伐之，故作昆明池象之，以习水战。在长安西南，周回四十里。"

② 东晋曹毗《志怪》："昆明池作二石人，东西相望，像牵牛织女。"《西京杂记》："昆明池刻玉石为鲸鱼，每至雷雨常鸣吼，鬐尾皆动。"

【评析】

长安的昆明池是汉武帝为了征讨滇国、南越而凿，水军楼船的旌旗似乎还在眼前飘扬。昆明池边，织女的石像夜夜在月下默默伫立；池水中央，石刻的鲸鱼在秋风中栩栩欲动。水面上漂浮的菰米如黑压压的乌云，花瓣凋谢的莲蓬在寒露中摇摇欲坠。夔州偏僻险远，惟有鸟道可通。我浪迹江湖，如一渔翁。

这首诗追忆长安的昆明池。蔡梦弼《杜工部草堂诗笺》："甫寓夔峡，感秋而思昆明池之景物也。"张綖《杜工部诗通》："此思故国之昆明池。"顾廷榘《杜律意笺》："此公因秋思长安之昆明池。"

至于思念昆明池的原因，一说是滞留夔府，欲归不得。张性《杜律演义》："此诗因昆明池之景而叹其不得见也。"王维桢《杜律颇解》："此诗前六句咏池上寂凉之景，末二句言己阻绝而不得见也。"沈寅《杜诗直解》："此诗叹昆明池之景，今不得见，而因伤己之漂泊也。"

一说借汉喻唐，借汉武帝喻唐玄宗。钱谦益《钱注杜诗》："此借武帝以喻玄宗也。"朱鹤龄《杜工部诗集辑注》："此叹昆明荒凉，玄宗穷兵南诏，旋致祸乱，故借汉武帝事以发叹也。"《杜诗言志》："此第七首，因上文'自古帝王'之语，遂引汉武帝以为明皇之比。盖明皇好大喜功，穷兵黩武，使中国萧然烦费者，亦略与汉武等，以致酿成安史之祸。”

一说防御东南之变。金圣叹《唱经堂杜诗解》：“此因曲江而更及昆明池也，最为奇作。前诸作皆乱后追想，此作特于事前预虑。千年来人只当平常读去，辜负先生苦心久矣，可叹也。……今日西北，或可支吾，万一东南江湖之间变起不测，则天下事不可为矣。故先生预设此一着，以讽执政也。”

中间两联，或以为写衰景。张溍《读书堂杜诗注解》：“月夜、秋风、沉云、坠粉，总写禁苑荒凉，以见其勤远功而贻近祸。”

或以为写胜景。王嗣奭《杜臆》：“且织女、鲸鱼，铺张伟丽壮千载之观。菰米莲房，物产丰饶，溥万民之利，此本追溯胜事也。”吴瞻泰《杜诗提要》卷一五：“又有织女、石鲸、菰米、莲房，点缀池上，并在眼中，月上如见织女之机丝，风来若有石鲸之鳞甲，波中菰米则如云之黑，露下莲房则若粉之红，铺张浓艳，盛已极矣。”

或以颔联写胜景，颈联写衰景。仇兆鳌《杜诗详注》：“‘织女’二句，记池景之壮丽，承上眼中来。‘波漂’二句，想池景之苍凉，转下关塞去。于四句分截，方见曲折生动。”

结句之“关塞”，一说指白帝城。蔡梦弼《杜工部草堂诗笺》：“‘关塞’句，言白帝城。鸟道，言峡中高山。”

一说指出蜀入秦之路。王维桢《杜律颇解》：“末二句，言已阻绝而不得见也。关塞，指出蜀入秦之路。江湖，指所寓之地。”

一说即剑门。王嗣奭《杜臆》：“乃剑阁危关才通鸟道，欲归不得，而留滞峡中。江湖满地，而漂泊如渔翁。”张溍《读书堂杜诗注解》：“奈今剑阁秦塞，极天之险，更不易通，所以满地皆江湖，止我一渔翁之漂泊耳。”

一说指夔州。吴见思《杜诗论文》：“而此地则关塞也，山高极天，而惟鸟道，亦不必昆明也。江湖满地，何处不容渔翁耶。”

## 其八

昆吾御宿自逶迤，紫阁峰阴入渼陂。①
香稻啄余鹦鹉粒，碧梧栖老凤凰枝。
佳人拾翠春相问，仙侣同舟晚更移。
彩笔昔曾干气象，白头吟望苦低垂。②

### 【注释】

①《文选·扬雄〈羽猎赋序〉》：“武帝广开上林，东南至宜春、鼎湖、御宿、昆吾。”李善注引晋灼曰：“昆吾，地名，上有亭。”又引《三秦记》：“樊川，一名御宿。”紫阁峰，终南山支峰。郑樵《通志》：“紫阁峰在圭峰东，旭日射之，烂然而紫，其形上耸，若楼阁然。”

② 彩笔：《南史·江淹传》载，江淹尝宿冶亭，梦郭璞谓曰：“吾有彩笔，在卿处多年，可以见还。”淹乃探怀中，得五色笔以授之。嗣后有诗绝无美句，时人谓之才尽。

### 【评析】

通向昆吾、御宿的道路弯弯曲曲，紫阁峰的倒影荡漾在渼陂中。那里有鹦鹉啄剩的香稻米，也有凤凰经常栖息的碧梧枝。游春的佳人，采拾鲜花翠羽相互赠送；仙侣同舟，到晚上还在四处游览。当年我用彩笔渲染过这盛世的气象，如今白头眺望，长吟低垂。

这首诗记渼陂之游。其主旨可以从三个层次去理解。首先，单纯怀念昔日的游历，如顾廷榘《杜律意笺》：“此公因秋思昔日渼陂之游也。”其次，视野由国家转向了自己，如顾宸《辟疆园杜诗注解》：“前所思蓬莱、曲江、昆明，皆属朝廷之事。此思渼陂，则追溯昔游而自叹也。”《杜诗言志》：“前数首皆慷慨君国，以极其怨慕之意；此一首则悼惜己身之盛衰，亦先公后私之义也。”最后，对组诗进行总结，如浦起龙《读杜心解》：“此则明收入自身游赏诸处，所谓向之所欣，已为陈迹，情随事迁，感慨系之。此《秋兴》之所为作也，为八诗大结局。”沈德潜《杜诗偶评》：“此章追叙交游，一结并收拾八章。所谓故园心、望京华者，一付之苦吟怅望而已。”

颔联“香稻啄余鹦鹉粒，碧梧栖老凤凰枝”颇为独特，争议颇多。早期注杜者多以为是倒装句，如《分门集注杜工部诗》引《古今诗话》云：“此语反而意奇。退之诗‘舞鉴鸾窥沼，行天马度桥’，亦效此里体。”邵傅《杜律集解》：“二句语倒竟奇。”

但此说遭到后来者驳斥。或从句法入手，如《杜诗赵次公先后解辑校》：“若杜公诗则不然，特纪其旧游渼陂之所见，尚余红稻在地，乃宫中所供鹦鹉之余粒，又观所种之梧，年深即老，却凤凰所栖之枝。既以红稻、凤凰为主，则句法不得不然也。”

或从文势入手，如王嗣奭《杜臆》：“地产香稻，鹦鹉食之有余；林茂碧梧，凤凰栖之至老。……又‘香稻’二句，所重不在鹦鹉、凤凰，非故颠倒其语，文势自应如此，而《诗话》乃以‘舞鉴鸾窥沼’拟之，真同说梦。”

或从语意入手，如唐元竑《杜诗攟》：“又谓之倒装句，此直顿挫耳，不可言倒。何以故？如鹦鹉啄余香稻粒，可耳；凤凰栖老碧梧枝，难通矣。本应如是，非谓倒也。”

或从情理入手，如顾宸《辟疆园杜诗注解》：“旧注以‘香稻’一联为倒装句法，今观诗意，本谓香稻乃鹦鹉啄余之粒，碧梧则凤凰栖老之枝。盖举鹦鹉、凤凰以形容二物之美，非实事也。重在稻与梧，不重在鹦鹉、凤凰。若云鹦鹉啄余香稻粒，凤凰栖老碧梧枝，则实有鹦鹉、凤凰矣。少陵倒装句固不少，惟此一联，不宜牵合。”

或从韵脚入手，如黄生《杜工部诗说》：“三、四，旧谓之倒装法，余易名倒剔，盖倒装则韵脚俱动，倒剔不动韵脚也。设云鹦鹉啄余红豆粒，凤凰栖老碧梧枝，亦自稳顺，第本赋红豆、碧梧，换转即似赋凤凰、鹦鹉矣。”

# 咏怀古迹五首（选三）

## 其一

支离东北风尘际，漂泊西南天地间。
三峡楼台淹日月，五溪衣服共云山。[1]
羯胡事主终无赖，词客哀时且未还。
庾信平生最萧瑟，暮年诗赋动江关。

### 【注释】

① 五溪：指雄溪、樠溪、酉溪、潕溪、辰溪。《后汉书·南蛮西南夷传》载，武陵五溪蛮，皆盘瓠之后。盘瓠，犬也，得高辛氏少女，生六男六女，织绩衣皮，好五色衣服。

### 【评析】

这组诗歌以“咏怀古迹五首”为题，下四首所咏分别为宋玉宅、昭君村、刘备永安宫和诸葛武侯祠，第一首所咏为庾信，为何也列入组诗呢？

一种看法是，第一首所咏依然着力“古迹”。或以为庾信曾经居住在宋玉的旧宅，如杨伦《杜诗镜铨》：“此五章乃结古迹以咏怀也。

庾信避乱，由建康至江陵，虽非蜀地，然曾居宋玉之宅。公之漂泊类是，故借以发段。”

或以为庾信在荆州有故宅。仇兆鳌《杜诗详注》引《杜臆》：“五首各一古迹，首章前六句，先发己怀，亦五章之总冒。其古迹，则庾信宅也。宅在荆州，公未到荆，而将有江陵之行，流寓等于庾信，故咏怀而先及之。然五诗皆借古迹以见己怀，非专咏古迹也。”

另一种看法是，组诗五首分为“古迹”与“咏怀”，第一首与“古迹”无关。《杜诗赵次公先后解辑校》：“咏怀古迹，言咏怀与古迹。前两篇，其一纪述其身，末句以庾信自比；其一以宋玉为师，而纪述所怀之事，思实皆是咏怀。后三篇，其一专言明妃，其一专言蜀主，其一专言诸葛武侯，乃是古迹。皆楚地故事，故有此五首之作。”

浦起龙也认为第一首为咏怀，与后四首并不一致，而且诗中只是提及庾信，没有写到他的旧宅。“此咏怀也，与古迹无涉，与下四首亦无关会。通首以‘漂泊西南’为主句，首句追言其由，三、四正咏漂泊，五、六流水，乃首尾关键。‘终无赖’申‘支离’，‘且未还’起‘萧瑟’。末以庾信之怀况己怀也。即子山，即子美。按旧说俱五诗例看，殊无具眼，《杜臆》疑首章不类，遂以为五诗总冒，其说似是而非。古迹则各人其人，各事其事，与《诸将》类，彼何以独无冒乎？即云总冒矣，又谓其古迹则庾信宅也，一诗两用，成何体裁？且诗中止言‘庾信’，不言其宅，而宅又在荆州，公身未到，何得咏及之？”（《读杜心解》）

既然这首诗与“古迹”无关，那么诗人提到庾信显然只是用来自喻，借庾信之遭遇抒写他之流离与乡思。沈德潜《唐诗别裁集》：“此章以庾信自况，非专咏庾也。”《唐宋诗醇》：“此庾自比，情事恰合。”方东树《昭昧詹言》：“总写身世，以庾信自比。”仇兆鳌《杜诗详注》：“首章咏怀，以庾信自方也。”

因此，这首诗的主体部分，都是在写杜甫自己的经历。诗人说，安史之乱爆发以来，我浪迹天涯，四处流离，后来漂泊至蜀中，又在夔州滞留不少时日，与衣着鲜艳的五溪蛮民杂处。安禄山背主负恩，反复无常，导致我有家难回，这不免让我想起了出使西魏而滞留北朝的庾信。庾信留居北周达二十七年之久，始终不忘江南，心中冷落凄凉，晚年所作的诗赋竦动海内。

《杜诗言志》重新诠释了“古迹”的涵义：“咏怀古迹非咏古迹也，乃借古迹以自咏其怀抱耳。此第一首则直咏己事，惟末一语咏庾信事以自况，是为古迹耳。故支离东北，言安史之乱也。漂泊西南，言流寓于川陕也。三峡楼台，五溪衣服，承西南天地而言也。羯胡事主，致乱之由也。词客哀时，播迁之实也。然后接而结之曰：我之平生直与古之庾信相同，而暮年诗赋，果亦能与之同动此江关也乎？通首皆咏己怀，而末句带言古迹。此易见者也。”

## 其二

摇落深知宋玉悲，风流儒雅亦吾师。
怅望千秋一洒泪，萧条异代不同时。
江山故宅空文藻，云雨荒台岂梦思。①
最是楚宫俱泯灭，舟人指点到今疑。②

**【注释】**

① 云雨：宋玉《高唐赋》“妾在巫山之阳，高丘之阻，旦为朝云，暮为行雨。朝朝暮暮，阳台之下”。

② 楚宫：楚王宫，遗址在今重庆巫山。

【评析】

诗人开篇说，当草木摇落、深秋莅临之际，我深刻地体会到宋玉当日的伤悲。这首诗的核心即在于“悲”字。宋玉为何而悲，诗人为何深知其悲呢？

一则紧扣“云雨荒台岂梦思”一句，从巫山云雨的传说入手，以为宋玉与诗人所悲同为国势隳颓与贤人遭放。张綖《杜律本义》：“宋玉赋称先王梦神女，盖以怀王之亡国警其君也。世人相传，遂以其事为真，殆痴人面前不得说梦，故公之咏如此。……唐之明皇既以贵妃乱政，肃宗复以张后而不能制，此其与楚事不同者无几。而公之远播江湖，又与屈原之遭谗放逐相似，此其所以当摇落而深知宋玉之悲也。”何焯《义门读书记·杜工部集》：“贤放色荒，千古同感。楚宫泯灭，故宅长存。”

一则紧扣“萧条异代不同时”，以为诗人与宋玉所悲同在萧条冷落，不为人所理解。王嗣奭《杜臆》：“玉悲摇落，而公云深知，则悲与之同也。故怅望千秋，为之洒泪，谓玉萧条于前代，公萧条于今代，但不同时耳。不同时而同悲也。”《杜诗言志》：“此第二首，则将自己怀抱与宋玉古事引为同调，句句夹写。盖宋玉以不世之材，虽乃心宗社，而于治无补，正与少陵心事吻合。”

一则紧扣“风流儒雅亦吾师”，赞扬宋玉与屈原。其中“吾师”又有两说，一说杜甫以宋玉为师，全诗只就宋玉立论。浦起龙《读杜心解》：“因宅而咏宋玉，亲《风》《雅》也。四人之中，独宋玉文章与公相似，通古今为气类，故以‘摇落深知’起兴，而以‘风雅吾师’推之。”沈德潜《唐诗别裁集》：“怀宋玉亦所以自伤，言斯人虽往，文藻犹存，不与楚宫同其泯灭，其寄慨深矣。”

一说“吾师”还指宋玉以屈原为师。黄生《杜工部诗说》：“玉之风流儒雅，已足为吾师矣，况其能悲其师之怀忠见放而作《九辩》，以述其志，则非止以文藻自见者，是以有生不同时之感。言外深悲己之心事有同屈原，目前知己竟吾宋玉，千秋洒泪，岂无因耶。前半怀宋玉，所以悼屈原；悼屈原者，所以自悼也。”

诗中对于宋玉，或以为全力推崇，蒋绍孟说：“此因宋玉而有感于平生著述之情也。盖谓自古作者用意之深，非俗人所解，今思宋玉摇落之感，具有深悲，惜未得与同时一为倾写耳。乃云雨荒台，本为讽谏，而至今行舟指点，徒结念于神女襄王，玉之心将有不白于千秋异代者。”

或以为有所保留。津阪孝绰《杜律详解》：“不惟尚友，直可以为师。然不曰‘是’，而曰‘亦’，语有分寸。”萧涤非《杜甫诗选注》：“亦吾师，‘亦’字，虽无不满之意，却极有分寸。”

## 其三

群山万壑赴荆门，生长明妃尚有村。①
一去紫台连朔漠，独留青冢向黄昏。②
画图省识春风面，环佩空归夜月魂。③
千载琵琶作胡语，分明怨恨曲中论。④

【注释】

① 荆门：此指荆门山，在今湖北宜都西北。《清一统志·湖北统部·宜昌府》：“昭君村，在兴山县南，有昭君院。”

② 紫台：紫宫，天子所居。青冢：昭君墓，在今内蒙古呼和浩特市南大黑河南岸。传说边地多白草，昭君冢独青。

③《西京杂记》：“元帝后宫既多，不得常见，乃使画工图形，案图召幸之。诸宫人皆赂画工，多者十万，少者亦不减五万。独王嫱不肯，遂

不得见。匈奴入朝，求美人为阏氏，于是上案图以昭君行。及去，召见，貌为后宫第一，善应对，举止闲雅。帝悔之，而名籍已定。帝重信于外国，故不复更人，乃穷案其事，画工皆弃市。籍其家，资皆巨万。”

④ 石崇《明君词序》：“昔公主嫁乌孙，令琵琶马上作乐，以慰其道路之思，其送明君亦必尔也，其造新曲，多哀怨之声。”《琴操》：“昭君在外，恨帝始不见遇，乃作怨思之歌，后人名为《昭君怨》。”

【评析】

乘船穿行千山万壑，出峡而至荆门山，中途要经过钟灵毓秀的归州，那就是王昭君出生的地方。王昭君一去汉宫，千里迢迢，远嫁至无边无际的塞北，最后只留下一座在黄昏中寞然独立的青冢。想一想，仅仅凭藉着画图怎能辨识她的美好容颜？这使得她远走大漠，老死异乡，抱憾终身，惟有幽魂带着环佩在月下归来。那流传千年的琵琶曲，分明是用胡语在诉说她无穷无尽的怨恨。

这是一首咏叹王昭君的名作，《唐宋诗醇》盛赞说：“破空而来，文势如天骥下坂，明珠走盘。咏明妃者，此为第一。欧阳修、王安石诗，犹落二乘。”那么，杜甫咏叹昭君的用意何在呢？

一说扣住和亲之举，感慨时事。张綖《杜律本义》：“时肃宗以少女宁国公主下嫁回纥，公主临别之语，闻者酸心。公故借明妃之事以哀之。”

一说扣住“昭君村”，感怀古迹。王嗣奭《杜臆》：“因昭君村而悲其人。”仇兆鳌《杜诗详注》：“此怀昭君村也。上四记叙遗事，下乃伤吊之词。生长名邦，而殁身塞外，此足该举明妃始末。五、六，承上作转语。言生前未经识面，则殁后魂归亦徒然耳，唯有琵琶写意，千载留恨而已。”

一说扣住“怨恨”，叙写昭君的哀怨。浦起龙《读杜心解》：“因村而咏明妃，悯怨思也。结语‘怨恨’二字，乃一诗归宿处。起笔珍重，著遗村说，另为一截。中四，述事申哀，笔情缭绕。‘一去’，‘怨恨’之始也；‘独留’，‘怨恨’所结也。‘画图识面’，生前失宠之‘怨恨’可知；‘环珮归魂’，死后无依之‘怨恨’何极。末即借出塞声点明。‘省识’只在画图，正谓不‘省’也。”

一说扣住“怨恨”，借昭君叙写诗人自己的哀怨。《杜诗言志》：“少陵自比稷契，葵藿倾阳，乃竟虚度一生，流离终老，一腔怨恨，无处发泄。今乃特借明妃为之写照。故言明妃之生长于荆门，实为群山万壑之所环抱。因其灵秀所钟，故特生此瑰丽之质。夫天既笃而生之，必将宠而异之，是宜处以宫闱之安，荣以褕翟之贵。奈何一遭谗间，远嫁单于，抱恨紫台，独留青冢。至今春风之面，徒存于画图；环珮之魂，空归于月夜。此曷故哉？夫天下若汨若灭之境，原以待无知无识之人。若乃灵秀积中，了办一切，而竟使之汶汶以没世，亦何足以厌服其心？是又不如不生之为愈也。此其怨恨，直至海枯石烂，不可磨灭。夫明妃抱此怨恨，不可明言，只以托之千载琵琶。而少陵之怨恨，不可明言，又以托之明妃。通篇只重写‘怨恨’二字，乃所以写明妃，即所以写己怀也。”

一说扣住“曲中论”，抒写诗人与昭君共有的寂寞。《唐宋诗举要》引吴汝纶曰：“庾信、宋玉皆诗人之雄，作者所以自负。至于明妃，若不伦矣，而其身世流离之恨固与己同也。篇末归重琵琶，尤其微旨所寄，若曰虽千载已上之胡曲，苟有知音者聆之，则怨恨分明若面论也，此自喻其寂寞千载之感也。是三章者固一意所贯矣。”

一说扣住“明妃”，感叹昭君凄楚之生平。俞陛云《诗境浅说》：“咏明妃诗多矣，沈归愚推此诗为绝唱，以能包举其生平，而以苍凉激楚出之也。首句咏荆门之地势，用一‘赴’字，沉着有力。次句谓如此山水名邦，而清淑之气，独于女子，至今江头行客，犹说遗村。

寰中艳迹，可与西子苎萝村，千秋争美矣。三、四谓一去胡沙，愈行愈远，而芳魂恋阙，墓门草色长青，表明妃之志也。五、六谓汉帝仅于画中一见，悔莫能追，环佩空归，安得更承恩泽，哀明妃之遇也。收句谓汉家宫阙，久已烟消。即埋玉荒丘，亦长沦边徼。其遗音感人者，幸有马上琵琶，流传旧乐。掩抑冰弦，如诉出绝塞飘零之苦，差足为明妃写怨矣。”

一说扣住“千载”，为千古沦落不偶之士鸣不平。金圣叹《唱经堂杜诗解》：“咏明妃，为千古负才不偶者十分痛惜。”赵臣瑗《山满楼笺注唐诗七言律》：“只此二十八字（前两联），已将古今来无数才人不遇、壮士无成、忠臣抱屈之两行眼泪，都从红颜薄命中一一掩映而出。”

## 存殁口号二首（选一）

### 其二

郑公粉绘随长夜，曹霸丹青已白头。①
天下何曾有山水，人间不解重骅骝。②

【注释】

①郑公：郑虔。底本有注：“高士荥阳郑虔，善画山水。曹霸，善画马。”

②骅骝：良马名。《荀子·性恶》：“骅骝、騹骥、纤离、绿耳，此皆古之良马也。”杨倞注：“皆周穆王八骏名。”

【评析】

郑虔、曹霸都是盛唐著名画家。郑虔以善画山水著称，朱景玄《唐朝名画录》说："郑虔号广文，能画鱼水、山石，时称奇妙，人所降叹。"曹霸则善画马，杜甫另有诗《丹青引赠曹将军霸》《韦讽录事宅观曹将军画马图》，极力摹写曹霸绘马之妙。

这首诗的前两句说，随着郑虔的亡故，他的粉绘成为了绝笔；曹霸虽然还在作画，却也早已满头白发。

后两句有四说。一说两句重在惋惜郑虔、曹霸等有才能的人无人赏识。龚笃清《杜甫诗精选精注》："上句承第一句，说郑虔已亡，天下更无山水画高手。下句承第二句，说曹霸虽在，世间却少真懂其画马艺术的人。两句语意双关，意为郑虔、曹霸，包括作者在内的这些真正有才能的人，却得不到赏识。"萧涤非《杜甫诗选注》："虔死后，画山水的虽有人，但都不工，故曰何曾有。……不解重，是说世人不识货。"

一说两句分别惋惜人与画。仇兆鳌《杜诗详注》："此谓郑殁而曹存也。郑虔既亡，世更无山水之奇。曹霸虽存，人谁识骅骝之价乎？一伤之，一惜之也。"王士菁《杜诗今注》："以下两句慨叹郑虔死后，世间绘画便无山水奇观。曹霸虽然活着，也无人看重他的画马。都是惋惜之词。"

一说两句赞叹郑虔、曹霸所绘之画。仇兆鳌《杜诗详注》："或云：得虔之图，几令天下山水无色。得霸之马，能使人间骅骝减价。乃极赞其笔墨之神妙，亦通。"

一说两句惋惜无人欣赏郑虔、曹霸。仇兆鳌《杜诗详注》："又一说，'何曾有'谓世不收藏，'不解重'谓人弗珍惜。"徐放《唐诗今译》："自从郑公殁后，请问这满天之下，哪里还有甚么真正的山水？尽管曹将军尚存，而这人间也并没有谁懂得去重视骅骝。”

## 江　上

江上日多雨，萧萧荆楚秋。
高风下木叶，永夜揽貂裘。
勋业频看镜，行藏独倚楼。
时危思报主，衰谢不能休。

**【评析】**

江山连日多雨，树叶纷纷飘落，荆楚一片萧索，寒夜搜箧添衣。行年半百，济时无望，功业未成，频频揽镜而自悲，何去何从，心中踌躇抑郁。独自一人，倚楼远眺，时事艰危，虽年衰体弱而报国之念不休。

一般认为，这首诗大历元年（766）作于夔州，标题取自篇首二字。金圣叹以为诗或当于漂流荆楚之江上。“杜题不可不知。如此‘江上’乃是全题，盖身在江上，而心不忘魏阙也。通篇魏阙诗，却通夜不睡，故闻‘高风’。一句于江上作，故曰‘江上’，断非篇首二句也。只‘萧萧荆楚秋’五字，是正写江上景。‘日多雨’，乃原荆楚之所以秋也。‘荆楚’二字妙，目睹荆楚，口言荆楚，心不在荆楚也”（《唱经堂杜诗解》）。而《杜诗赵次公先后解辑校》也将其系于荆南诗作中，以为诗人“而今云萧萧荆楚秋，盖作诗时所遇如此”。

颈联两句，宋真宗视之为杜诗的核心理念，表现出了杜甫一生的心事。《苕溪渔隐丛话》引《后山诗话》说：“裕陵常谓杜子美诗‘勋业频看镜，行藏独倚楼’，谓甫之诗，皆不逮此。”故多以为这两句表达了杜甫忠君爱国、始终不渝的情怀。黄生《杜工部诗说》:“勋业老尚无成，故频看镜；行藏抑郁谁语，故独倚楼。然目睹时危，心存报主，齿虽衰谢，此念终不能自休耳。此诗所云，是本怀，是正说，其余自嗤自怪，自宽自释，皆即此意而反复变化以出之。”仇兆鳌《杜诗详注》:“上四叙景，旅客悲秋之况。下四言情，旧臣忧国之怀。夜不眠以至曙，故对镜倚楼，看容色而计行藏。但以报主心切，虽衰年未肯自诿，此公之笃于忠爱也。”

也有人认为这两句表达的是杜甫进退两难的尴尬处境。石闾居士《藏云山房杜律详解》:“频看镜，而忧勋业之无成；独倚楼，而伤行藏之莫定。盖既为老忖，又无人可商，是以辗转于怀而不能释然也。”边连宝《杜律启蒙》:“行年半百，勋业无成，故看镜以验其衰壮；进退维艰，行藏两误，故倚楼以致其踌躇。”李寿松、李翼云《全杜诗新释》:“想到应该建功立业，可是自己已经衰老，不禁独自倚楼，思考行藏的道理。”

金圣叹以为两句所写，为杜甫自感不合时宜。“下解痛写永夜揽裘之故。我亦衰谢之甚，勋业、行藏所以不经于怀，然犹频看镜、独倚楼。‘频看镜’者，老年心热人，忽忽自忘其白，妙在一‘频’字。‘独倚楼’者，登楼所以远，岂身羸弱者所宜？然衰暮之人，极恐人笑，于是背地自登，因而久倚，妙在‘独’字”。

今人陈贻焮认为杜甫此时在自艾自怜。其《杜甫评传》解说道：“秋江雨夜，易兴身世之感。‘放荡齐赵间，裘马颇清狂’，老杜当年雄姿英发、抱负非凡的神情可想。如今寒夜搜箧添衣，即使翻出的不是‘放荡齐赵间’穿的那件‘貂裘’，也会因此勾引起勋业无成、济时无望的悲哀而揽镜自怜的。”

# 返　照

楚王宫北正黄昏，白帝城西过雨痕。
返照入江翻石壁，归云拥树失山村。
衰年病肺惟高枕，绝塞愁时早闭门。
不可久留豺虎乱，南方实有未招魂。[1]

【注释】

①《楚辞·招魂》曰："魂兮归来，南方不可以止些。"

【评析】

日落苍黄，楚王宫北迷茫朦胧，白帝城西雨后乍晴。江面斜晖脉脉，石壁倒影荡漾。归云缓慢簇拥于树林，山村小径渐渐消失于雾霭。我年迈衰老，身患肺病，惟有高枕而卧；处在僻远之地，即使满腹愁闷也无可奈何，只得闭门安歇。群盗恣肆纵横，暴虐如豺虎，此地亦不可久留，当早日北归。

这首诗的题目，有人认为诗完成后所取。张性《杜律演义》："此诗只是赋雨后晚景兼自叹也。诗既成，姑以'返照'为题，非专赋返照也。"黄生《杜工部诗说》："此亦诗成而后命题者，非专咏返照也。与《野老》作调不同而格同。前半景是诗中画，后半情是纸上泪也。视白帝城中诗则较胜一筹。以起属正声，后半气力雄厚，又远过之耳。'南方'字暗挽起处地名。年老、多病、感时、思归，集中不出此四意。横说竖说，反说正说，无不曲尽其情。此诗四项俱见，至结语云云，尤足凄神戛魄也。"

也有人认为，诗歌就是在写返照。吴瞻泰《杜诗提要》："说者谓诗成而后命题，如《历历》《洞房》之类，非也。此首专咏返照，惟第三句是正面。首二句在返照前写一层，第四局是倍衬返照一层，贴雨后说。后半因返照而起闭门高枕之情，且思归也。若谓诗成而后命题，则主意不属返照，前后语脉皆窒矣。”边连宝《杜律启蒙》：“《演义》谓诗成后偶举二字为题者，亦非。前四，实写返照也。返照多在雨后，非泛言斜阳落日之比，故起联为原题。返照入江，而石壁之影翻倒在下；归云拥树，而山村之迹恍惚若失。‘翻’字承‘人’字来，‘失’字承‘拥’字来。上句正是返照时景，下句则返照已没矣。”

那么，杜甫这首诗所写是何时何地之返照呢？王嗣奭《杜臆》以为夔州西阁高处所见雨后晚景。“此诗作于西阁者，从高视下，见楚王宫北已黄昏，而白帝城西犹过雨痕。西阁城西，无所障蔽，故云开日漏，犹见雨痕，亦映带返照而见之。”

纪容舒则以为不可拘泥于白帝城、楚王宫之地。“雨来而时已黄昏，雨急而地自有痕。雨过云收，日色复见，题所云‘返照’也。黄昏不独楚王宫，雨痕不独白帝城，举雨处以概其余耳。言北不言南，言西不言东，正与《春秋》名经不及冬夏者同”（《杜律详解》）。

末句“南方实有未招魂”，或以为写诗人滞留南方，欲归而恐不能。仇兆鳌《杜诗详注》即说：“但恐惊散之旅魂，未必能招之北归耳。”边连宝也以为是“豺虎纵横，本不可久留，但魂已去体，虽欲归而不得耳”。

或以为期待有人召之北归。津阪孝绰《杜律详解》：“南方，寇盗之薮，暴恶如豺虎，非人之所居，岂可以久留耶？于是忧愁懊恼，旅魂破散久矣，谁能为我招复而使之北归中原也？”

# 壮 游

往者十四五，出游翰墨场。[①]
斯文崔魏徒，以我似班扬。[②]
七龄思即壮，开口咏凤皇。
九龄书大字，有作成一囊。
性豪业嗜酒，嫉恶怀刚肠。
脱略小时辈，结交皆老苍。[③]
饮酣视八极，俗物都茫茫。
东下姑苏台，已具浮海航。[④]
到今有遗恨，不得穷扶桑。
王谢风流远，阖闾丘墓荒。
剑池石壁仄，长洲芰荷香。
嵯峨阊门北，清庙映回塘。
每趋吴太伯，抚事泪浪浪。[⑤]
枕戈忆勾践，渡浙想秦皇。
蒸鱼闻匕首，除道哂要章。[⑥]
越女天下白，鉴湖五月凉。
剡溪蕴秀异，欲罢不能忘。
归帆拂天姥，中岁贡旧乡。
气劘屈贾垒，目短曹刘墙。
忤下考功第，独辞京尹堂。
放荡齐赵间，裘马颇清狂。
春歌丛台上，冬猎青丘旁。[⑦]

呼鹰皂枥林，逐兽云雪冈。[8]
射飞曾纵鞚，引臂落鹫鸧。
苏侯据鞍喜，忽如携葛强。[9]
快意八九年，西归到咸阳。
许与必词伯，赏游实贤王。
曳裾置醴地，奏赋入明光。
天子废食召，群公会轩裳。
脱身无所爱，痛饮信行藏。
黑貂不免敝，斑鬓兀称觞。
杜曲晚耆旧，四郊多白杨。
坐深乡党敬，日觉死生忙。
朱门任倾夺，赤族迭罹殃。
国马竭粟豆，官鸡输稻粱。[10]
举隅见烦费，引古惜兴亡。
河朔风尘起，岷山行幸长。
两宫各警跸，万里遥相望。
崆峒杀气黑，少海旌旗黄。[11]
禹功亦命子，涿鹿亲戎行。[12]
翠华拥英岳，螭虎啖豺狼。[13]
爪牙一不中，胡兵更陆梁。
大军载草草，凋瘵满膏肓。
备员窃补衮，忧愤心飞扬。
上感九庙焚，下悯万民疮。
斯时伏青蒲，廷净守御床。[14]
君辱敢爱死，赫怒幸无伤。
圣哲体仁恕，宇县复小康。

哭庙灰烬中，鼻酸朝未央。
小臣议论绝，老病客殊方。
郁郁苦不展，羽翮困低昂。
秋风动哀壑，碧蕙捐微芳。
之推避赏从，渔父濯沧浪。[15]
荣华敌勋业，岁暮有严霜。
吾观鸱夷子，才格出寻常。[16]
群凶逆未定，侧伫英俊翔。

【注释】

① 翰墨场：文场，文坛。

② 崔魏：崔尚、魏启心。前者为久视二年（701）进士，后者为神龙三年（707）进士。原有注云："崔郑州尚，魏豫州启心。"

③ 脱略：轻视。江淹《恨赋》："脱略公卿，跌宕文史。"

④ 姑苏台：在今江苏苏州姑苏山上。以下阖闾墓、剑池、长洲苑、阊门、清庙，均在苏州。

⑤ 吴太伯：周文王的伯父，因让位而离开西岐，逃奔荆蛮。

⑥ "蒸鱼"句：《史记·刺客列传》载，吴公子光具酒请王僚，使专诸置匕首鱼腹中，进之以刺王僚。僚死，光自立，是为阖闾。又《汉书·朱买臣传》载，会稽闻太守至，发民除道。入吴界，见其故妻，妻夫治道，买臣呼到太守舍，置园中给食之。要章：太宗章印。

⑦ 丛台：六国时赵王故台，遗址在今河北邯郸。青丘：相传为齐景公打猎之处，约在今山东青州。

⑧ 皂枥林、云雪冈：齐之地名，今不可考。

⑨ 苏侯：指苏源明。原有注："监门胄曹苏预。"葛强《晋书·山简传》载，山简曾携同葛强游猎。

⑩ 底本原注云："汉有太常三辅粟豆。"

⑪ 少海：皇太子。叶廷珪《海录碎事·储嗣门》："天子比大海，太子比少海。"

⑫ 命子：传子。涿鹿：黄帝战蚩尤处，此以蚩尤喻安禄山。

⑬ 英：一作"吴"。吴山：在今陕西凤翔附近。

⑭《汉书·史丹传》载，元帝欲易太子，丹闻上独寝，直入卧内，伏青蒲上泣谏。

⑮ 之推：随晋文公流亡之介子推，避赏入山。《楚辞·屈原〈渔父〉》："渔父莞尔而笑，鼓枻而去，歌曰：'沧浪之水清兮，可以濯吾缨；沧浪之水浊兮，可以濯吾足。'"

⑯ 鸱夷子：范蠡功成身退，泛游江湖，自号鸱夷子皮。

## 【评析】

这首诗的创作时间，黄鹤《黄氏补千家集注杜工部诗史》以为是大历元年："'郁郁客殊方'，当时在夔作。公在夔诗，多言殊方。"这种说法得到了普遍的认同，如张溍《读书堂杜诗注解》即注："大历元年（766）秋夔州作。"鲁訔、高崇兰则认为作于大历二年（767），《杜诗赵次公先后解辑校》也将它编入了大历二年冬在夔州瀼西、东屯诸诗中。今人洪业所著《杜甫》第九章《此生那老蜀》提出新说，认为这首诗当作上元二年（761）。

诗以"壮游"为题，蔡梦弼《杜工部草堂诗笺》解释说："此篇叙壮年经游之迹。"他认为"壮"即"壮年"之意。王嗣奭《杜臆》："此诗乃公自为传，其行径大都似李太白。然李一味豪放，公却豪中有细。观公吴越、齐赵之游，知其壮岁诗文遗逸多矣，岂后来诗律转细，自弃前鱼耶？"《杜诗集评》引查慎行曰："此公一生行实，以《壮游》为题，追叙而言之也。由少而壮而老，中间许多阅历，平叙中自见排宕之趣。以年华为经，以地方为纬，以文章为始，以忧国为终，写出壮游心事。”上述王嗣奭、查慎行二人虽未明确说明，但也是以“壮游”为壮年之游。

但这首诗所写的内容显然不仅仅是杜甫壮年时期的游历生活，今人吴舜庚《杜甫诗选注》说：“（这）是一首带自传性的重要诗篇，不仅指壮年之游。”赵次公更认为“公之生平出处，莫详于此篇”。刘凤诰《杜工部诗话》则以游览为线索解读杜甫生平：“少陵《壮游》诗乃晚年自作小传，‘往者十四五’一段，叙少年之游；‘东下姑苏台’一段，叙吴越之游；‘中岁贡旧乡’一段，叙齐赵之游；‘西归到咸阳’一段，叙长安之游；‘河朔风尘起’一段，叙奔凤翔及扈从还京事；‘老病客殊方’一段，叙贬官后久客巴蜀之故。通首悲凉慷慨，荆卿歌耶？雍门琴耶？高渐离之筑耶？”

因此，蒋弱六认为诗歌的题目只是针对诗歌的前半部分而言，“后文说到极凄凉处，未免衰飒，却正是‘烈士暮年壮心不已’之意，想见酒酣耳热，击碎唾壶时。题目妙，只说到上半截”（杨伦《杜诗镜铨》引）。仇兆鳌甚至提出“壮”字可能有误，“此章‘往者十四五，出游翰墨场’，当拈往游为题。若作壮年之游，何以首尾兼及年少事耶？‘壮’字疑误”（《杜诗详注》）。

施鸿保以为“壮游”之“壮”，当作“壮观”理解。“此诗乃统说生平游历胜处，故题‘壮游’。‘壮’犹‘壮观’之‘壮’，即胜游也”（《读杜诗说》）。萧涤非《杜甫诗选注》：“‘壮’字，不单指壮年，兼有豪壮和壮阔的意味。”许永璋《杜诗名篇解析》进一步解释说：“‘游’，不仅作‘遨游’解，亦可以作‘流动’解。因此，杜往吴越齐赵，固谓之游；其漂泊西南，亦可谓之游。‘壮’，在此篇不作少壮解，它含有‘豪壮’之义；后期之游，可谓之悲壮之游。诗人在夔州《阁夜》云‘五更鼓角声悲壮’，用鼓角声反映其悲壮之心声。

至其名作如《秋兴八首》《登高》及此诗《壮游》等，无一而不悲壮。故以《壮游》名篇，最为确切，可以包容两个不同时期的生活情操与诗歌风格。”

## 偶　题

文章千古事，得失寸心知。
作者皆殊列，名声岂浪垂。
骚人嗟不见，汉道盛于斯。
前辈飞腾入，余波绮丽为。
后贤兼旧利，历代各清规。
法自儒家有，心从弱岁疲。
永怀江左逸，多病邺中奇。
騄骥皆良马，骐驎带好儿。[①]
车轮徒已斫，堂构惜仍亏。[②]
漫作潜夫论，虚传幼妇碑。[③]
缘情慰漂荡，抱疾屡迁移。
经济惭长策，飞栖假一枝。
尘沙傍蜂虿，江峡绕蛟螭。
萧瑟唐虞远，联翩楚汉危。
圣朝兼盗贼，异俗更喧卑。
郁郁星辰剑，苍苍云雨池。
两都开幕府，万宇插军麾。
南海残铜柱，东风避月支。

音书恨乌鹊，号怒怪熊罴。
稼穑分诗兴，柴荆学土宜。
故山迷白阁，秋水隐皇陂。④
不敢要佳句，愁来赋别离。

【注释】

①騄骥：千里马。

②《庄子·天道》载轮扁对齐桓公语："斫轮，徐则甘而不固，疾则苦而不入。不徐不疾，得之于手而应于心。口不能言，有数存焉于其间。臣不能以喻臣之子，臣之子亦不能受之于臣，是以行年七十而老斫轮。"《尚书·大诰》："若考作室，既底法，厥子乃弗肯堂，况肯构？"

③幼妇碑：即曹娥碑。《世说新语·捷悟》："魏武尝过曹娥碑下，杨修从碑背上见题作'黄绢幼妇外孙齑臼'八字。……修曰：黄绢，色丝也，于字为绝；幼妇，少女也，于字为妙；外孙，女子也，于字为好；齑臼，受辛也，于字为辞。所谓绝妙好辞也。"

④白阁：白阁峰，在长安南终南山上。皇陂：皇子陂，在长安南韦曲东。皇：原作"黄"，据他本改。

【评析】

这首诗何为要以"偶题"为名？一说因为内容较为庞杂，没有明确的主线。《杜诗赵次公先后解辑校》说："此篇二十二韵，首论文章，而终之以流落怀念故国也，故名之曰'偶题'。"《杜诗集评》引吴农祥说："自叙文章经济，下述身世，然作偶题笔法，直率处多。"

一说是为即兴之作。《杜诗言志》："此少陵自言其生平之所作，后多漫兴，不及其前之刻意苦吟也。……此时去蜀居夔依柏中丞者三载，其归朝觐君之心，与怀归故里之念，交迫于中，而又不能洒然就道，故漫兴以寄其怀抱者最多，几三百余首。此诗乃自言其时之非为杰作，而并以晓示来兹。”陈订《读杜随笔》：“此诗以《偶题》为名，盖自题所作而以不能无忝乃祖为歉也。”

一说偶尔有感与为文之道。今人胡大浚、王为群《杜甫诗歌研读》说：“杜甫久客夔州，飘荡不归，唯以诗文自慰，因思为文之道，感而成文。非专为论文之作，故以偶题名篇，与《戏为六绝句》同意。”

关于诗歌的创作宗旨，或瞩目于杜甫不得用世，慨叹学非所用。单复《读杜诗愚得》：“此公自叹早岁苦用心于文章，而无经济之略。今也老而漂泊于戎马间，因言治日少乱日多，且忆故山而赋别离。”张綖《杜工部诗通》：“此公自叙自弱岁有志于文章，遭乱世流落殊方，不得用世也。”

或瞩目于杜甫对历代诗歌的评述，认为它是杜甫诗歌创作经验的全面总结。王嗣奭《杜臆》：“此公一生精力用之文章，始成一部《杜诗》，而此篇乃其自序也。《诗》三百篇各有序，而此篇又一篇杜诗之总序也。”吴瞻泰《杜诗提要》：“愚谓古今作者虽殊，而法不易。《三百篇》诗法，为诗家之祖，一变而为骚体，再变而为汉诗。自建安诸公飞腾以入，而至于六代之余波，皆无非法也，所贵寸心能领会耳。少陵一生得力于法，故诗中屡言之，至此篇尽泄其秘。读者能会此篇之大旨，则余所注《提要》之苦心，亦可稍白矣。”汪灏《树人堂读杜诗》：“是章乃公自露金针，万古诗家秘诀，发泄殆尽。”

那么，诗人在诗中透露了怎样的创作秘诀呢？翁方纲《杜诗附记》说：“杜公《偶题》一诗，自来无善会者，或谓前半论文，后半述怀，或者甚至谓前后渺不相涉，皆由‘缘情慰飘荡’以下另作一截看。”其《石洲诗话》还说：“杜公之学，所见直是峻绝。其自命稷、契，欲因文扶树道教，全见于《偶题》一篇，所谓‘法自儒家有’也。此乃羽翼经训，为风骚之本，不但如后人第为绮丽而已。”这是从诗歌的功能方面去理解。

蒋弱六说："前半说文章，后半说境遇，得失甘苦，皆寸心知者。前语少而意括，后语详而情绵，公一生心迹尽是矣。"（杨伦《杜诗镜铨》）这是从诗人的创作经历方面去理解。

## 阁　夜

岁暮阴阳催短景，天涯霜雪霁寒宵。
五更鼓角声悲壮，三峡星河影动摇。
野哭几家闻战伐，夷歌是处起渔樵。[①]
卧龙跃马终黄土，人事依依漫寂寥。[②]

【注释】

① 几：一作"千"。夷歌：夷人的歌曲。是：一作"几"。起渔樵：出于渔人樵夫之口。

② 卧龙：指诸葛亮。跃马：指公孙述。《蜀都赋》："公孙跃马而称帝。"句末原有注："城上有白帝祠，郭外有孔明庙。"

【评析】

冬日莅临，白昼的时间越来越短。漂泊天涯，寒宵登高而望，夜雪初霁，霜天空明。长夜本自难眠，好不容易挨到五更，星星尚未隐退，倒影还在江面荡漾起伏，而军营中的号角已经响起。这似乎在提醒着人们战争还在影响着他们的生活，耳畔也仿佛听到了千家万户痛失亲人的悲泣号哭，本来处处可闻的渔樵蛮夷之歌却也零落难逢。夔州附近有为公孙述和诸葛亮所立的庙宇，可无论是逆是忠都同归于黄土。想到此处，目前人事不顺、远地音书难通，又值得伤怀吗？就让它们付之寂寥吧。

诗作于大历元年（766）之夔州。“阁即是夔州西阁。阁夜者，于西阁中度夜也”（金圣叹《唱经堂杜诗解》）。“此诗因夜宿阁中，高寒不寐，将晓而作也”（张性《杜律演义》）。其中颔联两句最为后人称道。

一说两句用事巧妙。周紫芝《竹坡诗话》：“凡诗人作语，要令事在语中而人不知。余读太史公《天官书》：‘天一枪棓矛盾，动摇角，大兵起。’杜少陵诗云：‘五更鼓角声悲壮，三峡星河影动摇。’盖暗用迁语，而语中乃有用兵之意。诗至于此，可以为工也。”

或以为不必强引故事。施闰章《蠖斋诗话》：“注杜诗者，谓杜语必有出处，然添却故事，减却诗好处，如‘五更鼓角声悲壮，三峡星河影动摇’，盖言峡流倾注，上撼星河，语有兴象。《竹坡》乃引‘天一枪棓矛盾，动摇角，大兵起’，谓语中暗见用兵之意，顿觉索然。”施鸿保《读杜诗说》：“下句或用汉武故事，上句悲壮，第是常语，不必定用《祢衡传》语也。”袁枚《随园诗话》：“‘三峡星河影动摇’即景语也。……未必太平时，星光不动也？”

或以为用事无痕，妙在两可之间。贺裳《载酒园诗话》：“《西清诗话》称少陵用事无迹，如系风扑影，因言‘五更鼓角声悲壮’乃用祢衡挝《渔阳操》，其声悲壮事；‘三峡星河影动摇’，乃用汉武时星辰动摇，东方朔谓民劳之应事。余意解则妙矣，然少陵当日正是古今贯穿于胸中，触手逢源，譬如秫和曲蘖而成体，尝者更辨其孰为黍味，孰为麦味耳。”

一说两句气象宏伟。蔡梦弼《杜工部草堂诗话》：“东坡苏子瞻《诗话》曰：七言之伟丽者，如子美云：‘旌旗日暖龙蛇动，宫殿风微燕雀高。’‘五更鼓角声悲壮，三峡星河影动摇。’尔后寂寞无闻焉。”

《苕溪渔隐丛话》引《石林诗话》云："七言难于气象雄浑，句中有力，而纡余不失言外意。自老杜'锦江春色来天地，玉垒浮云变古今'与'五更鼓角声悲壮，三峡星河影动摇'等句之后，常恨无复继者。"赵翼《瓯北诗话》："只以此等气魄从前未有，独创自少陵，故群相尊奉为劈山开道之始祖，而无异词耳。自后亦竟莫有能嗣响者。"

## 缚鸡行

小奴缚鸡向市卖，鸡被缚急相喧争。
家中厌鸡食虫蚁，不知鸡卖还遭烹。
虫鸡于人何厚薄，吾斥奴人解其缚。①
鸡虫得失无了时，注目寒江倚山阁。

【注释】

①《庄子·列御寇》："在上为乌鸢食，在下为蝼蚁食，夺彼与此，何其偏也。"

【评析】

家中的仆人把鸡绑缚起来，准备拿到集市上去买。鸡儿被缚得紧紧地，不停地挣扎喧叫。家里人讨厌它们食虫杀生，却没有想到鸡儿一旦被卖掉就难逃宰烹的命运。虫子、鸡子各自有生命，人们不能厚此薄彼，于是我呵斥仆人赶快解开绳索，放掉鸡子。但这样一来，虫子却又要遭殃了。鸡子与虫子的得失如何兼顾呢？我思来想去，找不到万全之策，斜倚楼阁，注视寒江，心潮起伏。

这首诗作于大历元年（766）冬日，当时杜甫客居于夔州西阁。诗歌的主旨，大约可以儒道释三个层面去理解。

从入世的层面来看，人们认为这首诗所表达的是对得失利害等问题的认识。谢省《杜诗长古注解》：“旧说爱虫则害鸡，爱鸡则害虫，利害得失要在权其轻重而为之。除寇则劳民，爱民则养寇，其理亦犹是也。与其养寇，孰若劳民。与其惜虫，孰若存鸡。人之得失如鸡如虫，人且相仍，何时而了乎。”陈式《问斋杜意》：“天子至难处分事，如鸡虫类甚多。得公此诗，便可令婆心客气顿释。”张溍《读书堂杜诗注解》：“鸡虫得失，言救鸡护鸡，为得为失，难以穷究。”

从老庄思想的影响来看，人们认为它表现出了万物一体的理念。张远《杜诗会粹》：“此诗可以齐物化，大有蝼蚁何亲、鱼鳖何仇意。”卢元昌《杜诗阐》：“鸡虫之类，大小已分。爱虫弃鸡，虫何厚？鸡何薄？况爱虫而鸡还烹，是以爱虫，故鸡烹。人情溺小害大，大率类是。”仇兆鳌《杜诗详注》：“末以设难作结，爱物而几于齐物矣。”

从佛教层面来看，人们认为它表现了杜甫的慈悲不杀等思想。王嗣奭《杜臆》：“老杜自谓‘乾坤一腐儒’，余读此诗而笑其能自知也。公晚年溺佛，意主慈悲不杀，见鸡食虫蚁而怜之，遂命缚鸡出卖。见其被缚喧争，知其畏死，虑及卖去遭烹，遂解其缚，又将食虫蚁矣。”金圣叹《唱经堂杜诗解》：“此首全是先生借鸡说法。前四句借《孟子》‘牵牛’章‘牛羊何择’演成妙义。虫鸡、鸡虫连呼，是法平等。叱奴解缚，怨亲俱释。注目寒江，悲众生之无了时。独倚山阁，叹先生登上地也。妙绝。”

至于诗歌的艺术成就，有褒之者，如何焯《义门读书记·杜工部集》：“《缚鸡行》，句句转。张王元白具体而微。”唐元竑《杜诗攟》：“《缚鸡行》前七句甚俚，末句不深不浅，恰在个中，千古脍炙。苏、黄有意效之，转入义路，所谓学而后知其难。”

也有贬之者，如李因笃说：“格未高，此元白之前茅也。”吴农祥

也说："止结句渺茫无际耳。全学之亦近粗硬。"（《杜诗集评》）

## 愁

强戏为吴体

江草日日唤愁生，巫峡泠泠非世情。
盘涡鹭浴底心性，独树花发自分明。①
十年戎马暗万国，异域宾客老孤城。
渭水秦山得见否，人今罢病虎纵横。②

### 【注释】

① 盘涡：漩涡。底：何。

② 罢：同"疲"。

### 【评析】

江边绿茸茸的细草，逐日滋生，唤起客子的愁绪。巫峡泠泠的流水，去而不止，全然不懂世故人情。凶险的漩涡中，鹭鸶悠闲惬意地沐浴，这是怎样的心性？傲然挺立的一株老树自得其乐，花儿开放得极其艳丽鲜明。十年来兵荒马乱，天下一片昏暗，漂泊异乡的我，将要老死在天边孤城。渭水秦山间的长安，不知何时能再相见？我又老又病，疲惫不堪，可路上却是豺虎纵横。

杜甫在诗题后自注说："强戏为吴体。"那么什么是吴体呢？蔡居厚《蔡宽夫诗话》很早关注到这个问题，但并未做出解释："文章变态固无穷尽，然高下工拙亦各系其才。子美以'盘涡鹭浴底心性，独树花发自分明'为吴体，以'家家养乌龟，顿顿食黄鱼'为俳谐体，以‘江上谁家桃树发，春寒细雨出疏篱’为新句。虽若为戏，然不害其为格力也。”

后人或从体式方面方面进行阐发，认为吴体就是拗体。方回《瀛奎律髓》：“拗字诗在老杜集七言律诗中谓之吴体。”胡应麟《诗薮·外编》：“老杜吴体，但句歌拗耳。”施鸿保《读杜诗说》：“今按此体是拗体，后《昼梦》《江雨有怀郑典设》《暮春》《即事四首》《赤甲》，皆同此体，或是同时所作。”邝健行《论吴体与拗体的贴合程度》：“吴体与拗体的贴合程度很大，甚至看不出有梳隔的情形，说吴体即拗体实在并不为过。”

或从风格上进行探索，如王嗣奭《杜臆》：“愁起于心，真有一段郁戾不平之气，而因以拗语发之，公之拗体大都如是。此诗前四句是愁，后四句是所以愁。愁人心事，触目可憎。”

或从声律上分析，认为吴体与拗体不尽相同。纪昀《瀛奎律髓勘误》：“吴体与拗法不同，其诀在每对句第五字以平声救转，故虽拗而音节仍谐。”梁章钜《退庵随笔》曰：“七律有全首不入律者，谓之吴体，与拗体诗不同，方虚谷《瀛奎律髓》合之拗字类中，非也。如杜少陵之《题省中壁》《愁》《昼梦》《暮归》诸首皆是。其诀在每对句第五字以平声救转，故虽拗而音节仍谐。宋人黄山谷以下多效为之。”

或从来源上进行摸索，一说吴体是民歌体的拗体。周甸《杜释会通》：“前四句触物感兴，皆可愁者，似吴人竹枝辞体。后四句说出自家愁处，此所以触物而感兴也。”黄生《杜工部诗说》说：“皮、陆集中亦有吴体诗，大抵即拗律诗耳，乃当时吴中俚俗为此体，诗流不屑效之。独杜公篇什既众，时出变调，凡集中拗律皆属此体。偶发例于此，曰‘戏’者，明其非正律也。”夏承焘《杜诗札记》：“我以为杜作吴体，本是用民间歌谣声调，并没有什么字声上的规律。”郭绍虞《论吴体》：“所谓吴体，原指民间诗体……杜甫在20岁至24岁曾游吴越，吴中歌谣格调，当所习知，晚年戏效其体，自属可能。”

这种说法近来更颇为流行，但任中敏《唐声诗》提出质疑：“按当时南方民歌之词无传，是否用七言八句拗格为声调，不可知；古民歌长至八句者亦少见，此说殆想像耳。”“唐人所谓吴体，实近于文字修辞，不属于声乐歌唱。”

一说吴体即“吴均体”。桂馥《札樸》：“杜诗七言拗律题下自注云：戏效吴体。案《梁书·吴均传》：‘均文体清拔有古气，好事者或学之，谓为吴均体。’杜所谓吴体，盖谓均也。清拔，言不拘声病。”

## 遣闷戏呈路十九曹长①

江浦雷声喧昨夜，春城雨色动微寒。
黄鹂并坐交愁湿，白鹭群飞太剧干。
晚节渐于诗律细，谁家数去酒杯宽。
惟君最爱清狂客，百遍相过意未阑。

【注释】

①曹长：唐代官员间的一种称谓，尚书丞郎、郎中之相呼为曹长。

【评析】

江边的雷声，昨晚轰轰隆隆响了一夜。今晨起来，细雨浸润着春天的山城，竟带来一丝寒意。两只黄鹂并排坐在枝头，叽叽喳喳，似乎在为湿润的天气而忧愁；一群白鹭乘雨飞向远空，仿佛犹嫌雨少水干。到了晚年，我更加细心推敲诗歌的韵律，爱喝酒又少有酒喝，到底谁家能够让我屡次拜访而还不乏酒食相待呢？思来想去，惟有你路十九曹长最喜欢我这样的清狂之客，哪怕去你家百遍我依然兴致不减。

颔联“晚节渐于诗律细”一句中的“细”字，历来看法不一。

一说“细”指细密，或赞扬其诗法精工。张性《杜律演义》：“夜经雷雨，旦日微寒，两莺栖枝，故愁宿雨之湿，群鹭高飞，故喜毛翮之干。此四句言阻雨之时景，所以闷坐而不知所出也。因自叹其老来诗法愈工，而忘形之交甚少，唯路十九爱人酒后清狂之态，遂数访之，必饮我以酒而无厌倦也。”陈之壎《杜工部七言律诗注》：“少陵晚节诗法愈工，而相知绝少。”

或赞扬其诗法完备。卢世㴶《杜诗胥钞余论·论七言律诗》：“子美一生诗，只受用一‘细’字，不止晚节为然。盖诗不细不清，诗不细不远，诗不细不能变化，诗不细不敢纵横也。‘细’之义大矣哉。”

一说“细”指“细微”，或以为指琐细，张綖《杜律本义》：“此因春阴孤闷，欲起而索饮以遣其怀也。言雷发雨寒、鹂并坐交愁，其湿鹭群飞太剧为干，此可见静者郁而动者畅也。遂言其暮年渐于诗律微矣，不足以适兴，谁家数去酒宽可以遣吾闷耶？惟路君最爱清狂之客，虽百遍相过而不厌，此乃数去酒宽者也。”浦起龙《读杜心解》：“言晚年失路，琐事成吟，渐觉细碎矣；而杯酒往来，人情疏数，殊多冷淡也。今日爱客情长，孰有如君者乎？”

或以为指精细，顾宸《辟疆园杜诗注解》：“晚于诗律细，是从百炼千磨中渐造细微，所云‘诗必穷而后工’也。”

一说“细”指用心精密，仇兆鳌《杜诗详注》：“‘清狂客’三字，旷怀豪兴，兼而有之，公之自命甚高。公尝言‘老去诗篇浑漫与’，此言‘晚节渐于诗律细’，言用心精密；‘漫与’，言出手纯熟，熟从精处得来，两意未尝不合。”李望石说：“既云‘老去诗篇浑漫与’，又云‘晚节渐于诗律细’，须知惨淡经营与得意疾书不是两事，所谓‘意惬关飞动，篇终接混茫’也，总从‘读书破万卷，下笔如有神’得之。”

## 同元使君春陵行并序[1]

览道州元使君结《舂陵行》兼《贼退后示官吏作》二首，志之曰：当天子分忧之地，效汉官良吏之目。今盗贼未息，知民疾苦，得结辈十数公，落落然参错天下为邦伯，万物吐气，天下少安可得矣。不意复见比兴体制，微婉顿挫之词。感而有诗，增诸卷轴。简知我者，不必寄元。

遭乱发尽白，转衰病相婴。
沉绵盗贼际，狼狈江汉行。
叹时药力薄，为客羸瘵成。
吾人诗家秀，博采世上名。
粲粲元道州，前圣畏后生。
观乎舂陵作，欻见俊哲情。
复览贼退篇，结也实国桢。
贾谊昔流恸，匡衡常引经。
道州忧黎庶，词气浩纵横。
两章对秋月，一字偕华星。
致君唐虞际，淳朴忆大庭。[2]
何时降玺书，用尔为丹青。[3]

狱讼永衰息，岂惟偃甲兵。
凄恻念诛求，薄敛近休明。
乃知正人意，不苟飞长缨。
凉飙振南岳，之子宠若惊。
色沮金印大，兴含沧溟清。
我多长卿病，日夕思朝廷。
肺枯渴太甚，漂泊公孙城。④
呼儿具纸笔，隐几临轩楹。
作诗呻吟内，墨淡字欹倾。
感彼危苦词，庶几知者听。

【注释】

① 元使君：元结，字次山，时为道州刺史。春陵：故城在今湖南宁远西北，为道州故地。

② 大庭：大庭氏，即炎帝。

③ 丹青：喻公卿。《盐铁论》："公卿者，四海之表仪，神化之丹青也。"

④ 公孙城：白帝城。

【评析】

广德元年（763），道州刺史元结写下《舂陵行》和《贼退后示官吏作》。三年后，杜甫见到这两首诗，认为元结身为刺史，能仿效汉代良吏，为天子分忧。如今盗贼没有平息，民众多疾苦，如果有十数个元结那样的父母官，万物可以舒展，天下可以稍安。元结的诗篇内容充实，情调婉转，使人喜出望外，于是写下这首和诗寄给他的知交，不一定寄给元结。

这首诗的创作宗旨，人们主要从三个方面去理解。第一个方面是社会功用，他们多强调这首诗的警世、救世作用。吴农祥说："借次山以警世乎？笔以朴厚见长，亦以步次山体。"（刘濬《杜诗集评》）王嗣奭《杜臆》："'叹时药力薄'，奇语，盖公之叹时，亦以救世，而药力浅薄，无济于事，但自成其羸瘵而已。即作此诗，亦欲救世，诗人闻而兴起，故诗序云：'知我者，不必寄元。''乃知正人意，不苟飞长缨。'此篇中吃紧语，公与元之相契在此。使居官者人人有此念，天下治矣。"

第二个方面是个人情怀，他们认为这首诗展示了杜甫的淑世情怀。黄生《杜工部诗说》："前后皆自叙，自叙多言病。言筋节在'叹时药力薄'五字，则知此诗全是借酒浇块垒也。"浦起龙《读杜心解》："出他人手，定应铺写道州政绩，如何恤民纾困，如何感化贼徒。求之此诗，毫无一有，反疑此诗与元诗落落无所关合，不知人自坠入应酬套数耳。公之为此，第借次山作一榜样，亦聊以寓想望古治之思，为武健严酷、滔滔不反者告也。故前后俱着自叙。……然则公直自为想望古治之诗，元特借为感发之资矣。"

第三个方面是诗歌的功能，他们认为这首诗表现了杜甫对诗歌本质的认识。杜甫诗中感叹说，遭逢战乱，白发苍苍，疾病缠身，滞留夔州，进退两难。诗家之流，喜欢博采广搜，元结才华出众，足以使前贤望而生畏。读罢他的《舂陵行》，顿时感受到他见识过人。再看《贼退后示官吏作》，便会断定他是国之栋梁。两首诗哀恸国势，心犹黎庶，致君尧舜，词气浩荡纵横，可以秋月争光，与华星同辉。朝廷何时下达诏书，重用元结这样的臣子，使战争停止，狱讼衰息。元结在道州哀怜百姓，不忍向他们横征暴敛，可见他是一位正直的人，并非一心想着飞黄腾达。他也不是为了贪图人家的赞美，他的品格如凉风震动了南岳。他深深感受到官高任重，不免有归隐之思。我身患消渴疾和肺病，漂泊至夔州，临窗东倒西歪地写下和诗，希望更多的人了解元结的诗。

萧涤非《杜甫诗选注》："他（杜甫）极力表扬元结的《春陵行》，显然是企图为当时作者指出一个方向，希望他们向元结看齐，多反映些人民的疾苦。"王运熙《读杜甫〈同元使君春陵行〉》："因此，我们可以说杜甫的《同元使君春陵行》诗，反映了他对于新乐府诗的态度和评价，反映了他自己创作新乐府诗的指导思想，它是探索杜甫文学思想的重要资料。我们只有把它和《戏为六绝句》等联系起来考察，才能更全面地了解杜甫的文学思想面貌。"

## 解闷十二首（选三）

### 其一

草阁柴扉星散居，浪翻江黑雨飞初。
山禽引子哺红果，溪友得钱留白鱼。

**【评析】**

诗或作于大历二年（767）秋日。诗以"解闷十二首"为题，王嗣奭强调说，杜甫不是以诗歌当作消遣的工具，而是心中郁结之时，以诗歌来表达心中的情怀，"非诗能解闷，谓当闷时，随意所至，吟为短章，以自消遣耳"（《杜臆》）。

今人多直接理解为作诗排遣愁闷。如萧涤非《杜甫诗选注》："杜甫常作诗排遣愁闷，所以说'排闷强裁诗''遣兴莫过诗'，但有时也无效，所以又说'愁极本凭诗遣兴，诗成吟咏转凄凉'。杜甫的愁闷是多方面的，所以十二首诗内容相当庞杂。”

陶文鹏《唐诗鉴赏》：“《解闷》，顾名思义，是诗人客中驱遣愁闷写成的。这十二首诗，不拘一律，或思往事，或忆故人，或写景致，或表心情，看来是为了解闷，想到哪儿写到哪儿，颇为随意。”

第一首写夔州风景。夔州平地极少，百姓往往依山而居，简陋的房屋星罗棋布，四处分散。山雨初来，乌云骤至，黑浪翻滚。山中飞禽引着雏儿觅食红果，溪边女子卖鱼得钱，留下白鱼自用。杨伦《杜诗镜铨》：“先从夔州风景叙起。”仇兆鳌《杜诗详注》：“前二首即事兴感，此从夔州风景叙起。上二句，山水对言。山禽引子，山间之景；溪女留鱼，江边之事。”

这些景致风物，或以为是诗人住在西阁时亲眼所见。仇兆鳌引王嗣奭《杜臆》：“草阁，公所居。”浦起龙《读杜心解》：“是寓西阁即景语。”李寿松、李翼云《杜甫诗新译》：“这首诗写眼前景物。”

施鸿保提出质疑，其《读杜诗说》：“此言江上人家，草阁柴扉，如星之散，不聚一处，若即公所居，则‘星散’字如何解得？”

## 其六

复忆襄阳孟浩然，清诗句句尽堪传。
即今耆旧无新语，漫钓槎头缩颈鳊。①

### 【注释】

①槎头缩颈鳊：鳊鱼。习凿齿《襄阳耆旧传》：“岘山下汉水中出鳊鱼，味极肥而美，襄阳人采捕，遂以槎断水。因谓之槎头缩项鳊。”

### 【评析】

这首诗怀念孟浩然。前两句说，又忽然想起了襄阳的诗人孟浩然，他的诗篇清新俊丽，句句都足以流传后世。

“即今耆旧无新语”中的“耆旧”大约有两说。一说指已经亡故的耆老，或专指孟浩然。仇兆鳌《杜诗详注》：“此怀孟浩然也。上二忆其诗句，下二叹其人亡。新句无闻，而徒然把钓，则耆旧为之一空矣。槎头缩颈鳊，即用浩然句。孟诗‘鸟泊随阳雁，鱼藏缩项鳊’，又‘试垂竹竿钓，果得槎头鳊’。此独记名，以别于云卿也。”羊春秋《历代绝句选》：“耆旧，年老而德高望重之人，这里是借指孟浩然。”缪钺、张志烈《唐诗精华》：“耆旧，有名望的老人，这里指孟浩然。”“无新语，指人已亡，故不会再有诗作问世。此句既感叹孟浩然之死，也感叹其时诗坛的寂寞。”

一说指尚且活着的老人。浦起龙《读杜心解》：“耆旧新语，孟已独擞其芳，今无能为者。漫以把钓之逸致，方之而已。时浩然已亡。”俞陛云《诗境浅说》续编：“即今耆旧中，如襄阳者已不可得，若论新诗，如其句句堪传者，更属绝无矣。寂寥谁语，且向溪头垂钓，得缩头鳊鱼，故谋一醉，即其解闷之事也。”

故后两句的大意是，如今的故老再也写不出那样新人耳目的诗句，惟有在溪边钓得缩颈鳊鱼，谋求一醉，以解其闷。

## 其七

陶冶性灵在底物，新诗改罢自长吟。
孰知二谢将能事，颇学阴何苦用心。①

【注释】

① 二谢：谢灵运、谢朓。阴何：阴铿、何逊。

【评析】

这首诗叙述杜甫自己的创作心得。仇兆鳌《杜诗详注》："此自叙诗学。诗篇可养性灵，故既改复吟，且取法诸家，则句求尽善而日费推敲矣。"浦起龙《读杜心解》："自言攻苦如此。卤莽其学殖者，可以矍然矣。"

前两句说，什么东西能够陶冶性灵呢？那就是诗歌了，所以我作诗尤为认真。每次写罢新诗，我都要反复吟诵，看看是否妥帖。

后两句有三说，一说将谢灵运、谢朓置于阴铿、何逊之上。即诗人说，我深深地知道，要想达到谢灵运、谢朓极尽诗歌之能事的程度，还要学习阴铿、何逊精益求精的态度。翁方纲《杜诗附记》："'二谢将能事'云者，非必真谓二谢也。正言到得二谢之能事，尚要用阴、何之苦诣耳。读杜者不可不知此意也。"

一说将二谢与阴铿、何逊置于同一层面上而各有特色，表明杜甫主张兼收并蓄。翁方纲《石洲诗话》："言欲以大小谢之性灵，而兼学阴、何之苦诣也。二谢只作性灵一边人看，阴何只作苦心锻炼一边人看，似乎公之自命，乃欲兼而有之，亦初非真欲学阴、何，亦初非真自许为二谢也。"

一说四人处于同一层面，而同具有极高的造诣，同具有刻苦创作的精神。莫砺锋、童强《杜甫诗选》："'孰知'两句，互文见义，谓非常熟悉二谢、阴何所具有的诗歌造诣，努力学习他们苦心锻炼的精神。"

# 洞 房

洞房环佩冷，玉殿起秋风。
秦地应新月，龙池满旧宫。①
系舟今夜远，清漏往时同。
万里黄山北，园陵白露中。②

## 【注释】

①《唐会要·兴庆宫》："开元二年七月二十九日，以兴庆里旧邸为兴庆宫。初，上在藩邸，与宋王等同居于兴庆里，时人号曰五王子宅。至景龙末，宅内有龙池涌出，日以浸广，至开元中，为兴庆宫。"

② 黄山：黄山宫，在今陕西兴平马嵬街道。《三辅黄图》："黄山宫，在兴平县西三十里。武帝微行，西至黄山宫，即此也。"

## 【评析】

贵妃死后，华美的宫殿中秋风萧瑟，一派凄凉，当日清脆灵动的环佩变得零落冰凉。关中这时也该升起了新月，兴庆宫中的龙池想必注满了水。我一叶扁舟，四处漂泊，如今在偏远的夔州，想起往日寓直左省时所听到的禁中清漏，此时应该还在滴答滴答响着。万里之外的黄山宫北，武帝的陵园矗立在晶莹的白露之中。

诗以"洞房"为题，一般认为是继承了《诗经》采用首二字的命题方式。王嗣奭《杜臆》："此以下八章，皆追忆长安之往事，语兼讽刺，以警当时君臣，图善后之策也。每首先成诗，而撮首二字为篇名，盖《三百篇》之遗法也。"浦起龙《读杜心解》："每首皆摘首二字为篇名，此公无题诗也。公之无题诗，皆追忆明皇事，与义山不同。"

王观国提出新说，以为是失题后所致。其《学林》：“今世传杜子美诗集第三十卷首二十余篇，皆以两字为题，如《宿昔》《能画》《斗鸡》《鹦鹉》之类，皆非本题。详其诗意，皆追忆开元之盛，叹天宝之乱，子美初必各自有题，后之编类者失其本题，但取其篇首二字为题耳。”

首句“洞房环佩冷”中的“洞房”，或以为泛指宫中妃子居住之地。大典禅师《杜律发挥》：“洞房，盖指南内椒房，冷字见宫人少，无有欢乐之状。”《杜诗赵次公先后解辑校》：“首两句通义，言洞房之所以环佩冷者，以玉殿起秋风之时也。”诗歌的主旨，也认定为思念长安。赵次公说：“此篇思长安而还帝阙也。”赵汸《杜律赵注》：“此诗盖因泊舟见月，忆秦京是夕月色亦新，且悲夫宫池之满、宫漏之清，皆与己向在朝时不异，而秋风起于玉殿，环佩冷于洞房，则物是人非，而园陵之感系矣。”汪瑗《杜律五言补注》：“此诗盖因月夜泛舟，因思长安而怀帝阙，以寓己流落之感耳。”

或以为首句的“洞房”专指杨贵妃居住之地。王嗣奭《杜臆》：“洞房佩冷，当指马嵬事，而玉殿秋风，有黍离之感焉。”诗歌的主旨，也就被认为是安史之乱所带来的沧桑之感。吴山民说：“事物之变，凄怆之怀，尽之于四十字中，而宛转开阖，笔力之妙，非他诗人所能。”（唐汝询《唐诗十集》）仇兆鳌《杜诗详注》：“首章，后秋夜感兴，有故国旧君之思。上四，长安秋夜之景，所感在妃子。下四，夔州秋夜之景，所感在明皇。”《唐宋诗醇》：“《洞房》《宿昔》诸篇，风调情深，词意凄恻，纯是忠臣孝子之心自然流露，俯仰盛衰，含情无限，自是子美绝作。”

或以为专指陵上寝殿。黄生《杜工部诗说》：“洞房、玉殿，指陵上寝殿而言，内有守陵宫人，故着佩环。因霜露之感，思及园陵，故用以起兴。新月虽照，南内无人；龙池虽满，神物已去。曰‘旧宫’

者，伤之也。同此清漏，而所同之地不同，孤臣万里，暗怆中情矣。”刘文蔚、杨业荣《唐诗合选》：“这两句说，遥想长安陵寝洞房中的宫妃已经很少，环佩之声一定很零落了，玉殿中恐怕这时已经刮起了萧瑟的秋风。”

## 历　历

历历开元事，分明在目前。
无端盗贼起，忽已岁时迁。
巫峡西江外，秦城北斗边。
为郎从白首，卧病数秋天。①

**【注释】**

① 荀悦《前汉纪》：“冯唐白首，屈于郎署，岂不惜哉。”

**【评析】**

开元年间之盛事，分明如在眼前，历历可见。谁能料想突然间天崩地裂，安史乱起，盗贼横行，不知不觉战乱竟延续到我迟暮之年。我滞留在长江之巫峡，眷念关中之京城，白首而为区区一郎官，本已令人不堪，何况卧病数秋，难以赴任。

杜甫为何在这里突然提及开元年间的盛事，这首诗在八首诗中占据怎样的位置呢？一种说法是承上启下。浦起龙《读杜心解》：“此首亦在中腰，故自治及乱，由国及身，该括十余年事，使凑理一总。”至于如何承上启下，又有两种理解。

或从时间的转换入手，抓住“开元”二字，以为前面几首诗如

《洞房》《宿昔》《能画》《斗鸡》所写虽是天宝年间之事，却与开元盛世一脉相承。仇兆鳌《杜诗详注》："此章承前起后。前三章说承平之世，故以开元事括之。后三章说乱离以后，故以盗贼起包之。上四乃追述往事，下则自叹夔江衰老也。天宝之乱，皆明皇失德所致。此云'无端盗贼起'，盖讳言之耳。"

或从空间的变化入手，抓住"巫峡"二字，将以上四首诗歌作一总结，从而由盛世转入乱世。石闾居士《藏云山房杜律详解》："此一首，点明吟诗由于在夔为客，将上四首之文义一束，故下文又更端而起，既是关键，又是过脉，惟《南华篇》有此机局，他书未曾见也。"

另一种说法是总冒，即这首诗是整个组诗的开端，故黄生重新厘定八首诗的顺序，将其置于组诗的首位。黄生《杜工部诗说》："以下八首，皆摘首二字为题，自是一时之作，旧编次第无序，今以意绪正之，觉脉胳相承，辞旨一贯。五言之《历历》八首，竟可与七言之《秋兴八首》并观矣。因卧病峡中，间忆开元之事，而叹其自盗起至今不觉岁时已经屡易，此为八首总冒，章法则层层倒卷。"

## 又呈吴郎

堂前扑枣任西邻，无食无儿一妇人。
不为困穷宁有此，只缘恐惧转须亲。
即防远客虽多事，使插疏篱却甚真。①
已诉征求贫到骨，正思戎马泪盈巾。②

**【注释】**

①防：一作"知"。远客：指吴郎。

② 征求：征敛索求，指赋税徭役。

【评析】

大历二年（767）秋天，杜甫之姻亲司法参军吴某，带着家眷从忠州乘船而来，诗人派人骑马前去迎接，把他们一家人安置在瀼西草堂，并作有《简吴郎司法》诗。瀼西草堂前有几棵枣树，一位寡妇经常前来打枣。杜甫将草堂借给吴某后，吴某在草堂周围插上了篱笆，杜甫又写下这首诗给吴某，希望他体恤老妇人。

诗人劝告说，草堂西边那位邻居是一位无儿无食的妇人，以往我任凭她前来打枣。现在你刚刚搬到这里来，她不免对你心怀恐惧，你应该对她更为亲近。虽然她对你的提防是多此一举，不过你一来就插上篱笆也过于较真。她曾经告诉我由于遭受租税逼迫而一贫如洗，想到战乱不息，这样的穷苦人比比皆是，我不禁热泪盈巾。

对于杜甫的这首诗，历来有三种态度，或全然否定，或勉强接受，或大力颂扬。

否定者如唐汝询《汇编唐诗十集》："通涉议论，是律中最下乘。"王世贞《艺苑卮言》："太白不成语者少，老杜不成语者多，如'无食无儿''举家闻''若咳'之类。"《杜诗集评》引李因笃云："盛唐唯公有此等诗，未见超脱。"王闿运《手批唐诗选》："叫化腔，亦创格，不害为切至，然卑之甚。"《五色批本杜工部集》引邵长衡云："此诗说有佳者，吾所不解。"又引王慎中云："不成诗。"

勉强接受者如王嗣奭《杜臆》："此亦一简，本不成诗。然直写情事，曲折明了，亦成诗家一体。大家无所不有，亦无所不可也。"胡应麟《诗薮·内编》："杜七言律，通体太拙者，'闻道云安曲米春'之类；太粗者，'堂前扑枣任西邻'之类……杜则可，学杜则不可。"《杜诗集评》引吴农祥云："虽非公佳处，亦可见公爱物济世之心。"

郭曾炘《读杜札记》："全说白话，即白傅集中，似此率直者亦少。在杜公亦偶然信笔为之，惟末二语仍稍见本色耳。"

大力颂扬者如仇兆鳌《杜诗详注》："此章告以恤怜之道也。上四悯邻妇，下四谕吴郎。'无食无儿一妇人'句，中含四层哀矜意，通章皆包摄于此。三言宜见谅其心，四言当曲全其体。妇防客，时怀恐惧。吴插篱，不怜困穷矣。诉征求，述邻妇平日之词。思戎马，念乱离失所者众也。此诗是直写性情，唐人无此格调。然语淡而意厚，蔼然仁者痌瘝一体之心，真得《三百篇》神理者。"边连宝《杜律启蒙》："以瘦硬通神之笔，写痌瘝在抱之素。其曲尽人情处，直令千载下读之，犹感激欲泣也。"

## 复愁十二首（选一）

### 其八

今日翔麟马，先宜驾鼓车。[1]
无劳问河北，诸将觉荣华。

【注释】

①翔麟马：良马名。《唐会要》卷七二《马》："贞观二十一年八月十七日，骨利干遣使朝贡，献良马百匹，其中十匹尤骏，太宗奇之，各为制名，号曰十骥。"其九为"翔麟紫"。《晋书》卷五十六《江统传》："昔汉光武皇帝时，有献千里马及宝剑者，马以驾鼓车，剑以赐骑士。高世之主，不尚尤物，故能正天下之俗，刑四方之风。"

【评析】

组诗当作于大历二年（767）秋日。诗题曰“复愁”，一说指旧愁已释而新愁添生。《杜诗赵次公先后解辑校》：“前题曰《解闷》，而此题曰《复愁》，闷既解之以诗矣，而又有可愁之事也。”

一说愁而又愁，愁闷未已。卢元昌《杜诗阐》：“公未尝有释愁之日，云‘复愁’者，愁反覆未有已也，非曾释愁复愁之谓，乃前愁复愁之谓。”

一说即咏怀。浦起龙《读杜心解》：“公怀无时不愁。复愁，犹云咏怀，一动怀而愁复至也。”

“今日翔麟马，先宜驾鼓车”两句，颇为费解。或扣住“先宜”字，认为今日的良马，在冲锋陷阵恶，之前应该先驾御鼓车，为君王效力。河北藩镇诸将，只知道争权夺利，享受荣华富贵，没有半点忠诚之心。罗大经《鹤林玉露》：“言虽翔麟之马，亦必先使之驾鼓车，由贱而后可以致贵。今诸将骤登贵显，如马之未驾鼓车，而遽驾玉辂，安于荣华，志得意满，无复驱攘之志。河北叛乱，决难讨除，无劳问也。”

或以为今日之良马本当冲锋陷阵，却用以驾鼓车，置于闲散之地。仇兆鳌《杜诗详注》：“郭子仪将略威名，足以慑服降将，今置之闲散，犹翔麟之马，不用于战阵，而先驾鼓车矣。彼河北诸将，竞相角胜荣华，谁复起而问之乎。”

或以为正话反说，朝廷对叛军置之不问，使将士不得建功立业。浦起龙《读杜心解》：“为朝廷不问河北，而反词以醒之也。一、二，与子贡欲去饩羊同意，言有马而不思建功。总之不用矣，不若置之无用之地也。何则？河北擅命如此，上恬下嬉，曾莫有过而问之者也。”

或以为当先休战，积蓄力量，使叛将臣服。《杜诗赵次公先后解辑校》："先宜驾鼓车，则公欲息兵休战矣。"王嗣奭《杜臆》："内厩之马，先架'鼓车'，勿问河北诸将，欲朝廷修文德以来之也。"萧涤非《杜甫诗选注》："这两句是说今日之事，先宜息战。"

## 登　高

风急天高猿啸哀，渚清沙白鸟飞回。①
无边落木萧萧下，不尽长江滚滚来。
万里悲秋常作客，百年多病独登台。
艰难苦恨繁霜鬓，潦倒新停浊酒杯。

【注释】

① 渚：水中小洲。

【评析】

这首诗明人胡应麟认为是前无古人后无来者，称得上是古今七律第一，其《诗薮》说："'风急天高'一章五十六，如海底珊瑚，瘦劲难明，深沉莫测，而力量万钧。通首章法，句法，字法，前无昔人，后无来学。微说说者，是杜诗，非唐诗耳。然此诗自当为古今七律第一，不必为唐人七言律第一也。"《唐宋诗醇》也说："气象高浑，有如巫峡千寻，走云连风，诚为七律中稀有之作。"

诗歌的好处，最引人注目的是对仗工整。胡应麟《诗薮》说："若'风急天高'，则一篇之中句句皆律，一句之中字字皆律，而实一意贯串，一气呵成。骤读之，首尾若未尝有对者，胸腹若无意于对者。细绎之，则锱铢钧两，毫发不差，而建瓴走坂之势，如百川东注于尾闾之窟。”沈德潜《唐诗别裁集》：“八句皆对，起二句对举之中仍复用韵，格奇而变。”查慎行《初白庵诗评》引吴农祥曰：“八句俱对，一气折旋，意含百炼而成，句用千回而就。”范大士《历代诗发》：“通首都是对仗，而以浩气往来，只觉悲凉，不嫌呆板。”张谦宜《絸斋诗谈》：“通体用紧调，雄健严肃，七律第一格。”施补华《岘佣说诗》：“通首作对而不嫌其笨者……又首句妙在押韵，押韵则声长，不押韵则局板。”

后人所质疑的，也集中在这一方面。查慎行《初白庵诗评》：“七律八句皆属对，创自老杜。”但许印芳认为初唐已经出现了这种形式。“七言律八句皆对，首句仍复用韵，初唐人已创此格，至老杜始为精密耳。此诗前人有褒无贬，胡元瑞尤极口称赞，未免过夸。然亦可见此诗本无疵颣也。”（《瀛奎律髓汇评》）

诗歌的起句与结句，或以为板滞。《杜诗通》郑善夫说：“起结语皆逗滞，节促而兴浅。”《五色批本杜工部集》引王慎中说：“起结皆臃肿逗滞，节促而兴短，句句实。”胡震亨《唐音癸签》：“‘风急天高’篇，无论结语腿重，即起处‘鸟飞回’三字，亦勉强属对，无意味。”吴昌祺《删订唐诗解》：“太白过散，少陵过整，故此诗起太实，结亦滞。”

诗歌的结局，或以为微弱。胡应麟指出这一点，又竭力为之辩护：“此篇结句似微弱者，前六句既极飞扬震动，复作峭快，恐未合张弛之宜，或转入别调，反更为全首之累。只如此软冷收之，而无限悲凉之意，溢于言外，似未为不称也。”王夫之《唐诗评选》则说：“结句生僵，不恶。要亦破体，特断不作死板语。”黄生惋惜说道：“前景后情，自是杜诗常格。起联、转联并三折句，工整有力，结联宜略放松，始成调法，今更板对两句。”（《杜工部诗说》）沈德潜则直接批评说：“结句意尽语竭，不必曲为之讳。”（《杜诗镜铨》）

## 覃山人隐居

南极老人自有星，北山移文谁勒铭。[1]
征君已去独松菊，哀壑无光留户庭。[2]
予见乱离不得已，子知出处必须经。
高车驷马带倾覆，怅望秋天虚翠屏。

【注释】

① 北山移文：南朝孔稚珪所著。《文选·孔稚圭〈北山移文〉》吕向注："钟山在都北，其先，周彦伦（周颙）隐于此山，后应诏出为海盐县令，欲却过此山。孔生乃假山灵之意移之，使不许得至，故云《北山移文》。"

② 陶渊明《归去来兮辞》："三径就荒，松菊犹存。"

【评析】

这是杜甫经过覃氏旧隐之处所写的一首诗。诗人没有见到覃山人，这是毋庸置疑的。那么覃山人此时身在何方呢？由于诗中没有明确的说明，史料中暂时也找不到相关的信息，因此对于覃山人的去向出现了两种猜测。一种猜测是覃山人外出做官去了，另一种猜测是他已经亡故了。

对覃山人不同去向的猜测，最终演化为对诗旨的不同解读。如果覃山人离开隐居之所而外出做官，杜甫写作这首诗的目的就是责备与惋惜；如果覃山人已然亡故，那么诗中所流露的情感是伤感与怅惘。

前者如朱鹤龄《杜工部诗集辑注》："言老人星自在而山人没矣，但有《移文》谁勒墓铭者，以深讥之也。'征君'二句，《移文》所云

‘诱我松桂，欺我云壑’也。下二句言我以乱离故，不得已而奔走。山人则诚隐者，何不以出处之宜一为经度乎？责其不当轻出也。末二句又言危机所伏，出不如处，以深惜之。”顾宸也说：“覃山人，必老而就征者，公遇其隐居之所，而伤其隐之不终也。”（仇兆鳌《杜诗详注》）

后者如黄生《杜工部诗说》：“首句惜其不寿，次句美其终隐，缩‘空’字、‘再’字于句内。三句以哀壑无光，对征君已去，不贵工而贵老。松菊尚存，户庭犹在，只觉哀壑为之惨淡无光，其伤之也至矣。此又混装成对，不得以欠工少之也。后四句开一步。五言已入幕之事。放倒自己，却非正说，正说在七句。四皓《采芝歌》：‘驷马高盖，其忧甚大。’此采其语。言征君既去，此地谁人复继高纵？盖多昧居高必危之戒耳。怅望翠屏，不益深无人之感乎。”吴瞻泰《杜诗提要》：“此经山人隐居而伤逝之作。起句初不得其解，及玩‘哀壑无光’与结句，然后知山人已化而为星矣。”

许多读者更愿意相信覃山人已经不在人世了，这在“征君已去独松菊，哀壑无光留户庭”两句中表现得最为明显。范廷谋《杜诗直解》说：“‘去’字作‘逝’字解，如今人为死为去世也。”王嗣奭《杜臆》说：“三、四叹其人已逝，而松菊犹存，户庭无恙也。”那么，整首诗的大意是覃氏故去后，杜甫见其隐居之所，伤悼而作此诗。诗人说，我尚活在这世上，而你却已经永远离开了。如今我将回京赴任，途经你的隐居之处，这里松菊犹存，户庭无恙，你却不能如同孔稚圭那样写出《北山移文》来阻止我了。遭逢乱离，欲有所作为，我不得已而出仕；你却深知治世则进、乱世则退是出处的常道。我也知道乘坐高车驷马恐有倾覆之忧，何况翠绿的山峰真让人惋惜留恋。

## 鹿

永与清溪别，蒙将玉馔俱。
无才逐仙隐，不敢恨庖厨。①
乱世轻全物，微声及祸枢。
衣冠兼盗贼，饕餮用斯须。

【注释】

①《神仙传》载，葛仙翁于女几山学道数十年，登仙，化为白鹿，二足时出山上。

【评析】

鹿子被捕获之后，就要永远告别清溪而成为权贵们的食物了。既然无法追随仙人远离尘世，就难以避免被吃掉的命运。身在乱世，很难保全性命。鹿子美味的声名，招来祸患。那些衣冠楚楚的权贵，兼有盗贼的贪婪之性，须臾之间，就会如饕餮将鹿子吃得干干净净。

这是一首咏物诗，作于大历二年（767）冬日。诗人为何要作诗吟鹿子呢？一说为历代罹祸的文人志士而叹惋。黄汉臣说："'微声及祸枢'，语俚而意远。自古文人才士，生逢乱世，出婴祸患，何一不从声名得之。中郎之于董卓，中散之于司马，及祸虽异，其以微声致累则同。苟全性命于乱世，不求闻达于诸侯，隆中所以独绝千古也。少陵此语，有声有泪。"（顾宸《辟疆园杜诗注解》）吴瞻泰《杜诗提要》："通首皆代鹿陈词……极小题目，每每发出绝大议论。试问古来婴祸之士，有一不自微声而得者乎？可以兴，可以观矣。"

一说为警戒世人。徐增《而庵说唐诗》："子美此诗，特借鹿子以警世，以君子之心度麂之心，使人恻然动念，又使人泠然解颐。仁人至言，才人绝调也。”仇兆鳌《杜诗详注》：“咏麂，叹其不当鸣而鸣也。上四，代麂写意，自悔不能见几远害，下乃慨世之贪味而残生者。……徇口腹之欲，而戕命于斯须，则衣冠亦等于盗贼矣。此骂世语，亦是醒世语。”浦起龙《读杜心解》：“此咏猎得之麂，非生麂也。上四，不作咎人语，绝高。下又隐寓世道。乱世本难自全，况以微声致累，衣冠而与盗贼俱，自以身委饕餮耳。纯是戒儆之词。”

一说为骂世之作。吴乔《围炉诗话》：“《麂》诗为黎元也。‘衣冠’、‘盗贼’四字同用，笔罚严矣。其曰‘蒙将’，曰‘无才’，曰‘不敢恨’，悲愤中之饰词也。”黄生《杜工部诗说》：“结语将衣冠盗贼作一处说，其骂世至矣。盗贼草菅杀人，何惜物命。若衣冠当此乱世，尚口腹是耽，无乃贻肉食之讥耶。后半语不离咏物，意全不是咏物，此之谓大手笔。”萧涤非《杜甫诗选注》：“杜甫咏物诗很多都是借题发挥，别有寄托。此诗全篇代麂说话，其实是借麂以骂世。”

一说为杜甫自况。王嗣奭《杜臆》：“余谓此诗公以自况，盖追咏为拾遗时事也。‘玉馔’，天子所御者；若为麂赋，何必说到此。公谓我本山溪中人，与麂何异，过蒙圣恩，列之禁近，与玉馔并御，既不能高蹈远引，拜官于朝，死生予夺，唯君所制，纵使杀之，岂敢恨哉。但世乱则人情崄巇，轻妒全物，偶有微隙，洗垢索瘢，如麂一发微音，遂及祸枢，良可痛也。盖追论当时以直言被斥也。”

## 观公孙大娘弟子舞剑器行并序[①]

大历二年十月十九日，夔府别驾元持宅，见临颍李十二娘舞剑器，壮其蔚跂，问其所师，曰："余公孙大娘弟子也。"开元三载，余尚童稚，记于郾城，观公孙氏舞剑器浑脱，浏漓顿挫，独出冠时。自高头宜春、梨园二伎坊内人洎外供奉，晓是舞者，圣文神武皇帝初，公孙一人而已。玉貌锦衣，况余白首，今兹弟子，亦非盛颜。既辨其由来，知波澜莫二，抚事慷慨，聊为《剑器行》。往者吴人张旭，善草书帖，数尝于邺县见公孙大娘舞西河剑器，自此草书长进，豪荡感激，即公孙可知矣。②

昔有佳人公孙氏，一舞剑器动四方。
观者如山色沮丧，天地为之久低昂。
㸌如羿射九日落，矫如群帝骖龙翔。
来如雷霆收震怒，罢如江海凝清光。
绛唇珠袖两寂寞，况有弟子传芬芳。
临颍美人在白帝，妙舞此曲神扬扬。
与余问答既有以，感时抚事增惋伤。
先帝侍女八千人，公孙剑器初第一。
五十年间似反掌，风尘倾动昏王室。
梨园弟子散如烟，女乐余姿映寒日。
金粟堆南木已拱，瞿唐石城草萧瑟。③
玳筵急管曲复终，乐极哀来月东出。
老夫不知其所往，足茧荒山转愁疾。

【注释】

① 公孙大娘：玄宗时期的舞蹈家。

② 临颍：县名，今属河南。蔚跂：光彩焕发。三载：一作"五载"，是。郾城：县名，今属河南。浑脱舞：戴浑脱帽的人所表演的一种舞蹈。

浑脱，用小动物的整张皮革制成的囊形帽子，或形状类似的仿制品。高头：前头。圣文神武皇帝：唐玄宗的尊号。西河剑器：用黄河以西乐曲伴奏的《剑器》舞。

③ 金粟堆：金粟山。

## 【评析】

大历二年（767）十月十九日，杜甫在夔州别驾元持的宅中，见到临颍李十二娘舞剑器，为她矫健的舞姿所打动，询问她的师承，得知其为公孙大娘的弟子。于是诗人回忆起开元五年（717）他还是个孩子的时候，曾在郾城观看过公孙大娘舞剑器浑脱。从皇帝身边的宜春院、梨园的供奉乐使，到奉诏进宫表演的艺人，通晓这种舞蹈的，惟有公孙大娘。那时她芳华正茂，锦衣玉颜，如今不仅我满头白发，连她的弟子也都已衰老。从前吴人张旭擅长草书，在邺县观看公孙大娘舞西河剑器后，草书大有进境，可见公孙大娘的舞蹈具有多么强烈的感染力。诗人追想往事，感慨万千，于是写下这首诗。

杜甫在诗中说，从前有位佳人公孙大娘，以剑舞名动四方。每当她跳起剑舞，天地仿佛为之感染而震动，观众为之胆寒而色变。她那闪烁的剑光，迅捷如后羿之射落九日；她那矫健的舞姿，飘逸恰似天帝驭龙飞翔。她起舞时，剑势来如雷霆万钧；她收舞时，平静似江海凝聚的波光。她曼妙的身姿和绰约的舞姿都已逝去，如今有弟子来发扬光大。临颍美人李十二娘，神采飞扬地在白帝城跳起舞。关于剑舞的来历，她与我谈论很久。想起往事，不由令人黯然神伤。当年玄宗身边有八千侍女，公孙大娘的剑器舞姿最为特出。五十年的岁月，转瞬就过去了，王室依旧笼罩在战火的飞尘中，梨园子弟如轻烟四散，金粟山玄宗墓前的树木长得很高了。我流落到瞿塘峡的白帝城，在萧瑟的冬日，听着急促的管弦乐，仰望初升的明月，悲哀不已。我也老矣，不知道该前往何方，在这荒山中越走越觉艰难，越走越觉凄凉。

这首诗由一舞剑器的公孙大娘展现出治乱兴衰，论者并无异议，如王嗣奭所言：“此诗见《剑器》而伤往事，所谓抚事慷慨也。故咏李氏，却思公孙；咏公孙，却思先帝，全为开元天宝五十年治乱兴衰而发。不然，一舞女耳，何足摇其笔端哉。”（仇兆鳌《杜诗详注》）不过究竟何为剑器，说法颇多。

一说剑器为曲名，舞剑器时女子空手。曾季貍《艇斋诗话》：“剑器者，曲名也。诗序言公孙氏舞剑器、浑脱，又言舞西河、剑器，然则浑脱、西河、剑器三者皆曲名也。诗中又言‘妙舞此曲神扬扬’，则知为曲信矣。安有妇人能舞刀剑者乎？”张自烈《正字通·刀部》：“剑器，古武舞之曲名，其舞用女妓雄装，空手而舞。”

一说为舞彩绸。桂馥《扎樸》：“姜君元吉，言在甘肃见女子丈余彩帛结两头，双手持之而舞，有如流星。问何名，曰剑器也。乃知公孙大娘所舞即此。”

一说为舞双剑。唐人郑嵎《津阳门》诗“都卢寻植诚鲤醒，公孙剑伎方神奇”。自注曰：“上始以诞圣日为千秋节，每大确会，必于勤政楼下，使华夷纵观。有公孙大娘舞剑，当时号为雄妙。”即以“舞剑器”为“舞剑”。陈寅恪《元白诗笔证》认为白居易《新乐府·立部伎》中的“舞双剑”就是舞剑器。冯至《杜甫传》：“近来四川出土的古砖，其中有描绘舞剑器浑脱的，舞者则手持双剑。”萧涤非《杜甫诗选注》：“从历来名舞的惯例上也可以推知剑器舞之必有剑。”

为什么会有种种说法，究竟哪种说法更接近事实？邓绍基《杜诗别解》说：“唐代《剑器》舞者执剑，本无问题。研究者和注家常引郑处诲《明皇杂录》、郑嵎《津阳门》诗，说明公孙大娘善舞剑；引苏涣《赠零陵僧》、姚合《剑器行》，说明《剑器》舞者确执剑。以上系唐人记述，当然可靠。……要之，《剑器》舞曲在唐代本非只一种，唐以后的《剑器》舞的表演方法又有了变化，执剑、带器仗、持帛，乃至空手，都是它在发展变化中可能出现的差别。”

## 将别巫峡，赠南卿兄瀼西果园四十亩

苔竹素所好，萍蓬无定居。
远游长儿子，几地别林庐。
杂蕊红相对，他时锦不如。
具舟将出峡，巡圃念携锄。
正月喧莺末，兹辰放鹢初。[①]
雪篱梅可折，风榭柳微舒。
托赠卿家有，因歌野兴疏。
残生逗江汉，何处狎樵渔。

**【注释】**

①放鹢：放船。鹢，鸟名，旧时画在船首以惊水怪。

**【评析】**

大历三年（768）正月，杜甫出峡前夕，将去年在瀼西置办的四十亩果园送给了南卿兄，并写下了这首诗。诗人说，我一向喜欢青苔绿竹，可惜居无定所，如萍流蓬转。几次建好了园林茅庐，又不得不离开，在漫长的漂泊生涯中，儿女们都不知不觉长大了。等到瀼西果园里的花儿绽放，那时肯定比五彩缤纷的锦缎都漂亮。我已经准备好乘船出峡了，依然舍不得这果园，时不时去园中为果树松土。正月黄莺还没有鸣啭，我却要放舟东下了。篱笆边梅花傲雪而开，水榭旁柳枝迎风而舞。谨以这四十亩果园奉赠归给你，又用这首诗歌表达我的野兴逸情。我大概会在江汉之上度过余生，再也无法这样亲近樵渔。

南卿兄为谁？注家大多不赞一词，赵次公有所猜测：“旧本作南乡兄，唯师民瞻本作南卿兄，是。盖南乡，则似地名，无义。句云托赠卿家，则与题南卿之字相应矣。若作托赠乡家有，又无义也。南卿之义，或云公之族大，为卿者非一人，或南宅之卿，或南位之卿也。或又曰：梁武帝置诸卿之位，有春卿、夏卿、秋卿、冬卿之目，而太府卿、少府卿、太仆卿是为夏卿，岂公之兄取次充夏卿三官之一，而公目之为南卿乎？以俟明识。”（《杜诗赵次公先后解辑校》）

此诗的妙处，一说在于展示了杜甫旷达的胸襟，四十亩果园赠送他人，若不经意，只是在诗末提及一笔。赵次公说：“果园四十亩，而公直举以赠人，此一段美事，古今未尝揄扬。杜公之气义良可叹也。”李因笃说：“雅事高吟，风流激宕。赠人只得一句，通篇俱说果园，点缀有情。”“托赠入后人手，娓娓不休，拖沓无足观矣。”（《杜诗集评》）黄生《杜工部诗说》“此诗当与《园》诗四韵同看。彼以买得而喜，此以别去而惜，皆见物外高致。然始而买，终而赠，又是达士旷怀，彼视天下之物，何者为我所有哉？若在俗人，果园四十亩，必将襟府塞满；在公举以赠友，只与馈桃扑枣同观。想见灵府空洞无物，不虚作第一诗人。”

一说用大量篇幅描写果园，正显出杜甫之态度郑重。锺惺说：“以果园赠好友，全写出一篇爱惜郑重之意，方见诗人情趣。若说轻弃所用，反觉寻常肤浅矣。”（仇兆鳌《杜诗详注》）张溍《读书堂杜诗注解》：“‘托’字，真有嘱咐爱重，非其人不令其有之意。”浦起龙《读杜心解》：“公自计生平托迹周流，所抛弃者多矣。复此撇去，殆难为怀。其起四句，词旨凑泊，感慨深矣。……前半皆作恋恋语，自尔情长。”

陈贻焮认为杜甫只是写出了他的真实想法而已。其《杜甫评传》说："老杜此举当然是慷慨的，但鉴于他'舟楫因人动'的实际情况，那位'南卿兄'想也会多少送他一些川资的。锺惺说：'以果园赠好友，全写出一片爱惜郑重之意，方见诗人情趣。若说作轻弃所有，反觉寻常肤浅矣。'这话貌似有理而实无理。赠人产业，自然有'爱惜郑重之意'，哪会'说作轻弃所有'呢？有此真情实意且能写出便好，并非为了诗好而故意揣摩出这种或那种情意来加以表现。上面的那种说法，似乎有本末倒置之嫌。"

## 短歌行赠王郎司直①

王郎酒酣拔剑斫地歌莫哀，我能拔尔抑塞磊落之奇才。
豫樟翻风白日动，鲸鱼跋浪沧溟开。
且脱佩剑休徘徊。
西得诸侯棹锦水，欲向何门趿珠履。②
仲宣楼头春已深，青眼高歌望吾子。③
眼中之人吾老矣。

【注释】

①司直：官名，一在大理寺，从六品上，《唐六典·大理寺》："（司直）掌承制出使推覆，若寺有疑狱，则参议之。"一在东宫，正九品上，《旧唐书·职官志·东宫官署》："司直一人，正九品上……掌弹劾官僚，纠举职事。"

②趿：原作"飒"，据他本改。

③仲宣楼：当阳城楼。东汉王粲避乱荆州，曾作《登楼赋》。

【评析】

王郎你郁郁不得志，酒酣耳热，拔剑起舞，斫地悲歌。只有我知道，你是个磊落坦荡的世间奇才，如同屹立狂风中、白日为之动容的豫树樟木，又如那乘风破浪、沧溟之为而开的鲸鱼。你暂且放下手中的宝剑，不用再犹豫徘徊。此去西川，定然会得到蜀中节镇的重用，但是要选好效力的对象。我在站在春深的仲宣楼上，高歌为你送行。在我眼中，你正年富力强，可是我已经衰老无用了。

这首诗的创作年代，约有三说。一说为宝应元年（762），一说为永泰元年（765），一说为大历三年（768）。今多赞同大历三年之说，如朱鹤龄《杜工部诗集辑注》所言："按此诗'仲宣楼头'二句，乃在荆南时作。诸本误入宝应元年成都诗内，非也。《草堂》编大历三年，最是。"

王司直其人，钱谦益以之为杜甫诗友。杜甫在成都所作诗《戏赠友二首》其二："元年建巳月，官有王司直。"《钱注杜诗》以为"即其人也"。萧涤非《杜甫诗选注》："（王郎）大概是一个豪侠之士。诗作于宝应元年，时寓成都草堂。又皇甫冉亦有《送王司直》，当系一人。"

施鸿保以之为杜甫之婿。其《读杜诗说》："今按前说吴郎司法，疑是公婿，因多题诗称郎，多兼行书，又司法官名，不应称郎也。此题王郎司直，亦不兼行书，……疑亦是公之婿。公本有两女，惟不知吴郎与王郎娶者，谁长谁次耳。诗云'青眼高歌望吾子'，注引《礼记》注：吾子，相亲之词。则亦称婿也。"

这首诗的创作背景，一般认为是杜甫送王司直前往成都。仇兆鳌曾辨析说："全诗皆赠司直语。单复将上截作王郎劝公者，非是。诸侯，指成都节镇，黄氏谓司直刺属中者，非是。仲宣楼，乃送别之地，蔡氏谓公欲依司直者，非是。高歌望子，盖望司直遇合，朱氏谓望其早还江陵者，非是。”（《杜诗详注》）汪灏《树人堂读杜诗》也说：“王郎者，曾为司直，今不得志，欲西上成都谒当事，求一幕职者也。王郎别公望成都，公于其临行时，作此以励之。”

这首诗的妙处，主要在两个方面。一方面是形式的奇特，主要体现在韵脚方面。仇兆鳌说：“此歌上下各五句，于五句中间，隔一韵脚，则前后叶韵处，不见其错综矣。此另一章法。”沈德潜《杜诗偶评》：“上下各五句，复用单句相间，亦是创格。”程千帆《〈杜诗镜铨〉批钞》：“此首共十句，前五句押四平韵，后五句押四仄韵，而以第五、第十句为单句，又是一格。”

另一方面是层折层转，涵义丰富。徐增《而庵说唐诗》：“子美歌行，此首为短，其层折最多，有万字收不尽之势。一芥子内，藏一须弥山。奇绝之作。”夏力恕《杜诗增注》：“此篇最奇崛，最善藏曲折，最得转圜之妙。”梁运昌《杜园说杜》：“此即昌黎《送董邵南序》意，每四句后用一单句，单句虽一语，实是一段文字。篇法、调法，并为奇绝。”

## 暮 归

霜黄碧梧白鹤栖，城上击柝复乌啼。[①]
客子入门月皎皎，谁家捣练风凄凄。
南渡桂水阙舟楫，北归秦川多鼓鼙。
年过半百不称意，明日看云还杖藜。

【注释】

①击柝：即打更。《易·系辞下》："重门击柝，以待暴客。"

【评析】

这首诗的创作时间，梁道权以为在大历三年（768），仇兆鳌进一步指出"是年暮秋在公安作"（《杜诗详注》）。萧涤非同意这一看法，认定是"七六八年暮秋杜甫由江陵寓居公安时作"（《杜甫诗选注》）。但金启华、胡问涛《杜甫评传》以为"《移居公安山馆》中始写'北风天正寒'，系作于冬日，而此诗所写为秋景，当作于江陵"。

黄鹤以为大历二年（767）作于夔州。"案公三年正月出峡，舟达江陵，秋移公安，有《舟中出南浦》诗，非无舟楫。又诗云'霜黄碧梧白鹤栖，城上击柝复乌啼'，则诗乃秋末作。若在大历三年作，则其秋在公安，冬移岳阳，有'舟雪洒寒灯'之句，与'无舟楫'愈不叶。然若在江陵作，则北归长安，不由秦川"（《黄氏补注千家集注杜工部诗史》）。

诗歌以"暮归"为题，颜廷榘《杜律意笺》以为"暮归，公自外归而暮也"，亦即表达黄昏时回家的感受，重在"暮"字。诗人说，秋霜过后，碧绿的梧桐树开始变黄。白鹤已经栖息，城头的击柝声引起乌鸦阵阵啼叫。踏着月色，我进入家门；夜深人静，风中隐约传来凄凄的捣衣声。想要渡桂水而南行，可惜没有舟楫；欲往秦川而北归，那里又战乱不休。年过半百，世事不称意，百无聊赖，惟有日日杖策看云而已。

或以为诗歌的主旨当从"归"字生发，杜甫所表达的是穷途之叹，是无所归依。唐汝询《唐诗解》："此章历叙暮归之景而起穷途之叹也。言南渡既无舟楫之资，北归复有兵戈之阻，失意如此，当如何哉？惟策杖看云而已。"邵宝《邵二泉先生分类集注杜诗》："此公欲有所往而不遂，故即暮之景，及其到家之情以为言也。”谢杰《杜律詹言》：“南渡桂水，指为湘水者，谓公欲之楚也；指为汉水者，谓公欲归洛阳也。此自不必拘，总是东西南北无所适。”

前两说皆以为“暮归”是归家，而吴瞻泰以为是投宿。其《杜诗提要》：“此客子投宿而作也。前半写暮归之景以起兴，而情在景中，写得旅人见月闻风，声声唤‘奈何’也。后半是入门之后，自诉己情，犹言南渡不可，北归不能，终日奔驰，不克如栖鸟之得所，不免明日又杖藜而去也。玩一‘复’字、一‘还’字，有日复一日之象。意极凄楚，而法极细密。”

诗歌的艺术特色，则在于语出天然，律中带古。卢世漼《杜诗胥钞余论·论七言律诗》：“全首矫秀，原是悲诗，却无一点愁潺气犯其笔端，读去如竹枝、乐府。”郑继之说：“雕苦之过，反合自然，此为最佳者。”（胡震亨《杜诗通》）申涵光说：“作拗体诗，须有疏斜之致，不衫不履，如‘客子入门月皎皎’及‘落日更见渔樵人’，语出天然，欲不拗不可得。而此一首，律中带古，倾欹错落，尤为入化。”（《杜诗详注》）

## 江　汉

江汉思归客，乾坤一腐儒。①
片云天共远，永夜月同孤。
落日心犹壮，秋风病欲苏。
古来存老马，不必取长途。

【注释】

① 腐儒：本指迂腐书生，这里诗人自称，含自嘲意味。《荀子·非相篇》："故《易》曰：括囊，无咎无誉。腐儒之谓也。"

【评析】

久客江汉，一心思归而不得归；茫茫天地，心忧社稷，欲有所为而不能为，直如一无用之老儒。远浮天边，身似无根之片云；茫茫长夜，惟有与耿耿明月相伴随。虽已暮年，时日无多，雄心壮志尚在；秋风飒飒，暑气全消，病情渐有好转。自古以来，老马之用，非取其筋力，而重其见识。

这首诗之系年有四说，分别是大历元年（766）、二年（767）、三年（768）、四年（769）。蔡梦弼《杜工部草堂诗笺》："大历元年，在云安作。"黄鹤《黄氏补注千家集注杜工部诗史》："诗云'江汉思归客'，又云'秋风病欲苏'，当时大历二年夔州作。"仇兆鳌《杜诗详注》："旧编在夔州，今依蔡氏入湖南诗内，与下首'江汉山重阻'为同时之作，盖大历四年秋也。"今人多以为作于大历三年秋。

首联之"腐儒"，或以为指无用之人，邵宝《邵二泉先生分类集注杜诗》："腐儒，言无所成就也。"顾宸《辟疆园杜诗注解》："言久客漂泊，思归而不能归，是乾坤一无用之人。"

或指迂腐之人，王嗣奭《杜臆》："公之行事似'腐儒'者不无一二，若以世法绳之，真腐儒也。公自知之，故作此语。"

或指不苟同，似自贬而实为自负语，邵傅《杜律集解》："身在江汉，心则思归，虽自贬而有自负意在。"黄生《杜工部诗说》："一腐儒上着'乾坤'字，自鄙而兼自负之辞。人见其与时龃龉，未免腐儒目之，然身在草野，心忧社稷，乾坤之内此腐儒能有几人？可长令其孤身远弃乎？"

或以为用在“一”字后，表达其迷茫、无奈之情。陈师道说：“言乾坤之大，腐儒无所寄其身。”（《杜诗镜铨》）吴见思说：“于乾坤天地之内下此‘一’字，写其孤也，写其微茫也。”（《杜诗镜铨·诸家论杜》引）

诗歌的主旨，或以为展示在“归”字。《杜诗集评》引李因笃曰：“乾坤作客，日夜思归，重霄洒然，八面俱彻，思参造化，笔夺天工矣。”

或以为展示在“老马”二字。张远《杜诗会粹》：“全诗是‘老骥伏枥，志在千里，烈士暮年，壮心不已’意。”唐汝询《唐诗解》：“此客中言志也。言此临江汉而思归之客，乃乾坤中一腐儒耳。身如片云，去天俱远，永夜无伴，与月同孤。年齿既暮，如日将落而壮心未已，经此凉爽而病骨顿苏，犹足效用也。且古人之存老马，非为其能胜任长途而取之，遭其适也。然则腐儒独无老马之用乎哉！”

刘逸生则将两者结合起来分析，其《唐诗小札》云：“从全诗看来，句中‘归’字不应解作还乡，切当地说是想回到朝廷，为国家尽一点力量。因此下句点出‘乾坤腐儒’。‘儒’在某种含义上说，代表入世的积极态度，‘乾坤’两字，又很有点自负，可以反证‘归’字并不是归乡隐逸，而是要有所作为。不过，‘乾坤’下面接‘一腐儒’，仍然不能说是透露了诗人对于流落不遇的命运的感叹。”

## 晓发公安

数月憩息此县

北城击柝复欲罢，东方明星亦不迟。[1]

尚有公安可据。自今以去，茫然不复知所如也。如此便应极大悲恼，然而竟不者，数月公安，转盼便非，身世虚假，了无可信。可惜此行实无前期，纵有之，亦何须几何时，早与公安一样也。此诗一、二句是初发公安，五、六句是既发公安，三、四、七、八句是数月憩息此县。不悲于去公安，亦不悲于去公安后无处去，悲莫悲于数月憩息此县也。”

或为在“转眄已陈迹”五字，表达出诗人对历史、人生的感怀。边连宝《杜律启蒙》：“击柝复罢，明星又上，邻鸡之啼，野哭之声，四者俱如昨日，然已倏至今朝，此即所谓‘转眄陈迹’也。由此以推，则凡物色生态之寄迹天地之间者，宁复有几时耶？今者操舟楫而适江湖，渺渺茫茫，并无一定之所，未知将来作何归著，作何下落。然思陈迹之转眄，念生理之无几，幸有药饵相扶，亦任其所之而已，又何必介于此耶？从无可奈何处逼出达观，却正是打熬不过也。此为九曲之肠，此为百折之笔。”

《杜诗言志》也说：“人生轻尘弱草，白驹过隙，五律流离颠沛，断梗浮萍，即使王侯将相，际会风云，亦都过去而不留。此‘转眄已陈迹’五字，直可令人通身汗下，抗声长号。今先生于此晓发时为之写照，言此朝景色，日复一日，便送尽无限生死。晨钟暮鼓，吃饭穿衣，自不必说；即是异样繁华富贵，亦不久留。所谓‘邻鸡野苦如昨日，物色生态能几时’也。今憩此县数月，而一旦眇然而去，前期之无定，亦不过昨日之已然。然则安往而非陈迹哉。衰老者虽暂凭药饵以相扶，其与物色生态又何殊焉？此乃一篇醒世之文。”

# 夜闻觱篥[①]

夜闻觱篥沧江上，衰年侧耳情所向。
邻舟一听多感伤，塞曲三更欻悲壮。
积雪飞霜此夜寒，孤灯急管复风湍。
君知天地干戈满，不见江湖行路难。

【注释】

① 觱篥：古代管乐器，以竹为管，以芦为首，状似胡笳而九孔，声甚悲。

【评析】

大历三年（768）冬，杜甫由公安前往岳阳，舟中闻觱篥之声而有此作。前三联说，在苍茫的江面上，突然响起凄厉的觱篥之声。我这年老体衰之人侧耳倾听，心中顿时涌起了思乡之情。觱篥声从邻舟传来，初听之下已令人感伤，何况这悲壮的曲子一直吹奏到三更。严寒冬夜，积雪飞霜，悲风呼啸，孤灯明灭，觱篥声却又如此急促。

尾联颇有歧解。一说吹奏的人只知干戈遍野之苦，不见漂泊江湖之难。仇兆鳌《杜诗详注》："夜吹觱篥，复歌塞曲，而又佐以急管，此江上哀音也。公在邻舟，乍听已足感伤，久闻尤加悲惨，况当寒夜孤灯，霜雪零而风湍紧，兼之急管悲鸣，不胜惨绝矣。故语觱篥者曰：君为此曲，但知干戈离乱之苦，独不见舟中漂泊者，江湖行路之难乎？何为故作此声，动人愁思也。"

与相近，或以为吹奏之人只想到干戈之苦，没有考虑到漂泊者的艰辛。卢元昌《杜诗阐》："彼吹者，但知天地内干戈载道，独不念江湖之客行路甚难，何为故作此声，令感伤耶？”

一说漂泊江湖虽然艰难，但比起置身于干戈之地则远远不如。沈德潜《唐诗别裁集》：“本言行路之难，而以干戈之满形之，则不见其难矣。透过一层，‘家乡既荡尽，远近理亦齐’，用意亦复尔尔。”黄生《杜工部诗说》：“行路难，本塞上曲，觱篥所吹，即此声。江湖虽险，兵戈满地，何险过此。”

一说两句为互文，干戈满地正是诗人流落江湖的缘由。夏力恕《杜诗增注》：“干戈、行路两及之矣。末二句互文错综，真诗人哀怨绝妙处。解者不尽得其意。”丘良任《杜甫湘江诗月谱》：“去土怀乡之思，和忧国忧民之念交织在一起，更觉感伤了。”

## 登岳阳楼

昔闻洞庭水，今上岳阳楼。
吴楚东南坼，乾坤日夜浮。①
亲朋无一字，老病有孤舟。
戎马关山北，凭轩涕泗流。

### 【注释】

①坼：分裂，裂开。

### 【评析】

这首诗的颔联，写得尤为雄伟壮观。王嗣奭《杜臆》：“只‘吴楚’二句，已尽大观，后来诗人何处措手。”《杜诗镜铨》引王士祯云：“元气浑沦，不可凑泊，高立云霄，纵怀身世。写洞庭只两句，雄跨古今。”吴沆《环溪诗话》卷上载张右丞语：“常人作诗，但说得眼前，远不过数十里内；杜诗一句能说数百里，能说两军州，能说满天下，此其所为妙。……如‘吴楚东南坼’，是一句说半天下；至如‘乾坤日夜浮’，即是一句说满天下。”

或以为写得太虚，过于夸张，陆时雍《唐诗镜》云：“‘吴楚东南坼，乾坤日夜浮’，自宋人推尊，至今六七百年矣，今直不解其趣。‘吴楚东南坼’，此句原不得景，但虚形之耳，安见得洞庭在彼东南，吴楚遂坼为两耶？且将何以咏江也？至‘乾坤日夜浮’，更悬虚之极，以之咏海庶可耳。其意欲驾孟浩然而过之，譬之于射，仰天弯弓，高则高矣，而矢过的矣。”

或以为是亲眼所见，所写即实景。《辟疆园杜诗注解》引董斯张说：“叶敬君《书肆说铃》云岳阳楼诗若无‘吴楚东南坼’一句，则‘乾坤日夜浮’疑于咏海矣，不如孟诗‘气蒸云梦泽，波撼岳阳城’得洞庭真景。按郦善长《水经注》云：‘洞庭湖广五百里，日月若出没其中。’少陵实本此意。不读郦生书，不知杜句之妙也。”张綖《杜工部诗通》：“此诗百代诗人所共推服，无他，以实气对实景，写实情耳。”

或以为是思绪飞越。《瀛奎律髓汇评》引冯舒说：“因登楼而望洞庭，乃云‘昔闻洞庭水，今上岳阳楼’，是倒入法。三、四‘吴楚’‘乾坤’，则目之所见，心之所思，已不在岳阳矣。故直接‘亲朋’‘老病’云。落句五字总收上七句，笔力千钧。”

那么，究竟什么是“吴楚东南坼”呢？一说洞庭湖辽阔无垠，将吴楚两地都包裹在内。“坼”字为“塌陷”。仇兆鳌《杜诗详注》：“包吴楚而浸乾坤，此状楼前水势。”

一说宽阔的洞庭湖向东南方向拓展，把原为一体的吴国和楚国也割裂开来。“坼”字为分裂。汪灏《树人堂读杜诗》引长沙陈沧州鹤年说："洞庭之东为豫章，即东吴也。其西南北皆楚境，湖水居其中，则吴楚划然而分，东南举其大概也。洞庭正面，中涵万顷，水与天连，天随水动，上下无定，恍若空浮。"张忠纲《杜甫诗选》："大致说来，湖在楚之东，吴之南，中由湖水分开，故曰'坼'。"

但洞庭湖历来为楚地，何以成为吴楚的分界线呢？赵翼《瓯北诗话》："春秋时洞庭左右皆楚地，无吴地也；若以孙吴与蜀分湘水为界，则当云'吴蜀东南坼'。"陈增杰《唐诗律诗笺注集评》："春秋吴楚边界离洞庭尚远，但这里乃就其地理方位大略言之，带有夸张的性质；赵氏所论，未免过于拘泥。"

《杜诗镜铨》引董斯张说："或疑洞庭楚地，何远及于吴？考《荆州记》：君山在洞庭湖中，上有道通吴之包山。今吴之太湖亦有洞庭山，以乾通君山，故得名。"

一说吴楚两地，只是占据了洞庭湖的东南部分。《杜诗言志》："言吴楚跨荆扬二州，蜀东南半壁，其方数千里。今当此湖望之，直似分坼此湖之半。"

## 南　征

春岸桃花水，云帆枫树林。①
偷生长避地，适远更沾襟。
老病南征日，君恩北望心。
百年歌自苦，未见有知音。

**【注释】**

①《汉书·沟洫志》："来春桃华水胜，必羡溢，有填淤反壤之害。"

颜师古注："《月令》：'仲春之月，始雨水，桃始华。'盖桃方花时，既有雨水，山谷冰泮，众流猥集，波澜盛长，故谓之桃花水耳。"

【评析】

此诗系年，一说为广德二年（764），黄鹤《黄氏补注千家集注杜工部诗史》曰："诗云'春岸桃花水'，而题曰《南征》，当是广德二年春在阆州作。"

一说为大历三年（768）春，赵次公即系于"大历三年春在夔，迤逦出峡到荆南所作"（《杜诗赵次公先后解辑校》）。

一说为大历四年（769）春，仇兆鳌以为在长沙往衡阳时所作，其《杜诗详注》云："此当是大历四年春潭衡间作，前诗'从此更南征'可证。"袁慧光《杜甫湘中诗集注》质疑说："'春岸桃花水'首句，湖南二月桃花始开，其时杜甫尚未过潭州，该诗并非仇兆鳌所言'潭（州）衡（州）间作'，应为岳阳至潭州途中作。又'未见有知音'与'亲朋无一字'两诗作时相近，倘若是过潭州而作，杜甫已遇郭受、韦迢、苏涣诸公，诗中岂言无知音？据此可证，该诗系杜甫未至潭州时作。"

今多以为杜甫是年春由岳阳出发，拟往潭州投靠韦之晋时所作。萧涤非《杜甫诗选注》："这是七六九年春由岳阳往长沙时所作。诗人对他自己的诗，作了一个充满自信和自负的自我评价。"

诗以"南征"为题，所写无不与"南征"有关，如边连宝《杜律启蒙》："首联，南征之景；次联，南征之故；三联，因南征而北望；末则伤世无知己也。"诗人说，春水涨溢，白帆飘忽，桃花夹岸，枫树成林。为了苟全性命，不得不四处逃难，浪迹天涯，如今又将远去衡湘，如何不潸然泪下。我一心期待北归以报答君主厚遇之恩，眼下已老病缠身，不得不乘舟南行。我将百年心事全付之诗篇，可叹至今未有知音，能体察我歌中之意。

颈联转写南征时仍不断回头北望，诗人为何北望呢？萧涤非说：“二句流水对。是说自己老了病了，照说应北归才是，现在却向南走，岂不可悲？尽管如此，然心则未尝一日忘怀朝廷。君，指代宗。杜甫在成都时，代宗曾召他补京兆功曹，杜甫没有接受，后因严武表荐，荐检校工部员外郎，赐绯鱼袋，所谓‘君恩’，当与此事相关。”

许永璋却以为两句多有讽刺。其《杜诗名篇新析》说：“颈联写穷无以告的痛苦心情。‘老病南征日’点题，并刻画出多病老翁被迫南征泪下沾襟的形象。此中包含多少痛苦：非偷生之人而偷生，已属难堪；大好的开元盛世，竟至于长避地，尤为难堪；自比稷契的挺出之才，而止于贫病交加，流落无依，难堪至极。故上句‘适远更沾襟’，下句‘君恩北望心’。这里的‘君恩’二字，讽刺委婉而深刻：祖国之破残，民生之凋敝，忠贤之被害，以及自身老病之漂泊，皆此‘君恩’所造成。”

## 客　从

客从南溟来，遗我泉客珠。①
珠中有隐字，欲辨不成书。
缄之箧笥久，以俟公家须。
开视化为血，哀今征敛无。

**【注释】**

①泉客：传说中的人鱼，相传它们流出的眼泪能变成珍珠。《述异记》：“鲛人，即泉先也，又名泉客。”

【评析】

此诗多以为作于大历四年（769）。黄鹤《黄氏补注千家集注杜工部诗史》云："诗当是大历四年作。梁道权以为大历三年。按史，大历四年三月，遣御史税商钱。此诗故托珠以讽征敛之及于商贾也。"萧涤非《杜甫诗选注》："这大约是大历四年在长沙作，是一首寓言式的政治讽刺诗。"

陈沆以为作于大历二年（767）。其《诗比兴笺》："公有诗云：'自平中官吕太一，收珠南海千余日。'盖代宗大历二年事，此诗所为作也。"

诗歌的主旨，一般认为针对朝廷征敛无度而发。张溍《读书堂杜诗注解》："此公因朝廷征求，皆民膏血，哀其穷困而作，用意深挚之极。"汪灏《树人堂读杜诗》："吴均《闺怨》诗'非独泪成珠，亦见珠成血'。公伤痛重敛难堪，借此二语，演成一片，亦无题诗之类，遂令读者莫测所以。"王嗣奭《杜臆》："此为急于征敛而发，上之所敛，皆小民之血，今并血而无之矣。"卢世㴶《杜诗胥钞余论·论五言古诗》："《留花门》《塞芦子》前后《出塞》，'二吏''二叹''三别'，暨《客从南溟来》《白马东北来》，纡虑老谋，补偏救弊，体人情若雪片，数世事如雨点，情酸味厚，歌短泣长，而一唱三叹，蕴藉优柔，《三百篇》《十九首》，苏、李、曹植、陶潜，上下同流，先后一揆。"

今人多取此解。诗人说，有客人从南方而来，曾经赠送我一颗珍珠。珍珠里隐约有字，想辨认又看不清楚。我一直将它收藏在竹箱里，等待日后官府缴纳赋税。谁知打开箱子一看，珍珠已经化成了血水，现在我能拿什么来应付官家的征敛呢？

或以为悲远方贡赋不入朝廷。"世有东溪先生集者，其中有释杜工部诗十六篇，引云：拟毛诗之序，以撮其大要而叛释之，且以为启杜诗之关键。以此《客从》为第三篇。序云《客从》，悲远方贡赋，不入中原也。于上四句注：时四方以玉帛贡天子，多为盗贼所掠，不至王庭。珠小物可匿，以献也。中有隐字，字又不成书，不敢显书贡天子也。于下四句注云：周襄方物不至诸侯之国，犹通王室之求，金。安史之际，法废道梗，虽欲征敛，亦无所矣。”（《杜诗赵次公先后解辑校》）

或以为慨叹人才之埋没。周篆《杜工部诗集集解》：“此诗盖以比人有用世之才，而不为世用，卒老于下位也。”夏力恕《杜诗增注》：“此篇似叹征求，亦寓言耳。自以生平忧世篇章，皆和泪写之。如泉客之珠，辞虽婉讽，隐而难辨，然实可用于世，方期藏而有待，今且老矣，泪化为血，即用我亦无矣。思之至，故哀之深也。”

## 风雨看舟前落花戏为新句

江上人家桃树枝，春寒细雨出疏篱。
影遭碧水潜勾引，风妒红花却倒吹。
吹花困癫傍舟楫，水光风力俱相怯。[①]
赤憎轻薄遮入怀，珍重分明不来接。[②]
湿久飞迟半欲高，萦沙惹草细于毛。
蜜蜂蝴蝶生情性，偷眼蜻蜓避伯劳。[③]

**【注释】**

① 困癫：倾扑，倒侧。

② 赤憎：生憎，厌恶。

③ 住：一作“性”。伯劳：鸟名。《玉台新咏 · 东飞伯劳歌》：“东飞伯劳西飞燕，黄牯织女时相见。”

【评析】

江边有户人家，园子里种有一棵桃树，树枝在春寒细雨中斜出篱笆之外。碧水想偷走鲜艳的桃花，不停拉扯它的倩影；春风则不希望花瓣落下，使劲倒吹。但春风与碧水都没有成功，经过一番折腾，桃花最终还落在舟楫旁。或许是因为桃花讨厌春风过于轻薄，总想将它揽入怀中，而碧水矜持端庄，不肯前来迎接；或许是因为桃花被雨水打湿而无法飞得更高更远，掉落于沙滩细草之上。蜜蜂蝴蝶见此情景，便撇在一旁，置之不理；冷眼旁观的蜻蜓，为了躲避伯劳，又仓促避去。落花终究无人怜惜。

这首诗题目较长，所包含的信息较为丰富，历来论者往往抓住其中一两个语词作为眼目，以诠释诗歌主旨，解读诗歌艺术特色。

或扣住“风雨”进行阐发。如《杜诗言志》：“此诗借风雨中落花，以喻薄俗轻出者之动遭错忤，而难于援手也。言此江上桃枝不避春寒风雨，出疏篱而临碧水，与之影相勾引。犹之当世之小有才者，不识时艰，出而与当道之人相接纳，不意接纳未成，而已遭强暴者之所妒害，如红花之已遭风妒而吹去矣。甚矣，入世之难也。”

或扣住“舟前落花”进行赏析。陈式《问斋杜意》：“此系舟看落花之作。句句妙在看舟前落花，风雨舟前落花。摹写去来远近无限爱惜，无限流连，就中便有己之情性，却有从蜜蜂、蝴蝶、伯劳衬出己之情性，从蜻蜓衬出己之不得遂其情性，情性著蜜蜂、蝴蝶，并著蜻蜓、伯劳。或亦谓公诗为寄托之言，不知公亦自咏看中落花。但咏是看中落花，而西施捧心，绿珠坠楼，李夫人是耶非耶，姗姗来迟之态，已不觉随风飘扬。”《杜诗镜铨》引俞玚曰：“是落花，是舟前。

落花从看中画出来，故妙。”

或扣住“戏”字剖析诗人创作心态。卢世㴶《杜诗胥钞余论》：“盖句不新则诗朽，句徒新则诗亡。苟非有日新之学问，日新之识见，而惟务新其皮肤，反致面目青黄，此又与于陈腐之甚者。少陵下一‘戏’字，有无限放闲在。”王嗣奭《杜臆》：“此皆从静中看出，都是虚景，都是游戏，都是弄巧。本大家所不屑，而偶一为之，故自为新句，遂为后来词曲之祖。”

或扣住“新句”分析老杜的独创性。《唐诗归》锺惺曰：“是新句，不是填词；是填词料，不是填词体。有老杜此诗，千古无落花矣。今人落花诗犹唱和至数十首不已，何其有胆而无目，有目而无心也。他人是咏落花，便板，此作是看落花，便灵。此出脱之妙。”汪灏《树人堂读杜诗》：“目之所触，以细腻之笔，写微眇之思，公集中另是一种。”

## 江南逢李龟年①

岐王宅里寻常见，崔九堂前几度闻。②
正是江南好风景，落花时节又逢君。

**【注释】**

① 郑处诲《明皇杂录》：“唐开元中，乐工李龟年、彭年、鹤年兄弟三人皆有才学盛名。彭年善舞，鹤年、龟年能歌，尤妙制《渭川》。特承顾遇，于东都大起第宅。僭侈之制，逾于公侯。宅在东都通远里，中堂制度，甲于都下。其后龟年流落江南，每遇良辰胜赏，为人歌数阕，座中闻之，莫不掩泣罢酒。”

②岐王：李范。《旧唐书·睿宗诸子传》："惠文太子范，睿宗第四子也。""睿宗践祚，进封岐王。""范好学工书，雅爱文章之士。士无贵贱，皆尽礼接待。"崔九：崔涤。《旧唐书·崔仁师传》："涤，多辩智，善谐谑，素与玄宗款密。兄湜坐太平党诛，玄宗常思之，故待涤逾厚，用为秘书监，出入禁中，与诸王宴不让席，而坐或在宁王之上。"诗句末原有注："崔九，堂殿中监崔涤、中书令湜之弟也。"

【评析】

诗题标明了地点与人物，但没有说明时间，于是便产生了诸多疑问。杜甫只是在年轻时期漫游过江南，倘若"江南"一词无误，诗歌则当作于早年。洪业《我怎样写杜甫》说："当是游吴越时作。当初我受前人影响，仍放此诗于湖南诗内，且疑'江南'或是'湖南'之误，更沉静思维，则觉不但'江南'不误，而且此诗之容态俏生，气韵飘扬，不似杜甫湖南时诗多爱沉郁，而可合于杜甫二十三岁左右'越女天下白，镜湖五月凉'之环境。当时杜甫在江南游兴方浓，当较《夜宴左氏庄》为更早。"

不过，这种猜测似乎与杜甫诗歌创作的成长道路、李龟年等人活动轨迹以及诗意不太吻合。前人多以为该诗为杜甫晚年所作，诗中所流露的是今昔盛衰之感，如吴瞻泰《杜诗提要》："此盛唐绝调也，字字风韵，不觉有凄凉之色，而国家之盛衰，人世之聚散，时地之迁流，悉寓于字里行间，一唱三叹，使人味之于意言之表，虽青莲、摩诘亦应俯首。"

于是有人提出"江南"在这里乃指荆江之南，诗作于大历三年（768）。《黄氏补注千家集注杜工部诗史》黄鹤说："梁道权编在大历三年荆南诗内。按公以是年正月出峡，暮春至江陵，今诗云'落花时节又逢君'，正其时也。"

或以为“江南”指江湘之间，在这里具体就是指潭州，诗作于大历四年（769）。《钱注杜诗》：“王蒻定荆江南地。《项羽纪》：‘徙义帝于江南。’《楚辞章句》：‘襄王迁屈原于江南。’在江湘之间。龟年方流落湘潭，故曰江南。”朱鹤龄《杜工部诗集辑注》进一步明确说：“诗题曰‘江南’，必潭州作也。”赵次公以为大历四年春离岳州至潭州时所作。

今人多以为大历五年（770）春作于长沙。萧涤非《杜甫诗选注》：“这是大历五年，也就是杜甫死的这一年在长沙时所作，是杜甫绝句中最晚的也是最有名的一首。”这年春天，杜甫在长沙与流落至此的李龟年相遇，不胜今昔之感而有此作。诗人说，开元年间，你经常出入岐王府，演奏于崔九堂前。这么多年过去了，没有想到落花时节在江南遇见了你。江南风景虽好，花落春去总令人愁闷；此时又与你相逢，勾起往日回忆，恍如隔世，令人泫然欲绝。

也有人说这首诗非杜甫所作。胡仔《苕溪渔隐丛话》：“此诗非子美作，岐王开元十四年（726）薨，崔涤亦卒于开元中，是时子美方十五岁。天宝后子美未尝至江南。”吴企明在《杜甫诗辨伪札记》认定杜甫与李龟年不可能相会于潭州，诗为天宝末年流寓江南的士人所作。

## 燕子来舟中作

湖南为客动经春，燕子衔泥两度新。
旧入故园常识主，如今社日远看人。[1]
可怜处处巢居室，何异飘飘托此身。

暂语船樯还起去，穿花落水益沾巾。

**【注释】**

①社日：旧时祭祀社神之日。《岁时广记》：“立春后五戊为春社，立秋后五戊为秋社。”

**【评析】**

这首诗大历五年（770）作于潭州。燕子飞来船上桅杆暂栖，杜甫见之有感。诗人说，我在湖南飘荡已经有一个年头了，因为两度看见燕子衔泥筑新巢。以往我定居故乡，燕子能够辨别主人。如今以舟为家，浪迹江湖，时至社日，春燕也只是远远在桅杆上看我一眼。燕子你居无定所，年年筑巢，和我寄居他人、四处飘荡又有什么不同呢。你在桅杆上说完话，就穿花贴水飞去，留下我泪流满面。

诗人之所以咏燕子，一说是将自己与燕子打成一片，明为咏燕，实则为自咏。浦起龙《读杜心解》：“中四，句句自咏，仍是咏燕；句句咏燕，却是自咏。字字切，字字空。结联方专就燕子写其若舍若恋之情，而以十一字贴燕，旋以三字打入自心中。不知燕之为子美欤，子美之为燕欤？吾将叩之漆园。”

一说是因为诗人与燕子处境相同，同病相怜。边连宝《杜律启蒙》：“经春做客，两度燕来。昔在故园，似曾相识；今逢社日，远路相看。燕子何多情耶！盖燕则羁栖异地，我则漂泊无依，同病相怜故远来相看耳。虽当船樯既起之时，犹复贴水穿花，依依不舍，不益令人沾巾乎？似慧似痴，是墨是泪，绝作也。”夏力恕《杜诗增注》：“言我处处依人，直同燕子之巢室，而燕子来舟中，栖非其地，又何异我之飘飘托此身乎？”

一说是感慨自己与燕子的处境不同。《杜诗言志》：“此借燕子之来，以喻己身之漂泊也。故园识主之燕，未必即社日看人之燕。然今日看人者燕也，故园识主者亦燕也。燕固随地而有，而飘飘远游者，何堪与之同栖托耶？迨至观其暂语船樯，穿花贴水，而燕子无赖，益足令人沾巾，抱痛无涯也。”金圣叹《唱经堂杜诗解》：“燕作如是消遣，我却闷坐舟中，不如燕子多矣，不觉涕泗之沾巾矣。”

一说慨叹人情冷漠，不如燕之多情。王嗣奭《杜臆》：“燕亦怜我，就我船樯，暂语而去，已感其情，乃不忍径去，而穿花落水，徘徊顾恋，令人益沾巾耳。乃其本意，盖悲人情之不如也。”吴瞻泰《杜诗提要》：“此与《小寒食》皆舟居时所见之作，总寓故园之想。乃‘故园’字不从己口说，偏从燕子口中说出，言外见相怜相识者，唯燕而已。此为客之所以‘益沾巾’也。琢语楚楚动人，而篇法却工巧，却自然。”

## 小寒食舟中作[①]

佳辰强饮食犹寒，隐几萧条带鹖冠。[②]
春水船如天上坐，老年花似雾中看。
娟娟戏蝶过闲幔，片片轻鸥下急湍。
云白山青万余里，愁看直北是长安。

**【注释】**

①小寒食：寒食之次日，清明之前日。

②鹖冠：用鹖羽作装饰的冠。《文选·刘峻〈辩命论〉》：“至于鹖冠甕牖，必以宣天为期。”李善注引刘向《七略》：“鹖冠子者，盖楚人也。常居深山，以鹖为冠，故曰‘鹖冠’。”

【评析】

这首诗作于大历五年（770）之潭州舟中。诗人说，小寒食这一天，我戴着鹖冠，靠着破旧的乌皮几，席地而坐。虽然没有什么胃口，但适逢佳节，还是勉强喝了点酒，吃了几口冷饭。春水上涨，灌满河道，与大堤齐平，小船如同行进在天上。身体衰迈，老眼昏花，总感觉岸边的花花草草为雾气所笼罩。蝴蝶翩翩，悠闲飞过船幔；鸥鸟成群，轻快地冲向激流。从这潭州向北眺望，白云青山之外的万余里，就是我日夜思念的长安。

其中“春水船如天上坐，老年花似雾中看”一联争议颇多。或以为即使如老杜，也不免有蹈袭之累。范温说：“古人学问必有师友渊源。汉杨恽一书，迥出当时流辈，则司马迁外孙故也。自杜审言已自工诗，当时沈佺期、宋之问等，同在儒馆为交游，故老杜律诗布置法度，全学沈佺期，更推广集大成耳。沈云：‘雪白山青千万里，几时重谒圣明君。’杜云：‘云白山青万余里，愁看直北是长安。’沈云：‘人如天上坐，鱼似镜中悬。’杜云：‘春水船如天上坐，老年花似雾中看。’是皆不免蹈袭前辈。然前后杰句，亦未易优劣也。”（《苕溪渔隐丛话》）

或以为杜甫巧用前人诗句而夺胎换骨，点铁成金。黄庭坚说：“‘船如天上坐，人似镜中行’‘船如天上坐，鱼似镜中悬’，沈云卿诗也。云卿得意于此，故屡用之。老杜‘春水船如天上坐’，祖述佺期之语也；继之以‘老年花似雾中看’，盖触类而长之。”（《苕溪渔隐丛话》）杨慎《升庵诗话》：“虽用二子之句，而壮丽倍之，可谓夺胎之妙矣。”

或以为老杜只是信手拈来，并非有意引用或改造。顾宸《辟疆园杜诗注解》：“余谓少陵所以独立千古者，不在有所本也。‘读书破万卷'，偶拈来即是耳。"

或以为老杜所写是其亲眼所见，与前人诗句只是暗合。浦起龙《读杜心解》："与沈云卿诗偶相类，固非蹈袭，亦非有意损益也。"顾宸说："是时春水方溢，舟若凌空，老眼昏濛，花如含雾。写舟中萧条之况，此是实境。"

或以为老杜两句所写之景象，与沈云卿诗本不相同，不存在蹈袭的问题。张性《杜律演义》前集："按《邵氏闻见录》云：少陵此诗次联本沈云卿'船如天上坐，人似镜中行''船如天上坐，鱼似镜中悬'也。愚谓彼皆言水底之影耳。老杜则谓春江平阔，故其船如在天上，老眼昏眩，故其看花如在雾中。意异句工，不可同日而观。况公岂必本沈而作者哉。"

或认为老杜两句诗虽好，却不能随意效法。施补华《岘佣说诗》："少陵七律有最拙者，如'桃花细逐杨花落，黄鸟时兼白鸟飞'之类是也；有最纤者，如'春水船如天上坐，老年花似雾中看'之类是也。皆开后人习气，学者不必震于少陵之名，随声附和。"

## 聂耒阳以仆阻水，书致酒肉，诗得代怀，至县呈聂令一首[①]

耒阳驰尺素，见访荒江渺。
义士烈女家，风流吾贤绍。[②]
昨见狄相孙，许公人伦表。[③]
前朝翰林后，屈迹县邑小。
知我碍湍涛，半旬获浩溔。
麾下杀元戎，湖边有飞旐。[④]

孤舟增郁郁，僻路殊悄悄。
侧惊猿猱捷，仰羡鹳鹤矫。
礼过宰肥羊，愁当置清醥。⑤
人非西喻蜀，兴在北坑赵。⑥
方行郴岸静，未话长沙扰。
崔师乞已至，澧卒用矜少。
问罪消息真，开颜憩亭沼。

【注释】

①题目一作“聂耒阳以仆阻水，书致酒肉，疗饥荒江，诗得代怀，兴尽本韵，至县呈聂令，陆路去方田驿四十里，舟行一日，时属江涨，泊于方田”。耒阳：县名，今属湖南。

②义士：指聂政。烈女：指聂姊聂荣。《史记·刺客列传》载，聂政为严仲子报仇，杀死韩相侠累后毁容自杀，以免连累亲属。其姊聂荣伏尸痛哭，死于弟尸之旁以扬弟名。

③狄相孙：狄仁杰之孙狄博济。

④二句指藏玠杀崔瓘事。

⑤清醥：清酒。曹植《酒赋》：“其味有宜城醪醴，苍梧醥清。”

⑥《史记·司马相如列传》载，司马相如出使西蜀，作《喻巴蜀檄》。《史记·白起列传》载，秦将白起在长平大破赵军，坑杀赵降卒四十万人。

【评析】

大历五年（770）夏，杜甫在衡州稍作停留后，继续前往郴州，途经耒阳方田驿时，为大水所困，泊舟五日而不得食。耒阳聂县令得知后，派人送信并馈以酒肉，杜甫作诗酬谢。诗人说，聂县令你派人拿着信，到荒凉的江边来找我。你继承了先祖的高风亮节，昨日狄相公之孙还推许你乃士林表率。你本来是前代翰林之后，如今屈身于耒阳这样的小邑。得知我因江水上涨，被困于这偏僻寂寥之处，五天来只能守着这片汪洋大水，看着鹳鹤自由飞行、猿猱矫健跳跃，于是热情地送来比宰头肥羊还贵重的厚礼。不久前潭州崔瓘被部下所杀，我看见他的灵柩从湖边经过，心中正惨然不乐，此时收到了你送来的上等白酒，正好用来解愁。我没有传檄宣喻的职责，也来不及与你详细述说长沙作乱的事情，讨伐逆贼的军队已经在途中，期待逆贼早日被剪灭，使我得以开心颜。

因此诗之故，历来有老杜“饫死”耒阳之说。《旧唐书·杜甫传》：“乃泝沿湘流，游衡山，寓居耒阳。甫尝游岳庙，为暴水所阻，旬日不食，耒阳令知之，自棹舟迎甫而还。永泰二年，啗牛肉白酒，一夕而卒于耒阳，是年五十有九。”

赵次公以为此诗为杜甫绝笔。“末句，公自注甚明。……乃知尝家衡阳，独至长沙，还罹此变。本传为之数枣寇乱，挺节无所污，盖亦谓此。寻于江上阻暴水，半旬不食。耒阳令具舟致酒肉迎归，一夕而卒。则此诗盖公之绝笔矣。”（《杜诗赵次公先后解辑校》）

钱谦益也认可杜甫卒于耒阳。《钱注杜诗》：“吾断以史志为证，曰子美三年下峡，由江陵、公安之岳，四年之潭，五年之衡，卒于耒阳，殡于岳阳。其他支离傅会，尽削不载可也。当逆旅憔悴之日，涉旬不食，一饱无时，牛肉白酒，何足以为诟病，而杂起为公讳？”

不过，更多人对此多表示质疑。黄鹤《黄氏补注集千家注杜工部诗史》：“后人往往以此遂信其为死于耒阳，殊不知此后尚有《过南岳》《入洞庭湖》诗与《登舟适汉阳》诗可考也。”唐元竑《杜诗攟》：“白酒牛炙之说，当是史因耒阳诗附会也。”黄生《杜工部诗说》：“详史所载，牛酒饫死之说，实采之《杂录》……作者正因此诗，饰成其事，小说家伎俩毕露。”仇兆鳌《杜诗详注》：“据此，则耒阳之后，深秋尚存，安得谓殁于夏时乎？今不信亲笔之诗词，而信史家之闻见，此亦读书不具眼之过也。”

## 风疾舟中，伏枕书杯三十六韵，奉呈湖南亲友

轩辕休制律，虞舜罢弹琴。①
尚错雄鸣管，犹伤半死心。②
圣贤名古邈，羁旅病年侵。
舟泊常依震，湖平早见参。③
如闻马融笛，若倚仲宣襟。④
故国悲寒望，群云惨岁阴。
水乡霾白屋，枫岸叠青岑。
郁郁冬炎瘴，濛濛雨滞淫。
鼓迎非祭鬼，弹落似鸮禽。⑤
兴尽才无闷，愁来遽不禁。
生涯相汩没，时物自萧森。
疑惑尊中弩，淹留冠上簪。⑥
牵裾惊魏帝，投阁为刘歆。⑦
狂走终奚适，微才谢所钦。
吾安藜不糁，女贵玉为琛。⑧
乌几重重缚，鹑衣寸寸针。
哀伤同庾信，述作异陈琳。⑨
十暑岷山葛，三霜楚户砧。
叨陪锦帐座，久放白头吟。

邻鸡野哭如昨日，物色生态能几时。
舟楫眇然自此去，江湖远适无前期。
出门转眄已陈迹，药饵扶吾随所之。[②]

【注释】

①《诗·小雅·大东》："东方启明，西有长庚。"

② 王羲之《兰亭集序》："俯仰之间，已成陈迹。"

【评析】

听见北城传来的击柝声，仔细辨认，以为五更将尽。起床一看，东方的启明星还放着微弱的光芒，原来尚不算迟。邻鸡开始报晓，野外的哭声又随风传来，每天都是如此。平时听惯了不觉什么，今天即将启程便倍感惊心。仔细想来，世上万物，色态各殊，却都无法长久。我在公安栖息数月，回头一顾，已成往事，似无可留恋也难以留恋。如今乘舟杳然而去，江湖之远，亦无定期。惟有安慰自己，只要有孤舟可以容身，有药饵可以疗疾，在哪里又不是一样呢。

诗作于大历三年（768）冬日，时杜甫将由公安前往岳阳。诗歌的眼目，或以为在"晓发"二字，写出诗人黎明时分出发时的所见所感。浦起龙《读杜心解》："苍茫而起，所写者'晓'之景，所感者'发'之情也。自此去，则竟往矣；无前期，终谁依耶？出门携药，过眼总归陈迹，未来亦只随缘。留既无着，行亦何妨。信手信心，一气旋转，不烦绳削，化境也。"

或以为在"数月憩息"四字，写出诗人临别之际茫然的心绪。金圣叹《唱经堂杜诗解》："言数月以来，邻鸡野哭，耳得饱闻，日又一日，本不置意，却因今日临当发去，忽悟今犹昨，昨又犹昨，不意之间，数月何在，自今以去，又有几数月也。可痛可骇也。未发公安，反朴时难遇，忘机陆易沉。[10]
应过数粒食，得近四知金。[11]
春草封归恨，源花费独寻。
转蓬忧悄悄，行药病涔涔。
瘗夭追潘岳，持危觅邓林。[12]
蹉跎翻学步，感激在知音。[13]
却假苏张舌，高夸周宋镡。[14]
纳流迷浩汗，峻址得嵚崟。
城府开清旭，松筠起碧浔。
披颜争倩倩，逸足竞骎骎。
朗鉴存愚直，皇天实照临。
公孙仍恃险，侯景未生擒。
书信中原阔，干戈北斗深。
畏人千里井，问俗九州箴。[15]
战血流依旧，军声动至今。
葛洪尸定解，许靖力还任。[16]
家事丹砂诀，无成涕作霖。[17]

【注释】

①《礼记·乐记》："昔者舜作五弦之琴，以歌《南风》。"

② 枚乘《七发》："龙门之桐，高百尺而无枝……其根半死半生……于是背秋涉冬，使琴挚斫斩以为琴，野茧之丝以为弦。"

③《易·说卦》："震，东方也。"参：星名，西方七宿之一。

④ 马融《长笛赋序》："融既博览典雅，精核数术，又性好音，能鼓琴吹笛，而为督邮，无留事，独卧郿平阳邬中。有雒客舍逆旅，吹笛为《气出》《精列》相和。融去京师逾年，暂闻，甚悲而乐之。"王粲《登

楼赋》："凭轩槛以遥望兮，向北风而开襟。"

⑤《论语·为政》："非其鬼而祭之，谄也。"

⑥应劭《风俗通·怪神》："予之祖父郴为汲令，以夏至日请见主簿杜宜，赐酒。时北壁上有悬赤弩，照于杯中，其影如蛇。宣畏恶之，然不敢不饮，其日便得胸腹痛切，妨损饮食，大用羸露，攻治万端，不为愈。后郴因事过至宣家，窥视，问其变故，云畏此蛇，蛇入腹中。郴还听事，思惟良久，顾见悬弩，必是也。……宣意遂解，甚夷怿，由是瘳平。"

⑦《三国志·魏志·辛毗传》载，魏文帝欲徙十万户实河南，辛毗谏，帝不答，起入内，毗随而引其裾。《汉书·扬雄传》："时，雄校书天禄阁上，治狱使者来，欲收雄，雄恐不能自免，乃从阁上自投下，几死。……京师为之语曰：'惟寂寞，自投阁。'"

⑧《庄子·让王》："孔子穷于陈蔡之间，七日不火食，藜羹不糁。"《晋书·宋纤传》载，宋纤少有远操，酒泉太守马岌造访而不见。马岌铭诗于石壁，其中有云"其人如玉，维国之琛"。

⑨庾信《哀江南赋序》："信年始二毛，即逢丧乱，藐是流离，至于暮齿。"《三国志·魏志·陈琳传》注引《典略》："（陈）琳作诸书及草檄成，呈太祖（曹操）。太祖先苦头风，是日疾发，卧读琳所作，翕然曰：此愈我疾。"

⑩《庄子·则阳》："方且与世违而心不屑与之俱，是陆沉者也。"郭象注："人中隐者，譬无水而沉也。"

⑪张华《鹪鹩赋》："巢林不过一枝，每食不过数粒。"《后汉书·杨震传》载，王密夜怀金十斤以遗震，曰："暮夜无知者。"震曰："天知，地知，子知，我知，何谓无知。"

⑫潘岳《西征赋》："夭赤子于新安，坎路侧而瘗之。"《山海经·海外北经》："夸父与日逐走，……道渴而死，弃其杖，化为邓林。"

⑬《庄子·秋水》："且子独不闻夫寿陵余子之学行于邯郸与？未得

国能，又失其故行矣，直匍匐而归耳。”

⑭《庄子·说剑》：“天子之剑，以燕溪、石城为锋，齐、岱为锷，晋、卫为脊，周、宋为镡，韩、魏为铗。”镡，剑珥。

⑮ 曹植《代刘勋妻王氏见出为诗》：“人言去妇薄，去妇情更重。千里不唾井，况乃昔所奉。”丁晏注：“乃为常饮此井，虽舍而去之千里，知不复饮矣，然犹以尝饮乎此而不忍唾也。”《礼记·曲礼上》：“入境而问禁，人国而问俗，入门而问讳。”《汉书·扬雄传》：“（雄以为）箴莫善于《虞箴》作《州箴》。”注引晋灼曰：“九州之箴也。”

⑯《晋书·葛洪传》：“（葛洪卒后）视其颜色如生，体亦柔软，举尸入棺，甚轻，如空衣，世以为尸解得仙云”。《三国志·蜀志·许靖传》：“孙策东渡江，皆走交州以避其难。靖身坐岸边，先载附从，疏亲悉发，乃从后去，当时见者莫不叹息。”“每有患急，常先人后己，与九族中外同其饥寒。其纪纲同类，仁恕恻怛，皆有效事。”还，一作“难”。

⑰ 诗末原有注：“弹五弦琴，歌《南风》之篇，伏羲造瑟，神农作琴，舜有矣。”

## 【评析】

轩辕制作律管以调和天地之气，虞美舜弹奏五弦之琴以育养万民，如今律管雌雄不分，万民奄奄一息，还是将律管、琴弦都收起来吧。造弦定律的圣贤何等渺茫，难以追寻，我羁留他乡，病情一年比一年严重。我那前往汉阳的小船，每晚尽量停留在东方，以便在宽阔的水面尽早见到报晓的参星。我思念京城如同马融闻笛心悲，苦忆家乡好似王粲登楼迎风敞襟。我极目远眺，冬日愁云惨淡，水面浓雾弥漫，岸边茅屋若隐若现，视线好不容易穿透枫树林，又被重重叠叠的青山遮断。哪怕到了冬日，南方的瘴气依然没有消散，濛濛的细雨还是下个不停。前方响起一阵鼓声，那是当地民众在迎神。一颗石子飞过，好像猫头鹰被弹落。我打起兴致观看沿岸的风俗，可凄苦还是忍不住涌上了心头。我这一生就这样在漂泊度过，碌碌无为，一事无成，直到晚景萧索。屡受重挫，以致杯弓蛇影，心绪难安；仕途虽未断绝，却淹留他乡，无法回归京城。当年为救房琯，我廷诤忤旨有如牵裾苦谏之辛毗；此后遭逐，又似无辜受牵连而投阁之扬雄。诸公都可谓人中豪杰、国之重宝，承蒙你们谬赞，我感激不尽。我的哀伤如同庾信一样深沉，即使能够写诗作赋也毫无用处，不能如陈琳疗伤医疾。粗茶淡饭我倒也习惯，可长年奔走流窜，终究去往何方？随身携带的乌皮几早已破败不堪，身上的衣衫也打满了补丁。我在蜀中滞留了十年，又在楚国流荡了三年。虽然此前被奏为工部员外郎，可长久流离，无法赴任，如今只能摇晃着白头自吟。返璞归真而不计荣辱贵贱的时代，实在很难遇到。我之所以接受诸公的馈赠，是因为食不果腹，生活窘困。回不了家，我惟有期盼萋萋芳草将愁思封闭起来。四处漂泊，还是无法寻找到世外桃源。除了饱受流离之苦，我还得经常服药以减轻病痛。我的幼子，就夭折于这转蓬生涯。我真希望得到夸父扔掉的手杖，以度过这艰难岁月。诸公才华卓越，以苏秦、张仪之能言善辩，将我誉为剑珥；我无论怎样称赞诸公，都是邯郸学步，表达不出心中的谢意。青山巍峨，湖水浩渺，城池灿烂，松竹清幽。贤士争先恐后而至，幕府可谓人才济济。诸公都有鉴人之能，却对我这样愚直之人另眼相待，使我无比感激。眼下强藩割据，逆贼作乱，北方战乱未休，故乡杳无音讯。我既不能如许靖那样远走交州，又无法服食成仙，必将殁于途中，客死他乡。想到这里，我泪如雨下。

赵次公以为此诗作于大历四年（769）冬。“湖南者，指言潭州也。此诗作于大历四年，虽在乙酉之冬，而涉明年之春初。何以言之？诗句有云‘郁郁冬炎瘴’，云‘春草封归恨’，虽各有主意，而初见春草，追言冬瘴，大抵春冬之接”（《杜诗赵次公先后解辑校》）。

仇兆鳌以此诗为杜甫绝笔，“此诗作于耒阳阻水之后，其不陨于牛肉白酒明矣。但云‘葛洪尸定解’，盖亦自知不久将殁也。编年者当以此章为绝笔”（《杜诗详注》）。“浦起龙《读杜心解》：仇本以是诗为绝笔，玩其气味，酷类将死之言，宜若有见。絮絮叨叨，纯是老人病惫时，追思历历寄谢种种情状。然细寻之，条理仍复楚楚，分五节看。第一节，陡从风疾起，随手点清舟中；第二节，书伏枕时所值景物，为书怀缘起；第三节，自陈所以漂流至此，致烦亲友周旋之故；第四节，备述近态，寄讯诸公，感激中带不平意；第五节，乃阻乱难归，恐将客死，而仍寓无可告诉之慨也。”

今人也多持这一看法。萧涤非《论〈风疾舟中〉一诗确为杜甫绝笔》提出了四点理由：第一，据诗‘舟泊常依震，湖平早见参’，知此诗乃作于洞庭湖上；第二，据诗“十暑岷山葛，三霜楚户砧”，知作此诗时在楚地凡经三秋，或者说三年；第三，据诗‘瘗夭追潘岳，持危觅邓林’，按潘岳《西征赋》‘夭赤子于新安，坎路侧而瘗之’，则知杜甫在湖南曾有儿女夭亡；第四，据诗“葛洪尸定解，许靖力还任”推测杜甫自知不久将殁是合理的。

图书在版编目（CIP）数据

杜甫诗品汇 / 闵泽平撰. -- 武汉 : 崇文书局，
2022.4
（中国古典诗词品汇）
ISBN 978-7-5403-6582-0

Ⅰ. ①杜… Ⅱ. ①闵… Ⅲ. ①杜诗—诗歌欣赏 Ⅳ.
① I207.227.42

中国版本图书馆 CIP 数据核字（2022）第 034307 号

出 品 人　韩　敏
责任编辑　程可嘉
封面设计　甘淑媛
责任校对　董　颖
责任印制　李佳超

杜甫诗品汇
DUFU SHI PIN HUI

出版发行　长江出版传媒 | 崇文书局
地　　址　武汉市雄楚大街 268 号 C 座 11 层
电　　话　(027)87677133　邮政编码　430070
印　　刷　湖北新华印务有限公司
开　　本　880mm×1230mm　1/32
印　　张　14.5
字　　数　300 千
版　　次　2022 年 4 月第 1 版
印　　次　2022 年 4 月第 1 次印刷
定　　价　59.00 元